HEYNE BÜCHER

SCIENCE FICTION

Herausgegeben
von Wolfgang Jeschke

Ein Verzeichnis weiterer Bände dieser Serie finden Sie am Schluß des Bandes.

JEAN LORRAH

META-MORPHOSE

STAR TREK

Die nächste Generation

Science Fiction Roman

Deutsche Erstausgabe

WILHELM HEYNE VERLAG
MÜNCHEN

HEYNE SCIENCE FICTION & FANTASY
Band 06/4856

Titel der amerikanischen Originalausgabe
METAMORPHOSIS

Deutsche Übersetzung von Andreas Brandhorst
Das Umschlagbild schuf Boris Vallejo

2. Auflage

Redaktion: Rainer Michael Rahn

Printed in Germany 1993
Umschlaggestaltung: Atelier Ingrid Schütz, München
Satz: Kort Satz GmbH, München
Druck und Bindung: Ebner Ulm

ISBN 3-453-05378-8

»Nein, Sir... Es lag nie in meiner Absicht, eine Illusion durch eine andere zu ersetzen. Für Q mag es real sein, vielleicht sogar für Sie, Sir. Aber nicht für mich. Ich glaube, es war einer der Lieblingsautoren des Captain, der schrieb: ›Vor allem dies: Deinem eigenen Ich sei treu.‹ Es tut mir leid, Commander, aber ich muß ablehnen.«

Lieutenant Commander Datas Antwort,
als ihm Commander Riker eine menschliche Natur anbot.
›Das magische Kraftfeld II‹

»Vielleicht stellen Sie fest, daß der Besitz nicht so angenehm ist wie der Wunsch. Dies trifft häufig zu, obgleich es der Logik widerspricht.«

Commander Spock
›Weltraumfieber‹

»Legenden sind die Würze des Universums, Mr. Data — weil sie manchmal wahr werden.«

Captain Jean-Luc Picard
›Der Zeitsprung II‹

ANMERKUNG

Die Handlung von *Metamorphose* ist in der zweiten Season von *Star Trek: Die nächste Generation* angesiedelt und beginnt unmittelbar nach ›The Measure of a Man‹. In jener Episode stand Datas Existenz auf dem Spiel, und dieses Erlebnis bleibt nicht ohne Wirkung auf ihn.

KAPITEL 1

Die U.S.S. *Enterprise* schwenkte in den Orbit von Starbase 173, und an Bord waren nur wenige Besatzungsmitglieder im Dienst. Auf dem Holo-Deck fand eine Party statt, um die Rückkehr Lieutenant Commander Datas zu feiern, und dabei ging es so ausgelassen und fröhlich zu, als sei er nicht einige Tage fort gewesen, sondern Monate oder gar Jahre.

Das Programm des Holo-Decks simulierte die Parklandschaft eines erdähnlichen Planeten. Man erreichte sie, indem man mit Hilfe von Trittsteinen einen Bach überquerte, und anschließend folgte man dem Verlauf eines Waldpfades. Jenseits davon erstreckten sich Wiesen, und der blaue Himmel bildete einen angenehmen Kontrast zum grünen Gras. Wind seufzte in den Wipfeln einzelner Bäume. In der Ferne ertönten sanfte Melodien, als spiele irgendwo ein verborgenes Orchester, doch die Musik erklang nicht laut genug, um Gespräche zu stören.

Überall herrschte Heiterkeit, doch ausgerechnet der Ehrengast bildete die einzige Ausnahme. Data lächelte und plauderte mit seinen Freunden, aber wer ihn gut kannte, kam schon bald zu dem Schluß, daß zumindest ein Teil der Freude künstlich war.

So künstlich wie ich, dachte er, als er der deutlich spürbaren Sorge Geordi LaForges auswich und sich Wesley Crusher zuwandte.

»Wie funktioniert das?« fragte der Junge aufgeregt und blickte in das Sternenrohr, das er gerade von Data erhalten hatte. Der Fähnrich meinte nicht etwa »Wie schaltet man es ein?« oder »Wie verändert man die Darstellung?«, sondern »Auf welchem Funktionsprinzip basiert dieses Gerät?«

»Ich schlage vor, du untersuchst es in aller Ruhe«, sagte Data und nahm damit seine Verantwortung für Wesleys Ausbildung wahr. »Wenn du glaubst, eine Antwort gefunden zu haben, erwarte ich deine Erklärung.«

Der Junge grinste. »Ich finde es heraus. Stammt dieses Gerät von Ihnen, Data?«

»Nein. Ich habe den Materietransformer benutzt.«

»Aber es ist das Ergebnis Ihres Konstruktionsentwurfs, nicht wahr? So etwas sehe ich jetzt zum erstenmal.« Wesley hob das Rohr, blickte hinein, drehte mehrere Einstellräder und betrachtete verschiedene Konstellationen. »Es scheint die Richtung zu erkennen und mir Sterne zu zeigen, die zu weit entfernt sind, um von unseren Instrumenten erfaßt zu werden.«

Dr. Kate Pulaski trat näher, hörte die letzten Worte des Fähnrichs und runzelte die Stirn. »Bestimmt ist es ein Trick. Ein so kleines Gerät, mit dem man ferne Sterne beobachten kann, wäre sehr kostbar.«

»Es liegt ganz bei Wesley festzustellen, wie und ob es die vermeintlichen Funktionen erfüllt«, erwiderte Data.

»Ah, eine Lektion«, sagte die Ärztin.

»Datas Unterricht macht Spaß«, warf Wesley ein und lächelte.

»Soweit es dabei um Technisches geht.« Pulaski nickte langsam. »Ich bin nicht sicher, ob du eine angemessen vielseitige Bildung bekommst, Wes.«

»Ich nehme auch an Seminaren für Geschichte, Musik und Literatur teil«, verteidigte sich der Junge. »Ich finde nur größeren Gefallen an Wissenschaft, das ist alles.«

Data nutzte die Gelegenheit, um Dr. Pulaski das für sie bestimmte und in weiches Papier gehüllte Geschenk zu geben. Als er vor einigen Tagen die *Enterprise* verlassen hatte, um Commander Bruce Maddox' Plan zu vereiteln, ihn zu demontieren, veranstalteten seine Freunde eine Abschiedsparty und überraschten ihn mit Geschenken. Doch er blieb nicht lange fort, kehrte nach kaum zweiundsiebzig Stunden zurück und fragte sich, wie er mit den Präsenten verfahren sollte. Es erschien ihm nicht richtig, sie zu behalten, doch er wußte auch, daß es unhöflich gewesen wäre, sie zurückzugeben. Aus diesem Grund beschloß er, seine Freunde mit eigenen Geschenken zu erfreuen. Sie lagen nun auf einem bunten Tuch am einen Ende des Picknicktisches, neben den Speisen und Getränken.

Data kannte Dr. Pulaski erst seit kurzer Zeit, und daher verstand er sie nicht so gut wie die anderen; ihr erging es offenbar ebenso. Da er kein Geschenk mit persönlicher Bedeutung für sie finden konnte, wählte er etwas, das allgemeine Bewunderung fand: eine Glockenblume von Artemis Drei, beziehungsweise eine möglichst genaue Reproduktion. Die lebenden Pflanzen gediehen nicht außerhalb ihrer natürlichen Umwelt, und deshalb war kein Export möglich. Seit zweihundert Jahren – seit der Entdeckung jener zarten Blüten, deren leises Läuten bei Menschen entspannend wirkte – versuchten Künstler und Gärtner, Glockenblumen nachzubilden. Einige von ihnen kamen dem Original ziemlich nahe, was ihnen großen Respekt und eine Menge Geld einbrachte.

Das Computersystem der *Enterprise* enthielt die entsprechende DNA-Struktur, aber Data wollte keine Schnittblume, die in wenigen Stunden verblühte. Er trennte sich auch von der Idee, eine andere Pflanze zu mutieren, entschied sich statt dessen für eine fast perfekte Kopie. Als ein Produkt des Holo-Decks erschien die künstliche Glockenblume so real und wunderschön wie das lebende Gewächs, mit einer wichtigen Ausnahme: Sie verwelkte nie. Im Gegensatz zu den üblichen Holographien brauchte man die ›Pflanze‹ auch nicht ein- oder auszuschalten. Sie stellte eine vollkommene Imitation dar. Data hatte die asymmetrische Form in besonders weiches Papier gewickelt.

Andere Besatzungsmitglieder näherten sich, während Dr. Pulaski ihr Geschenk auspackte. Als sich die letzten Streifen des dämpfenden Materials lösten, begann es zu läuten. Der melodische Klang entlockte dem Publikum ein staunendes ›Oh‹ und weckte das Interesse eines ungeladenen Gastes.

Mystery – eine Siamkatze, die das ganze Schiff für ihre Domäne hielt – war umhergewandert, ließ sich streicheln und mit kleinen Leckerbissen füttern. Es gab viele Tiere an

Bord der *Enterprise*, aber ihr Aufenthalt blieb auf die Quartiere beschränkt. Mystery hingegen nahm sich die Freiheit, ganz nach Belieben irgendwo zu erscheinen, und sie trotzte allen Bemühungen, sie auf Dauer in für Tiere geeigneten Bereichen unterzubringen. Niemand wußte, wie es ihr gelang, Türen, Detektoren und Kraftfelder zu passieren. Daher ihr Name: Mystery — Geheimnis.

Die Katze sprang jetzt auf den Tisch, um die Ursache des neuen Geräusches zu untersuchen. Pulaski ignorierte sie, hob den Blick von der Glockenblume und sah Data an. »Wundervoll!« entfuhr es ihr mit aufrichtigem Erstaunen.

»Ich habe gehofft, daß sie Ihnen gefallen würde.«

»Aber sie kann unmöglich *echt* sein«, sagte die Ärztin und betastete ein Blatt. »Ach, Data, Sie haben doch keine so herrliche Pflanze geschaffen, nur damit sie eingeht, oder?«

»Es handelt sich um eine Reproduktion, Doktor«, erläuterte Geordi. »Data hat dabei die Materieumwandlung des Transporters benutzt.«

»Tatsächlich?« Wesley berührte eine der Blüten. »Selbst der *Geruch* ist organisch.«

Mystery hob zögernd eine Pfote zur Blume, und daraufhin wiederholte sich das Läuten.

»Wenn mein Versuch erfolgreich gewesen ist, müßte die Pflanze auf alle menschlichen Sinne echt wirken«, sagte Data.

Dr. Pulaski musterte ihn und lächelte ein wenig traurig. »Aber Sie können den Unterschied feststellen, nicht wahr?«

»Nur wenn ich Analysemöglichkeiten nutze, die über das menschliche Wahrnehmungsvermögen hinausgehen.«

»Worauf Sie für gewöhnlich verzichten«, erwiderte die Ärztin leise. »Es ist mir ein Rätsel, warum Sie solchen Wert darauf legen, Ihre Fähigkeiten einzuschränken.«

»Ich verstehe ihn.« Geordi legte Data die Hand auf die Schulter.

»Ich auch«, fügte Commander Will Riker hinzu. Der

Erste Offizier der *Enterprise* war gezwungen gewesen, Datas Recht zu leugnen, selbst über sein eigenes Leben zu entscheiden. Data kannte die Ursache für Rikers Unbehagen, hatte mit ihm gesprochen und ihn gebeten, ebenfalls an der Party teilzunehmen, aber Will schien sich nicht besonders wohl zu fühlen. Sein sonst so überschwengliches Wesen wich einer für ihn untypischen Zurückhaltung; wahrscheinlich versuchte er, so wenig Aufmerksamkeit wie möglich zu erregen.

Geordi runzelte die Stirn und ärgerte sich ganz offensichtlich über Rikers Behauptung, den Androiden zu verstehen. Aber Data kannte Will besser als Geordi. Er wußte, daß der Erste Offizier neue Lebensformen, Bräuche und Traditionen sofort akzeptierte, und dabei spielte es keine Rolle, wie bizarr und grotesk sie sein mochten. Im Gegensatz zu vielen anderen mußte Riker etwas nicht ganz und gar verstehen, bevor er es akzeptierte. Von Anfang an hatte er Data wie eine Person behandelt.

Ironie gehörte zu den menschlichen Gefühlen, die Data teilte. Ausgerechnet der Mann, dem er seinen innigsten Wunsch anvertraute, zu einem Menschen zu werden, war gezwungen, bei der Verhandlung gegen ihn Stellung zu beziehen, ihn als eine Maschine zu bezeichnen, auf die Starfleet Eigentumsansprüche erheben konnte. Riker hatte den Prozeß verloren und sich gleichzeitig den Ärger von Datas Freunden zugezogen.

Selbst Kate Pulaski, die der Androide nicht zu seinen engsten Freunden zählte, bedachte den Ersten Offizier mit einem finsteren Blick. »Sie behaupten, Data zu verstehen, aber bei dem Verfahren riefen Sie niemanden von uns als Zeugen auf.«

»Glauben Sie, daß ich gewinnen wollte, Doktor?« erwiderte Riker.

In den grünen Augen der Ärztin blitzte es. »Glauben *Sie*, daß ich Ihre Aussagen bestätigt hätte? Commander, die Meinungsverschiedenheiten zwischen mir und Mr. Data haben nichts mit seiner Autonomie zu tun. Er ist im wahrsten Sinne des Wortes einzigartig, und deshalb dürfen keine Experimente zugelassen werden, die seine Existenz bedrohen.«

»Sind Sie der Ansicht, daß keine weiteren Datas konstruiert werden sollten?« fragte Geordi und hob Mystery hoch, als sie auf die Glockenblume springen wollte. Er streichelte die Katze, und sie begann zu schnurren.

»Ich habe nichts gegen die Entwicklung weiterer *Androiden*«, antwortete Pulaski. »Ich bin noch nicht so gut mit Data vertraut wie Sie, aber ich weiß, daß er durch spezielle positronische Schaltkreise und heuristische Algorithmen eine genau ausgeprägte und individuelle Persönlichkeit hat. Ich nehme an, das wäre auch bei anderen Androiden der Fall, selbst wenn man sie nach seinem Muster baut. Es ergäben sich verschiedene Personen, so einzigartig wie jeder einzelne Mensch. Nein, bei den Kontroversen zwischen mir und Data geht es nur um seinen Wunsch nach einer anderen Existenzform. Meiner Meinung nach sollte er statt dessen sein ganzes Potential erforschen.«

Mystery entwand sich Geordis Griff und kehrte auf den Tisch zurück. Riker streckte die Hand aus, um das Tier von der Glockenblume abzulenken. Die Katze rieb sich daran und schnurrte laut, als sie sich von Riker, Pulaski und dann auch von Data kraulen ließ.

»Sehen Sie?« fragte die Ärztin.

»Was denn?« erwiderten Riker, Wesley und Geordi wie aus einem Mund.

Data wußte, was Kate Pulaski meinte. Es geschah immer, wenn er die Katze berührte, und er hatte keine Erklärung dafür.

Mystery ließ sich von ihm ebensogern streicheln und füttern wie von allen anderen, aber bei ihm schnurrte sie nie. Bisher war das nur ihm aufgefallen.

»Tiere spüren es«, sagte Pulaski. »Mystery weiß, daß Data eine Maschine ist.«

»Was soll das heißen?« platzte es aus Geordi heraus.

»Sie haben sich darüber beklagt, daß Mystery neulich

auf einer Konsole im Maschinenraum hockte«, erwiderte die Ärztin und lächelte hintergründig.

»Katzenhaare schaden empfindlichen Geräten«, entgegnete der Chefingenieur.

»Ich mag sie auch nicht an meinen medizinischen Instrumenten. Doch es vergeht kaum eine Woche, ohne daß ich Mystery auf einer meiner Diagnoseeinheiten finde. Ganz gleich, was ich auch versuche: Sie schafft es immer wieder, sich in die Krankenstation zu schleichen.«

»Mom gab es auf, sie zu vertreiben«, ließ sich Wesley vernehmen. »Nachdem sie herausfand, daß sich Mystery von den Quarantänebereichen fernhält. Sie meint, Katzen haben Sinne, die wir nicht verstehen.«

»Vielleicht hat sie recht«, sagte Pulaski. »Katzen mögen angenehm warme Maschinen, aber sie schnurren nicht bei ihnen. Mystery mag Data, doch sie weiß genau, was er ist.«

Stille folgte, als alle lauschten. Mystery rieb sich noch immer an Datas Hand, und er hielt die Finger still. Er hatte herausgefunden, daß ihm die Katze länger Gesellschaft leistete, wenn er passiv blieb. Derzeit wünschte er sich, daß sie ihr Interesse auf jemand anders richtete, denn Dr. Pulaski hatte recht: Mystery schnurrte nicht.

Riker brach das Schweigen. »An Datas maschineller Natur kann kein Zweifel bestehen. Aber er hat auch eine eigene Identität, wie jedes intelligente Wesen, und dadurch wird er zu einer Person.«

»Ganz meine Meinung«, bestätigte Pulaski. Sie wandte sich dem Androiden zu. »Es stört mich, daß jemand versucht, etwas anderes zu sein, anstatt seine Fähigkeiten voll zu entfalten.«

»Ich verstehe, Doktor«, erwiderte Data. »Dennoch wäre es mir lieber, ohne irgendwelche Vorbehalte akzeptiert zu werden.«

»Diesen Luxus genießt niemand«, sagte Riker. »Jeder muß mit Herausforderungen fertig werden.«

Data nickte. »Natürlich. Sie meinen Herausforderungen, die persönlichen Ideen, Fertigkeiten oder individueller Kompetenz gelten — Dinge, die man beweisen kann. Als ein Wesen aus Fleisch und Blut würde niemand mein Bewußtsein in Frage stellen.«

»Wenigstens ist das jetzt geklärt«, warf Geordi ein. »Nach dem Verfahren kann Sie niemand mehr als lebloses Ding bezeichnen.«

»Da irren Sie sich, Geordi«, widersprach Data. »Häufig wird gegen Gerichtsurteile Berufung eingelegt, und oft kommt es dabei zu konträren Entscheidungen. Ich glaube nicht, daß Commander Maddox einen zweiten Prozeß anstrengt, aber vielleicht kommt jemand anders auf diesen Gedanken — jemand, der ›gute Gründe‹ für eine neuerliche Verhandlung anführt.«

»Es wurde ein Präzedenzfall geschaffen, Data«, erinnerte Riker. »Ich halte eine Revision des Urteils für ausgeschlossen.«

»Nun, vielleicht revidiert man es nicht, aber angesichts meiner Lebenserwartung besteht eine Wahrscheinlichkeit von nahezu hundert Prozent, daß der Fall noch einmal zur Sprache kommt. In nur siebenundzwanzig Jahren hat man dreimal darüber debattiert, was ich *bin:* unmittelbar im Anschluß an meine erste Aktivierung, nach der Bewerbung für das Studium an der Starfleet-Akademie, und als Commander Maddox versuchte, mich zu demontieren. Was die beiden ersten Punkte betrifft, war eine Diskussion tatsächlich notwendig, doch jetzt weiß ich, daß es immer Leute geben wird, die mit meinem Status nicht zufrieden sind. Richterin Louvois nannte das eigentliche Problem: Es geht um die Frage, ob ich eine Seele habe. Selbst sie mußte zugeben, daß dafür jeder Beweis fehlt.«

»Ebenso wie bei uns, Data«, sagte Geordi.

»Aber es gibt einen wichtigen Unterschied«, fuhr der Androide fort. »Wenn die Seele wirklich existiert, so nimmt man bei Ihnen sofort an, daß Sie eine haben, während man sie bei mir bezweifelt.«

»Und deshalb fühlen Sie sich ständig auf die Probe gestellt«, erklang Worfs Stimme. Bisher hatte er schweigend zugehört. »Bei Klingonen gilt ein Leben ohne Herausforderungen als nicht lebenswert.«

Data sah den Leiter der Sicherheitsabteilung an und lächelte. »Ich bin ebensowenig Klingone wie Mensch.«

»Vielleicht sind Sie weit mehr, als sich ein normaler Mensch erhoffen darf«, sagte Geordi. »Außer Ihnen kenne ich keine andere Person mit einem Heiligenschein.«

Der ›Heiligenschein‹ war nichts anderes als eine Aura aus elektromagnetischer Energie, erzeugt von den anorganischen Komponenten des Androiden. Nur der Chefingenieur konnte sie erkennen: Sein VISOR ermöglichte ihm Wahrnehmungen auch außerhalb des für Menschen — oder selbst für Data — sichtbaren Spektrums.

Geordi hatte Data deswegen schon des öfteren aufgezogen, aber Dr. Pulaski schien nicht zu verstehen, daß es sich nur um einen Scherz handelte. »Alle Unschuldigen sind heilig«, meinte sie.

Aus einem Reflex heraus griff Data auf eine interne Speicherbank zu, die Informationen über Metaphysik und Theologie enthielt. Er begriff, was die Ärztin zum Ausdruck bringen wollte. »Wenn ich in dem Sinn unschuldig bin, wenn ich keine Sünde begehen kann... Dann habe ich keinen freien Willen, woraus der Schluß folgt, daß Richterin Louvois ein falsches Urteil fällte.«

Einige Sekunden lang herrschte verblüfftes und betroffenes Schweigen. »Ohne einen freien Willen Ihrerseits wäre es überhaupt nicht zu einem Verfahren gekommen«, sagte Riker schließlich. »Dann hätten Sie sich einfach Maddox' Experimenten gefügt.«

Die anderen schienen das für ein vernünftiges Argument zu halten, und deshalb ging Data nicht weiter darauf ein. Doch er beschloß, sich später intensiver mit dieser Frage zu befassen. War er zu Missetaten fähig? Fehler fielen nicht in diese Kategorie: Es geschah ab und zu, daß er auf der Grundlage einer unzureichenden Datenbasis Entscheidungen traf, die sich später als falsch erwiesen. Mißachtung von Befehlen? Nein, jeder Offizier handelte irgendwann einmal aus eigenem Ermessen, wenn sich wichtige Faktoren ergaben, die der Vorgesetzte bei seinen Anweisungen nicht berücksichtigt hatte.

Es ging um eine absichtliche Verletzung moralisch-ethischer Prinzipien, um Sünden in einem religiösen Kontext. Hatte er jemals eigene Wünsche vor die Pflicht gestellt? War er dazu imstande? *Ich bin nie in Versuchung geführt worden*, dachte er. *Was diese Aspekte des Lebens betrifft, brauchte ich bisher noch keine Tests zu bestehen.* Trotzdem...

Data unterbrach seinen Gedankengang, als er Counselor Deanna Troi auf dem Pfad bemerkte, der vom Wald zum Picknickbereich führte. Sie blieb ganz plötzlich stehen, und Überraschung zeigte sich in ihren großen dunklen Augen. »Stimmt was nicht? Dies sollte eigentlich eine fröhliche Party sein.«

»Wir haben gerade herausgefunden, daß Data kein Klingone ist«, erwiderte Geordi und bemühte sich erneut, die Stimmung zu verbessern.

»Worf hat recht«, sagte Data. »Ich muß mich damit abfinden, daß ich die Herausforderung an meine Empfindungswelt nie auf Dauer gewinnen kann.« *Und wie soll ich mich verhalten, wenn sich herausstellt, daß Maddox recht hatte? Nein, das kann ich nicht glauben. Laß das Thema jetzt fallen.* »Allerdings habe ich diese Runde gewonnen, und somit ist eine Feier angebracht. Counselor, ich möchte auch Ihnen etwas schenken.«

Einmal mehr breitete sich Heiterkeit aus, und die restlichen Geschenke wurden geöffnet. Überall begannen Gespräche zwischen Personen, die sich kannten und mochten. Data blieb einige Zeit bei Troi und Riker, denn er wußte, daß Menschen Taten häufig besser deuteten als Worte. Er wollte den Anwesenden zeigen, daß er keinen Groll gegen Riker hegte. Konnte er ihnen irgendwie zu verstehen geben, daß überhaupt nichts verziehen werden mußte? Sie alle waren Starfleet-Offiziere, und daher sollte ihnen eigentlich klar sein, daß einem manchmal keine andere Wahl blieb, als auch sehr unangenehme Pflichten zu erfüllen.

Wesley lockte Mystery mit einer bunten Schnur von den Geschenkpaketen, bis die Katze das Interesse an dem Spiel verlor und auf genauso geheimnisvolle Weise verschwand, wie sie gekommen war. Pulaski, Worf und Geordi diskutierten über ein Buch, das Data dem Sicherheitschef gegeben hatte: eine Ausgabe von *Moby Dick*, komplett mit Holzschnittillustrationen aus dem neunzehnten Jahrhundert. Die Abenteuer-Rache-Dramatik würde dem Klingonen sicher gefallen, und Data freute sich bereits darauf, später die literarischen Werte des Romans mit ihm zu erörtern.

Doch derzeit galt Worfs Aufmerksamkeit anderen Dingen. Er dachte immer in erster Linie an seine Pflicht, beendete das Gespräch mit Geordi und Pulaski, um Wesley an etwas zu erinnern. »Wir verlassen den Orbit um sechs Uhr. Du solltest dich gründlich ausschlafen, damit wir dir die Navigation anvertrauen können.«

»Ich bitte Sie, Worf – dies ist eine *Party*«, protestierte der Junge. Und bewies damit, daß er wirklich müde war.

Der Klingone erhob sich.

»Viele Besatzungsmitglieder verbringen einen Landurlaub in der Starbase«, sagte Wesley rasch. »Die meisten von ihnen kommen sicher erst im letzten Augenblick zurück. Wenn auch ich das Schiff verlassen hätte...«

Worf trat auf den Jungen zu, und ein dumpfes Knurren entrang sich seiner Kehle.

Der Fähnrich stand hastig auf und nahm das Sternenrohr. »Schon gut, schon gut – ich gehe. Portal! Gute Nacht allerseits. Danke, Data!« Er lief durch die nächste Tür des Holo-Decks.

Worf zögerte kurz und sah dem Jungen nach, drehte sich dann zu den anderen um. »Diesmal sollte ich ihn vielleicht ans Bett fesseln. Sie haben ihm ein außerordentlich faszinierendes Spielzeug gegeben, Data.« Er verabschiedete sich ebenfalls, und einige der übrigen Gäste schlossen sich ihm an. Nach einer Weile blieb nur Kate Pulaski zurück und griff behutsam nach der Glockenblume.

»Sie kann nicht zerbrechen«, versicherte ihr Data. »Soll ich sie zu Ihrem Quartier tragen?«

»Danke«, erwiderte die Ärztin. »Es ist einfach unglaublich, daß Sie etwas so Komplexes wie diese Pflanze und Wesleys Sternenrohr in nur wenigen Stunden herstellen können. Meine Entwürfe für neue medizinische Instrumente liegen schon seit fast einem Monat in der Versorgungssektion, aber es ist noch kein einziges Gerät fertiggestellt.«

»Möchten Sie, daß ich mich darum kümmere, Doktor?« fragte Data.

»Nein. Das war Meckerei, kein Wink mit dem Zaunpfahl.« Als sie die Verwirrung in Datas Zügen bemerkte, fügte sie hinzu: »Ich meine, das fällt nicht in Ihren Zuständigkeitsbereich. Außerdem müssen die Leute in der Versorgungssektion lernen, ihre Arbeit zu erledigen.« Als sie Seite an Seite durch leere Korridore gingen, schnitt Dr. Pulaski noch einmal das vorherige Thema an. »Glauben Sie wirklich, daß ich keine echte Person in Ihnen sehe, Data?«

»Ich habe noch nicht darüber nachgedacht.«

»Ach, hören Sie auf damit. Ich habe gesehen, wie Sie auf einige meiner Bemerkungen reagieren. Nun, ich drücke mich oft sehr offen und unverblümt aus. Manchmal spreche ich, ohne vorher nachzudenken.« Kate Pulaski seufzte uncharakteristisch. »Sie faszinieren mich, Data. Sie sind viel mehr als nur die Summe von Schaltkreisen, Sensoren, organischen Flüssigkeiten und heuristischen Algorithmen. Ich möchte Ihr wahres Ich kennenlernen und nicht das eingeschränkte Selbst eines künstlichen Humanoiden.«

»Ich *bin* ein künstlicher Humanoide.«

»Unsinn!« sagte die Ärztin scharf. »Die humanoide Form gehört zu den vielseitigsten überhaupt. Andernfalls hätten sich nicht so viele Spezies nach diesem Muster entwickelt. Als man Sie konstruierte, legte man offenbar Wert auf eine solche Vielseitigkeit — daher Ihre Gestalt.«

Sie blieben vor Pulaskis Tür stehen, und Kate nahm die Glockenblume entgegen. »Wenn ich einen Zauberstab besäße, um Sie für einige Tage in einen Menschen zu verwandeln... Dann bekämen Sie Gelegenheit herauszufinden, daß gar nichts Besonderes an uns ist. Dann könnten Sie endlich *Sie selbst* sein.« Mit diesen Worten betrat die Ärztin ihr Quartier, und Data verharrte im Korridor, blickte einige Sekunden lang auf das geschlossene Schott.

Der Androide brauchte keinen Schlaf. Er verwendete die zusätzliche freie Zeit, um das Holo-Deck zu besuchen oder am Computer seiner unstillbaren Neugier zu frönen. Für Data gab es immer etwas ›zu tun‹.

Doch in dieser Nacht fühlte er sich sehr einsam.

KAPITEL 2

Am nächsten Tag verließ das Raumschiff *Enterprise* die Starbase 173 mit der Order, einige Sternenkarten auf den neuesten Stand zu bringen. Sie betrafen mehrere Raumsektoren des stellaren Territoriums der Föderation, die Starfleet Command bald für den zivilen Verkehr freigeben wollte. Die entsprechenden Routen erstreckten sich abseits der üblichen Transferkorridore, aber sie führten zu einigen der ältesten Außenbasen, die noch immer in Betrieb waren. Ihre Aufgabe bestand darin, die romulanische Neutrale Zone zu überwachen.

Data saß an der Operatorstation und wandte seine Aufmerksamkeit von den Anzeigen der Primärsysteme ab, um sich mit den jüngsten Starfleet-Berichten über die betreffenden Sektoren zu befassen. Einige Male fanden darin Grenzkonflikte mit den Waykani Erwähnung, einem bündnisfreien und technologisch hochentwickelten Volk. Früher oder später interessierten sich bestimmt die Romulaner dafür, denn das von den Waykani kontrollierte Gebiet befand sich in unmittelbarer Nähe der Föderation und des Reiches.

Geordi nutzte die Reise, um die Belastbarkeit der Triebwerke zu testen, indem er während langer Phasen eine Geschwindigkeit von Warp neun hielt. Dabei war die *Enterprise* so schnell, daß der am Navigationspult sitzende Wesley nicht mehr alle Monitorinformationen aufnehmen und verarbeiten konnte. Der junge Fähnrich seufzte verärgert.

»Ich schlage vor, du justierst das Display auf visuelle Berichte in Abständen von jeweils einer Sekunde«, sagte Data.

»Sie haben die Einstellungen Ihrer Konsole nicht verändert«, erwiderte Wesley.

»Ich kann die Daten ebenso problemlos auswerten wie der Bordcomputer. Manchmal ist es von Vorteil, eine Maschine zu sein.«

Der Junge bedachte ihn mit einem sonderbaren Blick und beherzigte dann den Rat des Androiden.

Datas Anzeigen bestätigten, daß die *Enterprise* weiterhin den Kurs hielt und zur Starbase 32 flog. Alle Systeme arbeiteten einwandfrei. Es war still auf der Brücke, und Data spürte Lieutenant Worfs Präsenz an der Sicherheitsstation auf dem Oberdeck der Brücke. Direkt hinter dem Androiden saßen Commander Riker und Captain Picard, blickten zum großen Wandschirm und beobachteten die warpverzerrten Sternkonstellationen.

Gestern hatte der Captain nur wenige Minuten im Kontrollraum verbracht, aber heute galt wieder der normale Dienstplan. Picard wirkte ein wenig entspannter als sonst. Wenn man den an Bord kursierenden Gerüchten Glauben schenken konnte, so war Phillipa Louvois für die Veränderung seines Gebarens verantwortlich.

In Hinsicht auf Picards Beziehung zu Louvois kannte Data nur die nüchternen Fakten. Nach dem Verlust der *Stargazer* hatte sie bei dem Kriegsgerichtsverfahren die Anklage gegen den Captain geführt, und seitdem brachte er ihr Argwohn entgegen. Bis zu ihrer richterlichen Entscheidung in Datas Fall. Dadurch entstand eine feste Freundschaft zwischen ihnen – und vielleicht auch etwas mehr. Der Androide freute sich darüber. Er wußte nicht, wie er auf Feindseligkeiten zwischen Menschen reagieren sollte, und noch schwieriger wurde es für ihn, wenn sie seine Freunde betraf.

Er hörte nun zu, als Picard eine Pause in der allgemeinen Aktivität nutzte, um einen Logbucheintrag vorzunehmen.

»Captains Logbuch, Sternzeit 42528.6: Wir fliegen nun durch einige Sternhaufen, die vor mehr als hundert Jahren von Erkundungsschiffen der Föderation kartographisch erfaßt wurden. Sie meldeten keine bewohnten Welten und nur wenige mit primitiven Lebensformen. Die einzige Ausnahme ist der Planet Elysia, den die U.S.S. Clarion *vor hundertsieben Standardjahren erreichte. Die Landegruppe begegnete intelligenten und freundlichen*

Humanoiden, aber nach nur drei Tagen schickte man die Besucher fort.

Der Soziologe vermutete, daß die Crew unabsichtlich heiligen Boden betrat. Seiner Ansicht nach kann nur ein Verhalten, das die Elysianer als Sakrileg erachteten, die Aufforderung erklären, den Planeten zu verlassen. Hinzu kommt, daß die Einheimischen in diesem Zusammenhang von einem göttlichen Befehl sprachen. Die Besatzung der Clarion *hielt sich an die Erste Direktive, kehrte ins Schiff zurück und setzte die Reise fort. Da Elysia zur damaligen Zeit weit von allen wichtigen Transferrouten entfernt war, unternahm die Föderation keinen zweiten Versuch, diplomatische Verbindung mit den Elysianern herzustellen.*

Seit jener Zeit haben in diesem Raumsektor keine offiziellen Forschungsmissionen stattgefunden. Inzwischen stehen uns leistungsfähigere Warptriebwerke zur Verfügung, und der interstellare Handel hat stark zugenommen. Die hiesige geodätische Linie führt am elysianischen Sonnensystem vorbei und könnte zu einem wichtigen Verkehrskorridor zwischen der Föderation und den Ausläufern der romulanischen Neutralen Zone werden. Sie bietet einen direkten Weg zur Starbase 32, die gefährlich weit von allen Föderationsnachbarn entfernt ist. Wir wissen nicht, ob die blockfreien Welten unweit der Starbase bereit wären, in einem Notfall Hilfe zu leisten. Die jüngsten territorialen Auseinandersetzungen müssen aufmerksam beobachtet werden, denn sonst könnte es geschehen, daß die Föderation in einen Konflikt verwickelt wird.

Seit kurzer Zeit sind die Romulaner auf die Bühne der galaktischen Politik zurückgekehrt, und deshalb soll festgestellt werden, ob sich einige der unbewohnten Welten in diesem Quadranten für eine Kolonisierung eignen. Der Föderationsrat hält solche Kolonien für ein friedliches Mittel, um unseren Anspruch auf diesen Sektor zu erneuern und gleichzeitig den Bevölkerungsdruck einiger Innenwelten zu lindern.

Deshalb fliegt die Enterprise*...«*

Data sah ein Flackern auf seiner Konsole. Die über den Monitor rasenden Zahlen hielten so kurz inne, daß nicht einmal der Bordcomputer etwas bemerkte. »Captain«, sagte der Androide, »die Instrumente zeigen eine Variation der Warpgeschwindigkeit.«

»Was?« Picard stand auf, blickte über Datas Schulter und betrachtete die Aufzeichnung der Anzeigen. Nach einigen Sekunden schaltete er das Interkom ein. »Maschinenraum! Warum hat sich das Energieniveau im Warptriebwerk verringert?«

»Die energetische Struktur ist stabil«, ertönte Geordi LaForges verwirrt klingende Stimme. »Die Sensoren registrieren keine Abweichungen.«

»Geschwindigkeit jetzt wieder normal, Captain«, meldete Data und rief Statusberichte von allen Systemen ab. »Der Grund für die Fluktuation befindet sich nicht an Bord. Es kam zu einer kurzzeitigen Veränderung im Gravitationsfeld dieses Raumgebiets.«

»Aber warum?« fragte Geordi. »Was ist bei euch los, Data? Flog irgendein großer Meteor an uns vorbei oder so?«

»Das bezweifle ich«, erwiderte der Androide. Die Instrumente boten ihm keine Erklärung an, und dieser Umstand lenkte ihn von den Worten des Chefingenieurs ab. Sonst hätte er darauf hingewiesen, daß die *Enterprise* an irgendwelchen Himmelskörpern vorbeiflog und nicht umgekehrt. Außerdem: Ein Objekt mit genügend Schwerkraft, um die Geschwindigkeit eines Raumschiffs der Galaxis-Klasse auch nur für eine Nanosekunde zu beeinflussen, mußte sofort auffallen. Doch die Scanner zeigten nur leeren Raum.

»Nun?« drängte Picard.

Data schüttelte den Kopf. Er kannte das Gefühl der Frustration, spürte es oft, wenn er seine Primärfunktion als perfektes Informationssystem erfüllte und mitten in einem ausführlichen Bericht vom Captain unterbrochen wurde. Jetzt erlebte er das Gegenteil: Er sah sich außerstande, die gewünschten Daten zu liefern.

»Die Instrumente zeigen, daß unsere Bordsysteme keine Defekte aufweisen«, antwortete Data und prüfte noch einmal die Aufzeichnung der Fluktuation. »Nach den Sensoren zu urteilen gab es eine...«

»Pscht!« sagte der Captain und legte seinem Zweiten Offizier die Hand auf die Schulter.

Diesmal war es noch deutlicher: eine kurze Veränderung im leisen, gleichmäßigen Summen des Warptriebwerks. Unmittelbar darauf schien es wieder normal zu arbeiten, aber Datas Erinnerung hatte automatisch alles gespeichert. Eins stand fest: Es handelte sich um eine reale Störung.

Will Riker trat vor und blieb hinter dem Captain stehen.

»Was auch immer das gewesen sein mag...«, sagte er. »Mir haben sich dabei die Nackenhaare aufgerichtet.«

»Was stellt ihr dort oben an?« erklang Geordis Stimme. »Habt ihr mit einem Slalomflug um einige Sonnensysteme begonnen?«

»Chefingenieur, zur Brücke. Captain Ende.« Picard wandte sich wieder an Data. »Das war eine Gravitationsanomalie.«

»In der Tat, Sir. Doch es genügt nicht, dem Phänomen einen Namen zu geben. Wir benötigen eine Erklärung.«

»Das fällt in Ihren Zuständigkeitsbereich, Commander.«

»Ja, Sir«, entgegnete Data. Er justierte die Schiffssensoren auf Breitbanderfassung und versuchte, die Ursache des Gravitationsschubs festzustellen.

Nach zwei Minuten wiederholte sich die Schwankung im Schwerkraftfeld des Raumsektors, durch den die *Enterprise* flog, und diesmal gelang dem Androiden eine Lokalisierung. »In der Nähe des Planeten Elysia finden starke elektromagnetische und gravitationelle Fluktuationen statt.«

»Elysia?« fragte Riker. »Vor hundert Jahren gab es dort eine schlichte, landwirtschaftlich geprägte Kultur. Der Forschungsbericht wies nicht auf eine beginnende Industrialisierung hin. Ganz zu schweigen von der Entwicklung einer Technologie, die solche Phänomene bewirken könnte.«

»Vielleicht sind sie nicht künstlichen Ursprungs«, sagte Data und wählte einen anderen Fokus für die Sensoren. »Möglicherweise kommt es im Bereich des Planeten zu natürlichen Gravitationsstörungen. Wenn das der Fall ist, so wäre es denkbar, daß die Elysianer unsere Hilfe benötigen.«

»Falls ihre... *Götter* nichts dagegen einzuwenden haben«, murmelte Picard. »Was können Sie herausfinden, Data?«

»Ich habe die Sensoren auf Elysia gerichtet. Wir sollten eigentlich in der Lage sein, das Epizentrum der...«

»Captain!« ertönte Worfs Baß. »Ich registriere Signale. Subraum-Kommunikation, aber keine Starfleet-Frequenz.«

»Von Elysia?« vergewisserte sich Riker.

»Alle Frequenzen öffnen«, sagte der Captain.

»Aus der Richtung des Planeten«, bestätigte Worf und veränderte die Konfiguration seiner Konsole, so daß die *Enterprise* nicht nur Starfleet-Mitteilungen empfing, sondern alle Sendungen.

»Dare! Ich kann den Kurs nicht halten!« tönte es aus dem Lautsprecher.

»Uns hat's ebenfalls erwischt. Halt aus, Poet! Wir...«

»Ich kenne diese Leute.« Data entnahm Picards Tonfall, daß der Captain zwar die Stimmen erkannte, jedoch nicht genau wußte, welchen Personen er sie zuordnen sollte. Diesmal war er imstande, ihm die betreffenden Informationen zu geben.

»Ja, Sir. Darryl Adin und seine Gruppe.« Er warf einen raschen Blick auf die Sensoranzeigen. »Allem Anschein nach ist eins ihrer Schiffe in den elysianischen Gravitationsstrudel geraten.«

Data hatte Darryl Adin und seine Söldner vor einigen Monaten kennengelernt, als sie außerhalb der Föderation operierten. Allerdings floh nur Adin vor dem Gesetz des Völkerbunds: Man legte dem ehemaligen Sicherheitsoffizier Starfleets Verrat und Mord zur Last, aber in Wirklichkeit war er unschuldig.

Darryl Adin ... Jener Mann, der Tasha Yar, die verstorbene Sicherheitschefin der *Enterprise,* aus der Hölle ihres Heimatplaneten gerettet und vor einem schrecklichen Schicksal bewahrt hatte. Anschließend verliebten sich Dare und Tasha, doch sie mußten ihre Pläne für eine gemeinsame Zukunft aufgeben, als man Adin wegen Verrates und Mordes verurteilte.

Die Beweise gegen ihn waren falsch, aber das wußte Tasha nicht, als sie und Data ihm einige Jahre später begegneten, während einer Mission auf dem Planeten Treva. Es blieb Tasha keine andere Wahl, als ihren früheren Geliebten zu verhaften. Data fand schließlich heraus, daß man einige Computerspeicher manipuliert hatte, um Adin zum Verbrecher zu stempeln, woraufhin Tasha mit dem Gedanken spielte, nach ihrer Dienstzeit an Bord der *Enterprise* zu Darryl zurückzukehren. Doch sie kam nicht mehr dazu, sich diesen Wunsch zu erfüllen: Tasha Yar starb auf Vagra II.

»Was führt sie ausgerechnet hierher?« entfuhr es Picard. »Mr. Worf, öffnen Sie die Grußfrequenzen.« Der Klingone beugte sich zu seinem Pult vor, doch bevor er die entsprechenden Schaltungen durchführen konnte, hörten Data und seine Kollegen, wie sich eine Katastrophe anbahnte.

»Versuch bloß nicht, uns hochzuziehen, Dare — dann stürzt du mit uns zusammen ab.« Poets Stimme, seltsam ruhig. »Vielleicht schaffe ich es, die Atmosphäre als Sprungbrett zu benutzen und in die Umlaufbahn zurückzukehren. Wenn wir sterben ...«

»Das verbiete ich euch!« erwiderte Darryl Adin. »Steuert in den Orbit. Aurora und ich vereinen unsere Traktorstrahlen und ...«

Knisternde Statik überlagerte die nächsten Worte. Eine weitere Gravitationsverschiebung vibrierte durch die *Enterprise,* als Geordi LaForge aus dem Turbolift stürmte. »Was ist hier los?«

»Das wollten wir eigentlich Sie fragen«, erwiderte Riker.

»Im Bereich des Planeten Elysia finden starke elektromagnetische und gravitationelle Fluktuationen statt«, erklärte Data.

»Elysia?« Geordi aktivierte die Kontrolle des Maschinenraums an seiner Brückenstation. »Und wo befindet sich jene Welt?«

»Vor uns, Mr. LaForge«, antwortete Picard. »Wir sind zu ihr unterwegs, um Ihnen Gelegenheit zu geben, den Grund für die Gravitationsschwankungen festzustellen.«

»Grußfrequenzen offen, Sir«, meldete Worf.

Picard aktivierte einen Kom-Kanal. »U.S.S. *Enterprise* an Darryl Adin. Halten Sie Ihre Position. Wir brauchen nur...«

»Sieben Minuten«, warf Data ein.

»...sieben Minuten, um Sie zu erreichen. Mit unseren wesentlich stärkeren Traktorstrahlen ist es sicher möglich, das in Not geratene Schiff zu bergen. Gehen Sie kein zusätzliches Risiko ein.«

Darryl Adin und seine Gefährten verfügten über die besten und schnellsten Schiffe der privaten Raumfahrttechnologie, aber ihre Triebwerke waren nicht annähernd so leistungsfähig wie die eines Raumschiffs der Galaxis-Klasse.

»Wir empfangen Sie, *Enterprise*«, sagte Adin. »Dem Himmel sei Dank. Wir glaubten, hier draußen ganz allein zu sein. Poet, hast du das gehört?«

»Bestätigung. Dare, meine Instrumente funktionieren nicht mehr. Ich muß mit manueller Kontrolle in den Orbit.«

»Sei vorsichtig, Poet.« Eine dritte Stimme, die einer Frau. »Dare, wir haben ihn auf den Schirmen. Vielleicht können wir helfen...«

»Und wenn es zu einem neuerlichen Gravitationsschub kommt?« gab Adin zu bedenken. »Verdammt, wir müssen es riskieren. Aurora, geh auf hundertzwanzig Grad vor Poet. Ich nehme die gleiche Position hinter ihm ein. Auf diese Weise können wir ihn genau anpeilen.«

Data berührte eine Sensorfläche, und das Bild auf dem

großen Wandschirm veränderte sich, zeigte nun den Planeten Elysia. Drei blinkende Lichter markierten Adins Schiffe. Eins von ihnen fiel aus der Umlaufbahn, ging immer tiefer, hielt auf die Atmosphäre zu und begann mit einem Katapultmanöver. Unter gewöhnlichen Umständen war es nicht besonders gefährlich, solange ein erfahrener Pilot an den Kontrollen saß.

Aber dies waren keine gewöhnlichen Umstände.

Wenn es zu einer weiteren Gravitationsverschiebung kam, während Poet ein derartiges Manöver versuchte... Dann geriet nicht nur das erste Schiff in Gefahr, sondern auch die beiden anderen.

»Bereiten Sie den Transporter vor, Data«, sagte Picard. »Ermitteln Sie die Koordinaten der Besatzung, sobald wir nahe genug heran sind. Wenn es erforderlich wird, beamen wir sie an Bord und nehmen den Verlust der Raumschiffe hin. Adin, wie viele Personen gehören zu Ihrer Gruppe?«

»Acht. Vier in meinem Schiff, und jeweils zwei in den beiden anderen.«

Data ging zum Turbolift, und Picard befahl: »Mr. LaForge, Traktorstrahlen fokussieren. Mr. Crusher!«

»Ja, Captain?«

»Bei einer dreifachen Ausrichtung des Traktorfelds brauchen wir Ihre Potentialverstärkung.«

»Aye, Captain«, erwiderte der Junge, als sich die Tür des Turbolifts hinter Data schloß. Mehr hörte der Androide nicht. Kurz darauf eilte er durch den Korridor, der zum Transporterraum führte, und dabei spürte er, wie ein anderer Gravitationsschub den Boden erzittern ließ.

Während des Warpfluges waren die Transporter normalerweise ausgeschaltet, aber O'Brien hatte die Anweisung, alle Systeme einsatzbereit zu halten, wenn sie sich Raumschiffen in Not näherten. Data nahm eine kurze Funktionskontrolle vor, trat dann zur primären Konsole und lauschte den Stimmen aus dem Interkom-Lautsprecher.

»...außer Kontrolle!« Poet. »Rory — vergiß mich nicht.«

»*Enterprise*, empfangen Sie uns?« fragte Adin. »Die letzte Fluktuation hat unsere Instrumente zerstört. Wir können die Traktorstrahlen nicht mehr genau genug ausrichten!«

»Warpflug unterbrechen«, sagte Picard. »Sublicht. Fähnrich Crusher...«

»Potentialverstärker aktiv, Sir«, erwiderte der Junge aufgeregt.

»Mr. LaForge, Traktorstrahlen auf Fokus. Data, haben Sie die Koordinaten?«

»Negativ, Captain. Die Entfernung ist noch zu groß.«

»Eins der drei Schiffe befindet sich hinter dem Planeten«, teilte Picard mit. »Kursänderung auf zwei eins fünf Komma null...«

Data wandte einen Teil seiner Aufmerksamkeit von den Stimmen im Kontrollraum ab und konzentrierte sich auf die Transporterkonsole. Er schaltete die Scanner auf Fernbereichserfassung und suchte dort nach Lebensformen, wo die Sensoren nur leeren Raum anzeigten. Dann ein kurzes Flackern...

»Wir platzen auseinander, *Enterprise*! Ihr Traktorstrahl ist zu stark.«

»Überlebensanzüge.« Die Stimme einer Frau, und Data erkannte sie: Pris Shenkley. »Beeilt euch...«

Der Androide ortete zwei Personen und zögerte nicht, den Transfer auszulösen. Besorgt beobachtete er, wie sich auf der Plattform zwei Energiesäulen bildeten. Zehn Sekunden lang nahmen sie keine Struktur an, schimmerten und gleißten, während Data die Einstellung der Kontrollen veränderte, um die Rematerialisierung zu veranlassen. Schließlich bildeten sich Gestalten.

Sie hatten sich nicht darauf vorbereiten können, an Bord der *Enterprise* gebeamt zu werden. Eine der beiden Personen — ein seltsam unscheinbarer Mann — saß auf nichts, und seine Hände schwebten über einem imaginären Pult. Die andere — eine hochgewachsene, schlanke Blondine — trug zwei Überlebensanzüge, und einen davon wollte sie gerade ihrem Begleiter reichen. Der Mann fiel nach hinten, als das Glühen der Transporterenergie verblaßte, sprang sofort wieder auf und bemerkte Data an der Konsole.

»Konnten Sie auch die anderen transferieren?« fragte er.

Im gleichen Augenblick erklang Picards Stimme aus dem Lautsprecher. »Data, wir haben ein Schiff verloren! Ist die Besatzung an Bord?«

»Zwei Personen sind sicher eingetroffen.«

»Gott sei Dank«, erwiderte der Captain. »Die beiden anderen Schiffe befinden sich im energetischen Schlepptau. Es dauert nur noch einige Minuten, um sie im Hangar aufzunehmen.«

Der Mann und die Frau sahen sich an und lächelten. Dann trat die Blondine am Pult vorbei und umarmte Data. »Sie haben uns schon wieder gerettet. Wird langsam zur Gewohnheit.«

»Willkommen an Bord, Pris Shenkley«, sagte Data. »Es freut mich, daß Ihnen die *Enterprise* helfen konnte. Ich halte den Transporter in Bereitschaft, bis den beiden Schiffen keine Gefahr mehr droht. Dann bringe ich Sie und Poet...« — er nickte dem Mann einen Gruß zu — »... zum Hangar.«

Der Androide empfand es als angenehm, Pris wiederzusehen. Sie waren sich zum erstenmal auf dem Planeten Treva begegnet, aber zu jenem Zeitpunkt hatte die Mission Data so sehr in Anspruch genommen, daß er kaum auf Pris' Freundlichkeit reagieren konnte.

Jetzt bekam er vielleicht Gelegenheit, Pris Shenkley besser kennenzulernen.

Es kam zu keinen weiteren Zwischenfällen, und einige Minuten später standen die beiden kleinen Raumschiffe im Hangar der *Enterprise*. Data führte Pris und Poet zu ihren Gefährten.

Darryl Adin trat sofort auf ihn zu.

»Mr. Data«, sagte er. »Vielen Dank. Jetzt stehe ich zweimal in Ihrer Schuld — oder schon dreimal?«

Der Androide beobachtete, wie bei den letzten Worten ein Schatten über Adins Züge huschte. »Zweimal«, erwiderte er. »Unsere letzte Begegnung geht auf meinen eigenen Wunsch zurück. Wie dem auch sei: Sie schulden mir nichts.«

Data wußte natürlich, worauf sich Adin bezog. Vor einigen Monaten hatte er ihm die aufgezeichnete Abschiedsbotschaft Tasha Yars gebracht. Darryl sah sich die holographischen Bilder an, lauschte Tashas Stimme, und anschließend sprach er stundenlang, ohne Datas Verständnis in Frage zu stellen. Der Androide hielt seine eigenen Reaktionen für unangemessen, aber trotzdem schien es ihm gelungen, Adin Trost zu spenden, einem Mann, der sich erneut vom Schicksal betrogen fühlte.

Data konnte Tashas sinnlosen Tod nicht mit irgendeiner kosmischen Gerechtigkeit in Zusammenhang bringen, und seinen Kollegen ging es ebenso. Bei dem Versuch, einen besseren Eindruck von der menschlichen Natur zu gewinnen, mußte er sich schließlich der Erkenntnis stellen, daß ein primäres Charakteristikum des Menschseins paradox war: Indem er gewisse Dinge *nicht* verstand, hatte er mehr mit Menschen gemeinsam.

Adins dunkle Kleidung, das braune Haar und die ebenfalls braunen Augen... Bei einem anderen Mann hätte so etwas dazu geführt, daß er nicht weiter auffiel. Doch irgend etwas rückte Darryl immer in den Mittelpunkt der Aufmerksamkeit, selbst hier im Hangar.

Picards Ankunft unterbrach ihr Gespräch.

»Mr. Adin, ich bin froh, daß wir rechtzeitig eingreifen konnten.«

»Ich freue mich, Sie wiederzusehen, Captain — obwohl ich die Umstände bedauere.«

Picard nickte. »Was führt Sie hierher? Dies ist kein empfohlener Sektor für zivile Raumfahrt.«

»Ob empfohlen oder nicht — seit drei Monaten läßt Starfleet in diesem Quadranten auch private Schiffe zu«, entgegnete Adin.

»Das stimmt, Captain«, bestätigte Data. »Für jedes Schiff, das mindestens Warp vier erreichen kann, ist dies die schnellste Route zum erforschten Raum im Bereich der Neutralen Zone. Kleine Raumer werden nur darauf hingewiesen, daß es hier keine bewohnten Planeten beziehungsweise Stützpunkte gibt, wo Reparaturen durchgeführt werden können. Für ein einzelnes Schiff mag es dumm sein, ausgerechnet diese Route zu wählen, aber gegen einen Konvoi gibt es nichts einzuwenden.«

Adin lächelte. »Ich bin sicher, daß wir unsere Flitzer reparieren können, Captain. Wenn Sie uns gestatten, in Ihrem Hangar zu arbeiten...«

»Selbstverständlich«, sagte Picard. »Aufgrund der Gravitationsschübe ist die technische Abteilung derzeit in Alarmbereitschaft. Wenn wieder normaler Status herrscht, weise ich Ihnen einige Techniker und Ingenieure zu.«

»Das ist nicht nötig...«

»*Wir* stehen in *Ihrer* Schuld«, sagte Picard fest.

Adin wirkte überrascht. Den Grund dafür verstand Data nicht, denn Starfleet bot immer Hilfe an, wenn sie erforderlich wurde. Darüber hinaus zeigte sich die Flotte immer bereit, Fehler wiedergutzumachen, und der Justizirrtum in Hinsicht auf Dare war keineswegs vergessen.

»Bitte lassen Sie sich in der Krankenstation untersuchen«, fügte der Captain hinzu. »Anschließend führt man Sie ins Gästequartier. Sie können jederzeit an Ihren Schiffen arbeiten. Zögern Sie nicht, Hilfe oder benötigte Geräte anzufordern. In der Zwischenzeit...« Picard berührte seinen Insignienkommunikator. »Brücke — haben Sie etwas zu berichten, Nummer Eins?«

»Die Gravitationsschübe haben ganz plötzlich aufgehört.« Riker zögerte kurz. »Data, könnten Ihre Freunde die Elysianer irgendwie provoziert haben?«

»Nein«, versicherte Adin. »Wir wollten diesen Sektor nur durchqueren, um Brancherion zu erreichen. Es lag keineswegs in unserer Absicht, Elysia anzufliegen — die erste

Gravitationsverschiebung brachte uns vom Kurs ab. In den Sternkarten ist der Planet als präindustrielle Kultur eingetragen, die keine Kontakte wünscht. Wir passierten den Rand des Sonnensystems, als uns die Fluktuationen plötzlich packten und nach Elysia zerrten.«

»Ich finde das alles beunruhigend«, murmelte Picard. »Eine Kraft, die stark genug ist, um selbst ein Raumschiff der Galaxis-Klasse zu beeinflussen...«

»Daß sie nur ab und zu aktiv wird, deutet auf einen künstlichen Ursprung hin«, sagte Data. »Aber wir empfangen nicht einmal Radiowellen von Elysia.«

»Captain, können wir es riskieren, uns dem Planeten zu nähern?« fragte Riker, der im Kontrollraum wartete.

»Und wenn sich die Phänomene wiederholen?« erwiderte Picard.

»Die *Enterprise* hat ihnen bisher widerstanden und zwei andere Schiffe aus dem Gravitationsstrudel befreit«, warf Data ein. »Ich glaube, es besteht keine nennenswerte Gefahr für uns, wenn wir in den Standardorbit schwenken. Die Frage lautet vielmehr: Sollen wir es riskieren, eine Landegruppe auszuschicken?«

»Wir sondieren Elysia vom Standardorbit aus, Nummer Eins«, sagte Picard. »Anschließend entscheiden wir, was es zu unternehmen gilt.« Er schloß den Kom-Kanal zur Brücke. »Data, rufen Sie alle Informationen aus Adins Computern ab. Mit Ihrer Erlaubnis«, fügte er hinzu und sah Darryl an.

Der Söldner lächelte süffisant. »Ich möchte keineswegs auf die Hilfe des besten mir bekannten Computerexperten verzichten.« Er schüttelte traurig den Kopf. »Wir haben nichts zu verbergen. Allerdings frage ich mich, ob die Computer überhaupt noch irgendwelche nützlichen Daten enthalten.«

Während der nächsten Stunden blieb die *Enterprise* im Orbit des Planeten Elysia. Bei jeder Umkreisung veränderte sich ihre Umlaufbahn ein wenig, so als spinne das große

Raumschiff eine Kugel aus unsichtbarem Garn; auf diese Weise erfaßten die Sensoren jeden Quadratzentimeter der Oberfläche.

Unterdessen half Data Darryl Adins Crew im Hangar. Die anderen demontierten Konsolen und Schaltpulte, entmagnetisierten oder ersetzten einzelne Komponenten. Der Androide und Sdan, Dares wissenschaftlicher Experte, verbanden die Speicherbänke der beiden Raumschiffe mit dem Computersystem der *Enterprise*. Stundenlang suchten sie Bytes der erhalten gebliebenen Daten, und es gelang ihnen, die meisten Einträge der elektronischen Logbücher zu reaktivieren. Einige Teile der Bordprogramme ließen sich wiederherstellen, aber es war wesentlich einfacher, die Rechner völlig neu zu programmieren, als nach Fehlern in den Funktionspaketen Ausschau zu halten.

Nach einer Weile zogen sich Adin und seine Gefährten müde ins Gästequartier zurück. Nur Sdan blieb. Auf den ersten Blick wirkte er wie ein Vulkanier, doch dieser Eindruck täuschte: Zu seinen Vorfahren gehörten auch Romulaner, Menschen, Orioner und vermutlich Angehörige anderer Spezies. Allerdings verfügte er über typisch vulkanische Ausdauer, und deshalb setzte er die Arbeit fort. Zusammen mit dem unermüdlichen Data restaurierte er die Navigationsprogramme und nahm sich anschließend die Operationskontrollen vor, deren Rejustierung viele Stunden dauern würde. Der Androide verabschiedete sich, als sein Dienst begann.

Er meldete sich auf der Brücke und stellte dort fest, daß die Sondierung des Planeten inzwischen fast abgeschlossen war. Data nahm an der Operatorkonsole Platz, rief die Informationen ab und wählte die schnellste Übertragungsgeschwindigkeit, die sein positronisches Gehirn zuließ. Innerhalb weniger Minuten legte er alle Daten in den internen Speichern ab und begann mit ihrer Analyse, als der Captain den Kontrollraum betrat.

»Mr. Data, Nummer Eins, Counselor Troi — bitte begleiten Sie mich in den Bereitschaftsraum«, sagte Picard.

»Sie auch, Lieutenant«, fügte er hinzu, als Worf aus dem Turbolift kam.

Data beobachtete, daß Wesley Crusher einen erwartungsvollen Blick auf den Captain richtete. Aber der junge Fähnrich durfte sicher nicht damit rechnen, einer Landegruppe zugeteilt zu werden, die einen möglicherweise gefährlichen Planeten besuchte. An der Tür drehte sich Picard noch einmal um.

»Mr. Crusher...«

»Ja, Sir!« Wesley sprang auf, bevor der Captain den Satz beenden konnte.

»...bitten Sie Mr. LaForge, Dr. Pulaski und Mr. Thralen von der soziologischen Abteilung in meinen Bereitschaftsraum.«

Im Gesicht des Jungen zeigte sich deutliche Enttäuschung, doch er antwortete nur: »Aye, Captain.« Dann nahm er wieder Platz und öffnete einen Kom-Kanal zum Maschinenraum.

Während sie auf Geordi, die Bordärztin und den Soziologen warteten, begann Data mit einer ersten Bewertung der planetaren Sondierung. »Es kann kaum ein Zweifel daran bestehen, daß wir es mit einer künstlich strukturierten Welt zu tun haben. Auf Elysia hätte keine natürliche Evolution stattfinden können, die zur Entwicklung von Humanoiden führte, denn die Atmosphäre ist giftig für Kohlenstoff-Stickstoff-Sauerstoff-Lebensformen. Abgesehen von kleinen und extrem kalten Gebieten an den Polen besteht das elysianische Ambiente aus einem globalen Sumpf.«

»Aber es gibt Siedlungen intelligenter humanoider Wesen«, sagte Riker. »Uns liegen Tricorder-Aufzeichnungen der ersten Forschungsgruppe vor, die den Einheimischen begegnete, und unsere heutige Sondierung hat ihre Existenz bestätigt.«

»Das stimmt.« Data nickte. »Es existieren insgesamt neun bewohnte Zonen. Dort ist das Land bebaubar, und die Atmosphäre entspricht der einer durchschnittlichen

Klasse-M-Welt. Andererseits: Derartige Konfigurationen sind unter natürlichen Bedingungen nicht möglich. Irgend etwas hindert das giftige Gas daran, auch die Siedlungen zu erreichen. Darüber hinaus muß es einen unbekannten Einflußfaktor geben, der dafür sorgt, daß sich über den Habitaten keine dichte, geschlossene Wolkendecke bildet. Im Bereich der Sümpfe bewirkt sie einen Treibhauseffekt, der zu außerordentlich hohen Temperaturen und Luftfeuchtigkeitswerten führt.«

»Kraftfelder?« erkundigte sich Picard, bevor Data seine Liste bisher unerklärlicher Besonderheiten fortsetzen konnte.

»Unsere Sensoren haben keine entdeckt«, erwiderte der Androide.

»Sonstige Barrieren?«

»Nein, Sir.«

Die Tür öffnete sich. Kate Pulaski, Geordi LaForge und der theskianische Soziologe Thralen kamen herein, als der Captain herausfordernd fragte: »Magie?«

»Wenn eine weit überlegene und uns unverständliche Technologie als ›Magie‹ definiert wird, so läßt sich feststellen: Ja, es wäre durchaus möglich, daß wir es auf Elysia mit Magie zu tun haben.«

Pulaski nahm Data gegenüber Platz und schnaubte verächtlich. »Irgendwelche seltsamen Bezeichnungen nützen uns nichts. Wir müssen herausfinden, was auf dem Planeten *geschieht.*«

»Ich behaupte keineswegs, daß die Definition unsere Beobachtungen erklärt, Doktor«, verteidigte sich Data. »Ich pflichte nur dem Captain bei: Ohne zusätzliche Informationen können wir das Rätsel nicht lösen.«

»Das ist immer Ihre Antwort, nicht wahr? ›Wir müssen weitere Daten sammeln.‹« Pulaskis Stimme brachte einen gewissen Spott zum Ausdruck.

»In diesem Fall hat Mr. Data recht, Doktor«, sagte Picard. »Ich nehme an, Sie kennen alle die Aufzeichnungen der ersten Forschungsgruppe, die Elysia vor gut hundert

Jahren besuchte. Unsere Sondierungen deuten darauf hin, daß sich nichts verändert hat. Es handelt sich noch immer um eine landwirtschaftlich orientierte Gesellschaft ohne Anzeichen einer Industrialisierung. Die Gravitationsverschiebungen haben aufgehört, und wir konnten leider nicht ihren Ausgangspunkt lokalisieren...«

»Captain...« Data beugte sich ein wenig vor. »Die *Ursache* bleibt weiterhin unbekannt. Als Ausgangspunkt kommt meiner Ansicht nach nur der eine anomale Berg auf Elysia in Frage.«

Riker hob neugierig den Kopf. »Was veranlaßt Sie zu dieser Vermutung? Wir haben in jener Region sonderbare Emanationen geortet, doch der Berg fiel bei der Sensorerfassung kaum auf. Wahrscheinlich gehen die Emissionen auf geringfügige vulkanische Aktivität zurück.«

»Ja«, sagte Geordi. »Wir haben keine Regelmäßigkeiten bemerkt. Wenn der Berg natürlichen Ursprungs ist, so kann er nicht mit den Gravitationsphänomenen in Zusammenhang stehen, denn sonst müßten sich irgendwelche Nachwirkungen registrieren lassen. Wenn er ein Artefakt darstellt, sollte sich eigentlich jene gleichmäßige Struktur zeigen, die man nirgends in der Natur findet.«

»Genau das ist der Fall«, entgegnete der Androide.

Picard sah ihn an. »Bitte erklären Sie das.« Data wandte sich an das Computerterminal des Captains und projizierte eine holographische Darstellung Elysias auf den Schirm. »Zunächst einmal: Der Planet hat nur einen Berg, und das allein ist schon bemerkenswert genug.«

»Soll das ein Beweis für seinen künstlichen Ursprung sein?« fragte Geordi skeptisch.

»Ansonsten erscheint die elysianische Topographie recht normal«, fuhr Data ungerührt fort. »Eine Auswölbung des Gravitationsfeldes am Äquator, seine Abflachung an den Polen. Es gibt Hügel und Täler, und praktisch alle befinden sich in den Sumpfregionen. Viele Täler sind mit Wasser gefüllt, und dadurch bilden die Hügelkuppen kleine Inseln. Die Verteilung der bewohnten Habitate erscheint zufällig und wahllos — bis wir von der Topographie zur Topologie übergehen.«

»Ich verstehe!« stieß Geordi hervor. Abgesehen von Data besaß nur er das technische Wissen, um sofort die richtigen Schlüsse zu ziehen.

Damit die übrigen Anwesenden verstanden, was er meinte, veränderte Data das Bild auf dem Schirm. Er filterte die Unregelmäßigkeiten aus der Projektion, bis der Planet zu einer perfekten Kugel wurde. Der Berg bildete die einzige Ausnahme. Den am Tisch sitzenden Offizieren fiel sofort das Muster auf: Die neun Habitate waren alle gleich groß und ebensoweit von dem mysteriösen Berg entfernt. »Das genügt meiner Meinung nach als Beweis dafür, daß jenes Massiv eine zentrale Rolle bei der Erhaltung des elysianischen Lebensraums spielt«, sagte Data. »Die Struktur muß künstlich sein.«

Picard nickte und bat um Vorschläge, wie die weitere Erforschung des Planeten stattfinden sollte.

»Es bleibt uns nichts anderes übrig, als eine Landegruppe zu schicken«, ließ sich Geordi vernehmen. »Ich melde mich freiwillig.«

»Ich ebenfalls«, fügte der Androide hinzu.

»Ich weiß nicht...«, brummte Riker. »Ihre Fähigkeiten wären auf Elysia sicher sehr nützlich, aber Sie könnten nicht in die Rolle eines Einheimischen schlüpfen. Das gilt auch für Geordi. Uns ist unbekannt, ob die Elysianer auch heute Außenweltler fortschicken würden, so wie damals.«

»Mr. Thralen?« fragte Picard.

Der Soziologe nickte. »Ich habe mich gründlich mit den Aufzeichnungen der ersten Forschungsgruppe beschäftigt. Solange sie ihren Aufenthalt auf die bewohnten Bereiche beschränkte, war sie den Elysianern willkommen. Zwar kam es nicht zu so starken Gravitationsschüben, wie wir sie erlebt haben, aber die *Clarion* stellte kleinere energetische Anomalien fest und beamte mehrere Besatzungsmitglieder auf die geheimnisvolle Insel. Sie versuchten, den Berg zu erklettern, und daraufhin forderte man die Forscher plötzlich auf, den Planeten zu verlassen. Wo auch immer sich Starfleet-Angehörige aufhielten: Elysianer kamen und schickten sie fort.«

»Also halten wir uns von dem Berg fern«, sagte Riker. »Außerdem sollten wir vermeiden, daß uns die Einheimischen mit der *Clarion*-Crew in Verbindung bringen. Wahrscheinlich ist es besser, den Elysianern aus dem Weg zu gehen, aber vielleicht lassen sich Kontakte nicht ganz vermeiden. Ich schlage vor, daß unsere Landegruppe aus Personen besteht, die sich als Elysianer ausgeben können. Wenn man uns Fragen stellt, behaupten wir, von einem anderen Habitat zu kommen.«

»Mr. LaForge, ich fürchte, Commander Riker hat recht«, wandte sich Picard an den Chefingenieur. »Sie kennen die Aufzeichnungen: Elysianer sehen Menschen sehr ähnlich, und ihnen fehlt die Technologie, um einen Androiden oder Ihr VISOR zu verstehen. Nun, unsere Versuche, von hier aus Kontakt mit den Bewohnern des Planeten aufzunehmen, blieben bisher erfolglos. Wenn nicht jene Gravitationsanomalien wären, die eine Gefahr für die Raumfahrt in diesem Sektor darstellen, würden wir uns den Siedlungen überhaupt nicht nähern.«

»Captain«, brummte Worf, »ich glaube, es gibt eine einfache Möglichkeit, um zu verhindern, daß uns die Elysianer mit den *Clarion*-Forschern in Zusammenhang bringen.«

»Haben Sie eine Idee?« fragte Picard.

»Schicken Sie Data, Geordi, Thralen und mich.«

Pulaski begann zu lachen, wurde jedoch sofort wieder ernst, als sie Picards strengen Blick spürte. »Worf hat absolut recht — das müssen Sie zugeben, Captain«, sagte die Ärztin. »Danke, Doktor«, erwiderte der Klingone.

»Perfekt!« entfuhr es Geordi. »Mein besonderes Sehvermögen, Datas Fähigkeit, Informationen zu sammeln, Lieutenant Thralens soziologische Kenntnisse, die uns helfen, lokale Bräuche zu verstehen... und Worf, um unsere Sicherheit zu gewährleisten.«

Picard schüttelte den Kopf. »Ich ziehe Sie als zweite Landegruppe in Betracht. Derzeit erscheint mir Commander Rikers Plan besser, Kontakte mit den Elysianern zu vermeiden. Wenn die Einheimischen Sie sähen, selbst aus großer Entfernung, würden sie sicher sofort Nachforschungen anstellen. Mr. Thralen, gibt es Hinweise darauf, *wen* die Elysianer damals fortschickten? Alle Fremden, alle Menschen, alle Starfleet-Angehörigen, die Crew der *Clarion* im besonderen ...?« Der Captain brach ab und hob die Brauen, forderte den Soziologen auf, eine Wahl zu treffen oder weitere Optionen hinzuzufügen.

»Nein, Sir«, antwortete Thralen ruhig und sprach in dem zischenden Tonfall seines Volkes. Die Theskianer waren mit den Andorianern verwandt, zeichneten sich durch eine ähnlich zarte Statur und die gleiche allgemeine Nervosität aus, aber sie legten viel mehr Wert auf Geselligkeit. Das blaue Gesicht des Soziologen wurde etwas dunkler, und die leicht gewölbten Fühler, die aus dem pelzartigen gelben Haar ragten, zitterten ein wenig – deutliches Zeichen von Thralens Frustration. »Wir dürfen nicht einmal sicher sein, ob die Elysianer damals begriffen, daß die Forscher der *Clarion* von Außenwelt stammten. Die Verbannung könnte sich auf alle Fremden beziehen. Andererseits: Vielleicht gilt sie nicht mehr. Möglicherweise haben sich die heutigen Einheimischen keine Erinnerungen an die damaligen Ereignisse bewahrt.«

Der Captain rieb sich das Kinn und nickte. »Wir gehen nach dem ersten Plan vor und verwirklichen Worfs Vorschlag in einem anderen Habitat, wenn die Landegruppe auf Feindseligkeit stößt.«

»Ich bin ebenfalls der Meinung, daß wir keine Kontakte mit den Elysianern anstreben sollten«, sagte Counselor Troi. »Aber ihre Siedlungen sind recht klein. Vielleicht lassen sich Begegnungen nicht vermeiden. Deshalb bitte ich darum, der Landegruppe zugeteilt zu werden, um nötigenfalls die Aufgaben einer Mittlerin wahrzunehmen.«

Picard nickte erneut. Argyle aus dem Maschinenraum

und Johnson von der Sicherheitsabteilung vervollständigten das Team.

»Und noch etwas.« Der Captain musterte die Anwesenden der Reihe nach. »Wenn wir feststellen, daß die Elysianer — oder jene Entitäten, die für eine ganz offensichtlich künstliche Umwelt verantwortlich sind — Kontrolle über das Gravitationsphänomen ausüben... Nun, auch in dem Fall müssen wir die Erste Direktive achten.«

»Wie verhalten wir uns dann, Captain?« fragte Kate Pulaski.

»Wir zeichnen möglichst viele Informationen auf, schließen diese Transferroute für alle Raumschiffe und übergeben das Problem dem Föderationsrat.«

»Und wenn es eine natürliche Ursache für die Gravitationsverschiebungen gibt?« erkundigte sich die Ärztin.

»Diese Frage kann ich erst beantworten, wenn wir Bescheid wissen«, erwiderte Picard. »Soweit sich das bisher feststellen läßt, beeinflussen sie nicht das Leben auf dem Planeten. Wenn sich die Bevölkerung in Gefahr befindet, müssen wir überlegen, ob es richtig und angemessen ist, unmittelbar einzugreifen. Doch das alles sind Spekulationen. Zunächst schicken wir eine Landegruppe.«

Erneut bat Picard den Androiden, die Transporterkontrollen zu bedienen. Riker und seine Begleiter trugen ebenso schlichte Kleidung wie die Elysianer und beamten sich zu einem Habitat, das nicht zu den von der *Clarion*-Crew besuchten Siedlungen gehörte. Dort begann gerade die Morgendämmerung, und deshalb blieb Zeit genug für alle notwendigen Untersuchungen. Keine Anomalien störten den Transfer. Nichts deutete auf die starken Fluktuationen hin, die Darryl Adins Schiffe vor einigen Stunden bedroht hatten.

Als die Landegruppe meldete, daß sie unbemerkt am Rand eines Habitats rematerialisiert war, kehrte Data zur Brücke zurück und nahm dort regelmäßige Berichte entgegen. Riker und seine Gefährten entdeckten die Trennlinie zwischen Sumpf und Ackerland, blieben von den Elysianern unbemerkt. Doch mit ihren Instrumenten konnten sie nicht verifizieren, was die Giftgase des Sumpfes fernhielt und die saubere, atembare Luft daran hinderte, aus dem geschützten Bereich zu strömen.

»Magie«, kommentierte Data den letzten Bericht während seiner Dienstschicht.

Als jemand kam, um ihn abzulösen, wandte er sich an den Captain: »Soll ich auf meinem Posten bleiben, Sir?«

»Nein, Data«, antwortete Picard. »Fähnrich Gibson kann die *Nichts-Neues*-Meldungen ebenso entgegennehmen wie Sie. Falls sich etwas ergibt, werden Sie sofort benachrichtigt. Helfen Sie jetzt Mr. Adin und den anderen. Dort können Sie sich wenigstens nützlich machen.«

Doch Darryl Adin und die anderen Söldner befanden sich nicht im Hangar. Der Fähnrich vom Dienst teilte Data mit: »Sie haben die Arbeit vor einer Weile beendet. Um sich auszuruhen und zu entspannen. Vielleicht sind sie zum Gesellschaftsraum gegangen, Sir.«

Data fand seine Freunde tatsächlich an jenem Ort. Sdan saß an der Bar und sprach mit der Wirtin Guinan, von der alle annahmen, daß sie eine mindestens ebenso interessante Vergangenheit hatte wie der Vulkanoide. Aber niemand wußte etwas darüber, nicht einmal Data.

An den breiten Aussichtsfenstern, die einen Blick auf Elysia gestatteten, waren mehrere Tische zusammengeschoben, so daß sich Besatzungsmitglieder der *Enterprise* mit dem berühmten ›Silbernen Paladin‹ unterhalten konnten. Zu den Anwesenden gehörten Kate Pulaski, Pris Shenkley, die Geschichtslehrerin Sandra Murchison, Worf und drei andere Sicherheitsbeamte, die ihren Dienst beendet hatten. Hinzu kamen Wesley Crusher und zwei andere Jungen aus dem Wissenschaftsseminar für Fortgeschrittene, das Data für die besten und begabtesten Schüler an Bord leitete.

Adins Ruf als Söldner und Abenteurer übte sicher auf viele eine große Faszination aus, aber wer mit Tasha Yar befreundet gewesen war, interessierte sich in erster Linie für den Mann, der sie geliebt und gleich zweimal verloren hatte.

Aufgrund neutraler Statistiken wußte Data, daß tragische Liebe im Empfinden der Menschen eine große Rolle spielte. Der Grund dafür blieb ihm ein Rätsel. Der Schmerz, einen guten Freund zu verlieren, war schon schlimm genug — in dieser Hinsicht verfügte Data über eigene Erfahrungen, und deshalb zweifelte er nicht daran, daß er die entsprechenden Gefühle ebensogut verstand wie Menschen. Aber da sich die Bedeutung von Liebe seinen Analyseversuchen entzog, konnte er nicht nachempfinden, was Adin durch Tashas Tod erlitt — obwohl er Darryl zu jenem Zeitpunkt genau beobachtet hatte. Data war imstande, jederzeit aus Werken wie *Romeo und Julia* zu zitieren, doch den Reiz von mittelbarem Leid konnte er nicht ergründen. Vielleicht ging es dabei um das Gemeinschaftsgefühl, das manchmal entstand, wenn Humanoiden solche Emotionen teilten.

Als sich der Androide näherte, unterbrach Adin seine Gespräche. »Data — kommen Sie und setzen Sie sich zu uns«, lud er ihn ein und deutete auf einen nahen Stuhl. »Was geschieht auf Elysia? Oder ist das geheim?«

Da die betreffenden Informationen keinen Beschränkungen unterlagen, berichtete Data von der Sensorerfassung und den ersten, eher enttäuschenden Berichten der Landegruppe. »Riker und die anderen kehren bald zurück«, fügte er hinzu und runzelte die Stirn. »Ich habe nach wie vor den Eindruck, daß sie irgend etwas übersehen. Es ist unmöglich, daß keine wie auch immer geartete Barriere den Sumpf vom Habitat trennt. Geordi ist vielleicht in der Lage, etwas zu erkennen, das den Tricordern entgeht, aber dazu braucht er sein VISOR — und dadurch würden ihn die Elysianer sofort als Fremden identifizieren. Leider verstehe ich nicht, warum der Captain darauf verzichtet hat, mich zu schicken.«

Diese Bemerkung veranlaßte Dr. Pulaski zu einem kurzen Lachen. »Glauben Sie etwa, daß Sie als Androide für einen Elysianer gehalten werden können?«

»Ich hatte gehofft, Sie würden mir bei der... Tarnung helfen, Doktor«, erwiderte Data. »Natürlich wäre ich nicht allein. Bei einer Begegnung mit den Einheimischen hielte ich mich im Hintergrund, ohne an der Kommunikation mit den Elysianern teilzunehmen. Es müßte eigentlich möglich sein, meine Haut vorübergehend wie die eines Menschen zu färben.«

Pris Shenkley saß auf der anderen Seite des Tisches und lächelte. »Das ließe sich problemlos bewerkstelligen, Data. Aber Ihre goldenen Augen...«

»Meine Augen werden von einer Flüssigkeit saubergehalten und befeuchtet, die den gleichen Zweck erfüllt wie menschliche Tränen«, erklärte der Androide. »Ich könnte also Kontaktlinsen tragen.«

»Bisher habe ich sie nur als Schutzmittel bei Augenverletzungen verschrieben«, sagte Kate Pulaski.

»Aber man benutzte sie einmal für korrektive und auch kosmetische Zwecke. Ihr medizinisches Laboratorium enthält alle notwendigen Materialien, um zwei Kontaktlinsen herzustellen, durch die meine Augen braun oder blau wirken.«

»Jetzt hat Data Sie am Wickel, Doktor.« Adin schmunzelte. »Ich bin sicher, daß er bei einer kurzen Begegnung mit Elysianern als Mensch durchgehen könnte, und ein längerer Kontakt ist ja nicht geplant.«

Pulaski schüttelte den Kopf. »Mit seinem Verhalten verriete er sich sofort. Niemand würde ihn auch nur einige Sekunden lang für einen lebendigen Humanoiden halten.«

Adin bedachte die Ärztin mit einem finsteren Blick. Er war ein selbstbewußter Mann, doch in diesem Fall spürte Data, daß er sich nicht nur ärgerte, weil Pulaski seine Kompetenz herausforderte. »Seit wann kennen Sie Data, Doktor? Bei meinem letzten Aufenthalt an Bord dieses Schiffes gehörten Sie noch nicht zur Besatzung.«

»Ich leite die Krankenstation der *Enterprise* seit einigen Monaten.«

Jetzt schüttelte Adin den Kopf. »Nun, offenbar haben

Sie Data in dieser Zeit nicht besonders gut kennengelernt, denn sonst hätten Sie keinen Zweifel daran, daß er zumindest ein ›lebendiger Humanoide‹ ist. Data, falls Starfleet Ihnen nicht mit der angebrachten Anerkennung begegnet... Bei mir sind Sie jederzeit willkommen.«

»Manchmal könnten wir Sie wirklich gut gebrauchen«, fügte Pris Shenkley hinzu und durchbohrte Pulaski mit einem eisigen Blick.

Die Ärztin achtete nicht darauf und begann, ihren Standpunkt zu erläutern. »Der Ausdruck ›organischer Humanoide‹ wäre besser gewesen. Man hat Data ganz offiziell zu einer Lebensform erklärt. Es wurde gesetzlich festgestellt, daß er ein intelligentes Wesen ist, eine Person, und dieser Einschätzung schließe ich mich gern an.« Pulaski richtete ihren Blick auf Data. »Aber Sie sind kein Mensch. Und wahrscheinlich werde ich nie verstehen, warum Sie zu einem werden wollen.«

Stille folgte. Data sah keinen Grund, an den Worten der Bordärztin Anstoß zu nehmen — sein unmöglich zu erfüllender Wunsch, ein Mensch zu werden, war kein Geheimnis —, aber in Dare und Pris brodelte Zorn.

Pulaski spürte das ebenfalls und vollführte eine umfassende Geste. »Sie können Mr. Data ganz nach Belieben anthropomorphisieren, aber er handelt und denkt wie eine Maschine. Die Elysianer begriffen vielleicht nicht, was er ist, aber sie würden ihn bestimmt als Fremden erkennen.«

»Wollen Sie darauf wetten?« fragte Adin. Seine Lippen zeigten ein angedeutetes Schmunzeln.

Pulaski nahm das Angebot an. »Warum nicht?«

»Ich setze in jedem Fall auf Data«, warf Pris ein. »Ich habe erlebt, wie charmant er sein kann, wenn er sich Mühe gibt.«

»Und ich kann nicht behaupten, daß ihm beim Kampf jemals ein Fehler unterlief«, fügte Worf hinzu. »Worum geht es bei der Wette?«

Pulaski sah den Klingonen an und lächelte zuckersüß. »Was schlagen Sie vor?«

Es erstaunte Data, daß seine Freunde auf eine Eigenschaft vertrauten, von der nicht einmal er wußte, ob er sie besaß. Aber diese Diskussion war ohnehin müßig. »Ich kann mich nicht der Landegruppe anschließen, um eine Wette zu gewinnen. Und selbst wenn mich der Captain aus anderen Gründen auf den Planeten schickt: Es hat wohl kaum einen Sinn, nur deshalb einen Kontakt mit Elysianern herzustellen, um meine schauspielerischen Fähigkeiten unter Beweis zu stellen.«

Pulaski lachte. »Schade, daß wir nicht gewettet haben — ich hätte bereits gewonnen.«

»O nein«, sagte Adin. »So leicht kommen Sie nicht davon, Madame. Und das gilt auch für Sie, Data. Vielleicht bietet uns Elysia keine Gelegenheit, aber wenn wir die nächste Starbase oder einen Föderationsplaneten erreichen...«

»Einverstanden.« Pulaski zeigte erneut jenes süße Lächeln, das auf unerschütterliche Zuversicht hinwies. »Ich kann die Wette überhaupt nicht verlieren.«

Adins Gesichtsausdruck ähnelte dem der Ärztin. »Jetzt müssen wir uns noch auf die Bedingungen einigen.«

Data überlegte, ob er Dr. Pulaski mitteilen sollte, daß Adin ein erfahrener Spieler war, der nur selten verlor, aber dann erinnerte er sich an ihr Poker-Geschick und entschied sich dagegen. Außerdem: Er wollte diese besondere Herausforderung annehmen. Vielleicht verstand er das menschliche Verhalten besser, wenn er versuchte, in die Rolle eines Menschen zu schlüpfen.

»Ich bedauere sehr, daß Sie keine Möglichkeit bekommen, Elysia zu besuchen, Data«, sagte Dr. Pulaski. »Vielleicht wäre die von Ihnen als ›magisch‹ bezeichnete Kraft in der Lage, Ihren Wunsch zu erfüllen.«

»Das halte ich für unwahrscheinlich«, entgegnete der Androide. »Ganz gleich, welche Mächte es auf dem Planeten gibt: Sie können nichts Unmögliches vollbringen.«

»Seltsam«, murmelte die Ärztin. »Sie gestehen ein, daß Sie sich das Unmögliche wünschen. Das ist eine gute Definition für die menschliche Natur.«

»Doktor, wir laufen Gefahr, die gleiche Meinung zu vertreten«, sagte Dare. »Data, durch Ihren nicht erfüllbaren Wunsch werden Sie zu einem von uns.«

»Aber darum geht es bei der Wette nicht«, erinnerte ihn die Ärztin. »Die Frage lautet: Kann Data Fremde – keine Freunde oder Bekannten – dazu bringen, ihn als Menschen zu akzeptieren?«

Dare nickte. »Wir nutzen dabei die erste Möglichkeit, die nichts mit einer Mission zu tun hat. Abgemacht?«

»Abgemacht.« Kate Pulaski streckte den Arm aus, um Dares Hand zu schütteln. »Und nun... Um *was* wetten wir?«

Das zirpende Summen von Insignienkommunikatoren erklang.

»Mr. Worf, Mr. Data.« Die Stimme des Captain. »Kommen Sie ins Konferenzzimmer Drei. Dort werden Sie über Ihren Einsatz auf Elysia informiert.«

KAPITEL 3

Geordi LaForge und der Captain waren bereits zugegen, als Data und Worf das Konferenzzimmer Drei betraten. Sie nahmen Commander Rikers Bericht entgegen, dessen Landegruppe am Rand eines Ortes stand, den die Einheimischen ›Quinaria‹ nannten. Dutzende von Elysianern befanden sich in der Nähe und betrachteten neugierig die Tricorder. Niemand von ihnen wirkte feindselig.

»Man heißt uns aufrichtig willkommen, Captain«, sagte Deanna Troi. »Wenn diese Leute eine Gefahr für uns darstellen, so sind sie sich dessen nicht bewußt.« Troi hatte ihr langes Haar im Nacken zusammengebunden, trug es ebenso wie die elysianischen Frauen auf dem Bildschirm.

»Mr. Riker, bitte erklären Sie die Situation«, sagte Picard. »Ein Kontakt mit den Einheimischen sollte vermieden werden...«

»Wir sind nicht zu ihnen gegangen«, antwortete der Erste Offizier. »*Sie* kamen zu *uns.*«

Die Darstellungen erzitterten kurz und stabilisierten sich dann wieder, als Riker seinen Tricorder jemand anders gab und ins Bild trat. Er hatte sein Haar so gekämmt, daß es die gleichen Ponyfransen bildete, die Data bei den elysianischen Männern beobachtete. Mit dem Bart wirkte er bäuerlich genug — solange die Kapuze des Umhangs darüber hinwegtäuschte, daß sein Haar im Nacken wesentlich kürzer war als das der Elysianer.

Erneut ertönte Rikers Stimme. »Wir wollten an ihnen vorbeigehen, sie nur kurz grüßen und warten, bis sie außer Sicht gerieten, um dann die Untersuchungen fortzusetzen.«

»Aber wie sich herausstellte«, fügte Troi hinzu, »waren sie ausgeschickt worden, um uns zu suchen. Man hat ihnen den Besuch von ›Fremden aus einem fernen Land‹ angekündigt. Die Sprecherin Drahanna wird es Ihnen erklären.«

Troi winkte eine Elysianerin zu sich. Sie war groß und in mittleren Jahren, hatte eisengraues Haar und nußbraune Augen, die neugierig in die Linsen der Übertragungsoptik blickten. »Kann mich euer Oberhaupt hören, wenn ich in dieses Objekt spreche?«

»Ja, ich höre alles, Drahanna«, sagte Picard.

Das einzige Zeichen von Überraschung bestand darin, daß sich die Pupillen der Frau ein wenig weiteten. »Die Götter erzählten mir von euren magischen Instrumenten und fügten hinzu, daß ihr euch einer Prüfung stellt, die noch weitaus größer und schwieriger ist als alle bei uns gebräuchlichen. Sie trugen uns auf, euch einen herzlichen Empfang zu bereiten, und sie betonten, daß einige von euch ganz anders sind als wir. Zu euren Ehren bereiten wir ein Festmahl vor, o Gesegnete der Götter. Bitte kommt und erlaubt uns, euch bei eurer Reise zu helfen.«

Picard überlegte kurz. »Vielen Dank für die freundliche Begrüßung jener, die wir vorausgeschickt haben. Jetzt möchte ich mit meinen Leuten reden.«

Drahanna trat zur Seite, und nach einigen Sekunden sagte Riker: »Jetzt kann sie uns nicht mehr hören, Captain. Wer oder was auch immer die elysianischen Götter sein mögen — sie scheinen eine Menge über uns zu wissen, während wir nichts über sie herausfinden konnten. Die Einheimischen glauben offenbar, daß wir von einem anderen Habitat kommen und den Sumpf mit einem Boot überquert haben. Ihnen fehlt jede Vorstellung von der Größe unseres Schiffes und der Crew.«

»Das stimmt«, meinte Counselor Troi. »Es erstaunte sie, daß sich vier von uns der ›Prüfung‹ stellen, wie sie sich ausdrücken. Normalerweise beschränken sich die sogenannten Prüfungen auf eine oder höchstens zwei Personen. Es würde sie sicher verblüffen zu erfahren, daß wir mehr als etwa zehn sind. Captain, ich kann die Präsenz der ›Götter‹ nicht wahrnehmen, aber was sie den hiesigen Elysianern durch Drahanna mitgeteilt haben ... Allem Anschein nach schicken sie *uns* Anweisungen, die unser Verhalten bestimmen sollen.«

»Und wahrscheinlich verbannt man uns wie die *Clarion*-Forscher, wenn wir uns nicht an die Spielregeln halten«, fügte Riker gereizt hinzu.

»Wir müssen uns mit der gegenwärtigen Situation abfinden und versuchen, so viele Informationen wie möglich zu bekommen«, erwiderte Picard. »Vielleicht versuchen die ›Götter‹, einen Eindruck von uns zu gewinnen — so wie wir uns bemühen, etwas über sie herauszufinden.«

»Mit den Bordinstrumenten habe ich bisher keine Spur von ihnen entdeckt«, ließ sich Geordi vernehmen. »Außerdem: Weitere Gravitationsverschiebungen sind bisher ausgeblieben.«

»Und wenn sie den energetischen Anomalien ebenso hilflos ausgeliefert sind wie wir, Captain?« fragte Riker.

Picard nickte nachdenklich. »Vielleicht wagen sie es noch nicht, uns um Hilfe zu bitten. Nun gut, Nummer Eins. Wir verhalten uns so, wie man es von uns erwartet. Ich nehme Drahannas Ausführungen zum Anlaß, auch Data und Geordi auf den Planeten zu schicken. Lieutenant Worf begleitet sie, um Ihre Sicherheit zu gewährleisten.«

»Ich schlage vor, daß sie nicht versuchen, sich irgendwie zu tarnen«, sagte Deanna Troi. »Die Elysianer sind inzwischen auf Personen vorbereitet, die sich von ihnen unterscheiden.«

Eine Stunde später beamte sich Data ins elysianische Habitat, begleitet von Geordi, Worf und dem Soziologen Thralen. Sie alle trugen Starfleet-Uniformen und gaben ihre persönlichen Besonderheiten offen zu erkennen. Der Retransfer erfolgte dicht an der sonderbaren Barriere, die den Sumpf von der bewohnten Zone trennte, und es befand sich niemand in der Nähe. Data und seine Gefährten schritten über einen Pfad, und dreißig Minuten später erreichten sie die Siedlung. Dort begegneten sie nicht nur den Mitgliedern der ersten Landegruppe, sondern auch den Einheimischen.

Die Elysianer waren freundlich, aber auch außerordentlich neugierig. Zuerst umringten sie Thralen: Mit seiner blauen Haut, dem pelzartigen gelben Haar und den Fühlern wich er besonders stark von der elysianischen Norm ab. Kurze Zeit später gerieten auch Worf und Geordi ins Zentrum der Aufmerksamkeit, und man bedrängte sie mit Fragen.

Data stellte fasziniert fest, daß man ihn erst zum Schluß bemerkte — und nur aufgrund seiner Haut- und Augenfarbe. »Ich glaube, Darryl Adin wird die Wette gewinnen«, wandte er sich an Worf.

»Ja«, erwiderte der Klingone. Aber es blieb ihnen keine Zeit, ausführlicher darüber zu sprechen, denn die Elysianer zupften an ihren Uniformen und wollten wissen, wie sie diesen Stoff herstellten, der so anders war als die bei ihnen gebräuchlichen Gewebe.

Schließlich bekamen sie Gelegenheit, sich ein wenig auszuruhen. Drahanna führte sie zu einem Haus am Ort, das man als Unterkunft für sie vorbereitet hatte. Das Gebilde aus Lehm und Flechtwerk erhob sich auf einem steinernen Fundament, und frisches Stroh bedeckte den Boden. Es handelte sich um eine primitive, aber stabile Konstruktion. Das Dach bestand aus Holzschindeln und wies nur eine Öffnung auf, durch die der Rauch einer offenen Feuerstelle abziehen konnte.

Die Elysianer hatten noch nicht Kamin und Schornstein erfunden. Wie sollten sie Energien kontrollieren, die eine Gefahr für Raumschiffe darstellten?

»Was halten Sie davon, Thralen?« fragte Riker.

»Entweder erinnern sich die Elysianer nicht an unsere Vorgänger, oder sie bringen uns nicht mit ihnen in Verbindung. Dies ist nur ein vorläufiger Bericht — ich war zu sehr damit beschäftigt, mir neutrale Antworten auf die vielen Fragen einfallen zu lassen, um selbst welche zu stellen. Ich hoffe, mehr zu erfahren, wenn sich die Einheimischen an uns gewöhnen.«

»Was *haben* Sie herausgefunden?«

»Die Bezeichnung ›aus der Ferne‹ scheint ein Synonym für ›nicht aus diesem Habitat‹ zu sein. Durch die Schwierigkeit, den Sumpf zu überqueren, sind Kontakte zwischen den einzelnen Siedlungen offenbar sehr selten, und deshalb gibt es hier kaum Vorstellungen über andere bewohnte Gebiete. Unsere Andersartigkeit verstehen die Einheimischen ohne große Probleme. Es erstaunt sie weitaus mehr, daß wir eine weite Reise durch die Sümpfe hinter uns haben. Vermutlich würde es sie kaum überraschen, wenn wir ihnen erzählten, daß jenseits ihrer Enklave Klingonen und Theskianer wohnen.«

»Hier könnten Drachen leben«, kommentierte Riker.

Der Androide öffnete einige Datenbanken, die Informationen über alte Karten der Erde enthielten. Unerforschte Bereiche waren häufig mit den Worten gekennzeichnet worden, die der Erste Offizier gerade ausgesprochen hatte. »Ja«, sagte er. »Aber nicht: ›Hier könnten Androiden leben.‹ Die Elysianer sind außerstande, mich als Maschine zu erkennen, weil sich ihre Technik auf Pflüge und Flaschenzüge beschränkt. Sie haben noch nicht einmal Uhren entwickelt.«

»Warum auch?« murmelte Geordi. »Ihre Götter geben ihnen eine geschützte Umwelt, in der sie nur jagen, Vieh hüten, den Boden bestellen, säen und ernten müssen, um ein angenehmes Leben zu führen. Sie benötigen überhaupt keine moderne Technologie.«

Thralen nickte. »Wenn hier das stattfände, was wir Fortschritt nennen, wenn die Elysianer dadurch eine höhere Lebenserwartung bekämen... Dann könnte in den kleinen Habitaten bald ein Überbevölkerungsproblem entstehen. Commander«, sagte er zu Riker, »ich muß mehr Zeit bei den Einheimischen verbringen. Wenn sie sich an mich gewöhnt haben, kann ich vielleicht feststellen, ob ihre Bevölkerung stabil ist oder ob sich das Habitat ausdehnt, um mehr Elysianern Lebensraum zu bieten.«

Bei dem Festmahl trachteten sie alle danach, die Gespräche in solche Richtungen zu lenken, aber die Einheimischen nutzten jede Gelegenheit, um eigene Fragen zu stellen. Die Gruppe von der *Enterprise* wäre sicher sehr frustriert gewesen, wenn ihre Instrumente nicht einige Antworten ermöglicht hätten. Die von den Tricordern und Geordis VISOR ermittelten Daten deuteten darauf hin, daß der Ort im Laufe der Jahrhunderte mehrmals erweitert worden war, obwohl sich Stil und Bauweise kaum voneinander unterschieden.

»Nicht sehr einfallsreich«, brummte Geordi und sah Data an. »Kaum Variationen. Wie die Nahrungsmittel: Sie sind ebenfalls schlicht.«

Der Androide knabberte an einem Bissen. Er war immer an neuen Geschmackserfahrungen interessiert, doch diesmal entdeckte er nichts Besonderes. Das Festmahl bestand aus Obst, gekochtem Korn, das er mit Reis verglich, über einem offenen Feuer gebratenem Fleisch und kleinen, süßen Kristallen, die ein lokales Insekt auf die gleiche Weise produzierte wie Bienen Honig. Es gab keine Soßen oder Gewürze. Die Elysianer kannten nicht einmal das Konzept, bestimmte Ingredienzen in Form von Brot oder Kuchen miteinander zu mischen. An dem Nährwert bestand kein Zweifel, aber ansonsten waren die Speisen langweilig.

Data probierte die einzelnen Mahlzeiten, doch das Fleisch rührte er nicht an. Die Vorstellung, organische Substanzen von getöteten Tieren zu verzehren, erfüllte ihn nicht mit jener Art von Abscheu, die er bei einigen seiner Kollegen beobachtete, aber er teilte ihre ethischen Einwände. Die Elysianer nahmen keinen Anstoß daran, denn Worf und Riker aßen auch den Braten.

Nach dem Festmahl wurde es wieder interessanter. Die Anwesenheit von Gästen ›aus der Ferne‹ schien ein spezielles Ritual zu erfordern.

Drahanna trat vor und begann: »Wir heißen euch willkommen, o Gesegnete. Preiset mit uns die Götter, denn sie gaben euch Gelegenheit, den Gefahren der Sümpfe zu trotzen — eine Ehre, die nur wenigen Elysianern zuteil wird. Berichtet uns nun von eurer Reise zum heiligen Berg.«

Riker runzelte die Stirn und suchte nach den richtigen Worten für eine Antwort. Troi spürte seine Unsicherheit und erwiderte: »Wir haben den heiligen Berg noch nicht erreicht, Drahanna. Wir sind nicht einmal in seine Nähe gekommen.«

»Dann wollen euch die Götter auch weiterhin auf die Probe stellen«, sagte die Sprecherin. »Möget ihr euch als würdig erweisen. Ich hoffe, einige von euch bekommen die Möglichkeit, sich der letzten Herausforderung zu stellen, wenn ihr die beschwerliche Reise durch den Großen Sumpf beendet.«

Drahannas Bemerkungen schienen Thralens Annahmen zu bestätigen: Die elysianischen Götter wollten offenbar nicht, daß jemand ohne ihre Erlaubnis den heiligen Berg erkletterte. Unglücklicherweise konnte die Landegruppe in den Habitaten nur wenig über die Götter und ihre Beziehung zu den geheimnisvollen und gefährlichen Gravitationsschüben in Erfahrung bringen. Die von den Einheimischen verehrten sakralen Entitäten schienen entschlossen zu sein, im Verborgenen zu bleiben.

Riker und seine Begleiter hatten bereits beschlossen, die Nacht im Ort zu verbringen, als seien sie wirklich müde Reisende, die Ruhe und Erholung brauchten. Nach der Zeremonie kehrten die meisten von ihnen ins Haus zurück. Data und Thralen – der Soziologe wünschte sich mehr Informationen über diese rätselhafte Kultur und verzichtete deshalb auf Schlaf – blieben und sprachen die ganze Nacht über mit Drahanna.

Am Morgen wußten sie etwas mehr über die elysianischen Götter. In jeder Siedlung gab es einen Sprecher, der die göttlichen Botschaften empfing. Für gewöhnlich ging es dabei um einen günstigen Zeitpunkt für die Saat; oder es wurde verboten, ein bestimmtes Tier zu jagen – um der Spezies Gelegenheit zu geben, sich wieder zu vermehren.

Als Thralen fragte, auf welche Weise Drahanna die Mitteilungen entgegennahm, erwähnte sie nur ›Stimmen‹ und lehnte es ab, Einzelheiten zu nennen. Nach einer Weile kam sie zu dem Schluß, daß die Fragen der Besucher auf Nervosität angesichts der Reise zum heiligen Berg basierten. »Es stimmt schon«, sagte sie. »Manche erreichen die geweihte Insel nur, um dort abgewiesen zu werden. Der letzte Test findet dort statt. Aber fürchtet euch nicht: Die Götter haben euch für die Reise bestimmt. Das allein beweist, daß ihr die göttliche Gunst genießt. Nur ein oder zwei Personen aus eurer Gruppe werden die Erlaubnis erhalten, sich der letzten Prüfung auf dem Gipfel des Berges zu stellen. Ich weiß nicht, wen die Götter wählen — darüber haben sie mir ebensowenig Auskunft gegeben wie dem Sprecher in eurer Heimat.« Drahanna lächelte. »Eure Zukunft verändert sich mit jedem Gedanken. Abgesehen von einigen vorherbestimmten Wahrheiten ist nichts gewiß, bis es geschieht.«

Als die Sonne aufging, verließen sie die Hütte, kehrten zum Transferpunkt zurück und beamten sich an Bord der *Enterprise*. Drahanna hatte die Dorfbewohner aufgefordert, Riker und seine Gefährten allein zum Rand des Sumpfes gehen zu lassen. Wer auch immer die Götter sein mochten: Sie wollten nicht, daß die Elysianer beobachteten, wie sich ihre Gäste in Luft auflösten.

An Bord des Schiffes fand eine Einsatzbesprechung statt, und dabei wurde auch die Frage erörtert, ob ein anderes Habitat besucht werden sollte.

»Ich bezweifle, ob wir dadurch zusätzliche Informationen über die elysianischen Götter oder das Gravitationsphänomen gewinnen können«, sagte Data. »Mr. Thralen und ich erfuhren den Grund für die Verbannung der *Clarion*-Crew: Man schickte sie fort, weil sie den heiligen Berg emporkletterten — ohne sich vorher einem Test zu unterziehen.«

»Ich habe die Aufzeichnung von Drahannas Worten sorgfältig analysiert«, fügte der Soziologe hinzu. »Wahrscheinlich verstoßen wir nicht gegen das elysianische Gesetz, wenn wir eine Landegruppe zur Insel beamen, zum Fuß des Berges. Wir dürfen nur nicht versuchen, den Berg zu erklettern. Vielleicht finden wir dort etwas, das uns Aufschluß über die Gravitationsschübe gibt.«

»Möglicherweise erkenne ich etwas mit meinem VISOR«, warf Geordi ein. »Captain, die unsichtbaren Barrieren halten nicht nur das giftige Sumpfgas von den Habitaten fern, sondern schaffen auch für Menschen geeignete Umweltbedingungen auf der Insel. Wir haben bereits festgestellt, daß sie für unsere Transporterstrahlen kein Hindernis darstellen. Die Art der Barriere ist uns nach wie vor ein Rätsel, und daher wissen wir nicht, wieviel sie abschirmt. Wenn sie von der Insel ausgeht, können wir vielleicht feststellen, was es mit den mysteriösen Göttern auf sich hat.«

Picard rieb sich das Kinn. »Die direkte Kommunikation mit den ›Göttern‹ wäre mir lieber, aber wir haben auf allen Frequenzen versucht, einen Kontakt mit ihnen herzustellen — ohne Ergebnis. Wenn sie nicht gefunden werden wollen... Ich möchte vermeiden, daß sie die Lokalisierungsversuche unsererseits als aggressives Verhalten interpretieren.«

»Spielt das eine Rolle?« Riker hob den Kopf. »Wir haben keinen Grund zu der Annahme, daß sie energischere Maßnahmen gegen uns ergreifen wie im Falle der *Clarion*-Crew. Wahrscheinlich schicken sie uns nur fort. Dann übermitteln wir dem Föderationsrat einen ausführlichen Bericht, weisen auf das Gravitationsphänomen hin und schließen die hiesige geodätische Linie für den Raumschiffverkehr. Die Alternative besteht darin, einen neuerlichen Versuch zu unternehmen, die Götter zu finden. Vielleicht ist das sogar der Test, von dem Drahanna sprach. Wenn wir sie lokalisieren... Möglicherweise sprechen sie dann mit uns. Und wenn sie die Gravitationsverschiebungen kontrollieren oder ihre Aktivität voraussehen können — vielleicht wären sie bereit, Schiffe im Warptransit rechtzeitig zu warnen.«

Picard nickte. »Wir brauchen diesen Transferkorridor, um unsere Kolonien im Bereich der Neutralen Zone zu schützen. Nun gut, Nummer Eins. Beamen Sie sich mit Data und Geordi auf die Insel. Ich hoffe, dort erfahren wir mehr.«

»Bitte um Erlaubnis, die Landegruppe begleiten zu dürfen, Sir«, sagte Worf. »Darüber hinaus empfehle ich Phaser. Mit ziemlicher Sicherheit begegnen wir dort keinen Elysianern, aber wir wissen nicht, *was* uns auf der Insel erwartet.«

Der Captain überlegte einige Sekunden lang und nickte dann erneut, diesmal widerstrebend.

Die heilige Insel bot einen völlig anderen Anblick als die Habitate. Sie wirkte düster und leer — zumindest auf der Seite, wo Riker und seine Begleiter rematerialisierten. Der Berg war so hoch, daß es den Anschein hatte, als befänden sie sich überhaupt nicht auf einer Insel. Ein felsiger Strand erstreckte sich in beide Richtungen.

Das Ufer zwischen dem Fuß des Berges und den Sümpfen mochte etwa hundert Meter breit sein. Aber es ließ sich nur schwer überqueren, da es aus unterschiedlich großen und scharfkantigen Felsen bestand.

Es wehte kein Wind, und gespenstische Stille herrschte. Sie befanden sich im Freien, doch die Luft blieb unbewegt. Es schien sich nicht um die Oberfläche eines Planeten zu handeln, sondern um das Szenarium eines Holo-Decks.

Data beobachtete, wie seine Begleiter schauderten und sich unwillkürlich duckten. Die Temperatur betrug neun Grad Celsius: Es war warm genug, um Menschen nicht zu Schaden kommen zu lassen, aber sie mußten in Bewegung bleiben, um nicht zu frieren. Für Data spielten solche Dinge natürlich keine Rolle, und wenn Worf die Kühle als unangenehm empfand, so ließ er sich nichts anmerken. Der Klingone ging sofort los und sondierte das Gelände so aufmerksam, als vermutete er Feinde hinter jedem größeren Felsen.

Riker wanderte zum Sumpf und verharrte vor der unsichtbaren Barriere, hinter der giftiges Gas dichte Schwaden bildete. Das unerklärliche Schirmfeld hielt Geräusche nicht fern: Wasser gluckerte, und eine leichte Brise flüsterte, zerfaserte graue Gaswolken. Data vernahm auch noch etwas anderes, aber da er die Fauna dieses Planeten nicht kannte, war er zu keinen Deutungen imstande. Alle Geräusche klangen dumpf, und er wußte, daß sie dadurch beunruhigend auf Menschen wirkten.

Riker hob den Arm und streckte vorsichtig die Hand aus, erweckte dadurch den Eindruck, als hielte er den giftigen Nebel fern. Er drückte gegen die Barriere, doch das Ergebnis bestand nur darin, daß er sich selbst zurückschob. »Wie die Barrieren am Rand der Habitate«, sagte er.

Data setzte sowohl seine internen Ortungsmodule ein als auch die Sensoren des Tricorders. Alle Geräte behaupteten, daß sich nichts zwischen Ufer und Sumpf befand. Trotzdem waren die beiden Bereiche voneinander getrennt, und außerdem erwies sich das Schirmfeld als undurchdringlich. Auf der anderen Seite wimmelte es ganz offensichtlich von Lebensformen, doch die Tricorder zeigten nichts dergleichen an.

»Seltsam«, bemerkte Data. »Die Elysianer blieben den Scannern der *Enterprise* nicht verborgen, aber unsere Instrumente reagieren nicht auf das Leben jenseits der Barriere. Ich habe keine Erklärung für diese Diskrepanz.«

»Sie ist nicht natürlich«, erwiderte Geordi. »Wir sind hier, um herauszufinden, ob wir es mit etwas Übernatürlichem zu tun haben.«

»Glauben Sie an das Übernatürliche?« fragte Riker skeptisch.

»Er meint Magie, Sir«, sagte Data. »Eine so weit überlegene Technologie, daß...«

Riker hob die Hand. »Ich verstehe.« Er winkte. »Kommen Sie.«

Mit ihrer infraroten Wahrnehmung konnten Data und Geordi durch die Dunstschwaden blicken und große Teile des Sumpfes beobachten. Dunkle Hügel aus verfaulendem

Holz ragten neben den Wurzeln lebender Bäume auf. Reptilien glitten durchs Wasser, das an einigen Stellen mehrere Meter tief war, während es an anderen dünne Schichten über treibsandartigem Schlamm bildete.

Fliegende Geschöpfe segelten mit fledermausartigen Schwingen zwischen grauen Bäumen. Data sah, wie eins ins Wasser tauchte und mit einer kleinen Schlange zwischen den scharfen Zähnen wieder zum Vorschein kam. Das Opfer wand sich hin und her, schlang den Leib um die Flügel des Angreifers, und beide Wesen fielen in den Sumpf zurück.

Den Elysianern fehlte die Technik, sichere Boote zu bauen. Kein Wunder, daß sie jeden bewunderten, der die Habitate verließ, um durch eine derartige Region zu reisen.

Geordi hatte inzwischen den Berg beobachtet. »Commander!« sagte er plötzlich, worauf sich auch Riker und Data umdrehten. »Was sehen Sie dort oben? Auf der rechten Seite und in einer Höhe von etwa zehn Metern...«

»Nichts, Geordi. Nur eine kahle Felswand.«

»Data?«

»Mir fällt ebenfalls nichts auf. Und der Tricorder zeigt massives Gestein an.«

»Justieren Sie ihn auf meinen visuell-synchronen Sender.« Geordi schaltete das Zusatzmodul seines VISORs ein, das den Ortungsinstrumenten für kurze Zeit die Möglichkeit gab, die gleichen visuellen Daten zu empfangen wie er.

Data stellte den Tricorder auf die entsprechende Frequenz ein, und daraufhin sah er plötzlich eine Öffnung in der hohen Felswand. Die Sensoren des Androiden nahmen auch weiterhin nur massives Gestein wahr, doch Geordis VISOR hatte einen Zugang entdeckt.

Riker und Worf blickten über Datas Schulter, betrachteten die Anzeigen des Tricorders. »Ich frage mich, ob das der Test ist«, dachte der Erste Offizier laut. »Sollen wir *in* den Berg gehen, anstatt ihn zu erklettern?«

»Ich schlage vor, das sehen wir uns aus der Nähe an, Commander«, brummte Worf.

»Warten Sie.« Riker berührte seinen Insignienkommunikator. »Captain, wir haben eine Öffnung im Hang des Berges gefunden. Ich würde sie gern untersuchen.«

»Nicht so hastig, Nummer Eins«, klang Picards Stimme aus dem kleinen Lautsprecher. »Sammeln Sie zunächst Informationen, *ohne* sich dem Berg zu nähern, und erstatten Sie mir anschließend Bericht. Dann entscheiden wir, was wir in Hinsicht auf die Höhle unternehmen.«

»In Ordnung, Sir.« Riker schloß den Kom-Kanal, und auf seine Anweisung hin schwärmte die Landegruppe am Ufer aus.

Fünf Stunden später trafen sie sich am Retransferpunkt, ohne daß sich etwas Neues ergeben hatte. Sie bereiteten sich darauf vor, mit einigen Gesteinsproben zur *Enterprise* zurückzukehren. Später konnten sie immer noch feststellen, ob die Öffnung in der Flanke des Berges wirklich nur eine Höhle war oder eine Art Portal, das zu den geheimnisvollen Göttern des Planeten Elysia führte.

»Halt«, sagte Data, als sie Aufstellung bezogen, um sich vom Transporterstrahl erfassen zu lassen. »Ich registriere eine Lebensform, doch ich bekomme keine klare Anzeige...« Auf dem kleinen Tricorderschirm flackerte es kurz, und der Androide runzelte die Stirn. »Commander, die Richtung läßt sich nicht feststellen, und wenn ich den Erfassungswinkel vergrößere, stören Ihre Bio-Signale.«

Riker nickte. »Dann lassen wir Sie allein.« Erneut hob er die Hand zum Insignienkommunikator. »Drei Personen für den Transfer, Mr. O'Brien. Warten Sie auf Mr. Datas Anweisung, um ihn ebenfalls an Bord zu beamen.«

Der Androide trat von den drei anderen Mitgliedern der Landegruppe fort. Als sich ihre Gestalten im Transporterfeld auflösten, drehte er sich um und blickte wieder auf den Tricorder. Nichts. Langsam und enttäuscht drehte er sich im Kreis. Das kurze Flackern auf dem Schirm — eine vorübergehende Funktionsstörung?

Er wollte sich schon mit O'Brien in Verbindung setzen, um Riker, Geordi und Worf zur *Enterprise* zu folgen, als er plötzlich ein Plätschern hörte.

Er starrte zum Sumpf, bemerkte jedoch nichts – bis er auf infrarote Erfassung umschaltete, um die Dunstschwaden zu durchdringen. Etwas näherte sich!

Ein flaches Boot. Und darin hockte eine Gestalt, deren Haltung Müdigkeit zum Ausdruck brachte. Trotz ihrer Erschöpfung hob sie immer wieder eine Stange und stakte das Boot weiter.

Data hatte sich gefragt, wie Elysianer den Sumpf durchquerten, ohne den giftigen Gasen zum Opfer zu fallen, und nun sah er die Antwort. Eine Blase aus frischer, sauberer Luft umgab das Boot, und offenbar wurde sie auf die gleiche Weise erzeugt wie die Atmosphäre in den Habitaten. Das hatte Drahanna gemeint, als sie sagte, die Götter ›erlaubten‹ einigen Elysianern die Reise durch den Großen Sumpf: Sie gewährten nur jenen Schutz, die sie für eine ›Prüfung‹ auf der heiligen Insel erwählten.

Fasziniert beobachtete Data, wie sich das Boot langsam dem Ufer näherte. Die Gestalt darin erwies sich als junge Frau mit zerzaustem Haar, schmutzigen Wangen und durchnäßter Kleidung. Eine Sekunde später begriff der Androide, daß sie nahe genug herangekommen war, um ihn durch den Sumpfnebel zu sehen.

Er wich zurück und tastete nach seinem Insignienkommunikator, um sich an Bord beamen zu lassen. Sollte die Elysianerin glauben, eine Vision im Dunst gesehen zu haben...

Zu spät. Die Frau erstarrte plötzlich, und in ihrem Gesicht zeigte sich verblüfftes Erstaunen. Die Stange entglitt ihrer Hand, und sie griff rasch danach, ohne den Blick von Data abzuwenden. Durch die plötzliche Bewegung schwankte das Boot von einer Seite zur anderen.

Data sah, wie die Blase aus reiner Luft erzitterte und zerplatzte. Sumpfgas strömte der Reisenden entgegen; sie begann zu keuchen und zu husten. Dadurch wackelte das

Boot noch heftiger, was die Aufmerksamkeit eines im Wasser lebenden Geschöpfs weckte. Tentakel glitten empor und griffen nach der hilflosen Frau.

Der Androide riß den Phaser hervor und drückte ab — keine Reaktion. Seine Waffe funktionierte nicht!

Der sichere Tod erwartete die Frau, wenn es dem Ungeheuer gelang, sie unter Wasser zu ziehen — oder wenn sie lange genug den giftigen Gasen ausgesetzt blieb.

Data lief los, um ihr zu helfen, setzte über scharfkantige Felsen hinweg und sprang ins Wasser. Bei jedem Schritt versank er bis zu den Waden im Schlamm, doch kaum zehn Meter trennten das Boot vom Ufer. Er mußte die Frau vor dem monströsen Angreifer retten und zur Insel bringen, damit sie wieder saubere Luft atmen konnte.

Kurz darauf erreichte er das Boot, schlang den einen Arm um die Taille der Elysianerin und versuchte mit dem anderen, die Tentakel zu lösen. Kaum hatte er einen fortgestoßen, zuckte ein anderer heran — und schließlich griffen sie auch nach Data.

Auf diese Weise konnte er nichts gegen das Wesen ausrichten, begriff der Androide. Er mußte den Kopf oder eine empfindliche Stelle des Körpers treffen.

Aber es blieb nicht mehr genug Zeit. Die Elysianerin war bewußtlos, und ihre Lippen verfärbten sich zu einem besorgniserregenden Blau.

Data hob sowohl die Frau als auch das Geschöpf hoch und stapfte zum Strand zurück. Das Wesen trachtete danach, sich mit einigen Tentakeln an Wurzeln und Baumstümpfen festzuhalten, doch die Kraft des Androiden setzte sich durch. Trotzdem gab der Angreifer sein Opfer nicht frei, ließ sich über die Steine zerren, zusammen mit dem Boot, an dem er sich festklammerte.

Data legte seine Last auf den Boden und holte tief Luft — seine Sicherheitssysteme hatten automatisch den Sauerstoffabsorber desaktiviert, als er sich den korrodierenden Gasen aussetzte.

Beunruhigt blickte er auf die Frau hinab. *Hat sie so viel*

Gift eingeatmet, um ihre Lungen irreparabel zu schädigen? dachte er.

Das Sumpfwesen ließ die Elysianerin los, und Data strich einige erschlaffende Tentakel zur Seite. Der krakenartige Angreifer erzitterte in der Atmosphäre, die für *ihn* giftig war. Data packte das Geschöpf, schleuderte es in Richtung Sumpf zurück — und beobachtete, wie es am Schirmfeld abprallte, auf die Felsen fiel.

Der Androide begriff plötzlich, daß er die Barriere zweimal durchschritten hatte, von beiden Seiten. Aber dies war nicht der geeignete Zeitpunkt, um über das Unmögliche nachzudenken; es galt, ein Leben zu retten. Die Frau atmete nicht mehr, aber seine Sensoren teilten ihm mit, daß ihr Herz noch immer schlug. Rasch preßte er das giftige Gas aus den Lungen und achtete darauf, keinen zu starken Druck auf ihren Brustkorb auszuüben. Anschließend begann er mit der künstlichen Beatmung.

Er wahrte einen regelmäßigen Rhythmus und berührte den Insignienkommunikator.

Keine Reaktion. Es erklang nicht das leise elektronische Zirpen eines geöffneten Kom-Kanals. Data erinnerte sich daran, daß der Phaser versagt hatte, und nach dem nächsten Atemzug hob er den Tricorder, um die Frau zu untersuchen. Auch dieses Gerät funktionierte nicht.

Mit Datas eigenen Instrumenten schien soweit alles in Ordnung zu sein. Oder kam es zu einer sensorischen Verzerrung, die ihm vorgaukelte, daß die Elysianerin wieder zu atmen begann, daß gesunde Farbe in ihr Gesicht zurückkehrte? Sie schien sich viel zu schnell zu erholen.

Einige Sekunden später schlug sie die Augen auf.

»Oh, ich bin wahrhaftig gesegnet, einen der Götter zu sehen! Habe ich dich verärgert? Bitte verzeih mir, um meines Volkes willen.« Sie versuchte, sich aufzusetzen.

»Bleib ruhig liegen«, sagte Data. »Nein, ich gehöre nicht zu den Göttern. Ich bin...« Er beschloß, bei der Geschichte zu bleiben, die sie auch Drahanna erzählt hatten.

»... ein Reisender wie du, der zu dieser heiligen Insel gekommen ist, um den Göttern zu begegnen.«

Die Frau lächelte erfreut. »Dann stimmt die Prophezeiung! Du bist Jener-aus-der-Ferne, der mir bei meiner Prüfung Gesellschaft leistet. Zuerst verstand ich nicht. Du unterscheidest dich sehr von meinem Volk.«

Da es ihr wieder besser zu gehen schien, half ihr der Androide hoch. Sie schwieg nun und musterte ihn von Kopf bis Fuß. Noch immer glänzte Feuchtigkeit an Datas Uniform — und erst jetzt wurde ihm klar, in welche Gefahr er sich begeben hatte, um die Frau zu retten. Er konnte nicht schwimmen, doch selbst tiefes Wasser stellte keine Bedrohung für seine Existenz dar: Er konnte auf dem Grund gehen — solange er aus festem Material bestand. In Treibsand hingegen versank er ebenso schnell wie ein Mensch.

Er hatte alles heil überstanden, und deshalb hielt er es für müßig, noch länger darüber nachzudenken. Er sah einen glücklichen Zufall darin, daß er zur Stelle gewesen war, um diese junge Frau zu retten. Sein gegenwärtiges Problem lautete: Wie sollte er die *Enterprise* benachrichtigen, wenn der Insignienkommunikator nicht funktionierte? Vielleicht ließ ihn Picard an Bord beamen, sobald der Captain feststellte, daß sich kein Kontakt mehr zu ihm herstellen ließ — es sei denn, die elysianischen Götter verhinderten das. Data glaubte, daß jene Entitäten für die Manipulation der Barriere und die Funktionsneutralisierung seiner Geräte verantwortlich waren. Möglicherweise hatte die *Enterprise* gar keine Möglichkeit, seine Koordinaten zu ermitteln und ihn zu transferieren.

»Du bist der Prüfungsgefährte, den mir die Götter hier versprachen, und damit hat sich die Prophezeiung erfüllt«, betonte die Frau noch einmal. »Wir müssen ihren Test gemeinsam bestehen.«

Data erinnerte sich daran, daß Drahannas Worte die Landegruppe zu einem Verhalten veranlaßt hatten, das die elysianischen ›Götter‹ erwarteten. *Vielleicht hat man uns bisher auf dem Planeten und auch auf dieser Insel gedul-*

det, weil wir den göttlichen Anweisungen in gutem Glauben folgten, überlegte der Androide. *Sind dies weitere Instruktionen? Wollen die Götter, daß ich mich ihrem Test unterziehe?* Data zweifelte inzwischen nicht mehr daran, daß ihn die rätselhaften Entitäten daran hinderten, sich mit der *Enterprise* in Verbindung zu setzen. Er erinnerte sich an eine von Rikers Redensarten, die seine Situation beschrieb: »Manchmal führt der einzige Ausweg mittendurch.«

Data sah die Frau an, die er gerettet hatte. »Ja«, erwiderte er. »Offenbar haben die Götter entschieden, uns beide zu... prüfen.«

KAPITEL 4

Die Elysianerin strich sich eine dunkle Haarsträhne aus der Stirn. »Ich heiße Thelia und komme von Atridia.«

»Ich bin Data«, sagte der Androide.

»Data«, wiederholte die Frau und lauschte dem Klang des Wortes. »Dieser Name ist ebenso seltsam wie du selbst. Wie nennt man deine Heimat?«

Bleib möglichst dicht bei der Wahrheit, dachte er und antwortete: »Starfleet.«

»Starfleet«, murmelte Thelia. »Das klingt wundervoll. Strömen dort die Sterne?«

»Ja, manchmal erwecken sie diesen Eindruck«, entgegnete Data verwirrt.

»Es muß ein magisches Land sein«, sagte Thelia verträumt.

Für dich bestimmt, dachte der Androide. Die junge Elysianerin ließ sich von seinem Schweigen nicht beeindrucken und fuhr fort: »Stehst du unter einem Zauber? Bist du deshalb hierhergekommen?«

»Ein Zauber? Nein.«

»Dann sehen alle deine Landsleute so aus wie du?« erkundigte sich Thelia.

»Nein, nicht wie ich«, erwiderte Data. »Aber in Starfleet gibt es viele, die sich von dir unterscheiden.« Er nahm an, daß er damit nicht den Ärger der Götter herausforderte. Immerhin hatten sie in Drahannas Habitat eine ähnliche Erklärung zugelassen. »Du hast ganz offensichtlich eine lange und beschwerliche Reise hinter dir«, fügte er hinzu. »Du solltest dich ausruhen, bevor...«

»Die Prüfung beginnt jetzt.«

Data wirbelte herum, aber weit und breit war niemand zu sehen. Seine visuellen und akustischen Sensoren zeigten ihm einen leeren Strand. Er entsann sich an Drahannas Hinweis: Sprachen die Götter im wahrsten Sinne des

Wortes zu jenen Elysianern, denen sie sich mitteilen wollten?

Als er sich umwandte, sah er Staunen und Freude in Thelias Gesicht.

»Ihr weist mich nicht ab? Oh, seid gepriesen, ihr Götter! Laßt mich das Sanktuarium erreichen, mit der Hilfe meines prophezeiten Begleiters.«

»Das Sanktuarium ...«, sagte Data. »Dort begegnen wir den Göttern?«

»So ist es versprochen.«

Er nickte. »Jenen Ort suche ich.« Er berührte noch einmal den Insignienkommunikator, aber das Kom-Gerät funktionierte ebensowenig wie der Tricorder. Inzwischen hatten Picard und die anderen sicher alles versucht, um ihn zu finden und an Bord zu beamen. Doch das ließen die elysianischen Götter nicht zu — ihre Technologie war zweifellos weit überlegen. *Vermutlich haben sie die Landegruppe beobachtet, uns eingeschätzt und dann eine Entscheidung getroffen,* dachte Data. *Fiel ihre Wahl auf mich, weil ich alle Einzelheiten der Begegnung mit ihnen aufzeichnen kann?*

Doch zuerst mußte er die ›Prüfung‹ bestehen. Allem Anschein nach bestanden die Götter Elysias darauf, daß sich selbst Besucher von Außenwelt an ihre Regeln hielten. Diese Erwartungshaltung bildete nicht etwa eine Ausnahme — die Besatzung der *Enterprise* war auf vielen anderen Planeten mit ihr konfrontiert worden. »Es ist mir eine Ehre, mich dem Test zu unterziehen«, antwortete Data. »Ich hoffe, Thelia und ich haben Erfolg.«

»So sei es«, erwiderte die junge Frau förmlich. »Ich glaube, wir sollten jetzt damit beginnen, am Berg emporzuklettern. Wo ist deine Ausrüstung?«

»Ich führe nichts anderes bei mir«, sagte der Androide, als er Phaser und Tricorder in die Haltetaschen am Gürtel schob. Die Waffe und das Ortungsgerät nützten ihm jetzt nichts mehr, aber bestimmt würden sie wieder funktionieren, wenn er den Test der Götter hinter sich hatte.

»Du hast keinen Proviant mitgebracht?« fragte Thelia. »Oder ist nichts davon übriggeblieben? Ich teile meine Lebensmittel mit dir.«

Data beschloß, mit weiteren Erklärungen zu warten, bis sie sich besser kennengelernt hatten. Elysianer waren nicht an Maschinen gewöhnt, erst recht nicht an intelligente. Als Thelia zu ihrem Boot zurückkehrte und einen Rucksack holte, sagte der Androide: »Ich trage ihn für dich. Der Weg nach oben ist bestimmt nicht leicht.«

»Danke.« Sie holte einen Beutel aus Tierhaut — Leder — hervor, und darin gluckerte es leise. Natürlich: Das Wasser im Sumpf hatte sie nicht trinken können. Der kleine Behälter war fast leer. »Ich bin vier Tage im Sumpf gewesen«, sagte die Frau, zog den Korken und bot ihren Beutel Data an. Als er den Kopf schüttelte, trank sie so vorsichtig, daß kein einziger Tropfen zu Boden fiel. Sie beschränkte sich auf zwei Schlucke, obwohl sie nach den Anstrengungen sicher recht durstig war.

»Es gibt eine Quelle in der Nähe.« Data erinnerte sich an klares Wasser, das er während des fünfstündigen Erkundungsmarsches gesehen hatte. »Wir können den Beutel wieder füllen.«

»Gut.« Sie gingen los, und nach einer Weile fragte Thelia: »Du bist lange genug hier gewesen, um die Insel zu erforschen? Hat dir dein Sprecher meine Ankunft angekündigt?«

»Nein«; erwiderte Data wahrheitsgemäß und überlegte, wie die Götter den Sprecher in Thelias Heimat vor vier Tagen darauf hinweisen konnten, daß sich ein Fremder auf der Insel befinden würde, wenn die junge Frau ihr Ziel erreichte. Nun, wenn sie Subraum-Signale empfingen, so hatten sie gewußt, daß die *Enterprise* diesen Sektor ansteuerte. *Haben sie uns mit den Gravitationsverschiebungen hierhergelockt? Ist die Rettung von Darryl Adin und seiner Gruppe ein göttlicher Test gewesen?* Wenn sich Data auf das konzentrierte, was die Götter von ihm verlangten... Vielleicht bekam er dann Gelegenheit, direkte Fragen an sie zu richten. Er hoffte inständig, daß er sich mit der bestandenen Prüfung auch Antworten verdiente.

Als Thelia über die scharfkantigen Felsen kletterte, fiel ihr auf, mit welcher Mühelosigkeit sich Data bewegte. »Du bist sehr flink und agil«, sagte sie, als er ihr über eine breite Lücke half.

»Das entspricht meinem Wesen«, erwiderte er. »Ich werde es dir später erklären, wenn wir leichter vorankommen.«

Thelia ließ die Hand des Androiden nicht sofort los, spreizte statt dessen die Finger und musterte ihn aufmerksam. Sie war nur ein wenig kleiner als Data. Die meisten elysianischen Männer überragten ihn und hatten aufgrund der harten präindustriellen Arbeit breitere Schultern.

»Du bist viel kräftiger, als es zunächst den Anschein hat«, stellte Thelia fest. »Hast du bereits ein Geschenk von den Göttern erhalten? Bekam es vielleicht einer deiner Vorfahren, so wie bei mir?«

»Nicht unbedingt in dem Sinne«, antwortete Data. »Aber es stimmt: Ich bin körperlich stärker als die anderen Personen in meiner Heimat. Thelia, ich erkläre dir alles, das verspreche ich dir. Ich möchte nur vermeiden, daß du dich vor mir fürchtest.«

»Du bist Jener-aus-der-Ferne, den der Sprecher erwähnte. Und du hast mir das Leben gerettet.« Die junge Frau lächelte. »Hältst du mich für ein Kind, das sich von deinen goldenen Augen erschrecken läßt? Data, du hast dich den Göttern bereits als würdig erwiesen, denn sonst wärst du nicht hier.«

Thelias Vertrauen zu den Göttern löste einen Teil des Problems, aber nach Datas Ansicht war es trotzdem zu früh, ihr die ganze Wahrheit zu sagen — vielleicht durfte er das nicht einmal. Sollte er sich ihr gegenüber als organisches Wesen ausgeben? Er bezweifelte, ob ihm das über einen längeren Zeitraum hinweg gelang. Wenn ihn eine echte organische Lebensform lange genug beobachtete, mußte sie früher oder später Verdacht schöpfen. Andererseits: Wenn die elysianischen Götter nicht wollten, daß Thelia von seiner wahren Identität erfuhr, so halfen sie ihm vielleicht dabei, das Geheimnis zu wahren.

Thelia trank an der Quelle und füllte dann ihren Beutel. Data spürte natürlich keinen Durst. Sein Kühlsystem funktionierte nicht auf der Basis von Verdunstung, und deshalb benötigte er keine Flüssigkeit nach Phasen körperlicher Aktivität. Er nutzte das Wasser nur, um den Schlamm von der Uniform zu waschen — und bemerkte Thelias Überraschung, als sich der Schmutz sofort löste.

»Ein wundervoller Stoff«, sagte sie. »Ich wünschte, du kämst nicht aus einem fernen Land. Mein Volk würde sich freuen, unsere Waren gegen ein solches Gewebe einzutauschen.«

»Treibt ihr Handel mit den Völkern anderer Länder?« erkundigte sich der Androide. Darüber hatte die Landegruppe in Quinaria nichts erfahren.

»Nur mit den Bewohnern des Nachbarlands Tosus — und das ist schon schwierig genug. Darin besteht der Zweck meiner Prüfung: Wenn ich Erfolg habe, bitte ich die Götter, unsere beiden Länder zu vereinen, denn wenn wir uns nicht gegenseitig helfen, darbt unsere Heimat.«

Fortschritt! Und es gab keinen äußeren Einfluß; die Idee stammte von den Elysianern. »Ich werde mir alle Mühe geben, dir bei deiner Prüfung zu helfen«, sagte Data.

Er wollte in die Richtung zurückkehren, aus der sie kamen, und daraufhin fragte Thelia: »Kennst du einen leichter zu erkletternden Hang?«

Der Androide blieb stehen. »Ist es unbedingt notwendig, daß wir außen am Berg emporsteigen?«

»Gibt es einen anderen Weg?« entgegnete die junge Frau.

»Unweit der Stelle, an der du die Insel erreicht hast, habe ich eine Öffnung in der Felswand bemerkt. Ich schlage vor, wir sehen sie uns aus der Nähe an. Wenn wir dort nicht weiterkommen, klettern wir an der Außenseite hoch.«

Als sie zu dem Ort gelangten, von wo aus Geordi das Loch in der Flanke des Berges gesehen hatte, war Data ganz sicher, daß es einen Zugang darstellte. Die infrarote Wahrnehmung zeigte ihm einen kühlen Fleck, während das übrige Gestein die Wärme der elysianischen Sonne abstrahlte.

»Ich sehe nichts«, meinte Thelia verwundert.

»Trotzdem existiert die Öffnung«, beharrte Data, trat an den steilen Hang heran und zog sich an kleinen Vorsprüngen hoch. Kurze Zeit später, als er auf einem Sims stand, schien der Zugang einfach zu verschwinden. Die Sensoren des Androiden registrierten einmal mehr massiven Fels.

Data trat ungerührt einen Schritt vor — und passierte nur scheinbar festes Gestein. Thelias erschrockener Ruf holte ihn zurück. Die junge Frau starrte ihn aus weit aufgerissenen Augen an. »Du bist durch Stein gegangen. Also gehörst du *doch* zu den Göttern!«

»Nein«, widersprach Data. »Thelia, es hat nur den *Anschein,* als handele es sich um dicken Fels. In meiner Heimat nennt man so etwas holographische Projektion. Komm, ich zeige es dir.« Er fügte nicht hinzu, daß er jedes gewöhnliche Hologramm problemlos orten konnte, woraus folgte: Die Technologie der elysianischen Götter basierte auf fremdartigen Funktionsprinzipien. Ganz gleich, wie viele Fragen unbeantwortet blieben — ein Kontakt mit den geheimnisvollen Entitäten war es zweifellos wert, alle Hindernisse zu überwinden, die sie ihm und seiner Begleiterin in den Weg legten.

Die Felswand erwies sich als zu steil, um Thelia von unten hochzuschieben oder sie von oben emporzuziehen. Sie mußte selbst klettern. Data wartete eine Zeitlang, legte sich dann auf den Sims und streckte die Hand aus.

Die junge Frau keuchte und sah auf. »Du würdest herunterrutschen.«

»Nein, es besteht keine Gefahr«, erwiderte der Androide und schob sich ein wenig vom Rand des Simses fort, um das Gewicht der Elysianerin auszugleichen.

Trotzdem versuchte Thelia, ohne Datas Hilfe weiterzuklettern. Sie griff erst nach seiner Hand, als sie an der glatten Felswand keinen Halt mehr fand, und auch dann versuchte sie, sich abzustützen und den Androiden nicht zu sehr zu belasten. Ganz offensichtlich unterschätzte sie seine Kraft und Masse.

Data erinnerte sich an Tasha Yar. Thelia hatte schwarzes Haar und dunkle Augen, und im Vergleich mit der klassischen Schönheit Tashas wirkten ihre Züge sanfter und zarter, aber unter der weiten Kleidung verbarg sich ein ähnlich gebauter Körper. Hinzu kam eine fast greifbare Entschlossenheit, die Fähigkeit, eine übers physische Leistungsvermögen hinausgehende emotionale Kraft zu finden.

Darüber hinaus erkannte Data die Bewegungen einer Athletin: Thelia hatte sich gut auf die Prüfung vorbereitet, und in diesem Verhalten sah der Androide eine weitere Parallele zu Tasha Yar.

Als sie neben ihm auf dem Sims stand, hob sie behutsam die Hand und schluckte, als ihre Finger den Fels durchdrangen. »Dadurch zeigen uns die Götter ihre Präsenz.« Sie straffte die Schultern und trat vor. Data folgte ihr, und einige Sekunden später blickten sie sich in einer Höhle um. Das Licht stammte von fluoreszierenden Flechten — abgesehen von den Sumpfgeschöpfen die einzige Lebensform, die Data bisher auf der Insel gesehen hatte.

»Es stimmt tatsächlich«, staunte Thelia. »Dies muß der Weg sein, den wir beschreiten sollen. Es heißt, er sei für jeden anders.« Sie schüttelte den Kopf. »Allein hätte ich die Öffnung nicht entdeckt.«

»Vielleicht beobachten uns die Götter und passen den Test unseren Fähigkeiten an. Als dich das Wesen im Sumpf angriff, schufen sie eine Lücke in der Barriere, so daß ich dir helfen konnte. Sie tarnten den Zugang im Berg und gaben nur mir die Möglichkeit, ihn zu finden. Anscheinend möchten sie, daß du mir vertraust.«

»Ja, wir müssen uns vertrauen«, sagte Thelia. »Komm, gehen wir.« Sie setzte sich in Bewegung.

Data justierte seine visuellen Sensoren, um im Halbdunkel besser zu sehen. Ein schmaler Pfad führte nach oben; dem Androiden bereitete er keine Schwierigkeiten, doch Thelia kam nur langsam voran. Eine halbe Stunde lang kletterten sie, ohne daß irgend etwas geschah.

Schließlich nahm Thelia auf einigen Steinen Platz, trank und bot Data erneut den Beutel an. »Ich bin nicht durstig«, erklärte er. »Im Gegensatz zu dir braucht mein Körper keine Flüssigkeiten zu verdunsten, um sich abzukühlen.«

»Du schwitzt nicht«, stellte Thelia fest. »Deine Kraft und der Umstand, daß du weder Nahrung noch Wasser benötigst — sind das Gaben der Götter, Data?«

Er begriff, daß sie weitere Fragen stellen würde, bis er ihr Antwort gab. Entsprach es dem Willen der elysianischen Götter, daß er ihr zumindest einen Teil der Wahrheit offenbarte? Wußten sie überhaupt, was er darstellte?

Wieder entschied er sich für eine Kurzform der Fakten. »Ich habe keine Gaben der Götter erhalten, Thelia. Ich bin nur imstande, meine energetischen Ressourcen effizient zu nutzen. Irgendwann muß ich Nahrung zu mir nehmen, aber ...«

Von einem Augenblick zum anderen stürzte die Höhlendecke ein!

Data schob Thelia unter einen kleinen Überhang und schirmte sie mit seinem Körper ab.

Das Donnern und Krachen dauerte nur wenige Sekunden, und Data wurde von Splittern getroffen, die kaum einen Schaden anrichteten.

Als wieder Stille herrschte, krochen Thelia und der Androide über den steilen Pfad nach oben und sahen auf den Felssturz hinab. Er schien auf sie gezielt gewesen zu sein: Die Steine bedeckten einen nur zehn Quadratmeter großen Bereich.

Während sie den Weg fortsetzten, richtete Data seine Aufmerksamkeit auf die internen Diagnosemodule. Er senkte den Kopf und betrachtete metallenen Glanz dort, wo sich Hautfetzen von der rechten Hand gelöst hatten.

Chemische Nährstoffe tropften aus einer dünnen zerrissenen Leitung. Die automatischen Systeme hatten das Ventil im entsprechenden Ellenbogen geschlossen, doch die Restflüssigkeit rann langsam aus der Wunde.

Data legte die linke Hand auf seine beschädigte rechte, als Thelia neben ihn trat. »Ich bin unverletzt«, sagte sie. »Aber du blutest!« fügte sie hinzu, als sie die Nährlösung bemerkte, die zwischen den Fingern hervorquoll. Sie griff nach der Hand, und der Androide zog sie instinktiv zurück. »Laß mich sehen.«

»Vielleicht möchten die Götter, daß ich dir meine wahre Identität zeige.« Data hob die Hand.

Thelia schnappte unwillkürlich nach Luft, als ihr Blick auf ein metallenes Gerüst fiel, auf das Sensorgitter, die neuralen Netze und diverse Schaltkreise. Sie wich zurück, und zum erstenmal sah Data Furcht in ihren Augen. »Was *bist* du?«

»Ich bin ein Androide. Eine Maschine.«

»Nein! Pflüge und Karren und Mühlen sind Maschinen! Sie bewegen sich nicht von allein. Sie sprechen nicht. Du siehst wie ein Mann aus und sprichst wie ein Mann.«

Erneut hob Data die rechte Hand und drückte die aufgerissene Leitung darin zu. Gleichzeitig suchte er nach einer Erklärung, die Thelia verstehen konnte. Er erinnerte sich an eine Bemerkung Will Rikers. »Kennst du Marionetten oder dergleichen?«

»Meinst du Spielzeuge? Puppen?« Thelias Pupillen weiteten sich. »Bist du eine... Puppe, die plötzlich lebendig wurde?«

Entsetzen flackerte in den dunklen Augen der jungen Frau, und sie sah zum Felssturz zurück, der den Rückweg blockierte. Plötzlich wirbelte Thelia herum und lief in die andere Richtung; sie hatte es so eilig, daß sie das Gleichgewicht verlor und fiel — der Pfad war nun steiler als zuvor.

Data versuchte nicht, ihr zu folgen, denn die Götter wollten Thelia offenbar keine Möglichkeit geben, eine Konfrontation mit seiner Natur zu vermeiden. Feuchtigkeit glänzte dort auf dem glatten Stein, wo eben noch alles trocken gewesen war. Thelia suchte nach Halt, aber sie rutschte immer wieder aus, glitt schnaufend nach unten.

Sie blieb dicht neben Data liegen, kroch hastig fort und preßte den Rücken an die Felswand. »Eine Falle!« stieß sie hervor. »Nun gut, bringen wir es hinter uns — töte mich.«

Data musterte die junge Frau verblüfft. »Thelia, ich habe nicht den geringsten Grund, dich zu töten. Warum fürchtest du dich so sehr? Für was hältst du mich?«

»Du bist ein Golem. Ein Homunkulus.«

Der Androide öffnete einige seiner Datenbanken. Die Legenden waren alt und voller Widersprüche, aber es ging darin um von Menschen geschaffene Wesen, denen Seelen fehlten oder die von bösen Geistern beherrscht wurden; sie wandten sich gegen ihre Schöpfer und versuchten, sie umzubringen, wobei auch viele Unschuldige ums Leben kamen. Offenbar gab es bei den Elysianern ähnliche Geschichten.

»Wie soll ich dir beweisen, daß ich dir nichts zuleide tun will?« fragte Data traurig. »Hast du eine Vorstellung davon, warum dich die Götter auf eine so ungewöhnliche Weise prüfen wollen?«

»Sie können unmöglich von mir erwarten, daß ich dir vertraue!« erwiderte Thelia scharf.

»Ich habe dich nicht belogen«, sagte Data. »Und ich weiß nicht, ob die Götter beabsichtigten, daß du von meiner wahren Natur erfährst. Vielleicht ist das der Fall, aber Angst hilft dir sicher nicht, die Prüfung zu bestehen. Ich bedauere deine Furcht sehr.« Der Androide überlegte kurz. »Zweifelst du daran, daß dich die Götter vor Unheil bewahren?«

Die Angst in Thelias Augen wich Argwohn. »Worin besteht der Test? Wie kann ich sicher sein? Bist du ein böser Geist, in Form jener Puppen, die ich als Kind so sehr liebte? Bist du wirklich Jener-aus-der-Ferne, den man mir prophezeite?«

»Vielleicht solltest du mir von deinen Puppen erzählen«, schlug Data vor.

»Als Kind besaß ich viele. Ich mochte sie sehr und erfand Geschichten über sie — bis Mutter eines Tages hörte, wie ich mir Lebendigkeit für meine Lieblingspuppe wünschte. Daraufhin erzählte sie mir von Leuten, die solche Wünsche ausgesprochen hatten und Verderben für sich und andere heraufbeschworen. Ich legte meine Puppen beiseite und wurde erwachsen.«

Thelia beruhigte sich, musterte Data von Kopf bis Fuß und trachtete danach, eine rationale Entscheidung zu treffen. »Bist du eine Versuchung in Gestalt meiner kindlichen Phantasien? Oder teilen mir die Götter mit, daß es an der Zeit ist, alte Ängste zu überwinden?«

»Ich weiß nicht, wie ich dir helfen soll, dein Dilemma zu überwinden«, gestand der Androide ein. »Ich kann dir nur anbieten, dich zu verlassen und dir zu ermöglichen, die Prüfung allein zu bestehen. Ich kehre dorthin zurück, wo wir den Weg begannen.«

»Die Felsen sind auch für dich ein unüberwindliches Hindernis.«

»Nein. Ich bin stark genug, um Steine zu heben, die du nicht bewegen könntest.«

»Wenn ich eine solche Bitte an dich richten würde... Wärst du wirklich bereit, einen anderen Pfad zu wählen und nicht zu mir zurückzukehren, um mich bei der Prüfung zu behindern?«

»Wenn ich Einfluß darauf nähme, verstieße ich gegen ein Gesetz meiner Heimat«, erwiderte Data.

»Würdest du deine eigene Prüfung aufgeben?«

Der Androide dachte darüber nach und gab ehrlich Antwort. »Nur wenn die Götter das von mir verlangen. Ich bin sehr daran interessiert, ihnen zu begegnen. Deshalb werde ich den Weg fortsetzen — ohne dich zu behindern.«

»Und wenn ich dich auffordere, den Berg und die Insel zu verlassen?«

»Dazu hast du kein Recht«, entgegnete Data. »Die Götter haben mir die Prüfung erlaubt, und nur sie können mich zurückschicken.«

Thelia ließ den angehaltenen Atem langsam entweichen. »Du bist kein Spielzeug, das meinem Willen unterworfen ist. Ein böser Geist hätte ebensowenig Vertrauen zu den Göttern wie ein Unwürdiger. Und doch... fürchte ich mich vor dir. Deshalb nehme ich deinen Vorschlag an.«

Thelia wandte sich um und kletterte nach oben. Der Pfad war noch immer steil und glatt, aber diesmal rutschte die junge Frau nicht wieder nach unten — allem Anschein nach akzeptierten die elysianischen Götter ihren Beschluß.

Data wickelte einen Draht um die aufgerissene Leitung, um weiteren Flüssigkeitsverlust zu verhindern, doch ohne die organischen Komponenten verlor die rechte Hand einen großen Teil ihrer sensorischen Kapazität. Kurze Zeit später ergab sich ein weiteres Problem.

Als Data den Felssturz erreichte, stellte er fest, daß er an dieser Stelle nicht weiterkam.

Die Barriere hatte aus mehr oder weniger kleinen Steinen bestanden, doch nun ragten gewaltige und fest ineinander verkeilte Felsblöcke auf. Hier nützte ihm auch seine überlegene Androidenkraft nichts.

Steckten die elysianischen ›Götter‹ dahinter? Vermutlich setzten sie eine Technik ein, die der des Holo-Decks ähnelte, obgleich Datas Sensoren darauf beharrten, daß die Felsen tatsächlich existierten. Andererseits: Wenn er sich Zeit genug nahm, war sicher eine Justierung des Holo-Decks an Bord der *Enterprise* möglich, um selbst die Sinne eines Androiden zu täuschen. Data nahm dies als Beispiel dafür, daß ihn die fremden Entitäten gründlich analysiert hatten.

Das Konzept der Prüfung... Es ähnelte den Spielen, die ein Holo-Deck ermöglichte. Die Spieler betraten eine unbekannte Umgebung und wußten in groben Zügen, worum es ging, aber die spezifischen Regeln mußten sie erst noch herausfinden. Data beklagte die Trennung von Thelia; ihre Informationen hätten ihm einen wichtigen Vorteil geboten.

Er gab den Versuch auf, eine Lücke in der Felsbarriere zu

schaffen, vergewisserte sich dann, daß er sie auch nicht erklettern konnte. Eine Zeitlang verharrte er und überlegte, ob er den Pfad beschreiten sollte, bis er an eine Abzweigung kam.

In der Ferne ertönte ein Schrei. Thelia!

Data eilte zu der Stelle zurück, wo sie sich getrennt hatten, folgte dann dem Verlauf des steilen Weges und lief durch eine schmale Passage. Daran schloß sich ein Tunnel an, und dort fand er den Wasserbeutel. Der Androide nutzte alle Frequenzen seiner visuellen und akustischen Wahrnehmung. Er sah abgewetzte Stellen am Boden und hörte Geräusche, die darauf hinwiesen, daß etwas — jemand — fortgeschleift wurde. Sofort stürmte er wieder los, passierte einen Felsvorsprung und beobachtete, wie Thelia ihr Messer in den Leib eines affenartigen Wesens rammte, das sie durch den Tunnel zerrte. Das Geschöpf brüllte und versetzte der Frau einen heftigen Schlag.

Thelia prallte an die Wand, blieb jedoch auf den Beinen. Data sprang zwischen sie und das Wesen. Es brüllte erneut und fletschte lange Reißzähne, war jedoch vom Messer abgelenkt.

Die Hände des Affen wiesen nur vier Finger auf, stellte Data fest, als er sich vor Thelia duckte, bereit dazu, den Angriff des Tiers abzuwehren. Eine Pranke schloß sich um den Dolch und zog ihn aus der Wunde. Das Geschöpf setzte die Klinge nicht etwa als Waffe ein, sondern warf sie einfach beiseite. Blut spritzte.

Das Wesen heulte und wankte näher. Der Androide wartete, doch bevor sich der Affe auf ihn stürzen konnte, traf ihn etwas am Kopf.

Er starrte an Data vorbei, knurrte und wandte sich wieder Thelia zu. Als das Geschöpf die junge Frau angriff, stieß sich Data ab und zeigte dabei eine Kraft, mit der es kein Mensch aufnehmen konnte.

Er landete direkt auf dem Rücken des haarigen Affen, der sich sofort fallenließ und den Androiden abschüttelte. Sie sprangen gleichzeitig auf, und aus den Augenwinkeln sah Data, wie Thelia etwas schwang. Ein zweiter Stein traf das Tier am Kopf.

Das Geschöpf brüllte einmal mehr, diesmal vor Schmerz. Geschwächt vom Blutverlust hob es die Hände zum Kopf, drehte sich um und lief fort.

Data wählte einen besonders hohen Audio-Input, um rechtzeitig gewarnt zu sein, falls das Wesen mit Verstärkung zurückkehrte, drehte sich dann zu Thelia um. Sie legte einen weiteren Stein in ihre Schleuder. »Bist du verletzt?« fragte er.

Ein oder zwei Sekunden lang rechnete er fast damit, daß sie auf ihn zielte, doch dann ließ sie die primitive — aber recht wirkungsvolle — Waffe sinken. »Ein paar Kratzer und einige blaue Flecken, das ist alles. Ich bin unaufmerksam gewesen. Normalerweise hätte ich den Gring bemerken müssen, bevor er mich angriff.«

»Gring? Kennst du diese Tiere?«

»Im Hochland gibt es Rudel von ihnen, und sie stellen nur für einzelne Reisende eine Gefahr dar. Sie mögen es nicht, wenn jemand in ihr Territorium vordringt. Und sie fürchten sich vor Feuer. Ich hätte Fackeln mitbringen sollen.«

»Bestimmt leben nicht viele Gring auf der Insel«, sagte Data und fügte nachdenklich hinzu: »Ich frage mich, wovon sie sich ernähren. Wahrscheinlich sind die Götter für diese Konfrontation verantwortlich.« Er nahm das blutige Messer und reichte es der Frau. »Ich fürchte, du brauchst es.«

»Da bin ich sicher.« Thelia griff nach der Klinge und säuberte sie mit einem Tuch. Dann sah sie Data an. »Du bist nicht in die Höhle zurückgekehrt.«

»Der Weg war blockiert — so wie die Götter dafür sorgten, daß der Pfad für dich zu steil und glatt wurde. Während ich versuchte, eine Entscheidung zu treffen, hörte ich deinen Schrei.«

»Du hast mir das Leben gerettet — zum zweitenmal.« Thelia sprach in einem monotonen Tonfall, verwirrt von ihren eigenen Empfindungen.

»Vielleicht hättest du das Geschöpf in die Flucht geschlagen. Du kannst sehr gut mit der Schleuder umgehen.«

»Nein«, erwiderte Thelia fest. »Es wäre mir nie gelungen...« Sie unterbrach sich und straffte die Schultern. »Es muß der Wille der Götter sein. Bitte verzeih mir, Data. Wir sollten gemeinsam versuchen, die Prüfung zu bestehen.«

»Du brauchst nicht um Entschuldigung zu bitten«, sagte der Androide und lächelte.

»Du hast keinen Körper aus Fleisch und Blut, aber es ist möglich, dich zu verletzen!« platzte es plötzlich aus Thelia heraus. Data folgte ihrem Blick zu seiner rechten Hand und sah, daß erneut Nährflüssigkeit aus der Wunde tropfte. Bei der Auseinandersetzung mit dem Gring hatte sich die defekte Leitung wieder geöffnet. »Ich habe genug Tücher dabei, um dir einen Verband anzulegen«, sagte die Elysianerin.

»Das ist nicht nötig. Ich kann das Leck abdichten. Wenn ich die Flüssigkeit fortwische, läßt sich die Haut festkleben. Dann sind meine Schaltkreise geschützt, bis ich Gelegenheit bekomme, sie zu reparieren.«

Thelia bestand darauf, ihm zu helfen, holte ein Tuch hervor und reinigte damit die verletzte Hand. Erst jetzt merkte Data, daß die Leitung nicht zerrissen war, sondern sich nur gelöst hatte. Er hielt es kaum für sinnvoll, sie einfach abzuklemmen.

»Mir fehlen die richtigen Werkzeuge«, sagte er. »Für gewöhnlich bitte ich Geordi um Hilfe, wenn ich nicht beide Hände verwenden kann. Aber vielleicht ist es möglich, die Leitung trotzdem wieder mit dem Verteilerstutzen zu verbinden. Ohne die organische Komponente ist die rechte Hand nicht mehr voll einsatzfähig.«

»Geordi«, wiederholte Thelia. »Jene Person, die dich... gebaut hat?« Das Vibrieren in ihrer Stimme deutete darauf hin, daß sie angesichts seiner mechanischen Natur noch immer Unbehagen empfand.

»Nein, aber ein guter Freund«, antwortete Data. »Vielleicht kannst du mir helfen. Im Prinzip ist es ganz einfach: Zieh den Verschlußring ab, schieb die Leitung in den Stutzen und befestige den Ring daran.«

»Ja, ich verstehe«, sagte Thelia. »Ich benutze das Messer, um den Ring zu lockern – aber wie strafft man ihn später wieder?«

»Das ist unmöglich, wenn er verbogen wird. Er weist eine winzige Öffnung auf, für ein bestimmtes Werkzeug. Wenn die Spitze der Klinge hineinpaßt, läßt sich der Ring vielleicht lösen und später wieder festziehen.«

Mit geeigneten Instrumenten hätte die Reparatur nur fünf Minuten gedauert, aber im Halbdunkel war mehr als eine halbe Stunde notwendig. Zweimal verloren sie den Ring: Erst verschwand er in Datas Arm, und dann fiel er auf den steinernen Boden. Schließlich schafften sie es, ihn an der Verbindungsstelle zwischen Verteilstutzen und Leitung zu befestigen, und daraufhin öffnete der Androide das Ventil, das die Hand wieder mit Nährflüssigkeit versorgte.

Kurz darauf stellte sich ein unangenehmes Gefühl ein. Es erfüllte den gleichen Zweck wie Schmerz bei organischen Wesen und teilte ihm mit, daß etwas nicht stimmte. Data aktivierte die Diagnosemodule, entfernte unbemerkt gebliebene Flüssigkeit aus dem Sensorgitter und schob die Haut zurück. Einige tiefe Kratzer zeigten sich in ihr. Wenn er an Bord der *Enterprise* die richtigen Geräte verwendete, würde die quasilebendige Deckschicht wieder zusammenwachsen, ohne daß irgendwelche Narben zurückblieben.

Thelia zitterte. »Es tut mir leid«, sagte der Androide. »Es beunruhigt dich noch immer zu wissen, daß ich eine Maschine bin.«

»Nein!« erwiderte die Frau und schauderte. »Mir ist kalt!« Sie kramte in ihrem Rucksack. »Die Götter hören uns zu, Data. Ich wollte wissen, was du bist, und deshalb offenbarten sie mir deine Natur. Anschließend bewiesen sie mir, daß ich deine Hilfe brauche.« Sie holte einen Umhang aus einem wollartigen Material hervor und streifte ihn um die Schultern. »Sei vorsichtig mit deinen Fragen, solange wir uns an diesem heiligen Ort befinden. Manchmal geben die Götter Antwort — aber sie verlangen einen Preis dafür.«

»Ja, du hast recht«, bestätigte Data. »Allerdings: Wenn du mehr darüber weißt, worauf es bei einer Prüfung ankommt, so solltest du mir besser davon berichten, bevor wir den Weg fortsetzen.«

»Nur zwei Dinge: Eine falsche Wahl führte zu einer Strafe; und wir müssen nach Wegweisern Ausschau halten.«

»Nach Wegweisern?«

»Damit sind Objekte oder Lebewesen gemeint, die Hinweise darauf geben, welche Wahl zu treffen ist. Einem weißen Tier muß man immer folgen. Aber es gibt weitaus subtilere Zeichen, und wenn man eins übersieht, verliert man Zeit. Vielleicht wird es dadurch sogar unmöglich, das Sanktuarium zu erreichen.«

»Hoffen wir, daß uns so etwas erspart bleibt«, sagte Data. Es war kälter geworden, während sie an seiner Hand gearbeitet hatten. Für ihn spielte das keine Rolle, aber Thelia brauchte ihren Mantel.

»Kannst du noch eine Zeitlang weitergehen, bevor du Ruhe benötigst?« fragte der Androide. »Vielleicht finden wir einen wärmeren Ort oder die Möglichkeit, ein Feuer zu entzünden.«

»Ich bin bereit«, entgegnete die junge Frau. Sie schritten wieder über den Pfad.

Hier und dort fluoreszierte es an den Wänden — sonst wäre es völlig finster gewesen. Data suchte nach Holz oder anderen Dingen, die sich für ein Feuer eigneten, aber abgesehen von den matt leuchtenden Flechten gab es keine organischen Materialien. Früher oder später benötigte Thelia eine längere Ruhepause. Solange sie ging, hatte sie es einigermaßen warm, aber wenn die junge Frau verharrte, brauchte sie den Mantel. Unter diesen Bedingungen konnte sie kaum schlafen.

Der Pfad wand sich an hohen Felswänden vorbei und

beschrieb viele Kurven; meistens reichte ihr Blick nur wenige Meter weit. Häufig führte er in die Richtung zurück, aus der sie kamen: In einem beständigen Rhythmus setzten sie einen Fuß vor den anderen, legten dabei jedoch nur eine geringe Strecke zurück. Die Passage ergab einzig und allein dann einen Sinn, wenn die Götter beabsichtigten, Thelia zu erschöpfen..

Schließlich blieb sie stehen und wischte sich Schweiß von der Stirn, während sie gleichzeitig fröstelte. Die Elysianerin seufzte müde. »Dies muß der richtige Weg sein«, sagte sie ungewiß. »Man hat uns keine andere Wahl angeboten.«

»Bist du noch kräftig genug?« erkundigte sich Data.

»Ja«, behauptete Thelia. »Es bleibt uns gar nichts anderes übrig, als durchzuhalten und weiterzugehen. Nur auf diese Weise gelangen wir ans Ziel.«

Sie erklärte die Erfordernisse der göttlichen Prüfung, doch nach einigen weiteren Kurven und Biegungen standen sie plötzlich einer Wand mit zwei Türen gegenüber.

»Wir müssen uns für eine entscheiden«, sagte Thelia.

»Warum versuchen wir nicht beide?« Data griff nach dem ersten Knauf, dann nach dem zweiten. Verriegelt. Er versuchte nicht, die Schlösser aufzubrechen. Die Götter wußten von seiner Androidenkraft, und daher nahm er an, daß es bei diesem Test um etwas anderes ging. »Vielleicht lassen sie sich nur mit einem Schlüssel öffnen.«

»Wenn das der Fall ist, so führen wir ihn bei uns«, erwiderte die junge Frau. »Ich habe keinen.«

»Ich auch nicht. In meiner Heimat öffnen sich Türen, indem man sie berührt oder ein Wort an sie richtet. Oft genügt es auch, sich ihnen zu nähern.«

»Wirklich?« fragte Thelia. »Vielleicht sind dies ebenfalls magische Portale.« Sie trat einen Schritt vor. »Türen, ich bin Thelia von Atridia. Öffnet ihr euch für mich?«

Der linke Zugang schwang auf, und dahinter... Data sah eine Wiese, fruchtbares Ackerland, einen kleinen Wald und in der Ferne eine Stadt; dort erhob sich ein prächtiges

Schloß, das direkt aus einem Märchen zu kommen schien. »Mein Zuhause!« entfuhr es Thelia. Aber als Data über die Schwelle treten wollte, hielt sie ihn am Arm fest. »Nein – sieh dort.« Sie deutete auf einige Objekte dicht hinter der Tür. Es dauerte einige Sekunden, bis der Androide die Gegenstände erkannte: einfache Fackeln neben einem Stapel Feuerholz.

»Dir ist kalt«, sagte er. »Damit könntest du dich wärmen.«

»Nein«, erwiderte die Elysianerin und zitterte. »Es handelt sich um eine Versuchung. Wir müssen mit dem zurechtkommen, was wir mitgebracht haben oder unterwegs finden. Wenn ich dieses Portal durchschreiten würde, wäre die Prüfung für mich beendet. Dann befände ich mich wieder daheim, ohne eine Möglichkeit, das Sanktuarium zu erreichen. Dann hätte meine lange und beschwerliche Reise hierher überhaupt keinen Sinn gehabt.«

Data nickte. Thelia kannte sich mit den göttlichen Prüfungen aus, und daher zweifelte er nicht an ihrer Lagebeurteilung. »Nun gut. Versuchen wir's mit der anderen Tür.« Er sprach wie zum Kontrollcomputer des Holo-Decks. »Ich bin Lieutenant Commander Data von Starfleet. Öffnest du dich für mich?«

Das Portal glitt beiseite, so wie ein Schott an Bord der *Enterprise*. Es führte jedoch nicht zu dem Raumschiff, das er mit dem Begriff Heimat assoziierte. Auf der anderen Seite erstreckte sich wogende Dunkelheit, die nicht einmal von den Sondierungssignalen seiner Sensoren durchdrungen werden konnte. Ein Strudel formte sich, veränderte seine Struktur und kondensierte zu Formen und Gesichtern. Die Sterne. Das Computerterminal in Datas Kabine. Captain Picard. Wesley Crusher. Tasha Yar. Darryl Adin. Und Geordi ohne VISOR, die blinden Augen geöffnet, der starre Blick ins Leere gerichtet.

Geordis Gestalt verdichtete sich im finsteren Wabern und gewann feste Substanz. »Data«, sagte LaForge. »Mein Freund... Benutze dies, wenn es notwendig wird, mehr zu sehen, als die Augen wahrnehmen können.« Das VISOR erschien in seinen Händen, und aus einem Reflex heraus griff Data danach.

Die Tür schloß sich, und der Androide betrachtete jenen Gegenstand, den er gerade von Geordi entgegengenommen hatte... Es handelte sich nicht um das VISOR, sondern um einen leeren Metallzylinder. Data blickte hindurch, sah jedoch nur Thelia, die ihn aufmerksam musterte.

»Was ist das?« fragte sie.

»Keine Ahnung«, erwiderte er aufrichtig. »Vielleicht finden wir den Zweck dieses Objekts später heraus.«

»Der Mann, der es dir gab — vertraust du ihm?«

»Ja, absolut«, antwortete Data.

Die junge Frau nickte. »Dann behalt den Gegenstand. Du brauchst ihn bestimmt, bevor die Prüfung vorüber ist.«

Data schob den Zylinder neben seinem Tricorder ins Halfter, und als er aufsah, waren Wand und Türen verschwunden. Der Pfad führte wieder nach oben. »Ich glaube, wir sollen jetzt weitergehen.«

Sie schritten über einen immer steileren Pfad.

Ein schmaler Tunnel folgte, die Decke so niedrig, daß sie nacheinander hindurchkriechen mußten. An diese Passage schloß sich eine kleine Höhle mit wunderschönen Kristallformationen an. Auf der einen Seite sah Data eine glatte Steinplatte, bestens als Lagerplatz für zwei Personen geeignet. Leider fehlte eine Wärmequelle, und der Anblick von Kristallen, die aus Schnee oder Eis zu bestehen schienen, ließ Thelia noch heftiger frösteln.

Die Elysianerin kauerte mit angezogenen Knien auf dem Boden und versuchte, sich ganz in den Mantel zu hüllen. Sie zitterte, und der Grund dafür hieß nicht nur Kälte, sondern auch Erschöpfung. »Wir müssen ausruhen«, sagte Data. »Du brauchst Schlaf.«

»Es ist z-zu kalt«, wandte Thelia ein. »Die Götter w-wollen sicher, daß wir einen w-wärmeren Ort aufsuchen.«

»Vielleicht testen sie unseren Einfallsreichtum. Mein

Körper erzeugt weiterhin Wärme. Wenn wir uns beide mit deinem Mantel bedecken, bleibt die Temperatur möglicherweise hoch genug für dich, um zu schlafen.«

»Du bist nicht müde«, sagte Thelia schlicht.

»Nein. Und ich benötige auch keine Ruhe, um meine Kräfte zu regenerieren. Ich halte Wache.«

»Ohne mich kämst du viel schneller voran.«

»Es ist ganz offensichtlich göttlicher Wille, daß wir zusammenbleiben und die Prüfung gemeinsam bestehen. Hast du nicht bei der Reparatur meiner rechten Hand die Furcht verloren, mich zu berühren? Wovor fürchtest du dich jetzt?«

Thelia runzelte die Stirn. »Seltsam ... Ich fühle mich wie von meiner Mutter getadelt. Ja, jetzt fällt es mir wieder ein. Als ich mir Lebendigkeit für die Seja-Puppe wünschte, mit der ich schlief, nahm meine Mutter sie fort und erzählte schreckliche Legenden über Puppen, die plötzlich lebendig wurden. Gibt es Seja in deiner Heimat, Data?«

»Nein.«

»Tiere mit herrlich weichem Fell. Viele Spielzeuge sind ihnen nachgebildet. Mein Seja war wie ein Prinz gekleidet, und ich ließ mir viele Geschichten über ihn einfallen. Ich sah einen hübschen Prinzen aus einem fernen Land in ihm, der mich vor großen Gefahren rettete, dann um meine Hand anhielt und unsere beiden Länder vereinen wollte.« Thelia lächelte kummervoll. »Die Vereinigung von Atridia mit Tosus ... Mein Vater, meine Mutter und alle anderen träumten davon. Als Kind hoffte ich, eines Tages würde jemand kommen und unsere Probleme für uns lösen.«

»Nun bist du erwachsen und nimmst die Sache selbst in die Hand«, sagte Data. Er fragte sich, warum ausgerechnet Thelia die Erlaubnis bekommen hatte, zur heiligen Insel zu reisen und sich von den Göttern prüfen zu lassen. Doch diesmal bezähmte er seine Neugier: Die junge Frau brauchte eine Gelegenheit, um zu schlafen. »Ich bin nicht die Puppe, die dir deine Mutter nahm«, fügte er hinzu. »Ich bin auch kein Prinz, und außerdem fehlt mir ein herrlich weiches Fell.«

Diese Bemerkung erzielte die angestrebte Wirkung. Thelia lachte, obgleich es müde klang. Dann öffnete sie den Mantel und legte ihn auch um Datas Schultern.

»Ich erinnere mich an ein anderes Märchen, das ich nicht von meiner Mutter gehört habe. Es ging darin um einen Holzschnitzer, der eine so liebliche Puppe herstellte, daß er sie heiraten wollte. Er bat die Götter, ihr Leben einzuhauchen.« Thelias Finger schlossen sich um Datas Hand. »Du bist nicht aus Holz geschnitzt. Lebendes Fleisch bedeckt die seltsame Maschine in deinem Innern.«

»Man hat meine Haut so strukturiert, daß sie sich wie echtes Fleisch anfühlt«, erwiderte der Androide. »Aber sie ist synthetischer Natur. Thelia, wenn die Puppe aus dem Märchen wirklich lebendig wurde, so ähnele ich ihr.«

»Oh, ich hoffe nicht«, sagte die Elysianerin. »Es ist eine sehr traurige Geschichte. Sonderbar: Als ich klein war, begriff ich diese Tragik nicht — die lebende Puppe bekam alles, was sie wollte, aber trotzdem fand sie kein Glück.«

Während Thelia sprach, lehnte sich Data mit dem Rükken an die Wand, nahm die junge Frau auf den Schoß und schlang den Mantel um sie beide. Sie nahm Proviant aus dem Rucksack, getrocknete Früchte, Nüsse und zähes Fleisch. Der Androide trank ein wenig Wasser, um den Flüssigkeitsverlust auszugleichen. Wenn die Prüfung länger als ein oder zwei Tage dauerte, brauchte er Nährstoffe, doch er wollte auf keinen Fall Lebensmittel verzehren, die Thelia für ihr organisches System weitaus dringender benötigte.

Vielleicht gab es Spurenelemente, die er bestimmten Mineralien entnehmen konnte, aber solange der Tricorder nicht funktionierte, mußte er sich sicherheitshalber auf organische Substanzen beschränken. Es war nicht nötig, die glühenden Flechten an den Wänden zu probieren, um ihre einzelnen Bestandteile zu analysieren: Er wußte bereits, daß die Filterung der fluoreszierenden Elemente mehr

Energie erforderte, als er durch die Aufnahme der pflanzlichen Nährstoffe gewann. Data dachte kurz an die Gefahr, daß einige Substanzen der elektronischen Aufmerksamkeit seiner Sensoren entgingen, wie die von Lore verabreichte Droge, durch die er bewußtlos geworden war, aber dieses Risiko erschien ihm nicht sehr groß. Hatten die elysianischen Götter in Erfahrung gebracht, welche Elemente seine Existenz bedrohen konnten?

Nach einer Weile stand Thelia auf und verließ die Höhle. Data lebte schon seit vielen Jahren in der Gesellschaft organischer Wesen, und daher brachte er die junge Frau nicht in Verlegenheit, indem er sie fragte, wohin sie ging und was sie vorhatte. Außerdem: Ihr Wunsch nach Privatsphäre deutete darauf hin, daß sie ihn als Person erachtete und nicht als eine Art... Spielzeug.

Auch die Götter respektierten Thelias Bedürfnis, einige Minuten lang allein zu sein – während ihrer Abwesenheit kam es zu keinen Zwischenfällen. Schließlich kehrte sie zurück, nahm wieder auf Datas Schoß Platz und zitterte in der Kälte. Unter diesen Umständen bedauerte der Androide seine kompakte Konstruktion und versuchte, Thelia so gut wie möglich vor dem Stein zu schützen, der die Wärme aufsaugte.

»Bin ich zu schwer für dich?« fragte Thelia, als sie es sich gemütlich machte.

»Nein«, antwortete Data. »Dein Gewicht ist überhaupt keine Belastung für mich. Sei unbesorgt. Du kannst mich nicht verletzen.«

Die junge Frau drehte den Kopf, sah ihn an und lächelte unsicher. »Ja, da hast du vermutlich recht.«

Data rechnete damit, daß sie sofort einschlief, aber offenbar war sie aufgrund der Ereignisse dieses Tages viel zu aufgeregt. Sie atmete unregelmäßig, seufzte, drehte sich hin und her. Als Thelia begriff, daß sie zunächst nicht die ersehnte Ruhe finden konnte, sagte sie: »Warum unterziehst du dich der Prüfung, Data?«

»Um den Göttern zu begegnen«, erwiderte er.

»Ja, aber um welche Gabe willst du sie bitten, wenn du das Sanktuarium erreichst?«

»Um Informationen, die für mich und meine Heimat sehr wichtig sind. Und du?« fügte der Androide hinzu, bevor Thelia fragen konnte, welche Informationen er sich erhoffte.

»Ich habe die Gabe meines Ahnen geerbt, der vor mir zur heiligen Insel reiste, um sich von den Göttern prüfen zu lassen. Aber sie nützt meinem Volk nichts, solange Atridia und Tosus voneinander getrennt bleiben.«

»Du hast bereits erwähnt, daß man sich schon seit langem die Vereinigung der beiden Länder wünscht. Warum?«

»Weil mein Volk in großer Not ist, während die Bewohner von Tosus Dinge benötigen, die wir haben. Als unsere Bevölkerung klein war, gab es für alle genug zu essen. Doch ein großer Teil von Atridia besteht aus felsigem Hochland: Dort lassen wir Seja weiden, nutzen ihre Wolle, die Milch und das Fleisch. Einen Teil davon könnten wir gegen Getreide und Früchte eintauschen, die bei uns nicht in der Menge wachsen, wie sie notwendig wäre. Ach, wenn die Götter doch nur erlauben würden, Atridia und Tosus zusammenzuführen...« Thelia seufzte traurig.

»Warum sind die Götter dagegen?« erkundigte sich Data.

»Das weißt du nicht?« Die junge Frau sah ihn überrascht an.

»Nein.«

»Soll das heißen, daß diese Geschichte in deiner Heimat verlorenging? Oder daß man sie dort nie erzählt hat?«

»Ich habe sie nie gehört«, erwiderte Data ausweichend, um nicht zu verraten, daß er von Außenwelt kam.

»Es ist die älteste aller Geschichten«, sagte Thelia. »Als die Götter unser Volk nach Elysia brachten, lebten alle in einem großen Land. Mit göttlicher Hilfe wuchsen und gediehen die Elysianer. Bis sie miteinander zu streiten begannen, um den besten Boden, um Nahrungsmittel, um Besitz, sogar ums Heiraten. Aus dem Zank wurde ein großer Konflikt, und die Elysianer brachten sich gegenseitig um.

Die Götter sahen, daß wir uns wie Kinder verhielten und zankten, anstatt vernünftig zu sein und das Gemeinwohl vor die Interessen des einzelnen zu stellen. Daraufhin verteilten sie das Volk auf verschiedene Länder und ließen dazwischen den Großen Sumpf entstehen, um weitere Kriege zu verhindern. Es heißt, die Elysianer seien so sehr in den Kampf verliebt gewesen, daß sie es wagten, die Götter herauszufordern: Sie stellten große Heere auf, die versuchten, den Sumpf zu durchqueren, um die Bewohner anderer Länder — angeblich ihre Feinde — zu töten.«

Thelia kommentierte diese für sie unerklärliche Torheit, indem sie den Kopf schüttelte. »Irgendwann sah man ein, daß der Sumpf zu viele Gefahren bereithielt, und die einzelnen Völker lernten, in ihren Ländern zu überleben. Der Frieden brachte Wohlstand, und die Götter lächelten wieder auf uns herab. Schließlich bekamen einige würdige Elysianer die Erlaubnis, zur heiligen Insel zu reisen und sich dort prüfen zu lassen, und so ist es bis heute.«

Thelia sprach nun leiser und gähnte. »Wir in Atridia wissen, wie dumm es ist, um etwas zu kämpfen, das mit friedlichen Mitteln geteilt werden kann. Hoffentlich verstehen die Götter, daß wir... erwachsen... geworden sind.« Die Stimme der jungen Frau verklang, als sie sich an Data schmiegte und einschlief.

Der Androide hielt sie sanft und dachte über Thelias Geschichte nach. Er fragte sich, ob die Götter ihren Wunsch erfüllen würden, obwohl sie die Elysianer damals in einzelnen Habitaten untergebracht hatten — offenbar aus guten Gründen. Die Legende bestätigte das Ergebnis der Sensorsondierung, die Data an Bord der *Enterprise* vorgenommen hatte: Das elysianische Volk hatte sich nicht auf diesem Planeten entwickelt, und die Habitate waren keineswegs natürlichen Ursprungs.

Handelte es sich bei den Göttern um eine überlebende Kolonie der geheimnisvollen Bewahrer, die einst überall in der Galaxis bedrohte intelligente Wesen zu unbewohnten Welten gebracht hatten? Das wäre eine ungeheure Entdekkung gewesen! Schon seit mehr als zweihundert Jahren suchte Starfleet nach weiteren Informationen über die Bewahrer.

Die internen Speicher des Androiden enthielten nur wenige diesbezügliche Daten. Er aktivierte Aufzeichnungen, die ähnlich geschützte Kolonien betrafen — es gab nicht viele. In den elektronischen Forschungsberichten tauchte häufig der Name *Enterprise* auf, und er galt sowohl den alten Schiffen als auch dem neuen, das Data eine Heimat bot. Eine ganz bestimmte Datei brauchte er nicht zu öffnen, denn seine persönlichen Erinnerungen genügten: Er war selbst auf Edos gewesen.

Das oder die Wesen, die man dort ›Gott‹ nannte, hatte viele Informationen von ihm erhalten, während Data kaum etwas in Erfahrung bringen konnte. Es demonstrierte keine so große Macht wie die hiesigen Götter, aber eigentlich bekam es auch gar keine Gelegenheit dazu, denn die *Enterprise* wich sofort zurück, als sich die Entität näherte. Der Androide fügte seiner langen Liste eine weitere Frage hinzu, die er den elysianischen Göttern stellen wollte, wenn er die Prüfung bestand und ihnen begegnete.

Thelia schlief ruhig in seinen Armen. Data justierte seine Sensoren so, daß sie alle zehn Minuten eine vollständige Sondierung der Umgebung durchführten, doch nichts geschah, während die Stunden verstrichen. Er nutzte diese Zeit für eine umfassende Korrelation aller Daten über die Bewahrer, ohne dabei konkrete Resultate zu erzielen.

Danach gab es nichts mehr für ihn zu tun — er mußte nur darauf warten, daß Thelia erwachte. Data empfand die erzwungene Untätigkeit nicht als frustrierend. Er erinnerte sich daran, daß Tasha Yar immer dann nervös geworden war, wenn sie nichts unternehmen konnte. Und plötzlich begriff er, daß er aus einem anderen Grund an die verstorbene Sicherheitschefin der *Enterprise* dachte.

Das Gefühl, eine schlafende Frau in den Armen zu halten, weckte Erinnerungen an Tasha. Sie hatte er zuletzt auf diese Weise gespürt. Wie angenehm, sich ihres Vertrauens sicher zu sein, ihrer Freundschaft, zu wissen, ihr Vergnügen bereitet zu haben... Doch anschließend wies sie ihn zurück, und es dauerte Monate, bis sie wieder zu Freunden wurden. Data war außerordentlich froh darüber, daß dies vor Tashas Tod geschehen war. Während der Mission auf Treva überwanden sie die letzten Hindernisse und fanden zu einer noch tieferen Beziehung.

Wenn Tasha bei jenem Einsatz nicht Darryl Adin begegnet wäre, ihrer ersten Liebe...

Data verdrängte diesen Gedanken. Manchmal hatte es Vorteile, eine Maschine mit heuristischen Algorithmen zu sein, die er kontrollieren konnte; das menschliche Unterbewußtsein hingegen entzog sich den Bemühungen, selektiven Einfluß darauf auszuüben.

Doch erfreulichen Erinnerungen hing er ebensogern nach wie seine menschlichen Freunde. Die positiven Emotionen bezogen sich nicht auf Reminiszenzen, die bestimmten Fakten galten — in dieser Hinsicht war Datas Gedächtnis wesentlich genauer als das eines organischen Wesens —, sondern auf den ›Geschmack‹ eines Augenblicks. Diese Metapher stammte aus einem Gespräch, das er einst mit Tasha geführt hatte: Sie erwähnte dabei, daß sie die Aromen gewisser Speisen mit angenehmen Erlebnissen in Verbindung brachte und dadurch noch größeren Gefallen an ihnen fand. Data fand heraus, daß es ihm mit seinen sensorischen Erfahrungen ebenso erging: Sie blieben neutral, bis er sie mit besonderen Gelegenheiten assoziierte, und danach bereiteten sie ihm entweder Unbehagen oder Freude.

Nun, er kannte Thelia lange genug, um ihre Entschlossenheit zu bewundern, auch den Mut, abergläubische Ängste zu überwinden, aber er freute sich in erster Linie aufgrund seiner Erinnerungen und Assoziationen darüber, sie in den Armen zu halten. Während die junge Frau schlief, dachte Data auch an die bisherigen Phasen ihrer Prüfung und entsann sich daran, daß ihm die elysianischen Götter nicht nur Bilder seiner derzeitigen Kollegen an Bord der *Enterprise* gezeigt hatten — dazu genügte es, die *Enterprise* im Orbit zu scannen —, sondern auch von Tasha. *Mit Thelia habe ich nicht über sie gesprochen,* überlegte der Androide. *Ist es den hiesigen Entitäten gelungen, meine internen Speicher anzuzapfen?* Unruhe erfaßte ihn bei diesem Gedanken.

Andererseits: Das Computersystem der *Enterprise* enthielt Gigabytes von Informationen über die gegenwärtige Besatzung und ausgeschiedene Mitglieder der Crew. Dazu gehörte auch ein Bericht über die Gerichtsverhandlung in Starbase 173. In Datas Quartier gab es eine holographische Aufnahme Tashas. Die ›Götter‹ konnten die für ihre Bildserie notwendigen Daten gewonnen haben, ohne die Speichereinheiten des Androiden zu sondieren. Er nahm an, daß sie entweder keine Möglichkeit hatten, seine mentale Privatsphäre zu verletzen — oder sich an ethische Grundsätze gebunden fühlten, die so etwas verboten.

Wie auch immer die Wahrheit lauten mochte: Es blieb ihm nichts anderes übrig, als sich weiterhin der Prüfung zu unterziehen und zu hoffen, daß er letztendlich Antwort auf seine Fragen bekam.

Thelia reckte sich schläfrig und sah zu Data auf. »Danke«, sagte sie. »Ohne deine Hilfe wäre es für mich sehr unbequem gewesen. Ich fühle mich jetzt wieder kräftig und ausgeruht. Von mir aus können wir los.«

Zwei Stunden lang folgten sie dem Verlauf des Weges, der steil nach oben führte, und schließlich stieg die Temperatur. Thelia verstaute ihren Mantel im Rucksack und fügte auch die Steppweste hinzu, als es wärmer wurde. Häufig verharrte sie, um Wasser aus dem Beutel zu trinken.

»Offenbar wird auch weiterhin deine Ausdauer getestet«, meinte Data. »Wir befinden uns hier am äußeren Rand des Bergs. Wenn die hohe Temperatur geothermischen Ursprungs wäre, müßte es im Zentrum des Massivs wärmer sein.«

»Es ist mir gleich, warum es so warm geworden ist — solange wir dadurch nicht behindert werden.« Thelia wischte sich Schweiß von der Stirn.

»Ich könnte selbst eine wesentlich höhere Temperatur ertragen«, erwiderte Data. »Aber für organische Wesen ist jetzt die Toleranzgrenze erreicht.«

»Wie heiß muß es sein, damit du in Gefahr gerätst?« fragte Thelia. »Würde dich ein Feuer nicht verbrennen?«

»Nur wenn ich dumm genug wäre, die Hand einige Minuten lang hineinzuhalten.«

»Und der Schmelzofen eines Schmieds? Darin verflüssigen sich Eisen und Stahl.«

»Oh, eine derartige Hitze könnte mich beschädigen«, sagte Data und beschloß, keine Einzelheiten zu nennen. Immerhin erweckten die elysianischen Götter den Eindruck, ihre Tests den Informationen anzupassen, die sie seinen Gesprächen mit Thelia entnahmen. Die von den Bewohnern dieses Planeten verwendeten Schmelzöfen konnten bei Data höchstens externe Schäden verursachen. Selbst wenn dadurch seine Sensoren zerstört wurden und die motorischen Funktionen in Mitleidenschaft gerieten — so etwas ließ sich innerhalb kurzer Zeit reparieren. Die Hitze eines nuklearen Feuers war notwendig, um die wichtigsten und am besten geschützten Komponenten des Androiden zu bedrohen.

Nach einer Weile blieben sie erneut stehen. Thelia trank einmal mehr aus dem Wasserbeutel und schüttelte dann den Kopf. »Ich beneide dich um deine Kraft und Ausdauer.«

Data lächelte schief. »Ich beneide dich um deine Seele, deine Kreativität, um den festen Glauben an einen Sinn deiner Existenz. Ich gäbe mechanische Kraft und die Schärfe meiner Wahrnehmung sofort auf, um ein Mensch zu sein.«

»Du bist nicht zufrieden mit dir selbst?« fragte die Elysianerin.

»Ich... kenne nicht genau die Bedeutung von Zufriedenheit«, entgegnete Data. »Ich finde es zufriedenstellend, meine Funktion zu erfüllen. Ich verstehe Freundschaft, Treue und Loyalität. Aber für einige Dinge gibt es in meiner Erfahrungswelt keinen Platz. Ich beobachte sie bei organischen Wesen, doch sie sind mir ein Rätsel.«

Thelias Schmunzeln überraschte den Androiden. »Weißt du denn nicht, daß dies für alle gilt? Niemand ist durch und durch zufrieden.«

Data erinnerte sich an Dr. Pulaskis Hinweis, wonach der Mangel an Zufriedenheit eine gute Definition für das menschliche Wesen sei. Unglücklicherweise reichte diese Erklärung nicht für Data.

Thelia keuchte noch immer. »Wir müssen weiter. Die Götter wollen uns testen. Ihnen liegt sicher nichts daran, uns umzubringen.«

Data öffnete den Mund und schloß ihn dann wieder. Thelia hatte recht: Es gab keinen Grund für die Götter, sie in den Tod zu treiben. Hinzu kam: Die Zuversicht der jungen Frau gründete sich auf ihr Wissen um Prüfungen, denen sich andere Elysianer vor ihr unterzogen hatten.

Der Pfad wurde schmaler und reichte durch einen neuerlichen Tunnel, der in einer rechteckigen und allem Anschein nach künstlich angelegten Kammer endete. Links wölbte sich ein Torbogen, durch den Data eine Höhle sah, in der Eis funkelte; Thelia genoß die Kühle. Rechts führte der Weg nach oben durch einen anderen Zugang, aus dem heiße Luft strömte.

»Verbrennen oder Erfrieren«, murmelte Thelia. Sie wandte sich vom linken Tor ab und schritt zu dem anderen Zugang. Doch bevor die junge Frau ihn erreichte, hob sie die Arme vors Gesicht und wich zurück. »Es ist zu heiß, Data. Dort kann ich nicht weiter.«

»Dann müssen wir den anderen Weg nehmen«, erwiderte der Androide. »Ich wärme dich, wenn das notwendig werden sollte.« Er betrat die kalte Höhle.

Die dortigen Formationen bestanden tatsächlich aus Eis. Thelia streifte wieder Steppweste und Mantel über. Der Pfad war eben, und endlich brauchten sie nicht mehr zu klettern. »Laß uns laufen«, schlug Thelia vor. »Dann wird mir nicht kalt.«

Data paßte sich dem Tempo der Elysianerin an und beobachtete, daß sie einen guten Rhythmus fand. Nach zwanzig Minuten Dauerlauf reifte eine Erkenntnis in dem Androiden heran. »Wir bewegen uns im Kreis«, sagte er.

»Wie meinst du das? Mir ist überhaupt nichts aufgefallen.«

»Die Formationen verändern sich, aber wir bleiben immer auf der gleichen Ebene und kommen nicht voran. Wir verschwenden Zeit und Energie, indem wir ständig den gleichen Pfad beschreiten.«

Thelia verharrte, atmete schwer und sah Data an. »Bist du sicher?«

»Ja.«

»Dann müssen wir umkehren«, sagte die Elysianerin. »Ich weiß nicht, wie ich die Hitze ertragen soll, aber uns bleibt keine Wahl.«

Doch als sie in Richtung Portal gingen, veränderte sich die Umgebung erneut. Der glatte Pfad wurde uneben, und Felsen türmten sich dort auf, wo es keine Hindernisse gegeben hatte.

»Eine Strafe«, meinte Data. »Weil wir uns für den falschen Zugang entschieden haben. Es tut mir leid.«

»Dich trifft keine Schuld.« Thelia glitt an der Seite eines eisverkrusteten Steinblocks herunter, landete neben dem Androiden und massierte sich die Hände.

Data griff nach ihnen. »Du hättest Handschuhe mitbringen sollen.«

»Was?«

»Um deine Hände zu bedecken.« Data speicherte eine weitere Information über das Entwicklungsniveau der hiesigen Kultur: Die Elysianer hatten noch nicht den Handschuh erfunden. Kein Wunder, daß sie an Magie glaubten.

Hartnäckig setzten sie den Rückweg fort. Zwar kletterten sie immer wieder über Hindernisse hinweg, aber trotzdem blieben sie auf einer Ebene. Data stellte erleichtert fest, daß der Pfad wenigstens nicht nach unten führte. Die Höhlenwände rückten näher, und schließlich sahen sie weiter vorn den Eingang.

»Den Göttern sei Dank!« rief Thelia und lief los. Data hielt mit ihr Schritt und passierte ebenfalls die Öffnung. Aber daran schloß sich nicht etwa die Kammer mit den beiden Zugängen an — es existierte kein zweiter Torbogen mehr, und der Weg reichte nach oben.

»Dies ist nicht...«, begann der Androide.

Der Rest des Satzes verlor sich in einem lauten Donnern, als dicht hinter ihnen eine schwere Stahltür heruntersauste und den Zugang der Eiskavernen versiegelte.

»Jetzt brauchen wir nicht zu überlegen, welche Richtung wir einschlagen sollen«, sagte Thelia. Sie trat vor — und plötzlich öffnete sich der Boden unter ihr. Nur Datas Reflexe bewahrten sie vor einem fatalen Sturz in die Tiefe.

Die Felsen um sie herum erbebten, und festes Gestein platzte auseinander. Thelia und der Androide wichen zur metallenen Tür zurück, und aus dem Boden unter ihnen wurde ein Sims, der immer mehr schrumpfte. Der Abstand zum gegenüberliegenden Rand der Schlucht wuchs...

Wenn er weiterhin zunahm, konnte nicht einmal Data über den Abgrund hinwegspringen. »Wir müssen sofort hinüber«, sagte er, nahm Thelia in die Arme, duckte sich... Lodernde Flammen leckten aus der Schlucht, gelb, blau — dann weiß!

Unglaublich heißes Feuer drohte, die Frau und den Androiden zu verschlingen. Data stand mit dem Rücken an der Stahltür, und er konnte sich nicht nach rechts oder links wenden. Vor ihm zischte und prasselte eine Glut, die seine Begleiterin wimmern ließ. Thelia preßte ihr Gesicht an die Schulter des Androiden, und seine Sensoren registrierten den Geruch von versengtem Haar. Feuer, Rauch — Tod für Menschen. Mehr noch: Wenn sie der Hitze nicht innerhalb weniger Sekunden entkamen, bestand auch die Gefahr, daß es in Datas Funktionskomplex zu irreparablen Schäden kam!

KAPITEL 5

Ihre einzige Chance hieß Geschwindigkeit. »Halt den Atem an!« stieß Data hervor und beherzigte seinen eigenen Rat, um zu verhindern, daß die heiße Luft wichtige interne Komponenten verbrannte. Er wickelte Thelia ihren Mantel um den Kopf und sprang durch den Feuersturm.

Der Androide war sich jeder einzelnen Mikrosekunde bewußt, als er die Flammen passierte. Er nahm die warnenden Meldungen verschiedener Schaltkreise entgegen, dann die Schadensberichte der Diagnosemodule...

Fester Boden unter den Füßen. Die andere Seite der Schlucht. Data lief, ignorierte die drängenden elektronischen Signale seiner Sensoren, entfernte sich von den Flammen, bis er ihr Fauchen nicht mehr hören konnte.

Die enormen Temperaturunterschiede verwandelten die Höhlen in einen Windkanal. Sand und kleine Steine kratzten über die Synthohaut des Androiden, als er auf die Knie sank und Thelia weiterhin abschirmte.

Er konnte die Temperatur nicht messen, denn nach den vielen Alarmmeldungen fielen die peripheren Sensoren aus. Doch als er vorsichtig atmete, merkte er, daß die Luft auch für menschliche Lungen keine Gefahr mehr darstellte. Die automatischen Schutzsysteme aktivierten sich, als von der Haut absorbierte Hitze ins Innere des Körpers drang.

Nach einer Weile ließ der Wind nach. Data setzte sich auf und öffnete die Augen.

Er zog den Mantel von Thelia und überließ es seinen automatischen Schalteinheiten, erste Reparaturen vorzunehmen. Die junge Frau war bewußtlos, aber sie lebte.

Als Data versuchte, seine visuelle Wahrnehmung zu sensibilisieren, um über den Zustand der Elysianerin Aufschluß zu gewinnen, mußte er sich der Erkenntnis stellen, daß er nicht besser sehen konnte als ein Mensch. Dieser Umstand deutete auf eine Beschädigung jener Sensoren hin, die ihm als Augen dienten. Dennoch: Sein Sehvermögen war gut genug, um sicher zu sein, daß Thelia lebte und atmete.

Sie hatte ihm das Gesicht an die Schulter gepreßt, und deshalb wies es ebensowenig Verletzungen auf wie Datas Brust. Rote Blasen zeigten sich auf ihren Handrücken, denn sie waren nur vom Stoff des Mantels geschützt gewesen. Die Ärmel des dicken Hemds bildeten eine zweite Schicht zwischen ihren Armen und der Hitze, und deshalb hatte Thelia dort keine Verbrennungen erlitten. Hinzu kamen die Hose, feste Stiefel und dichtes Haar, das Wunden im Nacken verhinderte. Wenn die Lungen unbeeinträchtigt geblieben waren, würde sich die junge Frau bald erholen.

Data griff nach seinem Tricorder und fragte sich, ob die Götter den Einsatz des kleinen Geräts als Diagnoseinstrument erlaubten. Einen Sekundenbruchteil später zuckte seine Hand zurück. Der Tricorder war der Hitze direkt ausgesetzt gewesen und glühte.

Thelias Körper hatte die Sensoren in Datas Händen und Fingern vor Schäden bewahrt, und seine Systeme rejustierten sich, um einen Ausgleich für verlorengegangene Funktionen zu schaffen.

Thelia rührte sich, hustete und hob die Lider. Sie stemmte sich hoch und zuckte zusammen, als sie mit der einen Hand den Rücken der anderen berührte. Data erinnerte sich: Für Humanoiden gab es kaum heftigere Schmerzen als die von Verbrennungen.

Vorsichtig bewegte Thelia ihre Finger und runzelte die Stirn. »Ich bin soweit in Ordnung«, sagte sie. Ihre Stimme klang rauh, und sie hustete erneut. Dann sah sie Data an und riß die Augen auf. »Oh... Du bist schwer verletzt!«

»Meine Schäden können repariert werden.« Das war keine Lüge, die Thelia beruhigen sollte. An Bord der *Enterprise* konnte er die peripheren Sensoren problemlos ersetzen, und nachdem er mit Geordis Hilfe sichergestellt hatte, daß alles wieder richtig funktionierte, würde Dr. Pulaski die Synthohaut ersetzen. Nur einige Stunden Arbeit, weiter nichts.

Die junge Frau hustete einmal mehr, und Data diagnostizierte eine Halsreizung; die Lungen schienen nicht verletzt zu sein. Der Androide nahm den Wasserbeutel — doch er enthielt nur noch wenige Tropfen.

Thelia starrte ihn groß an. »Wie ist das möglich? Ich kann keine Brandspuren erkennen.«

Data drehte den Behälter hin und her. »Durch die enorme Hitze verdampfte das Wasser, und der hohe Druck ließ den Beutel platzen. Jetzt haben wir keine Möglichkeit mehr, Wasser zu transportieren. Sehen wir uns auch die anderen Sachen an«, fügte er hinzu und reichte Thelia den Rucksack.

Als Data die junge Frau in den Mantel wickelte, um sie vor den Flammen zu schützen, hatte er nicht an ihre Ausrüstung gedacht. Der Rucksack war zum größten Teil verbrannt, und das galt auch für seinen Inhalt. Der Proviant bot sich als verkohlte Masse dar, und nurmehr Asche erinnerte an einige zusätzliche Kleidungsstücke.

Einzig und allein die Lederschleuder zerbröckelte nicht, als Thelia sie hervorholte. Die Elysianerin reinigte ihre primitive Waffe, befestigte sie neben dem Messer am Gürtel und sah dann zu Data auf. »Die Götter werden uns alle Dinge geben, die wir brauchen. Laß mich jetzt feststellen, wie sehr du verletzt bist. Vielleicht kann ich dich... reparieren.«

»Wir haben weder Werkzeuge noch Ersatzteile«, erwiderte der Androide. »Sei unbesorgt. Die Schäden sind nicht besonders schlimm und lassen sich leicht in Ordnung bringen, wenn ich... heimkehre.«

Trotzdem bestand Thelia darauf, ihn zu untersuchen. Sie bestätigte, was ihm seine Sensoren — beziehungsweise ihr Fehlen in einigen Bereichen — mitteilten. An Rücken, Beinen und beiden Armen waren das synthetische Material der Uniform und die Haut miteinander verschmolzen. Auch ein Teil des Synthohaars hatte sich verflüssigt und war dann wieder erstarrt, doch die empfindlichen positronischen Komponenten im Kopf schienen einwandfrei zu funktionieren.

Hier und dort reagierten die subkutanen Sensoren nicht mehr auf Datenabfragen. Beschädigte Schaltkreise schränkten das Sehvermögen des Androiden ein, doch nach der Abkühlungsphase lieferte der restliche Sinnesapparat wieder die gewohnten Informationen. Data konnte sein eigenes Gesicht natürlich nicht sehen, aber er spürte dicke Blasen an der Stirn. Wahrscheinlich erweckte sie den gleichen Eindruck wie der linke Handrücken: wie schrecklich verbrannte organische Haut. Thelias Mantel hatte die übrigen Teile des Gesichts abgeschirmt, und daher registrierte er dort keine Verletzungen. Die bereits vorher aufgerissene Haut des rechten Handrückens war völlig verbrannt, und darunter kamen Metall und das neurale Netz zum Vorschein.

Nach einer kurzen Diskussion überzeugte Data seine Begleiterin davon, daß er aus eigener Kraft weitergehen konnte, und er schlug vor, erneut den Weg nach oben zu beschreiten. »Die Götter mäßigen den Wind für den geschorenen Seja«, sagte Thelia, und der Androide bemerkte, daß die Temperatur für Humanoiden angenehm war – zum erstenmal seit dem Felssturz.

Data widerstand der Versuchung, das Zitat der jungen Frau mit dem Hinweis darauf zu kommentieren, daß es auf der Erde ähnliche Redewendungen in bezug auf geschorene Lämmer gab. Er hielt sich an die stillschweigende Übereinkunft mit den elysianischen Göttern, den Bewohnern dieses Planeten nichts von anderen Welten zu erzählen. Kurze Zeit später fragte er sich, ob Thelia immer wieder mit seiner fremdartigen Natur konfrontiert wurde, um sie und die anderen Elysianer auf die Begegnung mit dem Andersartigen vorzubereiten.

Sie kletterten, und Data schätzte, daß sie sich inzwischen im oberen Drittel des Berges befanden. Thelia wurde immer langsamer und leckte sich wiederholt die Lippen –

sicher hatte sie Durst. Vermutlich war sie auch hungrig. Einige von Datas Sensoren, die ihn auf den Zustand seiner organischen Komponenten hinwiesen, erinnerten ihn immer wieder daran, daß er Nährstoffe benötigte. Eine derartige Belastung der elektronischen Bestandteile beeinflußte auch die organischen Strukturen und schuf starken elektrischen Widerstand in den neuralen Fäden des mechanisch-organischen Interface. Ohne diese Schnittstelle funktionierte das positronische Gehirn nicht.

Für den Androiden war es unmöglich, wie ein Mensch zu ›verhungern‹. Aber wenn Data nicht bald bestimmte organische Substanzen aufnahm, legten ihn die Sicherheitssysteme still. Dann blieb er in Stasis, bis ihn jemand fand, der ihn reaktivieren konnte. Im Innern des heiligen Berges auf Elysia bedeutete das: Vielleicht mußte er eine Ewigkeit warten.

Er überlegte, ob die elysianischen Götter darüber Bescheid wußten. Er verdiente die Bezeichnung *einzigartig.* Selbst wenn die hiesigen Entitäten andere Androiden kennengelernt hatten — vielleicht waren ihnen seine individuellen Besonderheiten unbekannt.

»Wir brauchen Nährstoffe und Wasser«, wandte sich Data an Thelia.

»Es bleibt uns nichts anderes übrig, als den Weg fortzusetzen, bis wir etwas zu essen und zu trinken finden. Die Götter testen unsere Ausdauer.«

»Menschen sind fähig, über sich selbst hinauszuwachsen«, sagte Data.

»Wie meinst du das?« erkundigte sich Thelia.

»Wenn du nicht aufgeben willst, kannst du weitergehen, bis du tot umfällst, aber in gewissen Situationen spielt mein Wille keine Rolle. Ich bin mit Sicherheitsvorrichtungen ausgestattet, die meine Funktionen unterbrechen, um mich zu schützen. In dem Fall benötige ich jemanden, der mich später ins... Leben zurückruft.«

»Soll das heißen, du bist unsterblich?« fragte die Elysianerin.

»O nein. Ich kann sterben. Meine Freunde erinnern mich oft daran, daß ich nicht unzerstörbar bin. Wenn ich in die Flammenschlucht gestürzt wäre, hätte ich ebenso sicher den Tod gefunden wie du. Allerdings ist es nicht möglich, daß ich Erschöpfung zum Opfer falle. Wenn mir aus irgendwelchen Gründen nicht mehr genug Energie zur Verfügung steht, schalten sich meine Systeme ab, um den Inhalt der Speicherbänke — mein Gedächtnis — zu erhalten und eine spätere Reaktivierung zu ermöglichen, sobald die Akkumulatoren wieder geladen werden können. Das gilt auch für die organischen Komponenten.«

»Seit dem Beginn der Prüfung hast du nichts gegessen«, sagte Thelia. »Und du bist verletzt. Wenn du keine Nahrung findest...«

»Dann beginnt die Stasis für mich. Für dich hätte es den Anschein, als schliefe ich oder als sei ich bewußtlos.«

»Geschieht das bald?«

»Die Nährstoffe in meinem Funktionssystem haben ein kritisches Niveau erreicht. Mir bleiben noch dreißig Minuten. Wenn es mir in dieser Zeit nicht gelingt, neue organische Substanzen aufzunehmen, werde ich abgeschaltet.«

Thelia nickte. »Das Klettern... Erhöht es den Verbrauch von Nährstoffen?«

»Ja.« Data sah keinen Sinn darin, der jungen Frau zu erklären, daß er Spurenelemente brauchte. Die Felsen enthielten sie vielleicht in einer ausreichenden Menge, doch die Götter hatten dafür gesorgt, daß Data keine Sondierung mit dem Tricorder vornehmen konnte.

»Bleib hier und ruh dich aus, während ich nach Nahrung suche«, sagte Thelia.

»Wenn du in Gefahr gerätst...«

»Werde ich allein damit fertig«, erwiderte die junge Frau. »Ich passe auf. Die Götter verlangen nur das von uns, wozu wir fähig sind.«

Data erinnerte sich daran, auf welche Weise sie den Gring in die Flucht geschlagen hatte. Andererseits: Sie war klein und zart, ein Wesen aus Fleisch und Blut. *Bisher hat sie immer meine Hilfe gebraucht, um Hindernisse zu überwinden,* dachte er.

Möglicherweise begann jetzt ein weiterer Test. Als Mensch wäre nun sein Stolz auf die Probe gestellt worden. Oder sollten sie ihr Vertrauen darauf beweisen, daß die elysianischen Götter tatsächlich alles Notwendige zur Verfügung stellten? »Ja, einverstanden«, sagte Data, nahm Platz und lehnte sich an eine der vielen Felsformationen. »Bestimmt hast du recht. Die Götter bringen dir sicher keine Erwartungen entgegen, die du nicht erfüllen kannst.«

Thelia stand auf, prüfte Messer und Schleuder am Gürtel. Dann wandte sie sich um und wanderte zielstrebig über den Pfad. Sie verschwand hinter einer Ecke, aber Data hörte auch weiterhin ihre Schritte. Sie verklangen ganz plötzlich — offenbar war die Elysianerin stehengeblieben. Leisere Geräusche folgten, und der Androide stellte sich vor, wie Thelia durch einen Tunnel kroch.

Dann vernahm er ihr Lachen. »Data!« rief die junge Frau, und ihre Stimme hallte dumpf von den Wänden wider. »Komm!«

Eine Falle? Data trat vorsichtig über den Weg, passierte die Kurve und bückte sich, um ebenfalls durch den Tunnel zu kriechen. Auf der anderen Seite schimmerte Licht.

Heller Tag erwartete ihn.

Nein, das stimmte nicht ganz. Es handelte sich um jene Art von Tageslicht, das auf dem Holo-Deck projiziert wurde, wenn man auf die Wahl eines bestimmten Planeten verzichtet hatte und das Programm daher keine Sonne am Himmel vorsah. Eine idyllische Szene präsentierte sich dem Blick des Androiden: ein See, mehrere Bäume, strategisch angeordnete Wälder und Hügel, so daß man nicht in die Ferne sehen konnte.

Thelia kniete am Ufer des Sees, wölbte die Hände und trank. Sie sah auf, als sich Data näherte. »Die Götter lassen uns nicht im Stich. Sieh nur.«

Pflanzen wuchsen im Wasser. Einige von ihnen trugen Blüten, andere rote und purpurne Früchte. Thelia pflückte zwei purpurne und reichte Data eine. »Gibt es Birnen in deiner Heimat?« fragte sie.

»Sie sehen etwas anders aus«, erwiderte er, nahm die Frucht entgegen und biß hinein. Seine Sensoren analysierten die chemische Struktur und stellten fest, daß sie einige der benötigten Komponenten enthielt, wenn auch nur in kleinen Mengen. Daraufhin aß er die ganze ›Birne‹, ließ nur das Kernhaus zurück.

Thelia warf ihres — zusammen mit den Samenkörnern — ins Wasser. »Dann wachsen mehr davon«, sagte sie.

In einer natürlichen Umgebung, dachte Data, widersprach jedoch nicht. Er warf auch sein Kernhaus in den See und trank ein wenig Wasser.

Thelia nahm eine zweite elysianische Birne, ging zu einem nahen Baum und streckte die Hand aus. »Gring-Nüsse. Aber sie schmecken auch mir.« Sie begann am Stamm emporzuklettern. Data trat an sie heran und hob die junge Frau hoch, damit sie die Zweige erreichen konnte. Als sie genug Nüsse gesammelt hatte, setzte er sie wieder ab. Thelia sah sich um.

»Jetzt gibt es keine Felsen mehr — obwohl wir sie gut gebrauchen könnten«, sagte die Elysianerin.

»Felsen?« wiederholte Data verwirrt.

»Um die Nüsse zu knacken.«

»Oh.« Der Androide nahm eine zwischen die Finger und drückte behutsam zu, bis die Schale brach. Er bot die beiden Hälften Thelia an. Sie lachte. »Ich vergesse immer wieder, wie stark du bist. Iß nun und ruh dich aus.«

Abgesehen von der Frucht, die Data bereits verspeist hatte, brauchte er nur wenige Nüsse. Erstaunlicherweise enthielten sie genau jene Elektrolyte, die in den Birnen fehlten. Es kostete ihn mehr Energie als sonst, den Betrieb des organischen Interface sicherzustellen, solange die mechanischen Bestandteile auf einem niedrigeren Niveau arbeiteten, doch jetzt war die interne Nährstoffbalance wiederhergestellt. Es würde einige Zeit dauern, bis er erneut organische Substanzen aufnehmen mußte.

Nach ihrer Mahlzeit steckte Thelia die restlichen Nüsse ein. »Ich bin müde, Data. Was ist mit dir? Schläfst du nicht einmal, um das Abheilen deiner Wunden zu unterstützen?«

»Nein. Ich halte wieder Wache, obwohl ich wie du glaube, daß uns die Götter eine Gelegenheit geben, Ruhe zu finden und unsere Kräfte zu erneuern.«

Sie starrte ihn groß an. »Das habe ich nicht gesagt, nur gedacht.« Sie nahm die rechte Hand des Androiden und betrachtete das neurale Netz. »Angeblich hat man dich wie eine Puppe hergestellt und dir mit Magie Leben eingehaucht. Aber du denkst und verhältst dich wie eine Person.« Sie hob den Blick und musterte Data. »Ich verstehe jetzt, warum du dich der Prüfung unterziehst...«

»Ich möchte den Göttern begegnen.«

»Ja. Denn nur die Götter können dir eine Seele geben.«

»Unmöglich.«

»Für die Götter ist alles möglich«, beharrte Thelia.

»Aber...«, begann Data und suchte nach den richtigen Worten. »Wenn die Seele mehr ist als nur eine Vorstellung, ein Wunsch... Stellt sie dann nicht ein Bewußtsein dar, das auch jenseits des physischen Körpers existiert?«

»In meinem Land benutzt man andere Worte, um dies zu beschreiben, aber im Grunde genommen hast du recht.«

»Dann kann man eine Seele weder herstellen noch installieren. Sie wächst mit dem Bewußtwerdungsprozeß heran. Nun«, fügte Data nach kurzem Zögern hinzu, »ich habe offiziell die Erlaubnis herauszufinden, ob ich eine Seele besitze oder nicht. Vielleicht sollte ich den Göttern auch diese Frage stellen, wenn ich ihnen gegenübertrete.«

Datas Starfleet-Kollegen hätten diese Bemerkung vermutlich belächelt, aber Thelias Pupillen weiteten sich. »Du weißt nicht, ob du eine Seele hast?«

»Ich habe ein Bewußtsein. Und ich frage mich ebenso wie Menschen, ob mein Ich nach dem physischen Tod weiterlebt.«

»Oh, ich hoffe, deine Geschichte ist nicht so traurig wie die Calatinas.«

»Meinst du damit die Puppe, die du schon einmal erwähnt hast?« erkundigte sich Data. »Jene Marionette, die von den Göttern Leben bekam? Bitte erzähl mir davon.«

»Ein Holzschnitzer stellte eine so wundervolle Puppe her, daß er sich in sie verliebte und ihr einen Namen gab: Calatina. Er hing so sehr an ihr, daß ihm die Götter erlaubten, sich der Prüfung zu unterziehen und Leben für Calatina zu wünschen. Als er nach Hause zurückkehrte... Siehe, sie bewegte sich und sprach. Aber es erging ihr wie dir, Data: Sie bestand nicht aus lebendem Fleisch, sondern noch immer aus Holz. Und sie war noch schöner, da sie nun sprechen und tanzen konnte. Das Märchen berichtet, daß sie keine Seele hatte. Der Holzschnitzer liebte sie, doch sie war nicht imstande, seine Liebe zu erwidern.«

Data verstand nur zu gut, was Thelia damit meinte. Er wußte, was Freundschaft und Anteilnahme bedeuteten, doch die menschliche Emotion der Liebe konnte er nicht nachvollziehen. »Ich weiß, wie sie sich fühlte«, sagte er. »Reiste sie zur heiligen Insel, um sich eine Seele von den Göttern zu wünschen?«

Thelia lächelte. »Kennst du die Geschichte?«

»Nein. Aber wenn Calatina intelligent war und erfuhr, was ihr fehlte... Dann hat sie bestimmt versucht, diese Lücke in ihrem Wesen zu füllen.«

»Ja, sie ließ sich ebenfalls prüfen, mit Erfolg. Als sie den Göttern im Sanktuarium begegnete, bat sie darum, der Liebe fähig zu sein, um einen lebenden Mann zu heiraten und ihn glücklich zu machen.

Die Götter erfüllten ihren Wunsch – und sie fand sich als Frau aus Fleisch und Blut in ihrem Land wieder.«

»Faszinierend«, kommentierte Data. »Sie wollte eine Seele, aber statt dessen gab man ihr einen Körper. Dein Volk scheint wie viele andere zu glauben, daß nur organische Wesen mit einer Seele ausgestattet sein können.«

Thelia runzelte die Stirn. »Darüber habe ich noch nie nachgedacht. Alle Geschichten über Puppen und dergleichen, die lebendig wurden, sind sehr traurig. In den meisten Fällen ist das Geschöpf ein Ungeheuer, das sich gegen jene Person wendet, die es ins Leben rief. Nur Calatina wird als nett und sympathisch beschrieben, obgleich sie sich dumm verhielt.«

»Kein Wunder, daß du dich zuerst vor mir gefürchtet hast«, sagte Data. »Nach den Maßstäben deiner Kultur dürfte ich gar nicht existieren. In meiner ... Heimat gibt es auch Geschichten über künstliche Wesen, die sich gegen ihre Schöpfer wandten, aber ein Märchen ähnelt dem von Calatina: Der Holzschnitzer darin stellt ebenfalls eine Puppe her, einen kleinen Jungen namens Pinocchio.«

Data erzählte die Geschichte und fügte hinzu: »Ein Freund erinnert mich oft daran. Pinocchio wurde aufgrund der Liebe eines alten Mannes lebendig, aber er bekam erst einen Körper aus Fleisch und Blut – und damit eine Seele, wie du dich ausdrücken würdest –, nachdem er viele Prüfungen und Abenteuer bestand. In diesem Fall geht alles gut aus. Der Junge kehrte schließlich zu den Leuten zurück, die seine Familie darstellten. Er konnte der Sohn sein, den sich der menschliche Vater so sehr wünschte.«

»Ein schönes Märchen«, sagte Thelia. »Warum kennen wir es nicht in Atridia? Ich werde es nach meiner Rückkehr erzählen.«

O nein! dachte Data. *Was habe ich getan?* Verletzte er die Erste Direktive mit einer Geschichte, die starke Parallelen zu den elysianischen Märchen aufwies? Genügte in dieser Hinsicht nicht schon die Offenbarung seiner wahren Identität als Androide? Die ›Götter‹ – nicht Data – hatten Thelia zu einer Konfrontation damit gezwungen, und sie griffen nicht ein, als er der Elysianerin von Pinocchio berichtete. Deutete das auf ihr Einverständnis hin? »Erzähl mir den Rest über Calatina.«

»Diese Geschichte hat kein glückliches Ende. Sowohl der Holzschnitzer als auch die von ihm geschaffene Frau verfolgten egoistische Interessen, als sie sich von den Göttern prüfen ließen, und beide bekamen genau das, was sie sich wünschten. Calatina wurde lebendig, konnte jedoch nicht lieben. Nach ihrer Reise zum heiligen Berg war sie der Liebe fähig — aber sie verliebte sich nicht etwa in den Holzschnitzer. Auf dem Heimweg begegnete sie einem attraktiven jungen Mann und verlor ihr Herz an ihn. Doch er wies sie ab.«

»Eine Dreiecksbeziehung«, warf Data ein.

»Und eine tragische. Der Mann, in den sich Calatina verliebte, wollte sie nicht. Der Holzschnitzer liebte sie, aber Calatina begehrte ihn nicht. Sie sehnte sich nach dem anderen Mann, so wie sich der Holzschnitzer nach ihr sehnte. Calatina lehnte es ab zu begreifen, daß der junge Mann ihre Liebe nicht erwiderte — bis er eine andere Frau heiratete. Am Tag seiner Hochzeit befreite sie sich von dem Bann und kehrte zum Holzschnitzer zurück. Doch inzwischen war er aufgrund seiner Sehnsucht so krank geworden, daß er im Sterben lag.

Calatina kam unter Tränen zu ihm — die ersten Tränen, die sie jemals vergossen hatte — und schwor ihm ihre Liebe. Er flüsterte ihr zu, wie sehr er sie liebte. Calatina seufzte noch einmal, und dann konnte sie Kummer und Verzweiflung nicht mehr ertragen und sank tot auf den Holzschnitzer herab. Aber es heißt auch, daß sie jetzt zusammen sind, denn in jenem Augenblick gemeinsamer Liebe vereinten sich endlich ihre Seelen.«

Data schüttelte den Kopf. »Das ist wirklich ein trauriges Märchen.«

»Eigentlich geht es darin um den Grund für die göttliche Prüfung«, erläuterte Thelia. »Weder der Holzschnitzer noch Calatina baten um das, was sie wirklich wollten — weil sie es nicht verstanden. Er wünschte sich Leben für seine Puppe, obwohl es ihm eigentlich um ihre Liebe ging. Sie bat darum, der Liebe fähig zu sein — obgleich sie den Holzschnitzer lieben wollte.« Thelia lächelte. »Das heißt vermutlich, daß man nicht aus Fleisch und Blut sein muß, um lieben zu können.«

»Ja.« Data nickte nachdenklich. »In diesem Zusammenhang erinnere ich mich an eine Geschichte, die mir mein...« Er unterbrach sich kurz. »Ein Lehrer meines Schöpfers erzählte sie mir einmal. Sie schildert einen Mann aus Zinn, der sich ein Herz wünschte. Auch er begab sich auf eine lange Reise und mußte viele Prüfungen bestehen — bis er schließlich herausfand, daß er bereits ein Herz hatte.«

»Er wurde nicht verwandelt?« fragte Thelia.

»Nein, aber er war trotzdem zufrieden«, erwiderte Data, dem diese Geschichte viel bedeutete.

»Doch du sehnst dich nach einer Verwandlung.«

»Ja. Mein größter Wunsch besteht darin zu erfahren, wie das Leben als Mensch ist. Aber solche Wünsche gehen nur in Märchen und Legenden in Erfüllung.«

»Willst du die Götter beleidigen, Data? Sie verleihen Gaben wie die Stimme der Macht und den Kuß des Bindens — ihnen ist nichts unmöglich.«

»Sind das Sagen?« fragte Data.

»Nein. Ich habe die Anwendung dieser Fähigkeiten selbst erlebt. Jeder muß einer Person gehorchen, die mit der Stimme der Macht spricht. Und der Kuß des Bindens weckt völlige und selbstlose Liebe. Es sind einzigartige und gefährliche Fähigkeiten, die nur selten gewährt werden, denn sie können viel Unheil anrichten, wenn man sie mißbraucht.«

»*Solche* Gaben sind einfach zu verstehen«, erwiderte Data. Er wußte, wie sich die Kraft der Suggestion auf Humanoiden einer niedrigen Entwicklungsstufe auswirken konnte. »Sie funktionieren, weil die Leute daran glauben.«

»Sie beeinflussen auch Personen, die nichts davon wissen«, sagte Thelia. »Wenn ich...« Sie brach ab, und zum erstenmal bemerkte Data einen Hauch von Zorn in ihren Zügen. Offenbar hatte er sie mit seiner Skepsis gegenüber ihren Überzeugungen verärgert. »Wieso unterziehst du dich der Prüfung, wenn du nicht an die Macht der Götter glaubst?«

»Oh, ich weiß, daß sie große Macht haben«, versicherte der Androide. »Deshalb möchte ich mit ihnen sprechen —

um zu begreifen, weshalb sie zu so erstaunlichen Leistungen in der Lage sind. Aber ich werde sie nicht um das Unmögliche bitten.«

»Für die Götter ist nichts unmöglich«, wiederholte die Elysianerin.

»Selbst Götter müssen die Naturgesetze achten.«

Thelia musterte Data besorgt. »Überleg dir genau, um was du sie bitten möchtest, Data. Wenn du deinen wahren Wunsch leugnest, wird die göttliche Gabe nicht zu einem Segen für dich.«

Die junge Frau schien sicher zu sein, daß sie es bis zum Sanktuarium schafften. Data wußte um die Gefahr übertriebener Zuversicht, aber als Thelia ihren Mantel zu einem Kopfkissen zusammenrollte und sich schlafen legte, überlegte er, ob sie vielleicht recht hatte. Sie kannte die Macht der Götter besser als er. Was mochte geschehen, wenn er ihnen wirklich seinen Wunsch nannte?

Selbst starke Beschädigungen erforderten bei ihm keinen Schlaf. Wenn Data ein organisches Geschöpf gewesen wäre, hätten die Entitäten im heiligen Berg jetzt vielleicht ihre Erschöpfung für einen Test der Wachsamkeit genutzt. Data konnte nur beobachten, ohne zu verstehen. Fehlfunktionen basierten bei ihm einzig und allein auf defekten Komponenten seiner Systeme; sie ergaben sich nicht aus Müdigkeit.

Der Androide ließ Thelia schlafen und erforschte das kleine Habitat, um festzustellen, welche Richtung sie später einschlagen sollten. Auf der anderen Seite des Sees sah er einen Pfad, der vermutlich in andere Bereiche des Berges führte.

Der See war nicht besonders groß; wenn Data am Ufer entlangging, sollte er eigentlich in der Lage sein, die andere Seite in fünfzehn Minuten zu erreichen. Doch als er es versuchte, stieß er gegen die Wand der Projektionszone.

Wenn er sich auf den menschlichen Wahrnehmungshorizont beschränkte, konnte er nicht einmal die Wand des Holodecks erkennen, wenn er sie berührte; aber die von den elysianischen Göttern geschaffenen Illusionen gaukelten sogar seinen voll funktionsfähigen Sensoren Realität vor.

Data wandte sich in die andere Richtung, aber auch dort befand sich eine Barriere. Schlußfolgerung: Man erlaubte ihnen nicht, dem See auszuweichen.

Sie mußten entweder durchs Wasser oder ein Boot bauen. Thelia fiel es bestimmt nicht schwer, zum gegenüberliegenden Ufer zu schwimmen, aber Data... Die ihn schützende Synthohaut wies mehrere Löcher auf, und an einigen Stellen war ihre molekulare Struktur zumindest beeinträchtigt. Angesichts der vielen ausgefallenen Sensoren konnte Data nicht feststellen, wo sich Risse in den internen Isolierschichten gebildet hatten. Vielleicht kam es beim Kontakt mit dem Wasser zu Kurzschlüssen.

Data entdeckte den Rand ihres Habitats, indem er im wahrsten Sinne des Wortes mit der Nase dagegenstieß, und daraufhin sah er auch, daß die Bäume zur Hintergrundszene gehörten. Ihnen fehlte feste Substanz – also gab es kein Holz, um ein Floß zu konstruieren. Nur der Baum mit den Gring-Nüssen schien ›real‹ zu sein, doch sein Stamm war kaum so dick wie der Hals des Androiden. Mit geeigneten Werkzeugen mochte es möglich sein, ihn der Länge nach zu zerschneiden, aber ganz abgesehen davon, daß entsprechende Instrumente fehlten: Data bezweifelte, daß die Schwimmfähigkeit der zusammengebundenen Holzteile genügte, um ihn zu tragen.

Nun, inzwischen hatten ihn die Götter sicher gründlich sondiert. Vielleicht kannten sie nicht sein ganzes Potential, aber bestimmt wußten sie um alle Einzelheiten seiner physischen Struktur. Vielleicht ließ sich aus dem Baum wirklich ein Floß anfertigen, das gerade ausreichte, um Data zum anderen Ufer zu bringen. Wenn diese Annahme stimmte... Wie sollte er das Holz zusammenbinden? Als improvisierte Seile und Stricke kamen nur die dünnen Halme der Seebirnen in Frage, doch sie rissen sofort, als Data an ihnen zupfte.

Ein weiterer Test? Ja, wahrscheinlich. Data konnte versuchen, den Baumstamm zu zerschneiden – mit Thelias Messer. Seine Kraft ermöglichte es ihm vielleicht, die Einzelteile für das Floß auch mit jenem ungeeigneten Werkzeug herzustellen, aber bestimmt wurde die Klinge dabei so stumpf, daß sie jeden Nutzen verlor. Bevor er so etwas riskierte, mußte er sicher sein, daß sich die Mühe lohnte.

Er wählte einen Ast, der etwas dicker war als sein Arm, und zerrte daran, bis er brach. Dann streifte er kleinere Zweige davon ab und ließ ihn ins Wasser fallen.

Er sank.

Absurd.

Datas Sensoren konnten nicht so gestört sein, daß er das Gewicht falsch eingeschätzt hatte. Und organisches Material schwamm fast immer.

Ist dies die Antwort auf meine Behauptung, daß auch Götter die Naturgesetze achten müssen?

Nun, in ihrer eigenen Domäne konnten die elysianischen Götter sicher Bäume schaffen, deren Holz so dicht war, daß es nicht schwamm. Das ließ sich auch mit einem Holo-Deck-Programm bewerkstelligen. Aber bestimmt reichte ihre Macht nicht aus, um irgend etwas außerhalb von Elysia zu beeinflussen. *Genauso unmöglich ist es, daß die programmierte Gestalt des Holo-Decks in den Korridoren der* Enterprise *erscheint.*

Allem Anschein nach legten die Entitäten des heiligen Bergs Wert darauf, daß der Androide den See durchquerte. Er beschloß, zuerst Thelia zur anderen Seite zu schikken. Falls es zu Kurzschlüssen kam, durfte sie sich nicht gleichzeitig mit ihm im Wasser befinden. Er mußte unbedingt vermeiden, daß sie durch einen plötzlichen Stromschlag in Lebensgefahr geriet. *Sobald Thelia das gegenüberliegende Ufer erreicht hat, gehe ich auf dem Grund des Sees. Wenn er nicht zu tief ist, halte ich die rechte Hand mit dem Loch in der Synthohaut aus dem Wasser.*

Er fragte sich, mit welcher maximalen Tiefe er rechnen mußte. Sein normales Wahrnehmungsvermögen hätte ihm sofort eine Antwort auf diese Frage gegeben. Er dachte an Geordi und sein VISOR...

Geordi.

Plötzlich entsann sich Data an den Zylinder, den er von einer Vision Geordis bekommen hatte. *»Benutze dies, wenn es notwendig wird, mehr zu sehen, als die Augen wahrnehmen können.«*

Die Vorrichtung steckte noch immer im Halfter neben dem Tricorder. Und sie war unbeschädigt. Zuvor hatte sie ihm nichts gezeigt, aber vielleicht funktionierte sie nur zum vorgesehenen Zeitpunkt.

Data blickte durch den Zylinder zum See. Ja... Jetzt sah er nicht mehr nur die tanzenden Lichter auf der Wasseroberfläche und die Halme der Seebirnen. Das Bild wurde deutlicher: Etwa zehn Meter weit neigte sich der Grund in einer sanften Wölbung nach unten, und dann folgte die Schwärze einer Schlucht.

Der Androide watete in den See, bis ihm das Wasser zu den Knien reichte. Von dieser Stelle aus starrte er in eine unergründliche Tiefe.

Selbst mit dem Zylinder konnte er nicht den Boden der Schlucht erkennen. Senkrechte Wände, so glatt wie Glas... Unmöglich zu erklettern, selbst für einen Androiden.

Die Breite des Abgrunds betrug etwa fünfzehn Meter. Auf trockenem Boden hätte Data möglicherweise so weit springen können, aber Wasser setzte ihm einen wesentlich stärkeren Widerstand dagegen. Darüber hinaus reichte die Schlucht von einer Seite des Sees zur anderen; sie ließ sich also nicht an seichten Stellen umgehen.

Data saß fest. Wenn der Pfad am gegenüberliegenden Ufer der von den Göttern bestimmte Weg war, so gab es keine Möglichkeit mehr für ihn, die Prüfung zu bestehen.

Doch das erschien ihm unwahrscheinlich. Thelias Bemerkung fiel ihm ein: *Die Götter verlangen nur das von uns, wozu wir fähig sind.* Sie mußten in die Richtung zurückkehren, aus der sie kamen. Vermutlich zeigten ihnen die Götter einen anderen Weg, der neue Herausforderungen für sie bereithielt.

Data verließ den See. In seinen Beinen kam es nicht zu Kurzschlüssen, aber die unbeschädigt gebliebenen internen Warnsensoren teilten ihm mit, daß Wasser in die Füße eingedrungen war. Der Androide betrachtete die Beine und fand einige dünne Risse in der Masse aus Synthohaut und Uniformstoff. Ein Teil des Wassers tropfte nun wieder heraus.

Er übte vorsichtig Druck aus, um einen Riß an der linken Ferse zu erweitern, damit das Wasser schneller ablief. Doch es löste sich ein ganzer Fladen aus synthetischem Material, und Flüssigkeit rann aus einer Öffnung, in der nun mehrere Schaltkreise freilagen.

Den rechten Fuß rührte Data nicht an; statt dessen kehrte er zum Tunnel zurück, durch den sie das Habitat erreicht hatten. Als er in die Hocke ging, um zur Passage zu blikken, streckte sich die Haut an der rechten Wade nicht mehr. Sie blätterte ebenfalls ab.

Er wußte nun, wie kaltes Wasser auf die vom Feuer verbrannten Bereiche seiner Synthohaut wirkte. Und sicher war das auch den elysianischen Göttern klar. Sie mußten ihm Alternativen anbieten, wenn er den See durchqueren sollte.

Einige Sekunden später stellte er fest, daß der Rückweg nicht zu diesen Alternativen gehörte. Das geheimnisvolle zylindrische Instrument lokalisierte die Rückwand der holographischen Illusion, aber nirgends ließ sich irgendeine Art von Ausgang erkennen.

Data drehte sich um – und sah eine neue Szene.

Am See und seiner Form hatte sich nichts geändert. Aber dafür waren die Birnen, das Gras und der Baum mit den Gring-Nüssen verschwunden. Eine öde Landschaft aus Felsen, Sand und niedrigen Büschen reichte zum Wasser. Am Himmel glühte eine orangefarbene Sonne und projizierte kastanienbraune Schatten.

Thelia schlief noch und ahnte nichts von der Veränderung. Data trat auf sie zu und nahm neben ihr Platz, erleichtert darüber, daß sie in Sicherheit war. Er kannte sie erst seit kurzer Zeit, aber sie hatte sich bereits mehrfach als mutig, fähig, flexibel und loyal erwiesen. Was erwarteten die Götter jetzt von ihr? Oder von Data? Für den Androiden schien es unmöglich zu sein, das andere Ufer des Sees zu erreichen. Er suchte in den Datenbanken nach Hinweisen auf den Archetypus derartiger Prüfungen, und dabei korrelierte er folgende Informationen: Manchmal unternahm man solche Reisen mit Gefährten, aber früher oder später wurde eine Trennung notwendig, um den letzten Test zu bestehen.

Vielleicht mußte Thelia den Weg ohne ihn fortsetzen. In dem Fall konnte er ihr nur viel Glück wünschen und hoffen, daß ihm die Götter früher oder später ebenfalls eine Möglichkeit gaben, zum Sanktuarium zu gelangen, damit er dort Antworten auf seine Fragen bekommen konnte.

Data verdrängte die Gedanken an seine eigene Situation und fragte sich, wie er Thelias Erfolgsaussichten verbessern konnte. Die Veränderung der Szene bedeutete sicher etwas. Bestand nun irgendeine Gefahr für die Elysianerin? Das Sehvermögen des Androiden unterlag starken Einschränkungen, doch das galt nicht für die akustische Wahrnehmung. Er schaltete auf höchste Empfangsstärke und begann mit einem 360-Grad-Scan, lauschte dabei nach giftigen Reptilien oder Insekten in der Wüste.

Solche Bedrohungen schienen nicht zu existieren, aber in der Ferne vernahm Data krächzende Schreie. Weit auf der gegenüberliegenden Seite des Sees segelten zwei Wesen hoch über dem Boden. Er konnte nicht herausfinden, ob es sich um Vögel oder fliegende Reptilien handelte.

Als er erneut durch den Zylinder sah, funktionierte die Apparatur wie ein Teleskop und zeigte ihm Raubvögel mit krummen Schnäbeln und langen Greifklauen. Sie schienen den Androiden und die schlafende Elysianerin noch nicht bemerkt zu haben, aber das war sicher nur noch eine Frage der Zeit.

Data beobachtete die Vögel immer wieder, während er Wache hielt — er durfte sich von ihnen nicht zu sehr ablenken lassen, falls in der Nähe etwas geschah. Als Androide manifestierte sich bei ihm Nervosität nie in Form von Schweiß, unruhigen Gesten oder einem flauen Gefühl in der Magengrube, aber er war ebenso frustriert wie ein Mensch, der deutlich spürte, daß sich etwas Unangenehmes anbahnte.

Thelia schlief noch immer, und nach einer Weile gelangte Data zu dem Schluß, daß die Götter warteten, bis sie ihre Kräfte erneuert hatte — bis dahin würde nichts passieren. Data kannte das Habitat und seine Grenzen bereits, und deshalb blieb er an Thelias Seite.

Schließlich erwachte sie und reagierte mit Verwirrung auf die veränderte Szenerie. Data erklärte ihr, was geschehen war, ließ sie dann die Barrieren neben dem See betasten. Die junge Frau verspeiste einige der zuvor übriggebliebenen Gring-Nüsse, während sie sich vergewisserte, daß sie der Wasserfläche tatsächlich nicht ausweichen konnten.

»Wir müssen zum anderen Ufer schwimmen«, sagte sie.

»Ich kann nicht schwimmen«, wandte der Androide ein. »Und die Schlucht hindert mich daran, bis zur gegenüberliegenden Seite auf dem Grund zu gehen. Der Tunnel hinter uns hat sich geschlossen. Offenbar müssen wir uns an diesem Ort trennen.«

»Nein!« entfuhr es Thelia.

Er lächelte so aufmunternd wie möglich. »Es ist deine Prüfung. Die Götter schickten mich auf die Insel, um dir eine Zeitlang zu helfen. Sie konfrontierten dich mit meiner Fremdartigkeit, aber inzwischen fürchtest du dich nicht mehr vor mir. Jetzt haben sie ein Hindernis geschaffen, das du leicht passieren kannst, während es für mich unüberwindlich ist.« Data fügte hinzu: »Vielleicht wollen sie darauf hinweisen, daß jede Person — ganz gleich, wie stark sie ist — auch Schwächen hat. Ich habe sorgfältig über alle Möglichkeiten nachgedacht, Thelia. Dir bleibt keine andere Wahl, als mich hier zurückzulassen.«

»Und *deine* Prüfung, Data?«

»Vielleicht kann ich sie nicht bestehen. Oder die Götter bieten mir nach unserer Trennung einen neuen Weg an. Eins steht fest: Um dich zu begleiten, müßte mich irgend etwas über den See tragen.«

»Oh, Data.« Tränen schimmerten in Thelias Augen. »Ich werde dich vermissen. Bestimmt erlauben dir die Götter, das Ziel deiner Reise zu erreichen. Ich wünschte, wir könnten den Weg zusammen fortsetzen.«

»Das ist leider unmöglich. Brich jetzt auf.«

Die Elysianerin nickte. »Ja. Du bist wie der Beschützer, den ich mir als Kind erträumte. Meine Mutter forderte mich auf, von solchen Vorstellungen Abstand zu nehmen und zu lernen, selbständig zu werden. Auch jetzt muß ich wieder meinen eigenen Kräften vertrauen. Ich werde dich vermissen, Data — noch mehr als die Seja-Puppe, die nur in meiner Phantasie zu einem Prinzen wurde. Du hingegen existierst wirklich. Ich hoffe, daß dir die Götter deinen größten Wunsch erfüllen.«

»Das hoffe ich auch für dich, Thelia«, erwiderte Data ernst.

»Wenn ich die Prüfung bestehe, wenn meine Heimat mit Tosus vereint wird, wenn wir zeigen, daß wir nicht erneut Krieg gegeneinander führen... Vielleicht erlauben die Götter dann leichtere Reisen zwischen fernen Ländern. Vielleicht sehen wir uns eines Tages wieder.«

»Das wünsche ich mir ebenfalls«, sagte Data aufrichtig.

Thelia wickelte die Stiefel in den Mantel und balancierte das Bündel auf dem Kopf. Sie watete bis zum Rand der Schlucht, stieß sich ab und schwamm mühelos zur anderen Seite. Dort trat sie ans Ufer, wrang die nasse Kleidung aus, winkte Data zu...

Plötzlich sah der Androide eine Bewegung hinter ihr.

»Paß auf, Thelia!« rief er.

Wie aus dem Nichts erschienen die beiden Raubvögel und segelten der jungen Frau entgegen.

Thelia wandte den Kopf und duckte sich gerade noch

rechtzeitig. Die beiden Angreifer sausten über sie hinweg.

Die Vögel waren riesig!

Mit den defekten visuellen Sensoren hatte Data die Entfernung nicht richtig abschätzen können und angenommen, die fliegenden Geschöpfe seien etwa so groß wie Adler. Jetzt begriff er, daß sie wesentlich weiter entfernt gewesen waren. Und ihre Größe reichte an die von Pferden heran!

So schwere Wesen brauchten eigentlich weitaus größere Schwingen, um sich in der Luft zu halten.

Aber die elysianischen Götter waren mächtig genug, hier im heiligen Berg die Naturgesetze ihrem Willen anzupassen.

Data fürchtete um Thelia. Es kam ihm überhaupt nicht in den Sinn, daß die Vögel vielleicht einen Leckerbissen in *ihm* sahen — bis eins der beiden Geschöpfe direkt auf ihn zuhielt. Er hörte Thelias Schrei, aber ihre Warnung nützte nichts.

Er konnte sich nirgends verstecken, und deshalb blieb er stehen, hob abwehrend die Hand, als der Vogel herankam.

Eine Greifklaue schloß sich um Datas Arm, die andere um seine Taille.

Verblüfft merkte er, wie ihn das Wesen hochhob — als wiege er nicht mehr als ein Kaninchen!

Mit der freien Hand schlug er nach den Beinen und der Brust des Vogels. Vergebens. Der Angreifer hätte ebensogut aus dem gleichen Material bestehen können wie Data.

Das war tatsächlich der Fall, wie der Androide einige Sekunden später herausfand, aber ihm blieb nicht genug Zeit für Spekulationen. Der andere Vogel näherte sich, kreischte zornig und versetzte seinem Artgenossen einen Schnabelhieb auf den Schädel. Dann drehte er sich und streckte die Klauen nach Datas baumelnden Beinen aus.

Der Androide trat immer wieder zu und sah eine Chance, sich zu befreien — bis er nach unten blickte. Direkt unter ihm funkelte das Wasser des Sees!

Sofort gab er den Kampf auf und trachtete danach, sich an der Klaue des Vogels festzuhalten, der ihn gepackt hatte. Das zweite Geschöpf segelte wieder heran und versetzte dem ersten Wesen einen neuerlichen Schnabelhieb auf den Kopf. Der geflügelte Riese flatterte benommen, lockerte den Griff und stürzte in die Tiefe. Datas einzige Chance bestand darin, die seichten Stellen vor der Schlucht zu erreichen.

Er ließ los, neigte sich und versuchte, den Luftwiderstand zu nutzen, um in einem Winkel zu fallen. Doch er war viel zu schwer, und die Höhe genügte nicht. Über dem Abgrund fiel er ins Wasser. Die Nässe bewirkte Dutzende von Kurzschlüssen, und weitere Sensoren fielen aus.

Datas Hände berührten eine Wand der Schlucht, schlüpfrig und so glatt wie Spiegelglas. Verzweifelt tastete er nach einem Halt, der nicht existierte — und sank.

KAPITEL 6

Wasser strömte in den Körper des Androiden, und in den Schaltkreisen herrschte elektrisches Chaos.

Er krümmte sich zusammen und zuckte immer wieder, als ihn die finstere Schlucht verschlang.

Das ist also der Tod.

Klauen berührten ihn.

Einer der Vögel war ihm in den See gefolgt!

Das Geschöpf zerrte ihn nach oben, und elektronische Krämpfe schüttelten Datas Leib. Wasser strömte aus zahllosen Rissen in der Synthohaut. Als letzte Funken davonstoben und das Zischen durchgebrannter Kabel verklang, schloß sich die Greifklaue fester um den Androiden. Weitere Hautfetzen lösten sich von Metallverkleidungen, Sensorgittern und neuralen Netzen.

Data war sich vage bewußt, daß sie nicht mehr über dem See flogen, aber die wenigen noch funktionierenden Sensoren ließen keine genaue Ortsbestimmung zu. Ihm blieb nichts anderes übrig, als sich von dem großen Vogel tragen zu lassen. Er hatte keine Kontrolle mehr über seine Gliedmaßen; hilflos hing er in den Klauen, so schlaff wie eine Marionette mit durchtrennten Fäden.

Er hörte eine Stimme, doch sie blieb unverständlich für ihn. Kurz darauf kreischte der Vogel. Es klang schmerzerfüllt, nicht nach einer Herausforderung.

Das Geschöpf ließ Data los.

Er fiel erneut, diesmal auf felsigen Boden. Er konnte sich nicht abrollen, blieb auf der Seite liegen: das eine Bein über dem anderen, die Arme weit ausgebreitet. Staub wirbelte auf, drang ihm in Nase, Augen und Mund. Sensoren warnten vor möglichen Beschädigungen, aber Data war nicht imstande, zu zwinkern oder die Kiefer zu bewegen.

Es dauerte eine Weile, bis Reinigungsflüssigkeit über die Augen rann. Zuviel: Ein Teil davon tropfte über Nase und

Wange, während er hilflos lag. Schließlich hoben und senkten sich die Lider, aber der Androide stellte eine Verzögerung zwischen den Anweisungen des positronischen Gehirns und der Reaktion bestimmter Systeme fest.

Er bemühte sich, den Mund zu schließen, und es gelang ihm nach einigen Sekunden. Sand knirschte ihm zwischen den Zähnen.

Schritte, ein Schatten. Thelias Stimme. »Data! Lebst du noch?«

Er nahm eine Vibration wahr, doch erneut verging einige Zeit, bis er die Hand der jungen Frau an seiner Schulter spürte. Thelia beugte sich über ihn und lächelte erleichtert, als sie merkte, daß der Androide den Blick auf sie fokussierte. »Ja, du lebst! Oh, ich hoffe, das bedeutet, du kannst repariert werden!«

Von wem? dachte Data, blieb jedoch stumm. Mit einer großen Anstrengung bewegte er den einen unter ihm eingeklemmten Arm, und dadurch rutschte er auf den Rücken.

Unglücklicherweise geriet dadurch noch mehr Sand in einige ungeschützte Schaltkreise, was die Diagnosemodule kurz darauf bestätigten. Die Verunreinigungen waren besorgniserregend, aber in diesem Zusammenhang gab es auch einen positiven Aspekt: Data wußte jetzt, daß seine diagnostischen Systeme nach wie vor funktionierten.

Derzeit hatte er nicht die Kraft, um von seinen Sprachprozessoren eine menschlich klingende Stimme modulieren zu lassen. »Ich... muß mich... erholen«, brachte er mühsam hervor. Für ihn selbst hörte es sich an wie Subraumsignale, die von einem Ionensturm gestört wurden. Konnte ihn Thelia verstehen?

Das schien der Fall zu sein. »So wie nach dem Sprung durch die Flammen?« fragte sie. »In Ordnung. Ich halte Wache.«

Wache? wiederholte Data in Gedanken, doch er konzentrierte sich nicht darauf. Normalerweise automatisch arbeitende Systeme verlangten jetzt seine Aufmerksamkeit. Die beschädigten Reparaturkomponenten erfüllten ihren Zweck nur, wenn er sie bewußt steuerte. Nacheinander meldeten einzelne Sensoren Bereitschaft, doch viele andere weigerten sich hartnäckig, Daten zu übermitteln. Trotzdem: Wenn es dem Androiden gelang, einen Teil seines Funktionspotentials wiederherzustellen, so konnte er den Weg zum Sanktuarium fortsetzen, bis die Götter entschieden, daß er die Prüfung bestanden hatte — oder bis sie ihn zur *Enterprise* zurückschickten.

Thelia beobachtete ihn, und mit einem Tuch reinigte sie sein Gesicht. Noch immer tropfte Seewasser aus ihm heraus. Als er sich unter großen Mühen aufrichtete, löste sich das bisher unbeeinträchtigte vordere Segment der Starfleet-Uniform von der unbeschädigten Brust und den Armen.

Seine Bewegung weckte nicht willkommenes Interesse. Einer der beiden Riesenvögel kreiste noch immer hoch über ihnen und beschloß nun, neuerlichen Anspruch auf die Beute zu erheben. Data erinnerte sich daran, daß glänzende Objekte manche Tiere anlockten — sein funkelndes Metall forderte das Flügelwesen zu einem weiteren Angriff heraus.

Data nahm zur Kenntnis, daß die Software in den Speicherbänken keine Defekte aufwies, doch die Hardware verweigerte ihm noch immer den Gehorsam. »Bedeck mich mit deinem Mantel«, wollte er sagen, aber bevor er diese Worte formulieren konnte, stürzte der Vogel auf ihn zu.

Thelia stand rasch auf und benutzte ihre Schleuder. Ein Stein sauste empor, und der Angreifer krächzte, drehte ab.

Die Elysianerin hockte sich neben dem Androiden nieder. »Die Schleuder genügt nicht. Der Gring stellte keine echte Gefahr dar, aber mit Steinen allein läßt sich gegen dieses Geschöpf kaum etwas ausrichten.«

»Bede...«, versuchte es Data noch einmal, doch Thelia war wieder auf den Beinen und schwang ihre Schleuder. Der zweite Stein traf den Vogel am Schnabel, und diesmal wich er nicht aus. Klauen kratzten über die Schultern der jungen Frau, als sie sich gerade noch rechtzeitig duckte, um dem Tod zu entgehen. Ihr Hemdrücken zerriß.

Das große Flügelwesen schlug mit breiten Schwingen und flog so schnell heran, daß Thelia keine Gelegenheit bekam, vor den Androiden zu springen. »Nein!« rief sie zornig. »Du wirst ihm keine weiteren Verletzungen zufügen!«

Die Klauen zielten auf Data, und der krumme Schnabel öffnete sich.

Er sank auf den Boden zurück, ohne die Möglichkeit, sich nach rechts oder links zu rollen.

Knapp zwei Meter über Data stieß der Vogel plötzlich einen Schrei aus. Federn stoben davon, und Blut spritzte, als das Geschöpf kreischend aufstieg und floh.

Thelia hatte es am Auge getroffen.

Zum Glück verzichtete das Wesen auf Rache und zog Sicherheit vor. Es verschwand in der Ferne, während sich Thelia einmal mehr über den Androiden beugte.

Data entsann sich an *zwei* Riesenvögel. »Wo... ist... der andere?« flüsterte er.

»Weißt du es nicht?« erwiderte die junge Frau. »Als er zusammen mit dir in den See fiel und Feuer aus deinem Leib kam... Er schien einen Anfall zu erleiden und sank in die Tiefe. Bestimmt ist er ertrunken.«

Ein tödlicher Stromschlag, überlegte Data, behielt diese Erklärung jedoch für sich. Thelia hätte ohnehin nichts damit anfangen können. *Ist der Vogel doch organisch gewesen? Wahrscheinlich hat man ihn so programmiert, damit er sich wie ein organisches Geschöpf verhielt.* Derzeit schien keine Gefahr mehr zu drohen, aber was nützte ihnen das, solange er sich nicht bewegen konnte?

Einige Funktionen schienen zurückzukehren. Als sich Data wieder aufrichtete, reagierten die Arme besser als vorher. Vorsichtig zog er die Beine an und versuchte aufzustehen.

»Nein!« entfuhr es Thelia, als sie instinktiv versuchte, den Androiden zu stützen.

Data nahm Platz. »Die... automatischen Reparatursysteme... stellen neue... Verbindungen her«, sagte er. »Sie benutzen unbeschädigte Schaltkreise, um... mir die Kontrolle über den Körper... wiederzugeben.«

»Dann warte, bis du geheilt bist«, riet Thelia. »Die Prüfung unterliegt keinen zeitlichen Beschränkungen.«

Es dauerte fast eine Stunde, bis ihm die Diagnosemodule mitteilten, daß alle möglichen Selbstreparaturen durchgeführt waren. Data konnte stehen und gehen, aber die Hauptkontakte mit den Beugern — sie erfüllten bei ihm die Funktion von Muskeln — waren unterbrochen. Allein mit den Reservesystemen stand ihm nicht genug Kraft zur Verfügung, um schwere Dinge zu heben oder weit zu springen. Er hoffte inständig, daß es nicht noch einmal notwendig wurde, Schluchten zu überqueren.

Thelia lächelte, als er seine Gliedmaßen prüfte. Wenige Sekunden später lachte sie leise. »Du siehst wie eine Vogelscheuche aus.« So lautete jedenfalls die Übersetzung des internen Translators.

Die Kultur dieses Planeten hatte eine landwirtschaftliche Ausprägung, erinnerte sich Data. Offenbar stellten auch die Elysianer Nachbildungen einer Person im Bereich ihrer Felder auf, um Vögel von der Saat fernzuhalten.

»Jenes Geschöpf, das mich fortzutragen versuchte, fürchtete sich nicht vor mir«, erwiderte der Androide, dankbar dafür, daß die Sprachprozessoren keine Pausen mehr zwischen den einzelnen Worten schufen.

Er erschreckte auch Thelia nicht, fragte sich jedoch, was er selbst von seinem äußeren Erscheinungsbild gehalten hätte. Von den Augenbrauen abwärts war er vor den Flammen geschützt gewesen, und deshalb blieb die Synthohaut dort intakt. Doch auf dem Kopf und am Rücken hatte die enorme Hitze Haar und Haut verbrannt, und darunter kamen Deckmetall, neurale Netze, Sensorgitter und Isolierungsmaterial zum Vorschein.

Von den Hüften bis zu den Knien hatten ihn Thelias Rucksack und der Wasserbeutel abgeschirmt. An jenen

Stellen wiesen Haut und Uniform keine Beschädigungen auf, aber die Innenseiten der Beine lagen bis hin zu den Stiefeln frei.

Der vordere Teil des Uniformpullis hing noch immer lose herab. Data wußte nicht, ob er imstande gewesen wäre, den synthetischen Stoff mit seiner vollen Androidenkraft zu zerreißen – unter den gegenwärtigen Umständen mußte ein entsprechender Versuch von vorneherein zum Scheitern verurteilt sein. Er wickelte sich den Rest der Ärmel um die Taille und band sie am Rücken zusammen. Die vorderen Teile der Hosenbeine schwangen hin und her, als Data und Thelia den deutlich markierten Weg beschritten.

»Wir müssen uns jedes Wort gut überlegen«, warnte die Elysianerin.

»Warum?« fragte der Androide.

»Weil die Götter zuhören. Du hast gesagt, du könntest das andere Ufer nur erreichen, wenn dich etwas über den See trüge. Beim nächsten Mal solltest du dir ein Boot wünschen oder eine Brücke.«

»Ich werde daran denken«, erwiderte Data.

Als er mühsam einen Hügel erkletterte, was normalerweise nur einen geringen Teil seiner Kraft erfordert hätte, bedachte ihn Thelia erneut mit einem besorgten Blick. »Fühlst du Schmerzen, Data?«

»Das kommt darauf an. Um mich auf eine Fehlfunktion hinzuweisen, erzeugen meine Sensoren Signale, die ich nicht ignorieren kann. Die betreffenden Gefühle sind äußerst unangenehm, bis mit Reparaturen begonnen wird. Dann gibt es keinen Grund mehr für solche Empfindungen, und deshalb verschwinden sie aus meiner Wahrnehmung.«

»Andere Leute leiden während des ganzen Heilungsprozesses an Schmerzen. Und doch möchtest du menschlich sein.«

»Nicht in dem Sinne.«

»Du hast gesagt, du seiest bereit, deine Stärke und besonderen Sinne aufzugeben, um ein Mensch zu sein, Data. Auch dabei haben die Götter zugehört. Vielleicht stellen sie dich jetzt auf die Probe.«

»So hat es den Anschein«, pflichtete er Thelia bei. »Offenbar sind die hiesigen Götter nicht an jene Gesetze gebunden, die ich kenne und verstehe. Du hast recht: Ich werde ihnen meinen Wunsch nennen, menschliche Erfahrungen nachzuvollziehen. Schlimmstenfalls sind sie nicht in der Lage – oder nicht bereit –, ihn zu erfüllen.«

Kurze Zeit später erreichten sie eine Anhöhe und sahen, daß der Pfad zu einer Höhle führte. »Wie weit ist der Weg noch?« murmelte Thelia. »Wieviel mehr verlangen die Götter von uns?«

»Darauf können nur sie selbst Antwort geben«, erwiderte Data.

In der Höhle wurde das Gelände noch steiler. Data versuchte, Thelia zu helfen, aber dazu fehlte ihm die Kraft. Das eigene Gewicht behinderte den Androiden, als er am Hang hochkletterte.

Er durfte nicht den von seinen Sensoren übermittelten Daten vertrauen, aber er wußte, daß sie sich jetzt dicht unter dem Gipfel des Berges befanden.

Schließlich gelangten sie zu einer hohen Felsformation und sahen sich einer ebenen Kaverne mit sieben Ausgängen gegenüber.

»Wo geht es jetzt weiter?« erkundigte sich Data.

»Keine Ahnung«, entgegnete Thelia. »So viele verschiedene Möglichkeiten bietet man uns jetzt zum erstenmal an.«

Sie traten näher. Durch den ersten Torbogen sahen sie einen Wald mit einem Bach, den man mit Hilfe von Trittsteinen überqueren konnte. »Wasser«, sagte Thelia.

»Nein.« Data hielt sie am Arm fest. »Du hast das Bild deiner Heimat als Versuchung erkannt. Dies ist *mein* Zuhause.« Er erkannte seine Lieblingslandschaft auf dem Holo-Deck; sie stellte einen Naturpark auf der Erde dar.

»Dein Land ist wundervoll«, meinte Thelia. »Aber du hast recht. Diesen Weg dürfen wir nicht einschlagen.«

Die anderen Alternativen waren weitaus schwieriger als richtig oder falsch zu deuten: Felsentunnel, Wüstenszenen, Eishöhlen, zwei geschlossene Türen — und ein Spiegel.

Thelia schnappte unwillkürlich nach Luft. »Noch nie zuvor habe ich einen so großen Spiegel gesehen!«

Data staunte viel mehr darüber, wie zerlumpt sie wirkten. Thelia: zerkratzt, hier und dort blaue Flecken, an einigen Stellen rote, sonnenverbrannte Haut, das Haar zerzaust und nicht mehr glatt, das Hemd zerrissen, die Wangen schmutzig, dunkle Erschöpfungsringe unter den Augen.

Unter gewöhnlichen Umständen bot der Androide in seiner Starfleet-Uniform einen makellosen Anblick, aber jetzt... Kein Wunder, daß ihn Thelia mit einer Vogelscheuche verglichen hatte! Das Gesicht, hinter dem sich besonders komplexe Sensoren verbargen, stand in einem krassen Kontrast zum Metall des Schädels. Die Brust: ein blasses, schmutzverkrustetes Dreieck. Die Uniform hing in Fetzen. Arme und Beine zeigten stählerne Verkleidungssegmente, Leitungen, Kabel und Gitterstrukturen, in denen gelegentlich Dioden flackerten.

Absurd.

Von allen Geschöpfen im Universum hatte Data den geringsten Grund, sich Gedanken über sein Aussehen zu machen. Dennoch nahm er Anstoß an diesem Zerrbild seiner selbst.

Zerrbild? Nein. Der Spiegel konfrontierte ihn mit seiner wahren Natur, mit einem künstlichen Gehäuse, das ein Bewußtsein enthielt, ein Ich, das sich durch die gleiche Eitelkeit wie Menschen auszeichnete, während es versuchte, die edleren Tugenden des menschlichen Seins zu verstehen. Es war lächerlich. Und...

Und komisch.

Data betrachtete das Spiegelbild, die Enthüllung seines selbstgefälligen Stolzes — und er lachte.

Thelia kicherte. »Wir sehen wirklich bemerkenswert aus, nicht wahr? Aber das ist nicht weiter wichtig. Wir haben es bis hierher geschafft, und den Rest des Weges legen wir auch noch zurück.«

Datas Lachen verklang, als er begriff, daß die ihm zuteil gewordene Offenbarung Thelias Aufmerksamkeit entging.

Er konnte nicht einmal versuchen, sie ihr zu erklären, und deshalb sagte er nur: »Dies ist bestimmt das letzte Hindernis. Weißt du irgend etwas über die Prüfungen, das uns jetzt weiterhilft?«

Damit schien Data das richtige Stichwort gegeben zu haben. Ein weißes Tier erschien plötzlich auf dem Pfad, der den Androiden und seine Begleiterin an diesen Ort geführt hatte. Es sauste an ihnen vorbei und verschwand durch einen der Torbogen. Data sah, daß es ein mit funkelnden Edelsteinen besetztes Halsband trug.

»Wir müssen dem weißen Seja folgen!« rief Thelia und lief los.

Data setzte sich ebenfalls in Bewegung, aber nur mit seinen Reservesystemen war er nicht so schnell wie die Elysianerin. *Es spielt keine Rolle,* dachte er. *Früher oder später wird Thelia müde, und dann hole ich sie ein.* Er hörte das Echo ihrer Schritte, als sie durch eine schmale, felsige Passage eilte, die in Abständen von wenigen Metern scharfe Kurven beschrieb.

Eine halbe Minute später erreichte Data einen langen, geraden Tunnel und sah die junge Frau etwa zwanzig Meter voraus. Sie folgte noch immer dem Tier. Der Androide hatte sie kaum gesehen, als sich vor ihm eine Tür herabsenkte, so schnell, daß er ihr angesichts seiner langsameren Reflexe nicht ausweichen konnte. Er prallte daran ab – und stieß an eine zweite Barriere, die hinter ihm entstand!

Der Androide saß in einer Felskammer fest, und nur einige Zentimeter trennten ihn von der Decke. Die Breite genügte nicht einmal, um die Arme auszustrecken.

Data stand ganz still, doch er hörte nicht einmal etwas, als er den Audio-Input auf höchste Leistungsstufe schaltete. Einige Fladen der allgegenwärtigen Fluoreszenzflechten spendeten ihm etwas Licht, obwohl es kaum etwas zu sehen gab.

Er untersuchte seinen Kerker, betastete erst die Wände, dann die Decke. Massives Gestein. Wahrscheinlich hätte er sich nicht einmal mit seiner normalen Kraft befreien können — und erst recht nicht gegen den Willen der elysianischen Götter.

Welchen Gefahren lief Thelia nun entgegen, ohne seine Hilfe? Eine kummervolle Erinnerung: Tasha Yar, die tapfer mit allem fertig wurde — bis sie auf Vagra II starb, vor den Augen des hilflosen Androiden.

Elysias Götter verfügten über eine verblüffende Macht, die Data nicht verstand. Waren sie dadurch ebenso gemein und verschlagen wie jenes Geschöpf, das Tasha getötet hatte? Spielten sie jetzt mit Thelias Leben?

»Gebt mich frei!« sagte Data scharf.

Zu seinem großen Erstaunen glitt eine der beiden Steintüren nach oben, doch dahinter erstreckte sich nicht der Pfad, über den Thelia gelaufen war. »Wenn ihr alles wortwörtlich nehmt, habt ihr einen würdigen Gegner gefunden«, fügte Data hinzu. »Ich möchte zu Thelia.«

»Das ist nicht erlaubt. Du hast die Prüfung beendet und bestanden. Jetzt legt deine Begleiterin den letzten Test ab. Wenn sie Erfolg hat, könnt ihr euch noch einmal sehen, bevor ihr zurückkehrt.«

Data war so überrascht darüber, Antwort zu bekommen, daß er einige Sekunden brauchte, um die Botschaft zu verstehen. »Ich habe die Prüfung bestanden?«

»Der Pfad führt zum Sanktuarium.«

Data lächelte. Jetzt bekam er endlich Gelegenheit, alle seine Fragen zu stellen.

Der Weg wies keine Kurven und Biegungen auf. Gerade und eben reichte er durch den Berg, ließ sich leicht beschreiten. Doch er schien kein Ende zu nehmen: Der Androide wanderte durch Höhlen und Gärten, und nach einer halben Stunde erreichte er einen Hof. Am Rand des Platzes erhob sich ein Gebäude, das aus Regenbögen zu bestehen schien.

»Data!«

Er drehte sich um. »Thelia!«

Die Elysianerin kam durch einen anderen Zugang und wirkte ebenso mitgenommen und zerzaust wie vorher. Doch sie strahlte vor Glück. »Wir haben beide die Prüfung bestanden«, sagte sie. »Ich war so besorgt, als ich das Labyrinth erreichte und merkte, daß du mir nicht gefolgt bist.«

Data erinnerte sich daran, daß Labyrinthe häufig zu Abenteuern dieser Art gehörten. »Ein Irrgarten ist keine Herausforderung für mich«, erwiderte er offen. »Darin bestand dein letztes Hindernis?«

Dünne Falten bildeten sich in Thelias Stirn. »Es kam noch etwas anderes hinzu. Der weiße Seja führte mich zu dem Prinzen meiner Kindheit, aber ...«

Als sie zögerte, sagte der Androide: »Ich verstehe. Auch ich habe etwas erlebt, das ich dir nicht zu erklären vermag. Wie dem auch sei: Ohne dich und dein Wissen um die göttlichen Tests hätte ich es sicher nicht geschafft.«

»Und ich benötigte deine Kraft und Güte, um zu diesem Ort zu gelangen.« Die Elysianerin griff nach Datas Hand und betrachtete die ungeschützten mechanischen Komponenten. Dann sah sie auf und blickte dem Androiden in die Augen. »Wie soll ich dir dafür danken? Ich kann dir nur meine Freundschaft anbieten. Du bist immer in Atridia willkommen.« Thelia umarmte ihn, achtete nicht auf das Metall und die Reste der synthetischen Haut. Dann musterte sie ihn noch einmal, als wolle sie sich seine Züge fest ins Gedächtnis einprägen. »Bestimmt ist es ungefährlich, dir dieses Geschenk der Zuneigung zu geben.«

Sie beugte sich vor und küßte Data auf die Wange.

Für einen Sekundenbruchteil spürte er etwas. Ein Gefühl, das er Tasha entgegengebracht hatte, und doch anders ...

»Komm jetzt«, sagte Thelia und lächelte. Erneut nahm sie Datas Hand. »Laß uns das Sanktuarium aufsuchen.«

Es gab keine Türen. Sie passierten einen schimmernden

Regenbogen und betraten eine Kammer aus glitzernden Farben. Die bunten Muster auf dem Boden formten in der Mitte einen Kreis aus weißem Licht.

»Thelia von Atridia.«

Die junge Frau ließ Datas Hand los und blieb in dem hellen Kreis stehen.

»Während der Prüfung hast du deine Stärken und Schwächen kennengelernt. Du hast deine Furcht überwunden und bewiesen, daß du auch mit jemandem zusammenarbeiten kannst, der sich völlig von dir unterscheidet. Als er verletzt wurde, bist du bereit gewesen, dich großen Gefahren auszusetzen, um ihn zu beschützen. Als du den Weg ohne ihn fortsetzen mußtest, hast du die Versuchungen gemieden, mit denen wir dich konfrontierten. Wir gewähren dir deinen Wunsch: Atridia und Tosus werden vereint, auf daß dein Volk zu neuem Glück finde.«

Der Lichtkreis begann zu pulsieren, und Data verglich ihn mit einem aktivierten Transporter. Thelia veränderte sich in dem Glühen. Ihre Wunden heilten; die einfache, an mehreren Stellen zerrissene Kleidung verwandelte sich in ein prächtiges Gewand aus goldenem und weißem Stoff. Das dunkle Haar gewann eine elegante Form, und eine kleine goldene Krone glänzte darauf.

Die Elysianerin war wunderschön.

Und sie verschwand, bevor Data Gelegenheit bekam, sich von ihr zu verabschieden. Es handelte sich *tatsächlich* um einen Transporter. Vermutlich rematerialisierte Thelia in ihrer Heimat.

»Data von Starfleet.«

Der Androide trat ins Licht.

»Zwar bist du ein Fremder auf diesem Planeten«, erklärte die Stimme, *»aber du hast unsere Gesetze respektiert und einer Frau unseres Volkes geholfen. Allein dafür verdienst du unseren Dank. Doch außerdem bist du über dich selbst hinausgewachsen. Wir erfüllen dir deinen größten Wunsch, auf daß du verstehst, was du für Beschränkungen deiner bisherigen Wahrnehmungswelt hältst.«*

Das elysianische Transporterfeld erfaßte Data, und eine nicht meßbare Zeitspanne später stand er auf einem der Felsen am Strand der heiligen Insel. Er taumelte, verlor das Gleichgewicht und fiel, landete mit Händen und Knien auf scharfkantigen Steinsplittern.

Der Androide stemmte sich in die Höhe, registrierte dabei die Zunahme eines unangenehmen Gefühls an einer Stelle, während es sich an einer anderen verringerte. *Schmerz,* teilte ihm der analytische Teil seines Bewußtseins mit. Er verstärkte sich in den Knien, als er diese belastete, nahm in den Händen ab, als sie weniger starkem Druck ausgesetzt waren.

Seine Hände... Data starrte auf sie hinab.

Er sah weder Metall noch Sensorgitter, sondern Haut. Und die Ärmel der Uniform... Nicht zerrissen, so sauber und glatt wie üblich.

Wie üblich?

Er versuchte herauszufinden, was nicht stimmte – und stellte fest, daß er keinen Zugang mehr zu seinen Diagnosemodulen hatte.

Die Hände zeigten ihm eine falsche Farbe. Data nahm eine rosarote Tönung wahr, und an den Gelenken wuchsen einige dunkle Haare.

Benommen und verblüfft stand er auf und schwankte – die sensorische Balance funktionierte nicht –, als er seine Hände drehte und einige Splitter bemerkte, die in den Innenflächen steckten. Er wischte sie fort, sah genauer hin und spürte ein seltsames Rauschen in den Ohren.

Rotes Blut drang durch mehrere winzige Risse in der Haut.

KAPITEL 7

Fassungslos betrachtete Data das Blut und spürte Schmerz in Händen und Knien. Dies war nicht real. Nein, unmöglich! Er konnte nicht zu einem...

...Menschen geworden sein.

Noch nie zuvor hatte Data auf diese Weise empfunden. Er war daran gewöhnt, die Rückkoppelungssysteme zu benutzen, um die Meldungen der Diagnosemodule sofort seiner bewußten Aufmerksamkeit zugänglich zu machen. Jetzt gab es keine Hinweise mehr auf Art und Ausmaß der Beschädigungen, nur ein höchst unangenehmes Gefühl in den vier Körperstellen, die dem Aufprall ausgesetzt gewesen waren.

Langsam ließen die Empfindungen nach, was wahrscheinlich bedeutete, daß er keine ernsten Verletzungen erlitten hatte. Wenn Menschen auf diese Weise fielen, so trugen sie kaum nennenswerte Wunden davon. *Aber selbst wenn ich jetzt ein Mensch bin...* dachte Data. *Ich habe eine Pflicht zu erfüllen.* Reue erfaßte ihn. Er war auf diese Insel geschickt worden, um den Berg zu untersuchen, doch er gab sich persönlichen Wünschen hin!

Er stand nun am felsigen Ufer, von dem aus er Thelia im Sumpf gesehen hatte. Nach einigen Sekunden drehte er sich um, hielt jedoch vergeblich nach der getarnten Öffnung im Hang des Berges Ausschau. Es lag keineswegs an Sensordefekten: Organische Augen sahen einfach nicht in dem visuellen Frequenzbereich, der nötig war, um die Höhle zu erkennen. Data griff nach dem Zylinder, den er von der Vision Geordis erhalten hatte — aber die Vorrichtung fehlte jetzt im Halfter neben dem Tricorder.

Trotzdem: Er wußte, wo sich die Öffnung befand. Die Überquerung des Geröllstreifens am Ufer kostete ihn ebensoviel Mühe wie die Wanderung durch den Berg, als er auf seine Reservesysteme beschränkt gewesen war. Und die Anstrengung ließ nicht etwa nach, sondern wurde immer größer. Data fühlte eine unbehagliche Wärme, während er an der steilen Felswand hochkletterte, und mehrmals wäre er fast abgestürzt, als er nach winzigen Vorsprüngen griff, die ihm als Androiden genügend Halt geboten hatten. Schließlich erreichte er keuchend und schwitzend den Sims und wandte sich dem Höhleneingang zu.

Beziehungsweise der Stelle, wo sich zuvor eine Öffnung befunden hatte.

Er berührte massives Gestein, und als er Druck ausübte, nahm das Brennen in seinen Handflächen zu. Plötzlich fiel ihm ein, den Tricorder zu benutzen. Das Gerät funktionierte jetzt wieder und bestätigte seine Wahrnehmungen: Der Hang vor ihm bestand aus festem Fels.

Data trat zurück und sah zum Gipfel des Berges hoch. »Götter von Elysia!« rief er.

Keine Antwort.

Habe ich wirklich mit einer gerechnet?

Die Entitäten hatten ihm seinen Wunsch erfüllt, und jetzt ignorierten sie ihn.

Data hatte die Prüfung bestanden, und nun war er...

Eine seltsame Mischung aus Schmerz und Freude prikkelte in ihm, und er lächelte. Warum sträubte er sich gegen diese Erkenntnis?

Er war ein Mensch!

Das Wie spielt eigentlich gar keine Rolle, dachte er. *Ich bin das, was ich immer sein wollte.* Es erschreckte ihn — und erfüllte ihn gleichzeitig mit Glück.

Eine Zeitlang rührte sich Data nicht, hingerissen von seiner neuen Identität als menschliches Wesen. Er spürte, wie seine Haut auf die kühle Luft reagierte, und es dauerte eine Weile, bis er sich wieder an die Pflicht erinnerte. Wenn der Tricorder funktionierte...

Er berührte den Insignienkommunikator. »Data an *Enterprise.*«

Worfs Stimme klang aus dem kleinen Lautsprecher. »Captain...«

Picard unterbrach den Klingonen sofort. »Data! Ist alles in Ordnung mit Ihnen?«

»Ja, Sir, aber...«

»Transporterraum: Peilen Sie das Signal an und beamen Sie Commander Data sofort an Bord!«

»Aber die Gravitationsverschiebungen...«, wandte O'Brien ein.

»Holen Sie ihn zurück, bevor es zu einer neuerlichen Anomalie kommt!« befahl der Captain.

Data entmaterialisierte. Der Berg verschwand, wich den vertrauten Konturen des Transporterraums der *Enterprise.* Das Licht der Alarmstufe Gelb pulsierte — wahrscheinlich war sie aufgrund der energetischen Phänomene veranlaßt worden.

Von einem Augenblick zum anderen begriff Data den Grund für die elysianischen Gravitationsverschiebungen: Sie beeinflußten das Raum-Zeit-Gefüge immer dann, wenn die ›Götter‹ ihre Macht einsetzten, um etwas Unmögliches zu vollbringen, zum Beispiel die Verwandlung eines Androiden in einen Menschen. Er mußte sofort die Brücke aufsuchen und den Captain informieren...

Transporterchef O'Brien starrte mit gerunzelter Stirn auf die Konsole, sah auf und schaltete das Interkom ein. »Alarm! Wir haben einen Eindringling an Bord! Sicherheitsabteilung: Schicken Sie jemanden zum Transporterraum Drei!«

Data war so überrascht, daß er keinen Ton hervorbrachte. Kurze Zeit später trafen zwei Bewaffnete ein und richteten ihre Phaser auf ihn. O'Brien trat vor. »Wer sind Sie?« fragte er. »Wo ist Commander Data?«

»Ich *bin* Data. Erkennen Sie mich nicht? Ich kann mich wohl kaum *so sehr* verändert haben...«

»Was hat das alles zu bedeuten? Wieso tragen Sie Datas Uniform und seine Instrumente? Wenn er durch Ihre Schuld zu Schaden gekommen ist, so werden Sie das bitter bereuen! Geben Sie mir jetzt den Phaser — und versuchen Sie keine Tricks!«

Data zog den Strahler aus dem Halfter, und als er ihn mit dem Griff voran einem der beiden Sicherheitsbeamten reichte, glitt das Schott beiseite. Picard, Worf, Troi und Riker traten ein. Der Captain riß die Augen auf und bedachte Data dann mit einem durchdringenden Blick. »Wer *sind* Sie? Wo ist Data?« wiederholte er O'Briens Fragen.

»Ich *bin* Data«, antwortete er noch einmal. Hatten die elysianischen Götter sein Bewußtsein vielleicht in einem Körper untergebracht, der ein völlig anderes Erscheinungsbild bot als der Androide? Die Uniform paßte tadellos, und seine Hände wiesen die gewohnten schlanken Finger auf. Doch nach der Reaktion seiner Freunde zu urteilen, hatte er das Gesicht eines Fremden.

Und sie argwöhnen offenbar, daß der ›Fremde‹ einen Kollegen von ihnen verletzt oder gar getötet hat, dachte Data. Er bemerkte Zorn in den Zügen aller Anwesenden. Mit einer Ausnahme...

Deanna Troi legte die Hand auf Picards Arm. »Captain, dieser Mann glaubt, was er sagt. Unsere Reaktionen erstaunen ihn. Er ist wirklich davon überzeugt, Lieutenant Commander Data zu sein.«

»Danke, Counselor«, sagte Data erleichtert. »Captain ich kann Ihnen alles erklären. Die elysianischen Götter – sie haben tatsächlich die Macht von übernatürlichen Wesen. Ich unterzog mich ihrer Prüfung, half dabei auch einer Einheimischen – und daraufhin erfüllten sie meinen größten Wunsch. Das ist der Grund für das Gravitationsphänomen, das Sie registrierten, kurz bevor ich mich meldete. Die geheimnisvollen Entitäten des Planeten brauchen enorm viel Energie, um etwas zu bewirken, das uns unmöglich erscheint.«

»Herr im Himmel!« hauchte Riker. »Kann das wahr sein?«

Data wandte sich an ihn. »Commander, Sie sind bestimmt in der Lage, meine Identität zu bestätigen. Stellen Sie mir eine Frage, auf die ein Betrüger keine Antwort weiß. Fragen Sie mich nach etwas, das nicht im Logbuch verzeichnet ist.«

Riker musterte ihn einige Sekunden lang. »Wo sind wir uns zum erstenmal begegnet?«

»Auf dem Holo-Deck der *Enterprise.*«

»Welches Lied sangen Sie?«

»Ich habe nicht gesungen, sondern versucht, ›Pop Goes the Weasel‹ zu pfeifen.«

»Sie erwähnten Ihren Wunsch, ein Mensch zu sein«, sagte Riker. »Was erwiderte ich darauf?«

Ob Mensch oder Androide: Data würde nie vergessen, was er bei jener Anspielung empfunden hatte. »Ihre Bemerkung lautete: ›Freut mich, Sie kennenzulernen, Pinocchio.‹ Daraufhin wußte ich, daß es richtig gewesen war, Ihnen von meinem Wunsch zu erzählen. Damals verstanden Sie. Bitte verstehen Sie auch jetzt.«

Riker starrte ihn groß an. »Captain...«, brachte er schließlich hervor. »Ich weiß nicht, wie sich so etwas bewerkstelligen läßt, aber allem Anschein nach ist unser Pinocchio wirklich zu einem lebenden Jungen geworden.«

»Oder jemand hat alle Informationen aus Datas Speicherbänken aufgenommen«, knurrte Worf.

»Nein«, widersprach Troi. »Wir haben es zweifellos mit einem organischen Wesen zu tun. Es wäre unmöglich, die gesamten Erinnerungen eines Androiden in ein organisches Gehirn zu übertragen.«

Der Klingone schnaufte skeptisch. »Glauben Sie wirklich, daß jemand einen Zauberstab schwang und den Androiden damit in einen Menschen verwandelte?«

»Ein Zauberstab wurde nicht verwendet«, warf Data ein.

Picard hob die Brauen. »Das klingt ganz nach Data. Zumindest verhält er sich wie unser Zweiter Offizier.« Er verschränkte die Arme und sah den Fremden nachdenklich an. »Auf diese Weise kommen wir nicht weiter. Bringen Sie ihn zur Krankenstation. Vielleicht kann Dr. Pulaski feststellen, wer er ist.«

Data hatte nie an die Möglichkeit gedacht, daß ihn seine Freunde nicht erkannten. Seltsame Gefühle regten sich in dem neuen Körper, der nun sein Ich beherbergte. Er atmete schwer und spürte ein Pochen in der Brust – das Herz klopfte zu schnell. Ein Androidenleib reagierte nicht auf Gefühle, doch bei menschlichen Körpern war das der Fall. Seltsam, daß er sich immer ein Herz vorgestellt hatte, das vor Glück anschwoll, während in seiner Phantasie nie für Beklemmungen Platz gewesen war.

Und wenn sich meine Identität nicht bestätigen läßt? dachte er besorgt. Würde ihn Picard dann nach Elysia beamen und dort zurücklassen? Und wenn der Captain zu dem Schluß gelangte, daß er den Zweiten Offizier der *Enterprise* umgebracht oder irgendwo eingesperrt hatte, um in seine Rolle zu schlüpfen ... Vielleicht stellte man ihn vor Gericht. Der Wahrheitsverifikator konnte nur bestätigen, daß er seinen eigenen Angaben glaubte. Möglicherweise brachte man ihn in einer psychiatrischen Klinik unter, wo Fachärzte versuchten, den vermeintlichen Wahnsinn zu heilen.

Nie zuvor hatte Data derartige Probleme in Erwägung gezogen. Warum auch? Er war immer davon überzeugt gewesen, nicht zu einem Menschen werden zu können.

Data zitterte auf dem Weg zur Krankenstation. Gerade von der pragmatischen Dr. Pulaski durfte er nicht erwarten, daß sie seinen Ausführungen glaubte.

Als sich die Tür öffnete, stand die Bordärztin mit dem Rücken zu ihnen und sah auf einen Bildschirm, der die Medo-Daten des Androiden zeigte. Geordi LaForge leistete ihr Gesellschaft und frischte ebenfalls sein Gedächtnis auf.

Pulaski hörte das Zischen des aufgleitenden Schotts. »Es wird auch Zeit«, sagte sie. »Mir ist es völlig gleich, um wen es sich handelt. Wenn ein Besatzungsmitglied seit mehr als achtundvierzig Stunden vermißt wurde, so erwarte ich es unverzüglich in der Krankenstation ...« Bei den letzten Worten drehte sie sich um, und ihre Augen weiteten sich, als sie nicht einen einzelnen Androiden sah, sondern auch

Picard, Riker, Troi, Worf, O'Brien, zwei Sicherheitsbeamte und...

Dr. Pulaski musterte Data von Kopf bis Fuß, konzentrierte sich dann auf sein Gesicht. Nach einer Weile runzelte sie die Stirn und neigte den Kopf ein wenig zur Seite. »Data?« brachte sie verblüfft hervor.

Er nickte. »Ja, Doktor.«

»Was ist geschehen? Nein, das *sehe* ich. Aber wie...?«

»Erkennen Sie ihn?« fragte Picard.

»Sie nicht?« erwiderte die Ärztin überrascht. »Captain, so sähe Data aus, wenn er...«

Geordi hatte wie erstarrt dagestanden und den Zweiten Offizier der *Enterprise* mit offenem Mund angestarrt. Nun trat er einen Schritt vor und beendete den Satz. »...wenn er als Mensch geboren wäre.« Er legte Data beide Hände auf die Schultern, blickte ihm in die Augen und schüttelte verwundert den Kopf. »Es stimmt, nicht wahr? Sie sind es wirklich.«

»Ja, Geordi«, bestätigte Data, und in seinen Mundwinkeln zuckte ein unwillkürliches Lächeln. Erleichterung durchströmte ihn, als er feststellte, daß LaForge seine Verwandlung akzeptierte.

Geordi lächelte ebenfalls, und seine Hände drückten fester zu. »Sie sind es tatsächlich.«

»Das haben Sie bereits gesagt«, erinnerte ihn Data.

»Ich bin noch immer nicht sicher«, warf Riker ein. »Doktor, können wir seine Identität verifizieren?«

»Natürlich. Ich...« Pulaski unterbrach sich. »Oh, ein DNA-Scan ist sinnlos.«

»Da bin ich anderer Ansicht«, widersprach Geordi. »Data hat — beziehungsweise hatte — organische Komponenten. Aber vielleicht ist auch ihre individuelle Struktur verändert worden.«

Dr. Pulaski nickte langsam. »Ja. Data, bitte strecken Sie sich auf der Diagnoseliege aus. Mr. LaForge, offenbar brauche ich keine Hilfe aus dem Maschinenraum, aber wenn Sie trotzdem bleiben möchten...«

»Sie könnten mich nicht einmal mit einem Traktorstrahl fortschaffen.« Geordi trat an die Liege heran. »Was geschah auf Elysia, Data?«

»Das ist eine lange Geschichte«, erwiderte der ehemalige Androide und fühlte, wie sein Herz wieder langsamer schlug, als die Furcht aus ihm wich.

»Sie haben Zeit genug, sie zu erzählen«, sagte Dr. Pulaski und wich zur Seite. »Die Untersuchungen dauern eine Weile.«

»Ja, Lieutenant, wir sind ganz Ohr«, fügte Picard hinzu. »Computer, zeichne die Ausführungen der Person auf, die behauptet, Lieutenant Commander Data zu sein.«

Data ließ sich untersuchen, und gleichzeitig berichtete er von den jüngsten Ereignissen. Als er alles geschildert hatte, beendete Kate Pulaski die Analyse.

»Die Ergebnisse bestätigen Datas Angaben«, sagte sie. »Die Fingerabdrücke stimmen überein, und der Computer identifiziert sowohl Stimme als auch Tonfall. Die DNA-Struktur entspricht nicht genau den chemisch-genetischen Mustern der Nährflüssigkeit im Körper des Androiden. Kein Wunder: Sie war zwar organischer Natur, gehörte jedoch nicht zum biologischen Funktionskomplex eines Menschen. Lassen Sie es mich folgendermaßen ausdrükken: Wenn jemand versuchen würde, einen menschlichen Klon von Data herzustellen und dabei einen möglichst großen Teil des ursprünglichen DNA-Musters zu bewahren, so wäre die DNA dieses Mannes das wahrscheinliche Ergebnis.«

»Soll das heißen, die elysianischen Götter haben einen Klon Datas geschaffen, um anschließend einen Bewußtseinstransfer vorzunehmen?« fragte Picard.

»Es ist eine Vermutung«, entgegnete die Ärztin. »Datas Schilderungen deuten darauf hin, daß der Körper des Androiden irreparabel beschädigt wurde.«

»Nein, Doktor.« Data hob den Kopf und setzte sich auf. »Die Schäden bedrohten keinesfalls meine Existenz. Sie und Geordi hätten mich zweifellos wieder in Ordnung bringen können, und dazu waren bestimmt auch die elysianischen Götter imstande. Statt dessen entschieden sie sich für eine Verwandlung. Erinnern Sie sich, daß sie den Anschein erweckten, unseren Landegruppen durch die Elysianer Botschaften zu schicken? Diese Art der indirekten Kommunikation findet auch mit den Bewohnern des Planeten statt: Die ›Götter‹ hören ihnen zu. Und es gibt einen weiteren Hinweis: Jene Tests, die Thelia und ich ablegen mußten – manchmal gründeten sie sich auf Dinge, über die wir gesprochen haben.«

»Und irgendwann erwähnten Sie Ihren Wunsch, zu einem Menschen zu werden«, sagte Riker.

Data nickte. »Ja. Darüber hinaus wünschte ich mir auch eine Begegnung mit den Göttern, aber darauf reagierten sie nicht.«

»Was mich kaum überrascht«, kommentierte Picard. »Götter kommunizieren nur selten mit Normalsterblichen. In dieser Hinsicht hatten Sie weitaus mehr Erfolg als wir. Unsere Sensoren behaupten nach wie vor, daß es auf Elysia keine göttlichen Entitäten gibt. Sie ignorieren unsere Versuche, Kontakt mit ihnen aufzunehmen. Nach Ihrem Verschwinden haben wir bis auf Rauchsignale jede nur denkbare Methode benutzt, um eine Kom-Verbindung herzustellen – vergeblich.«

»Ich weiß, Sir«, erwiderte Data. Dann schüttelte er den Kopf. »Bitte glauben Sie mir: Es lag nicht in meiner Absicht, die Pflicht hinter persönliche Dinge zurückzustellen. Um ganz ehrlich zu sein ... Ich hielt es für absurd, von den elysianischen Göttern die tatsächliche Verwandlung in einen Menschen zu erwarten.« Er sah auf seine Hände hinab und konnte es noch immer nicht ganz fassen.

»Sie haben uns gesagt, daß jene Entitäten in der Lage sind, die Naturgesetze zu verändern«, murmelte Geordi. »Das gilt zumindest für die Kausalität, jene Wechselbeziehungen zwischen Ursache und Wirkung, die wir als ehern erachten. Aber denken Sie daran, Data: Vor nur vierhundert Jahren glaubten die besten menschlichen Wissenschaftler, unwiderlegbare mathematische Beweise dafür gefunden zu haben, daß überlichtschnelle Geschwindigkeiten gegen die Naturgesetze verstoßen. Trotzdem stehen uns heute leistungsstarke Warptriebwerke zur Verfügung. Möglicherweise trennen uns nur einige Jahrhunderte des wissenschaftlichen Fortschritts von der Macht der elysianischen ›Götter‹.«

Dr. Pulaski nickte. »Sie gaben Ihnen einen völlig neuen und perfekten Körper, Data. Vielleicht durch Kloning. Vielleicht mit Hilfe einer anderen Technik, die wir nicht kennen. Sie haben keine Narben, nicht einmal Schwielen.« Die Ärztin seufzte. »Die Sache ist mir ein Rätsel. Eins steht fest: *Uns* fehlt die Technik dazu. Oh, sicher, wir könnten einen Klon herstellen – aber ein Bewußtseinstransfer? Mein Gott, wir versuchen noch immer herauszufinden, was das Bewußtsein *ist!*«

Captain Picard dachte in erster Linie an die Sicherheit des Schiffes und seiner Besatzung. »Sie sind also davon überzeugt, daß wir es wirklich mit Data zu tun haben? Oder könnte er irgendwo gefangen sein? Vielleicht hat man seine Erinnerungen *dupliziert* und dann in diesen neuen Körper übertragen.«

»Das glaube ich nicht, Captain«, ließ sich Troi vernehmen. »Erinnerungen allein ergeben noch keine Persönlichkeit. Und damit meine ich die Persönlichkeit, die Data zu verlieren fürchtete, als Commander Maddox mit ihm experimentieren wollte. Ich bin sicher, daß dieser Mann, mit dem wir lange gesprochen haben, unser Data ist.«

»Das meine ich auch«, sagte Geordi.

Riker nickte. »Dem pflichte ich bei.«

»Und das gilt auch für mich«, brummte Worf.

»Meine Instinkte bestätigen diese Annahme«, fügte Picard hinzu. »Doktor, gibt es noch andere Möglichkeiten einer Identitätsbestimmung?«

»Zum Beispiel ein Hirn-Scan«, schlug Pulaski vor. »Aber ein negatives Ergebnis läßt keine eindeutigen Schlußfolgerungen zu.«

»Versuchen Sie es«, sagte der Captain.

Eine weitere Analyse begann – doch Picards Instinkte hatten sich nicht geirrt. »Sehen Sie sich das an!« entfuhr es der Ärztin aufgeregt.

Zwei Bildschirme zeigten grafische Darstellungen. Der eine Scan war von Data angefertigt worden, als sie ihn als Modell benutzten, um Lore zu aktivieren, und daneben zeigte sich der aktuelle. Auf den ersten Blick betrachtet schienen sie sich völlig voneinander zu unterscheiden, aber die Ärztin erklärte: »Die elektromagnetischen Aktivitäten eines positronischen und organischen Gehirns können kaum miteinander verglichen werden, aber wenn wir uns auf die Linie beschränken, die bewußte Gedankenmuster repräsentiert...«

Die stark voneinander abweichenden roten, gelben, rosaroten, purpurnen und grünen Linien verschwanden von beiden Bildschirmen, und es blieben nur die blauen. Zwar waren sie nicht genau gleich geformt, aber ihre Ähnlichkeit fiel sofort auf.

Dr. Pulaski kam Einwänden zuvor. »Eine perfekte Übereinstimmung bei Gedankenstrukturen ist nicht einmal bei der gleichen Person möglich. Gedankenmuster sind einzigartig und wiederholen sich nicht – es sei denn in Trance oder in einem traumartigen Zustand. Doch das allgemeine Muster bestätigt: Diese Person denkt nicht wie ein Mensch. Data versucht noch immer, wie ein Androide Informationen aus den Speicherbänken abzurufen. Captain, ich glaube, damit ist jeder Zweifel ausgeschlossen.«

»Nun gut, Mr. Data«, sagte Picard. »Sie haben viel hinter sich, und ich bedauere, daß wir Sie mit unseren Zweifeln zusätzlichen Belastungen ausgesetzt haben.«

»Ich verstehe, Sir«, erwiderte Data.

»Ist er diensttauglich, Doktor?« erkundigte sich der Captain.

»An seinem physischen Zustand gibt es nichts auszusetzen«, antwortete die Ärztin. »Data, ich möchte, daß Sie in achtundvierzig Stunden für einen weiteren Scan hierherkommen. Wir müssen diese Gelegenheit nutzen, um Ihre Anpassung an einen menschlichen Körper zu untersuchen. Wenn Sie vorher irgendwelche organisch-psychischen Beschwerden haben, so melden Sie sich sofort bei mir.«

»Ja, Doktor«, erwiderte Data. »Captain, ich möchte mich jetzt zum Dienst zurückmelden.«

»Nein«, sagte Troi. »Das halte ich für verfrüht. Captain, Data ist jetzt ein Mensch. Er braucht Zeit, um sich daran zu gewöhnen.«

»Dem schließe ich mich an, Counselor. Data, Sie haben die nächsten vierundzwanzig Stunden frei. Anschließend beginnt eingeschränkter Dienst für Sie.«

»Ja, Sir.«

»Ich schlage vor, Sie beginnen damit, Sport zu treiben«, warf der Klingone ein. »Außerdem sollten Sie regelmäßig an den Selbstverteidigungslektionen teilnehmen. Ein organischer Körper braucht Bewegung, um gut in Form zu bleiben, Sir.«

»Wir sollten Data Zeit geben, ein neues psychisch-physisches Gleichgewicht zu finden, bevor Sie ihn auf dem Holo-Deck hin und her werfen«, riet Dr. Pulaski.

Der Captain nickte zustimmend, und daraufhin gingen alle. Nur Geordi und die Ärztin blieben.

»Psychisch-physisches Gleichgewicht«, wiederholte Geordi und lächelte. »Das klingt alles so schrecklich ernst. Wie wär's, wenn wir feiern, Data? Jetzt bekommen Sie endlich Gelegenheit, einige sehr interessante Dinge kennenzulernen. Am besten beginnen wir im Gesellschaftsraum.«

Pulaski hob die Hand und wandte sich ab. »Ohne mich, Geordi. Ich habe noch zu tun.«

Data bückte sich, um die Stiefel anzuziehen. Er fragte sich, ob es Geordi für unhöflich hielt, wenn er sein Angebot ablehnte – und plötzlich spürte er, wie sich um ihn herum alles zu drehen begann. Er hielt sich an der Diagnoseliege fest, um nicht das Gleichgewicht zu verlieren. La-

Forge legte ihm sofort den Arm um die Schultern und half ihm auf die Beine. »Was ist los, Data? Doktor!«

Der ehemalige Androide blinzelte. Etwas in dieser Art empfand er nun zum erstenmal. »Der Raum scheint sich zu drehen. Erleide ich einen Schwindelanfall?«

»Mein Gott!« stieß Geordi hervor. »Vielleicht fehlt ihm eine Immunisierung. Kann er sich so schnell etwas geholt haben?«

Pulaski kam mit einem Scanner, und ihr Gesicht brachte deutliche Besorgnis zum Ausdruck. »Vor einigen Stunden war auch in dieser Hinsicht alles in Ordnung mit ihm...« Sie betrachtete die Anzeigen und schmunzelte. »Niedriger Blutzucker. Natürlich: Ihr Verdauungssystem enthält keine Nährstoffe, Data. Seit einigen Stunden sind Sie starkem Streß ausgesetzt und haben Ihre Energie nur vom Adrenalin bezogen. Sie brauchen etwas zu essen.«

Geordi führte Data zu einem Stuhl, und Pulaski brachte ihm einen Becher mit Fruchtsaft. »Trinken Sie langsam«, sagte die Ärztin. »Versuchen Sie es in einer Stunde mit Suppe. Und dann etwas leicht Verdauliches, bevor Sie zu Bett gehen, zum Beispiel ein Pudding. Wenn sich keine Probleme ergeben, können Sie morgen zu fester Nahrung übergehen. Möchten Sie, daß ich eine geeignete Diät für Sie zusammenstelle?«

»Nein, danke, Doktor«, erwiderte Data und nippte an dem Saft. »Ich bin mit Speisen für Menschen vertraut.«

Plötzlich spürte er ganz neue Empfindungen.

Als Androide hatte er angenommen, daß seine Sinne schärfer waren als die von Menschen. Ein Schluck von irgendeiner Flüssigkeit genügte ihm, um sofort den pH-Wert, die chemische Struktur, Dichte, Temperatur und Viskosität festzustellen. Jetzt standen ihm derartige Informationen nicht mehr zur Verfügung, aber dafür erlebte er etwas Erstaunliches.

Der Saft schien an Zunge und Gaumen zu explodieren, schickte angenehme Gefühle in die Nasenhöhle und dann durch den Rest des Körpers, als ihm die Flüssigkeit durch die Speiseröhre rann. Ja, er erinnerte sich: Dieses Aroma spielte für den menschlichen Geschmack eine große Rolle. Deshalb fühlte er es auch in der Nase.

Doch das Warum verlor nun an Bedeutung. Die *Erfahrung* war nicht mit den vorherigen Sensoranalysen zu vergleichen. Reines Entzücken erfüllte Data, unbeeinträchtigt von Logik oder Rationalität. Erneut setzte er den Becher an die Lippen und trank einen größeren Schluck.

»He, immer mit der Ruhe«, wandte Geordi ein. »Wenn Sie so durstig sind, müssen Sie besonders vorsichtig sein — sonst schlägt Ihnen der Saft auf den Magen.«

Data widerstand dem Verlangen, das angenehme Gefühl zu verstärken. Er ließ den Becher sinken, sah seinen Freund an und lächelte. »Es... schmeckt so gut«, erklärte er.

»Sie klingen erstaunt«, bemerkte Kate Pulaski.

»Das bin ich auch. Ich hatte keine Ahnung, wie... *anders* es sich anfühlt. Als Androide konnte ich genaue Analysen vornehmen, und ich vermutete immer, die menschliche Wahrnehmung seit weitaus weniger exakt. Ich wußte nicht, daß sie so überwältigend ist.«

Geordi grinste. »Dann stehen Ihnen noch weitere Überraschungen bevor.«

»Data...« Pulaski griff nach einem Injektor. »Ich gebe Ihnen jetzt die übliche Breitband-Impfung, die alle menschlichen Besatzungsmitglieder bekommen.« Es prikkelte auf der Haut, als sich das Gerät mit einem leisen Zischen entlud. »Das Mittel entfaltet erst in zweiundsiebzig Stunden seine volle Wirkung, und bis dahin sollten Sie das Schiff nicht verlassen. Ich informiere den Captain von dieser Beschränkung und empfehle, daß Sie nur routinemäßige Pflichten erfüllen, bis Counselor Troi und ich erklären, daß Sie zum vollen Dienst in der Lage sind.« Die Ärztin legte den Injektor beiseite. »Sie führen ein Tagebuch, nicht wahr?«

»Ja, natürlich. Ich speichere automatisch alle...« Data unterbrach sich. »Es ist verschwunden.«

»Verschwunden?« fragte Pulaski.

»Es befand sich in meinen Datenbanken.«

»Ich verstehe. Nun, benutzen Sie den Computer, wie alle anderen an Bord. Ihre Erfahrungen sind einzigartig. Bitte vergessen Sie nicht, Ihre Gefühle und Reaktionen aufzuzeichnen. Beschreiben Sie die Erlebnisse in allen Einzelheiten. Einige von ihnen sind sicher zu persönlich, aber ich möchte Sie bitten, mir eine redigierte Version zu geben. Natürlich ist es nur den Senior-Offizieren erlaubt, sich damit zu beschäftigen.«

»Einverstanden«, erwiderte Data erleichtert. »Eine solche Version des Tagebuchs habe ich im Speicher des Bordcomputers abgelegt. Also sind nicht alle Daten verloren.« Er runzelte die Stirn. »Warum fällt mir das erst jetzt ein?«

»Nach allem, was Sie hinter sich haben?« sagte LaForge voller Mitgefühl. »Unter derartigen Umständen kann man von einem Menschen nicht erwarten, klar zu denken.«

Dr. Pulaski nickte. »Geordi hat recht. Wie fühlen Sie sich?«

»Normal?« fragte Data. »Keine physischen Beschwerden? Es tut mir leid, Doktor: Ich weiß noch nicht, wie man sich im optimalen Zustand fühlt.«

»Etwa so wie jetzt, aber ohne den vom Schock verursachten Streß«, entgegnete die Ärztin. »Sie können nun gehen. Aber zögern Sie nicht, zurückzukehren oder mich zu verständigen, wenn irgend etwas passiert, das Sie nicht verstehen.«

Data stand auf, und diesmal blieben die Konturen des Zimmers stabil. Dr. Pulaskis Heilspray hatte die kleinen Risse in seinen Handflächen geschlossen; er spürte keinen Schmerz mehr.

»Ich schätze, der Gesellschaftsraum kommt derzeit nicht in Frage«, sagte Geordi niedergeschlagen.

»Ja«, bestätigte Data. »Ich glaube, ich suche jetzt mein Quartier auf.«

»Soll ich Sie begleiten?« fragte Geordi.

»Ich habe den Weg *nicht* vergessen«, erwiderte Data schärfer als beabsichtigt.

LaForge starrte ihn groß und enttäuscht an.

»Es lag mir fern...«, begann Data und schüttelte den Kopf. »Bitte entschuldigen Sie«, sagte er traurig. »Ich möchte jetzt eine Zeitlang allein sein. Dies alles ist neu für mich. Lassen Sie mich herausfinden, was es bedeutet, ein Mensch zu sein – ohne daß ich mich gleichzeitig auf eine Konversation konzentrieren muß. Später haben wir sicher viele Dinge zu besprechen.«

»Natürlich«, antwortete Geordi sanft. »Ich verstehe.«

Selbst der einfache Weg durch die Korridore der *Enterprise* erforderte bemerkenswert viel Kraft. Die Tür von Datas Kabine öffnete sich nicht automatisch – als er das Schiff verließ, hatte der Computer den Zugang verriegelt. Er preßte die Hand auf den kleinen Scannerschirm, und daraufhin glitt das Schott beiseite; auch die Kontrollelektronik akzeptierte seine Identität.

»Computer«, sagte er laut. »Neutralisiere die Verriegelungsschaltung.« Kein Besatzungsmitglied der *Enterprise* würde sein Quartier ohne Einladung betreten. Nur Bruce Maddox hatte dieses Prinzip verletzt, weil er Data für eine Maschine hielt, die kein Recht auf Privatsphäre beanspruchen durfte.

Wenn er mich jetzt sehen könnte... Maddox wäre sicher über Datas Verwandlung enttäuscht gewesen. Der ehemalige Androide stand nun am Anfang eines ganz neuen Lebens; er fürchtete sich ein wenig, aber gleichzeitig sah er freudig neuen Erlebnissen entgegen, die nach siebenundzwanzig Jahren einer mechanisch-elektronischen Existenz nun auch seiner Erfahrungswelt offenstanden.

Zuerst einmal...

Beklommenheit erfaßte ihn, als er zu dem großen Spiegel an der einen Kabinenwand schritt.

Er riß die Augen auf. Kein Wunder, daß ihn seine Freunde nicht erkannt hatten! *Wer ist dieser Fremde?*

Doch dabei handelte es sich nur um den ersten Eindruck.

Er war blaß, aber nicht mehr androidenbleich. Seine Haut wies die rosarote Tönung von menschlichem Fleisch auf, das kein Sonnenlicht kennengelernt hatte. Ein völlig neuer Körper, ja. Nun, die Beleuchtung in der *Enterprise* stellte das ganze Lichtspektrum zur Verfügung, das die einzelnen Spezies an Bord benötigten — wobei man natürlich auf schädliche Strahlungen verzichtete. Es dauerte sicher nicht lange, bis Datas Haut einen natürlichen Ton gewann.

Er betrachtete sein Abbild genauer: fast schwarzes Haar, dunkle Brauen, der Schatten eines Barts. Ein dünnes Lächeln umspielte seine Lippen, als er daran dachte, daß er sich von jetzt an regelmäßig rasieren mußte. Der andere Data im Spiegel erwiderte das Schmunzeln. Die roten Lippen wirkten erstaunlich voll, und die Brauen bildeten keine dünnen Striche mehr, waren dicht und buschig. Das Haar...

Von Schwärze in dem Sinne konnte eigentlich keine Rede sein, aber Data beobachtete jetzt mehr Schattierungen. Er gewann des Eindruck von... Tiefe, während es im Androidenhaar keine solchen Unterschiede gab. Darüber hinaus wellte es sich. Nach wie vor war es im üblichen Starfleet-Stil geschnitten, doch eine Strähne fiel ihm in die Stirn. Aus einem Reflex heraus schob er sie zurück — und löste damit andere widerspenstige Strähnen.

Data stellte den Versuch ein, das Haar in Ordnung zu bringen, betrachtete statt dessen seine Gestalt. Er bemerkte keine Veränderungen; die Uniform saß ebenso tadellos wie immer. Nach kurzem Zögern trat er näher an den Spiegel heran und musterte das Gesicht.

Verblüfft stellte er fest, daß die Augen blau waren.

Er wußte nicht, warum ihn das so sehr überraschte. Blau, die zweithäufigste Augenfarbe bei Menschen. Wahrscheinlich hätte er auch braune, grüne oder Pupillen in irgendeiner anderen Farbe bestaunt — so sehr war er an den goldenen Glanz gewöhnt.

Einige Sekunden später veränderte sich die Vibration des Raumschiffs. Die *Enterprise* verließ den Orbit und ging in den Warptransfer. Data brauchte keine Androidensinne, um die Beschleunigungsphase zu spüren.

Er drehte sich um und verließ sein Quartier, ohne darüber nachzudenken. Erst als sich die Tür des Turbolifts öffnete und er die Brücke betrat, erinnerte er sich daran, daß er keinen Dienst hatte.

Captain Picard saß im Kommandosessel, drehte den Kopf und sah ihn an. »Mr. Data, Sie sind nicht für diese Schicht eingeteilt.«

»Ja, Sir. Aber warum fliegen wir mit Höchstgeschwindigkeit?«

»Commander...«, sagte der Captain gefährlich leise. »Derzeit fehlt Ihnen die Erlaubnis, sich im Kontrollraum aufzuhalten.«

Wesley Crusher wandte sich von der Navigationskonsole ab und starrte Data groß an.

Eine gewisse Anspannung herrschte, doch der große Wandschirm zeigte nur vorbeigleitende Sterne, und es war kein Alarm gegeben worden. Data wich zurück. »Sie haben recht, Captain. Ich begebe mich wieder in mein Quartier.«

In seiner Kabine begriff Data, daß es gar nicht nötig gewesen wäre, die Brücke aufzusuchen. Es genügte, den letzten Eintrag des elektronischen Logbuchs abzurufen.

Die *Enterprise* reagierte auf eine Prioritätsanweisung von Starfleet Command: Ein Planet im samdianischen Sektor berichtete, von einem Volk angegriffen zu werden, das sich Konor nannte. Die Versuche der Verteidiger, einen Dialog mit den Angreifern zu führen, waren fehlgeschlagen. Sie wußten nur, daß schreckliche Massaker stattfanden, bei denen Tausende starben.

Keiner der drei Planeten im samdianischen Sektor gehörte zur Föderation; sie galten nicht einmal als Verbündete. Die Samdianer hatten immer großen Wert auf ihre Unabhängigkeit gelegt und untereinander Handelsbeziehungen hergestellt, zeigten jedoch kein Interesse am interstellaren Völkerbund oder anderen Kulturen. Doch jetzt baten sie alle um Hilfe, die bereit waren, sie gegen die Aggressoren zu unterstützen. Da ›alle‹ auch Orioner, Ferengi und vielleicht sogar die Romulaner einschlossen, hielt es die Föderation für angebracht, ein Raumschiff zu entsenden.

Abgesehen von der *Enterprise* befand sich kein anderes Föderationsschiff mit geeignetem Personal an Bord in der Nähe. Die Anweisung bestand darin, Kontakt mit beiden Seiten aufzunehmen und festzustellen, worum es bei dem Konflikt ging — in der Hoffnung, eine friedliche Lösung zu finden. Die Mitteilungen der Samdianer deuteten darauf hin, daß sie nicht wußten, warum man sie angriff. Es gab keine Botschaften der Konor.

Selbst mit höchster Warpgeschwindigkeit brauchte die *Enterprise* mehrere Tage, um den samdianischen Sektor zu erreichen. Das kam Data nur gelegen: Seine unersättliche Neugier hatte er nicht verloren, und er wollte wieder voll diensttauglich sein, wenn sie das Ziel erreichten.

Aber in diesem Zusammenhang mochten sich Probleme ergeben. Der Fehler, die Brücke aufzusuchen... Ein Teil seiner automatischen Programmierung gewann nun die Form von Angewohnheiten. Wenn er als Androide den Befehl erhalten hätte, für eine bestimmte Zeit auf den aktiven Dienst zu verzichten, so wäre es nur notwendig gewesen, den *›Melden Sie sich im Notfall auf der Brücke, wenn keine anderen Instruktionen vorliegen‹*-Befehl vorübergehend außer Kraft zu setzen.

Als Mensch konnte er konditionierten Reaktionen nur vorbeugen, indem er seine erste Priorität bewußt wahrnahm: Er mußte sein Denken und Empfinden der neuen Physiologie anpassen, um so rasch und effizient wie möglich den Dienst wiederaufzunehmen. Er wies den Computer an, ihn auf dem laufenden zu halten, wandte sich dann seinen persönlichen Angelegenheiten zu.

Data hatte das seltsame Gefühl, daß tausend Dinge seine Aufmerksamkeit erforderten, aber er wußte einfach nicht, womit er beginnen sollte. Der organische Körper konfrontierte ihn mit neuen Empfindungen, doch keine von ihnen zeichnete sich durch überwältigende Intensität aus. Die meisten Eindrücke stammten von den Augen, und deshalb schloß er sie.

Seine Füße schmerzten.

Es war nicht besonders besorgniserregend: ein leichtes Brennen in beiden Sohlen. Ihm fehlten Schwielen, erinnerte er sich. Er sah sich selbst, wie er auf der heiligen Insel über die Felsen stieg und dann versuchte, am Berghang emporzuklettern, um die Götter zu erreichen. Jene Anstrengungen führten nun zu vagem Schmerz in den Füßen.

Data erkannte die Symptome von Müdigkeit, setzte sich und streifte die Stiefel ab. Vorsichtig massierte er den einen Fuß und merkte, wie gut sich das anfühlte. Er hatte nie eine Massage erhalten – Androidenkörper brauchten so etwas nicht.

Er belächelte die Welt einfacher Vergnügen, die sich ihm jetzt öffnete. Als er die Socken auszog, dachte er noch einmal an Dr. Pulaskis Untersuchungen. Ernste Verletzungen hätte sie zweifellos festgestellt, aber Data wollte es selbst sehen. Form und Größe der Füße waren durch die Metamorphose nicht verändert worden, aber es zeigten sich rote Druckstellen an Zehen und Fersen.

Data nahm einen seltsamen Geruch wahr. Menschen, so wußte er, wuschen sich täglich. Bisher hatte er sich nur gereinigt, wenn seine Sensoren Schmutz registrierten, doch von jetzt an mußte er seiner täglichen Routine Bad und Rasur hinzufügen.

Er stand auf, legte die Uniform ab – und entdeckte einen regelrechten Pelz auf der Brust! *Geordi hat recht: Die Überraschungen nehmen kein Ende.* Data zog sich ganz aus und trat wieder vor den Spiegel. Abgesehen von der menschlichen Haut und dem zusätzlichen Haar boten sich ihm vertraute Körperkonturen dar. Er beschloß, den Leib zu waschen und ihn anschließend wieder zu bedecken.

Die Ultraschalldusche nahm eine Reinigung vor und entspannte verkrampfte Muskeln. Die Offiziersquartiere enthielten auch normale Duschen, in denen man Wasser verwendete. Data hatte gelegentlich Wasser benutzt, wenn es auf Planeten keine anderen Säuberungsmittel gab, aber an Bord der *Enterprise* zog er die Ultraschallbehandlung vor. Er überlegte kurz, die Wasserdusche auszuprobieren — Menschen empfanden den Aufenthalt darin als recht angenehm —, aber sein Magen übermittelte ihm eine Nachricht, die er inzwischen zu interpretieren verstand: Er hatte Hunger.

Data brachte die Reinigungsprozedur rasch hinter sich, warf die alte Uniform ins Reinigungsmodul und zog eine neue an. Die Stiefel ignorierte er.

Er besaß keine Pantoffel oder Hausschuhe — für Androiden war es nicht notwendig, das Schuhwerk zu wechseln. Was brauchte er sonst noch? Der Schrank enthielt jetzt nur noch seine Galauniform, weiter nichts.

Der Teppich unter den nackten Füßen fühlte sich gut an, und Data genoß diese neuen Sinneseindrücke, als er zum Nahrungsspender ging. *Suppe,* entsann er sich. Aber welche?

»Gib mir eine Liste aller für Menschen geeigneten Suppen«, sagte er.

»Alphabet, Apfel, Argramin, Arto-Spargel, Blumenkohl, Cheddarkäse, Creme (Huhn, Gemüse, Brokkoli)...«

»Halt«, unterbrach Data die Liste. Allein das Essen schien ein Abenteuer zu sein. Warum nicht mit dem Anfang beginnen? »Alphabetsuppe«, sagte er und fragte sich, was er gerade bestellt hatte. Sein Gedächtnis enthielt keine Informationen darüber.

Wie viele Daten habe ich durch die Verwandlung verloren? überlegte er. Genügte der Verlust, um seine Kompetenz als Starfleet-Offizier zu gefährden? Diese Vorstellung entsetzte ihn.

Der Nahrungsspender lieferte einen dampfenden Teller. Data trug ihn zur Computerkonsole und rief dort die Analyse der elysianischen Gravitationsphänomene ab, mit der er begonnen hatte, als die *Enterprise* Dare Adins Notruf empfing.

Datas Finger huschten so mühelos wie immer über die Tasten, und das erleichterte ihn. Er verstand auch alles, was der Monitor zeigte – seine mathematische Leistungsfähigkeit schien unbeeinträchtigt zu sein.

Allerdings mußte er die Datenausgabe verlangsamen, da das menschliche Gehirn die Informationen nicht so schnell aufnehmen konnte. Er blickte aufs Projektionsfeld, als er den ersten Löffel Suppe probierte. Sie duftete wundervoll, und die Kombination von Hitze und verschiedenen Aromen war vielversprechend. Es handelte sich um eine Gemüsebrühe mit Nudeln, die wie Buchstaben aussahen. Daher vermutlich der Name. Aber warum hatte jemand die Nudeln auf diese Weise geformt? Sie fügten dem Geschmack nichts hinzu.

Plötzlich begriff Data, daß er zwei Bildschirmseiten übersehen hatte, während seine Aufmerksamkeit auf die Suppe gerichtet gewesen war. Normalerweise speicherten seine Sensoren alle Daten automatisch ab, aber als er jetzt auf sie zugreifen wollte, fand er – nichts.

Mit einem Tastaturbefehl kehrte er zum Anfang der Analyse zurück, und kurz darauf runzelte er die Stirn. *Jemand anders hat meine Arbeit fortgesetzt, während ich auf Elysia gewesen bin.* Er kontrollierte die ID-Nummer des Computerbenutzers. Wesley Crusher. Natürlich.

Data lächelte über den Eifer seines Schülers. Wenn ihm bekannt gewesen wäre, daß sein planetarer Aufenthalt mehrere Tage dauerte, hätte er Wesley von vorneherein mit der Analyse beauftragt.

Gute Arbeit, dachte der ehemalige Androide. Wesley hatte nicht den Ursprung der Anomalien lokalisiert, aber mehrere mögliche Erklärungen eliminiert. Data wäre kaum imstande gewesen, in der gleichen Zeit mehr zu leisten, und außerdem fehlte ihm die kreative Energie des Jungen, mit der Wes auch sehr komplexe Probleme löste.

Zufrieden darüber, daß mit seinen grundsätzlichen Kenntnissen und Fähigkeiten alles in Ordnung war, holte Data eine Liste all der Gegenstände auf den Schirm, mit denen die Quartiere der Besatzung ausgestattet werden konnten. Er wählte ›Toilettenartikel und Kleidung‹ aus dem Hauptmenü, entschied sich dann für die Unterkategorie ›Für Menschen geeignet‹.

Bürste, Kamm und Zahnreiniger besaß er bereits. Das letztere Objekt diente jedoch in erster Linie dazu, die Zähne eines Androiden zu säubern; deshalb bestellte er eine Zahnbürste und die erste genannte Reinigungscreme. Er orderte auch einen Rasierapparat, und seine Verwunderung wuchs angesichts des großen Angebots. Seife und Shampoo für Ultraschallduschen waren eigentlich gar nicht notwendig, aber die Lager der *Enterprise* boten trotzdem mehr als zwanzig verschiedene Sorten an. Data beachtete sie zunächst nicht.

Er las die Namen von Parfüms und Eaux de Cologne, erinnerte sich an seinen stärker gewordenen Körpergeruch und wählte ein Deodorant.

Die Bezeichnungen der kosmetischen Artikel überflog er nur, doch bei der nächsten Bildschirmseite zögerte er. Seine Nägel würden jetzt wachsen, und deshalb benötigte er Nagelknipser und -schere, um sie auf der richtigen Länge zu halten. Er bestellte jene Dinge und fragte sich, ob er überhaupt noch arbeiten konnte, wenn er täglich soviel Zeit investieren mußte, um seinen menschlichen Körper zu pflegen.

Erneut wischte er die widerspenstige Strähne aus der Stirn und sah sich das Angebot von Produkten an, die zur Behandlung von Haaren bestimmt waren. Er hatte kein Interesse an einer neuen Haarfarbe oder einer anderen Frisur, aber er brauchte etwas, um die allgemeine Form zu gewährleisten. Diesmal wählte er nicht den ersten Artikel, sondern fragte den Computer nach Commander Rikers Vorlieben und paßte seine Order entsprechend an.

Was sonst noch? Pflegemittel für Füße. Sexuelle Stimulanzien. Hautcreme. Und so weiter, und so fort. Die Liste war endlos. Data beschloß, einfach abzuwarten und dann neue Bestellungen aufzugeben, wenn er weitere Bedürfnisse entdeckte.

Im Bekleidungsmenü entschied er sich für ein Paar weiche Hausschuhe und sah sich dann eine Aufstellung der Kleidung an, die man bei Ruheperioden trug. Er mußte jetzt auch schlafen. Vielleicht sollte er diese Möglichkeit gleich nutzen, aber er war noch immer zu aufgeregt, um Müdigkeit und Erschöpfung zu spüren. Glücklicherweise lebte er schon lange genug unter Menschen, um diese emotionale Reaktion als völlig normal zu erkennen.

Um zu schlafen, brauchte er ein Bett. Möbelstücke konnte der Spender nicht liefern, und deshalb setzte sich Data direkt mit der Lagerverwaltung in Verbindung und bat um eine Neuausstattung seiner Kabine. Dann blickte er wieder auf das Menü.

Der menschliche Geschmack in Hinsicht auf Schlafkleidung reichte von gar nichts bis hin zu sehr exotischen Kostümen. Data hielt es für angebracht, einen Mittelweg zu beschreiten, bis er herausfand, was ihm am besten gefiel. Er wählte einen normalen Starfleet-Pyjama samt Morgenmantel.

Das dürfte genügen, dachte er schließlich und betätigte die Ausführungstaste. Als er zum Spender ging, um die georderten Objekte entgegenzunehmen, spürte er einen seltsamen Druck im Unterleib. Es war kein Schmerz, aber Data ahnte, daß er etwas dagegen unternehmen mußte.

Sein Verstand arbeitete noch immer auf einer logischen Basis: Saft und Suppe bedeuteten eine Akkumulation von mehr Flüssigkeit, als der Körper benötigte. Er kannte alle Einzelheiten der menschlichen Anatomie – den akademischen Grad in Exobiologie hatte er mit dem Studium aller Föderationsvölker erworben. Doch jetzt kam es darauf an zu lernen, die Signale des eigenen Leibs zu deuten: Was für ein kleines menschliches Kind völlig normal war, bereitete Data erhebliche Interpretationsprobleme. Captain Picard hatte ihm vierundzwanzig Stunden gegeben; Data hoffte, in dieser Zeit genug zu lernen, um sich nicht vor anderen Personen in Verlegenheit zu bringen.

Zum erstenmal in seinem Leben benutzte Data die Toilette der Hygienezelle, und anschließend überlegte er, womit er sich jetzt beschäftigen sollte. Wann *erwartete* man ihn auf der Brücke zurück?

Er merkte plötzlich, daß er nicht wußte, wie spät es war.

Der Computer gab ihm natürlich sofort Auskunft.

Um diese Zeit hatten die Brückenoffiziere seiner Schicht ihren Dienst beendet, und bestimmt befanden sie sich jetzt im Gesellschaftsraum. Wesley studierte vermutlich. Data spielte mit dem Gedanken, zu dem Jungen zu gehen und das elysianische Rätsel mit ihm zu besprechen.

Als er die Kabine verlassen wollte, summte das Interkom. »Data?« erklang Darryl Adins Stimme. »Sind Sie daheim?«

»Ja, Dare. Ich höre Sie.«

»Wir haben gerade eine unglaubliche Geschichte darüber gehört, was Sie auf Elysia erlebten. Möchten Sie ein wenig Gesellschaft, oder würde es Ihnen nicht gefallen, sich von uns anstarren zu lassen?«

»Ich glaube, auch daran muß ich mich gewöhnen«, erwiderte Data. »Nein, gegen Gesellschaft habe ich derzeit nichts einzuwenden. Aber seien Sie gewarnt: Die Geschichte stimmt.«

Dare, Poet, Sdan und Pris kamen zu Besuch, trafen einige Sekunden nach zwei Besatzungsmitgliedern ein, die Datas Bett brachten. Der metamorphierte Androide war dankbar für das Durcheinander, denn es veranlaßte die beiden Fähnriche vom Bordlager, sich auf ihre Arbeit zu beschränken und dann wieder zu gehen — ohne ihn mit neugierigen Blicke zu belästigen.

Poet schüttelte Datas Hand und musterte ihn. »Beeindruckend. Ich weiß nicht, warum Sie unbedingt eine Eintrittskarte für dieses Jammertal wollten, aber ich heiße Sie trotzdem herzlich willkommen.«

»Sei nicht so zynisch, Poet«, sagte Pris. »Data hatte

noch keine Zeit, die Vorzüge der menschlichen Natur kennenzulernen.« Sie trat näher und fügte hinzu: »Ich möchte Sie auf angemessene Weise in der Menschheit begrüßen.« Die junge Frau umarmte und küßte Data.

Verschiedene Empfindungen prickelten in ihm: Pris' Wärme, ihr Duft, vor allen Dingen aber ihre *Weiblichkeit.* Er war so verwirrt über die Reaktion seines Körpers, daß er ungelenk die Arme um sie schlang.

Pris trat zurück, bevor Data Gelegenheit bekam, sich von der Überraschung zu erholen. »Sie erröten ja! Der erste Kuß?«

»Nein. Aber der erste seit...«

»Wie sonderbar!« entfuhr es Pris. »Ich dachte, Ihre weiblichen Kollegen würden sich um Sie reißen. Nun, wahrscheinlich müssen sie sich an irgendwelche Vorschriften halten.«

»Starfleet-Protokoll«, sagte Dare, schob sich an den anderen vorbei und nahm im bequemen Sessel Platz. Damit blieb Data und Pris das kleine Sofa. Poet und Sdan beugten sich fasziniert zur Computerkonsole vor. Ihnen standen alle Datenbanken der *Enterprise* offen, obgleich sie natürlich nur Informationen bekamen, die keinen Sicherheitsbeschränkungen unterlagen. Data hatte ihre individuellen Verbalstrukturen codiert, als er damit begann, ihnen bei der Reparatur der beiden kleinen Raumschiffe zu helfen.

»Was fangen Sie jetzt mit sich an, Data?« fragte Dare.

»Ich weiß es nicht«, antwortete er offen. »Ich habe noch nicht über meine Zukunft nachgedacht. Wenn ich wieder voll diensttauglich bin, erfülle ich meine Verpflichtungen Starfleet gegenüber. Was danach geschieht... Nun, derzeit möchte ich abwarten.«

»Klingt vernünftig. Ich nehme an, Sie besitzen noch immer Ihre Logik.«

»Das hoffe ich«, sagte Data.

»Nun, ich muß zugeben, daß ich aus einem egoistischen Grund hier bin. Ich brauche Ihre Überzeugungskraft Picard gegenüber.«

»Wieso? Was ist passiert?«

»Während wir hier festsaßen... Nein, Data, das ist nicht Ihre Schuld. Auch mit Ihnen wäre es uns kaum gelungen, unsere Schiffe bis zu diesem Zeitpunkt raumtüchtig zu machen, und ohne die *Enterprise* hätten wir alle das Zeitliche gesegnet. Aber bevor uns die elysianischen Gravitationsanomalien erwischten, waren wir nach Brancherion unterwegs. Inzwischen sind wir ziemlich spät dran, und die Brancherioner verlangen eine Erklärung.«

»Hinzu kommt, daß wir den Warptransfer eingeleitet haben und in die entgegengesetzte Richtung fliegen.« Data nickte langsam. »Aber Starfleet Command übermittelte uns einen Prioritätsbefehl. Wir müssen so schnell wie möglich zum samdianischen Sektor und können Sie nicht nach Brancherion bringen.«

»Das verstehe ich«, entgegnete Dare. Es waren keine leeren Worte, wußte Data: Adin hatte selbst einmal als Starfleet-Offizier gedient. »Andererseits... Captain Picard hat jetzt Alarmbereitschaft für die ganze Crew angeordnet. Und das bedeutet, niemand kann uns bei den Reparaturen helfen.«

»Je länger die Reparaturarbeiten dauern, desto schwieriger wird es für Sie, Ihr Ziel rechtzeitig zu erreichen.«

»Ja. Es geht jetzt nur noch darum, die Fehler im Navigationsprogramm zu beseitigen. Da Sie dienstfrei haben...«

»Ich bin gern bereit, Ihnen meine Hilfe anzubieten«, sagte Data. »Allerdings werde ich morgen wieder auf der Brücke erwartet. Unter gewöhnlichen Umständen gäbe mir Captain Picard sicher die Erlaubnis, mit Ihnen zusammenzuarbeiten, aber mein gegenwärtiger Status zwingt mich dazu, erneut die Standardtests abzulegen, um meine Kompetenz als Starfleet-Offizier unter Beweis zu stellen. Ich muß üben, um den Anforderungen zu genügen, und das schränkt meine freie Zeit stark ein.«

»Sie sollten dabei auch einige Aufenthalte in der Krankenstation berücksichtigen, nachdem Worf Sie durch die Mangel gedreht hat.« Dare lächelte hintergründig.

Data sah keine andere Wahl, als dieser Einschätzung beizupflichten. Der Klingone würde ihn bestimmt nicht ernsthaft verletzen, aber dennoch dachte er mit Unbehagen an den unvermeidlichen Sicherheitstest.

Als Data bedrückt schwieg, sagte Adin: »Dabei greife ich Ihnen unter die Arme, wenn Sie möchten. Bevor Sie dem Chef der Sicherheitsabteilung gegenübertreten, zeige ich Ihnen, wie man selbst mit größeren und stärkeren Gegnern fertig werden kann.«

»Danke, Dare«, erwiderte Data. »Ich wünschte, ich könnte Ihnen ebenfalls helfen.« Er überlegte kurz. »Nun, die Alarmbereitschaft befreit Wesley Crusher nicht von seinen Studienpflichten. Ich beauftrage ihn mit der praktischen Anwendung seiner Navigationskenntnisse; dann kommen Sie mit den Reparaturen schneller voran.«

»Meinen Sie das Kind?« warf Pris ein.

»Wenn der Junge nicht qualifiziert wäre, würde ihn Captain Picard wohl kaum als Navigator einsetzen.«

»Er mag durchaus fähig sein, die *Enterprise* zu fliegen«, sagte Dare. »Kinder in seinem Alter haben gute Reflexe — solange sie einen kühlen Kopf bewahren und Schwierigkeiten meiden. Aber wir brauchen keinen Piloten, sondern einen Computerexperten.«

»Versuchen Sie es mit ihm«, schlug Data vor. Und gähnte. Schon wieder eine neue Erfahrung, diesmal weder angenehm noch unangenehm. Schließlich fiel ihm auf, daß ihn alle anstarrten, weil er wortlos analysierte. »Bitte entschuldigen Sie. Ich glaube, die Erlebnisse dieses Tages sind nicht spurlos an mir vorübergegangen. Morgen, bevor mein Dienst beginnt, helfe ich Ihnen. Im Augenblick ist Wesley nützlicher für Sie als ich. Sicher beschäftigt er sich gerade mit einer der von mir vorbereiteten Lektionen. Ich gebe ihm Bescheid und...« Ein neuerliches Gähnen.

»Wir sollten jetzt besser gehen«, sagte Pris. »Sie sind müde, Data — immerhin haben Sie viel hinter sich. Körper und Geist eines Menschen brauchen in regelmäßigen Abständen Ruhe.«

»Morgen üben wir unbewaffneten Kampf«, meinte Dare. »Reservieren Sie das Holo-Deck für eine Stunde.«

Als Adin und die anderen gegangen waren, nahm Data die Reservierung vor und benachrichtigte dann Wesley, der sich sehr über den neuen Auftrag freute. Vermutlich ging es dem Jungen nicht um die schwierigen Anpassungen eines Computerprogramms, sondern um die Zusammenarbeit mit dem legendären Silbernen Paladin und seiner Gruppe.

Die Erschöpfung schien bleierne Gewichte auf Data herabzusenken. Es kostete ihn erhebliche Mühe, sich die Zähne zu putzen und dann den bestellten Pyjama anzuziehen.

Einige Minuten später genoß er es, sich auf dem Bett auszustrecken – was für ein herrliches Gefühl!

»Miau?«

Etwas zupfte an der Decke.

Data hob schwere Lider und sah in zwei runde blaue Augen, die ihn aus einer dunkelbraunen Maske anstarrten.

»Miau?« fragte Mystery, als sie eine Pfote hob und ihn am Arm berührte.

»Wie bist du hierhergekommen?« murmelte Data. Die Katze hatte ihn noch nie in seinem Quartier besucht.

Sie verstand das offenbar als Einladung, sprang aufs Bett und blickte Data weiterhin an, als sie das Laken knetete und schnurrte.

Zögernd hob er die Hand und streichelte das Tier. Es rieb sich an seinen Fingern und schnurrte noch lauter.

Data lächelte – auch Mystery erkannte ihn als Mensch. Das weiche Fell fühlte sich gut an, aber die Katze ließ sich nicht lange streicheln. Sie sank neben Data aufs Kissen, und ihr Schnurren begleitete ihn in den Schlaf.

KAPITEL 8

Data erwachte desorientiert. Er wußte nicht, an welchem Ort er sich befand, wie spät es war und warum man ihn abgeschaltet hatte.

Als er sich aufrichtete, durchzuckten ihn unvertraute Empfindungen. Die Sensoren spielten verrückt, und seine Diagnosemodule reagierten nicht mehr auf Kontrollabfragen!

Die sonderbaren Gefühle wichen dumpfem Schmerz, und eine seltsame Steifheit erinnerte ihn an die jüngsten Ereignisse. Kühle Luft strich ihm über den Leib, als er die Decke fortschob.

Ich bin in meinem Quartier an Bord der Enterprise. *Und man hat mich nicht abgeschaltet. Zum erstenmal in meinem Leben habe ich... geschlafen.*

Keine Illusion, auch kein Traum. Er war ein Mensch, mit allen Schlingen und Pfeilen, die menschlichem Fleisch anhafteten.

Mit dieser Metapher stimmte etwas nicht, aber Data verschwendete keinen weiteren Gedanken daran. Er lächelte erst und grinste dann, als er auf Hände und Füße hinabsah, Bartstoppeln an Kinn und Wangen fühlte. Er ging in die Hygienezelle, und dort zeigte ihm der Spiegel ein menschliches Gesicht und zerzaustes Haar.

Data brauchte eine Weile, um sich auf den Tag vorzubereiten. Das Rasieren war komplizierter, als es zunächst den Anschein hatte, trotz Geordis Behauptung, man solle darin eine ›menschliche Kunstform‹ sehen. Data wechselte mehrmals die Einstellung des Rasierapparats, bis er das gewünschte Resultat erzielte.

Eine gute halbe Stunde später bot er wieder den Anblick eines makellosen Starfleet-Offiziers: das Gesicht richtig rasiert, Haare gekämmt und so behandelt, daß sie in dieser Form blieben, die Uniform ohne eine einzige Falte, die Stiefel auf Hochglanz poliert. Er hoffte, den Zeitaufwand für diese morgendliche Routine mit ein wenig Übung auf einige Minuten zu beschränken.

Erst dann fiel ihm in einem Anflug von Panik ein, den Computer nach der Zeit zu fragen. Erleichtert stellte er fest, daß sein Brückendienst erst in knapp sieben Stunden begann. Er konnte also nicht nur Dare und seinen Gefährten helfen, sondern auch den Termin mit Adin auf dem Holo-Deck einhalten.

Mystery war während der vergangenen Nacht in seinem Quartier gewesen — oder hatte sie sich ihm in einem Traum präsentiert? Eigenartig: Data erinnerte sich an nichts anderes, das sich mit dem Begriff ›Traum‹ assoziieren ließ. *Es sind einfach nur einige Stunden verstrichen, ohne daß ich mir dessen bewußt geworden bin.* Jetzt zeigte sich keine Spur mehr von der Katze; vielleicht hatte sie gelernt, wie man Türen öffnete.

Data hörte, wie sein Magen knurrte. *Ich habe nicht daran gedacht, etwas zu essen, bevor ich ins Bett gegangen bin.* Doch er verzichtete auf die Benutzung des Nahrungsspenders, beschloß statt dessen, im Gesellschaftsraum zu frühstücken.

Dort wehte ihm der Geruch von Kaffee entgegen. Als Androide hatte Data nie Kaffee oder Tee getrunken; die Flüssigkeiten enthielten keine Nährstoffe, und mit Anregungsmitteln konnten seine organischen Komponenten nichts anfangen.

Doch das Aroma erwies sich als recht verlockend. Data nahm am Tresen Platz und bat Guinan, ihm eine Tasse einzuschenken. Sie sah ihn an, lächelte rätselhaft und schüttelte andeutungsweise den Kopf. »Sie haben also bekommen, was Sie sich wünschten. So etwas kann sehr gefährlich sein, Data.«

»Ich weiß«, erwiderte er. »Ich versuche, langsam und vorsichtig in die Rolle eines Menschen zu schlüpfen.«

Das geheimnisvolle Lächeln wuchs in die Breite, und Guinan vollführte eine mahnende Geste. »Das ist der falsche Weg, mein Freund. Niemand fragt uns, ob wir geboren werden wollen oder nicht. Wir alle kommen schreiend zur Welt, und von jenem Augenblick an müssen wir das Beste daraus machen.«

»Dann bleibt mir wohl nichts anderes übrig, als diesem Beispiel zu folgen.« Data nippte an seinem Kaffee – die schwarze Flüssigkeit war so bitter, daß er sie kaum schlukken konnte. »Bah!« entfuhr es ihm. Er starrte in die Tasse. »Wie kann etwas, das so gut riecht, so schrecklich schmekken? Ich dachte, Menschen fänden Gefallen daran.«

»Bei vielen ist das der Fall«, sagte Guinan. »Man gewöhnt sich an den Geschmack, und anschließend empfindet man ihn als angenehm. Haben Sie ein wenig Geduld. Wenn Sie etwas Heißes zu trinken möchten, so sollten Sie Tee probieren. Ich schlage vor, Sie nehmen ihn zuerst mit Milch und Zucker.«

»In Ordnung. Was raten Sie mir zum Frühstück?«

»Oh, das ist eine Herausforderung«, entgegnete Guinan. »Es müßte sowohl ausgewogen als auch interessant sein – immerhin lernen Sie erst jetzt die ganze Geschmacksvielfalt kennen.« Sie gab Data Fruchtsaft, eine kleine Portion Porridge und köstlich gewürztes Fleisch auf dünnem Teig.

Er aß alles, und der Tee mit Milch und Zucker schmeckte ihm weitaus besser als zuvor der Kaffee. »Danke«, sagte er. »Die Auswahl ist so groß, und mit meinen Erfahrungen als Androide kann ich jetzt kaum mehr etwas anfangen.«

»Ja«, bestätigte Guinan. »Aber eigentlich bieten sich Ihnen jetzt nur andere Möglichkeiten, keine zusätzlichen.«

»Vielleicht«, räumte Data ein. Selbst als er versucht hatte, aus dem Starfleet-Dienst auszuscheiden, um Bruce Maddox' Experimenten zu entgehen, sah er nur begrenzte Optionen. Er gelangte dabei zu der Erkenntnis, daß er außerhalb von Starfleet sein Potential nicht ganz entfalten konnte.

Jetzt aber... Nein, die Möglichkeiten waren praktisch endlos. Eine Fortsetzung seiner Karriere in der Flotte, die Entscheidung, sich Dare oder anderen Abenteurern anzuschließen beziehungsweise auf irgendeinem Planeten zu leben...

Data nahm Guinan intensiv als Frau wahr, so wie Pris am vergangenen Abend. Erst jetzt begriff er, daß sich eine ganz neue Option für ihn ergab. Ob er weiterhin zu Starfleet gehörte oder nicht: Er konnte eine Familie gründen. *Ich bestehe nicht mehr aus mechanischen und elektronischen Komponenten, sondern aus Fleisch und Blut. Ich bin in der Lage, Kinder zu zeugen, Vater zu werden!*

Data blinzelte und verdrängte diesen überwältigenden Gedanken. Nach nicht einmal einem Tag als Mensch erschien es ihm unvorstellbar, eine solche Verantwortung zu übernehmen.

Er verabschiedete sich und ging zum Hangar. Nur Sdan befand sich dort. Mit einem schiefen Lächeln sah er von dem Programm auf, an dem er arbeitete. »Data, der Junge, den Sie uns geschickt haben... Er ist *großartig.* Intelligent, so diszipliniert wie ein junger Vulkanier — und außerdem mangelt es ihm nicht an Phantasie und Intuition. Er hat eine ganz neue und weniger aufwendige Möglichkeit entwickelt, um geodätische Linien zu berechnen.«

Data prüfte Wesleys Programmierungen und fand sie sowohl effizient als auch innovativ. Offenbar wußte der Junge inzwischen, wie das Sternenrohr funktionierte, und er hatte die gleichen technischen Prinzipien beim Navigationsprogramm verwendet. »Ja, er hat wirklich gute Arbeit geleistet — ich werde ihm dazu gratulieren. Jetzt verstehen Sie sicher, warum wir Wesley auffordern, seine Fähigkeiten in positive Richtungen zu lenken. Bevor ihn Captain Picard auf der Brücke einsetzte, führten Wesleys Neugier und Talente oft zu unliebsamen Zwischenfällen, obwohl überhaupt keine Absicht dahintersteckte.«

Sdan nickte. »Ich hoffe, Starfleet erlaubt es ihm, sich frei zu entfalten. Nur eins stört mich an ihm — seine übertriebene Höflichkeit. Ja, Sir. Nein, Sir. Wenn Sie gestatten, Sir.« Sdan schauderte. »Dadurch fühle ich mich wie sein Großvater. Oder wie ein Unterweiser an der Akademie.

Vielleicht entspannt er sich ein wenig, wenn er uns länger Gesellschaft leistet.«

»Das bezweifle ich«, erwiderte Data. »Wesley ist ganz und gar auf Starfleet fixiert.« Er nahm sich das Programm vor, begann mit der Suche nach Fehlern und merkte nach einer Weile, daß Sdan ungeduldig wurde. Dares Gefährte stand in dem Ruf, außerordentlich exotische Vorfahren zu haben – angeblich gehörten seine Ahnen zu unterschiedlichen Völkern, darunter auch welchen, die sich nicht der Föderation angeschlossen hatten –, aber er zeichnete sich durch ein vulkanisches Erscheinungsbild und eine entsprechende Intelligenz aus. Als Androide war Data imstande gewesen, schneller zu rechnen als jedes organische Wesen, doch als Mensch konnte er es nicht mit einem Vulkanoiden aufnehmen.

»Data, das Ergebnis lautet ganz offensichtlich viermal Pi hoch dreiundzwanzig«, sagte Sdan nach einer Weile. »Was ist los mit Ihnen?«

Data sah auf und antwortete schlicht: »Ich bin nur ein Mensch.«

Sdan lachte nicht, sondern wirkte bestürzt. »Himmel, es tut mir *leid!* Natürlich sind Sie das, und Poet würde ich nicht auf diese Weise behandeln. Ich bin nur zu sehr an die Geschwindigkeit gewöhnt, mit der Sie früher selbst sehr komplexe Berechnungen vornahmen. Wie dem auch sei: Sie geben die Gleichungen noch immer erstaunlich schnell ein.«

Ein großer Teil der Arbeit war erledigt, als Data den Hangar verließ, um Dare auf dem Holo-Deck zu treffen.

»Ich vermisse diese Technik«, sagte Adin und sah sich in der leeren Kammer um. »Zwar sind wir sehr aktiv, aber wir laufen trotzdem Gefahr einzurosten, indem wir nur immer miteinander üben. Außerdem: So reich wir auch sind – wir können uns *nie* ein Raumschiff mit einem Holo-Deck leisten.«

»Starfleet würde Sie mit offenen Armen empfangen, wenn Sie beschlössen, Ihren früheren Dienst fortzusetzen«, erinnerte ihn Data.

»O nein.« Der Söldner schüttelte den Kopf. »Ich bin viel zu sehr an Freiheit und Unabhängigkeit gewöhnt, um mich an all die Vorschriften zu halten.« Er schmunzelte kurz und fügte hinzu: »Darüber hinaus gefällt es mir, in der Kommandohierarchie ganz oben zu stehen. Nur wenige Sicherheitschefs bekommen Gelegenheit, Captain zu werden.«

»Nur wenige leben lange genug«, sagte Data – und bedauerte diese Bemerkung sofort. Er hatte dabei natürlich an Tasha Yar gedacht und vergessen, daß Adin nicht nur für ihre berufliche Entscheidung die Verantwortung trug. *Er hat sie geliebt,* entsann sich Data nun. *Und er wollte sie heiraten.*

»In der Tat«, antwortete Darryl nur, senkte den Kopf und wandte sich ab. Dann zog er die Jacke aus und begann mit einleitenden Übungen zum Aufwärmen. Data hatte diese Bewegungsmuster oft bei Tasha beobachtet. Jetzt gab es zum erstenmal Grund für ihn, sie selbst zu wiederholen.

Zuerst spürte er leichte Schmerzen – sie gingen zweifellos auf die Mühen des vergangenen Tages zurück –, doch als er Adin nachahmte, als er sich in einem bestimmten Rhythmus beugte und streckte, ließ das Stechen rasch nach. Zunächst stellte er sich ungeschickt und schwerfällig an, aber nach einer Weile begann er zu verstehen, was es bedeutete, ein ›Gefühl‹ für etwas zu bekommen.

»Sie können sich noch tiefer bücken«, sagte Dare, als Datas Fingerspitzen den Boden berührten.

»Ich nehme mir nur ein Beispiel an Ihnen«, entgegnete der ehemalige Androide.

»Ja, aber Sie sind viele Jahre jünger als ich und haben sich nie den Rücken gebrochen. Nein, übertreiben Sie es nicht«, fügte Adin hinzu, als Data seinem menschlichen Körper das abverlangen wollte, was für den mechanischen Leib des Androiden überhaupt keine Belastung gewesen war. »Wenn Sie sich zu etwas zwingen, drohen Verletzungen. Lassen Sie sich vom eigenen Körpergewicht strecken.«

Datas Muskeln schienen eine neue Flexibilität zu entwikkeln, und kurze Zeit später gelang es ihm, die Hände flach auf den Boden zu pressen. »Ausgezeichnet!« lobte Dare. »Jetzt richten Sie sich langsam auf – ohne dabei das Gleichgewicht zu verlieren.«

Data kam der Anweisung nach und spürte kurze Verwirrung, als sich der Druck im Kopf veränderte. Ein Schwindelanfall blieb aus. Er bemerkte, daß ihn Dare nachdenklich musterte. »Ist mir ein Fehler unterlaufen?«

»Nein – aber Sie sollten darauf achten, Ihre Elastizität nicht zu verlieren, Data. Kinder werden damit geboren, doch bei Erwachsenen läßt sie rasch nach. Sie bietet einen großen Vorteil, wenn man gegen einen größeren und stärkeren Kontrahenten antritt.« Adin hob den Kopf. »Computer: Polsterung auf dem Boden und an den Wänden. Des weiteren benötigen wir ein Schutzfeld.« Die Polsterung erschien sofort. Das Schutzfeld würde sich nur dann aktivieren, wenn einer von ihnen so hart fiel, daß trotz der weichen Masse Verletzungsgefahr bestand. »Nun gut, Data. Beginnen wir damit, indem wir herausfinden, was Sie bereits wissen.« Unmittelbar im Anschluß an diese Worte griff er an.

Aus einem Reflex heraus hob Data beide Arme, um Darryls zugreifende Hände abzuwehren. Doch auf diese Weise hielt er den Söldner nicht auf – Adins Schulter traf Data an der Brust.

Er ging zu Boden und war so verblüfft, daß er nicht rechtzeitig reagierte: Dare war mit einem Satz auf den Beinen und hob den Fuß an Datas Adamsapfel.

Der Zweite Offizier blieb liegen und begriff das ganze Ausmaß seiner Hilflosigkeit. Als Mensch hatte er gegen einen so erfahrenen Kämpfer wie Adin praktisch keine Chance.

Dare zog den Fuß zurück, reichte Data die Hand und zog ihn hoch. »Analyse«, sagte er.

»Ich ... Diese Art des Kampfes habe ich nie gelernt. Bisher war das nicht notwendig.«

»Kommentare dieser Art sind sinnlos«, brummte Dare.

»An Ihrer ersten Reaktion gibt es nichts auszusetzen. Die zweite war deshalb falsch, weil sie ausblieb.«

»Wie meinen Sie das?« fragte Data verwundert.

»Wenn ich so dumm gewesen wäre, einen Androiden auf diese Weise anzugreifen, hätte ich mir die Schulter verrenkt oder sogar gebrochen, ohne Sie zu Boden zu werfen, nicht wahr?«

»Ja. Worf hätte mich vielleicht umstoßen können, aber selbst er wäre dabei verletzt worden.«

»Aber nun sind wir beide Wesen aus Fleisch und Blut und noch dazu etwa gleich groß«, sagte Dare. »Jetzt sind Sie dran.«

Data griff an, erwartete die erste Abwehrbewegung und wandte sich ein wenig zur Seite, als Adin seine Hände fortstieß. Dann versuchte er, den Mann mit der Schulter zu rammen...

Aber Adin trat einfach zur Seite, und Datas Bewegungsmoment trug ihn einige taumelnde Schritte weiter.

»Das klappt nur *einmal*«, warnte der Söldner. »Wenn Ihr Gegner nicht betrunken oder ein kompletter Narr ist, sollten Sie diesen Trick kein zweites Mal benutzen. Kommen Sie.«

Diesmal wich Dare nur wenig aus, ergriff Datas Arm und warf ihn über die Hüfte. Das Schutzfeld dämpfte den Aufprall des Verwandelten.

Data stand auf und fühlte ganz deutlich, wo ihn Adins Hände berührt hatten. »Lassen Sie mich das versuchen.«

Beim erstenmal landeten sie beide auf der Matte: Dare rollte sich sofort herum und hielt Data am Boden fest. Als sie aufstanden, sagte der Silberne Paladin: »Spreizen Sie die Beine, um das Gleichgewicht zu wahren.«

Beim zweiten Versuch brachte Data seinen Gegner zu Fall. Adin erhob sich und lachte. »Sie sind ein Naturtalent. Offenbar haben Sie Ihren Maschinenleib gegen einen sehr leistungsfähigen organischen Körper eingetauscht.«

»Dr. Pulaski meinte, ich sei in einem perfekten Zustand.«

»Daran zweifle ich nicht. Aber es liegt bei Ihnen, ob es dabei bleibt. Wiederholen Sie jenen Griff noch einige Male, damit Sie sich daran gewöhnen.«

Zweimal warf Data den Söldner auf die Polsterung, doch dann streckte Adin plötzlich das Bein, und der Zweite Offizier fiel, fand sich auf der Matte wieder — aber Dare war ebenfalls zu Boden gegangen. Data stemmte sich hoch und sprang. Einen Sekundenbruchteil später fühlte er zwei Füße an der Brust, die ihn mit solcher Wucht fortschleuderten, daß der Computer das Kraftfeld aktivierte, bevor er an die Wand stieß.

»Guter Instinkt, Data«, sagte Adin. »Zögern Sie nie, die Schwäche Ihres Gegners auszunutzen. Jetzt zeige ich Ihnen, worauf es dabei ankommt.«

Die Stunde verging schnell. Doch ganz gleich, wie schnell Data lernte — Dare überlistete ihn immer wieder. Er kannte weitaus mehr Tricks, und das war sicher auch bei Worf der Fall.

»Natürlich«, bestätigte Adin. »Immerhin ist das sein *Job* als Leiter der Sicherheitsabteilung. Sie hingegen haben ein wissenschaftlich orientiertes Bewußtsein. Früher oder später entwickeln Sie die Routine einer minimalen physischen ›Wartung‹, um die Durchschnittsnorm von Gesundheit und Fitneß zu erfüllen — und wahrscheinlich bedauern Sie jede Minute, die Sie an körperliche Ertüchtigung ›verschwenden‹.«

»Die vergangene Stunde bedauere ich nicht«, erwiderte Data. »Danke, Dare. Wenn ich übe, besteht wenigstens die Hoffnung, daß ich Worfs Sicherheitstest bestehe. Nach meiner Schicht könnten wir...«

»Nein, für heute reicht's«, sagte Adin. »In einigen Stunden werden Sie die Folgen der Anstrengung spüren. *Ich* fühle sie bestimmt. Es geschieht nicht mehr oft, daß ich mich eine ganze Stunde lang so sehr bemühen muß.«

Data schwitzte, und damit hatte er nicht gerechnet, als er das Holo-Deck aufsuchte. Es blieb ihm gerade genug Zeit, sich zu duschen, die Kleidung zu wechseln und eine

Mahlzeit einzunehmen, die aus Hühnerfleisch, Brot, einem Apfel und Milch bestand. Erneut faszinierte ihn die Geschmacksvielfalt, und er widerstand der Versuchung, sich noch mehr zu bestellen.

Als er kurz darauf die Brücke erreichte und den Turbolift verließ, drehte sich Picard zu ihm um. »In den Bereitschaftsraum, Mr. Data.«

Kaum hatte sich die Tür hinter ihnen geschlossen, sagte der Captain: »Setzen Sie sich, Data.«

Der Zweite Offizier nahm auf der Couch Platz und faltete die Hände im Schoß. Picard blieb stehen, ignorierte den Sessel und trat auch nicht hinter seinen Schreibtisch.

»Sie haben Wesley Crusher beauftragt, Ihren Freunden beim Computer zu helfen.«

»Ja, Sir. Wesley ist nicht für den Prioritätsdienst eingeteilt, und daher haben die Vorschriften der Alarmbereitschaft keine Gültigkeit für ihn.«

Picard schüttelte den Kopf. »Es liegt mir fern, Vorwürfe gegen Sie zu erheben. Meine Besorgnis gilt den Folgen, die sich für Wesley aus seiner derzeitigen Tätigkeit ergeben könnten.«

»Die praktische Anwendung der Lektionen sind seiner Bildung bestimmt förderlich. Er hat bereits eine neue Formel für die Berechnung von geodätischen Linien entwikkelt, und ich werde sie gründlich überprüfen. Sie scheint sehr nützlich zu sein, und wenn sich das bestätigt, füge ich sie unserem eigenen Navigationsprogramm hinzu.«

Picard verschränkte erst die Arme, hob dann eine Hand und rieb sich das Kinn. Data erkannte die Bedeutung dieser Geste: Der Captain überlegte, wie und ob er eine unerfreuliche Angelegenheit zur Sprache bringen sollte.

Aus den Augenwinkeln nahm Data eine Bewegung wahr. Er senkte den Kopf und stellte fest, daß seine Finger nervös zitterten. Ganz bewußt versuchte er, sich zu entspannen.

»Mr. Data«, begann Picard, »ich bin sicher, daß Sie bezüglich der Ausbildung des Jungen genau die richtigen Entscheidungen treffen. Unter Ihrer Anleitung hat er erstaunliche Fortschritte erzielt. Ich finde es nur beunruhigend, daß er jetzt dem Einfluß... gewisser Personen ausgesetzt ist.«

»Ich verstehe nicht ganz, Sir.«

Der Captain seufzte. »Ich habe nichts dagegen, daß Wesley Kontakte zu Besuchern an Bord der *Enterprise* unterhält — vorausgesetzt, dabei sind andere Besatzungsmitglieder zugegen. Allerdings... Als er heute in den Kontrollraum kam, erzählte er haarsträubende Geschichten von Abenteuern, die ihn allem Anschein nach sehr begeisterten.«

»Oh.« Data nickte. »Er hat mit Sdan und Poet zusammengearbeitet. Sie waren sehr von ihm beeindruckt.«

»Genau das besorgt mich«, sagte Picard.

Einige Sekunden lang war Data verwirrt, und dann begriff er, was er Captain meinte. »Befürchten Sie, daß Wesley fortläuft, um zu einem Söldner zu werden?«

»Adins Leute wissen jetzt, wozu er fähig ist. Sie schmeicheln ihm, setzen ihm mit Geschichten über Heldentum und dergleichen Flausen in den Kopf. Worum geht es ihnen *Ihrer* Meinung nach?«

»Sie ermöglichen ihm angenehme Erfahrungen — als Gegenleistung für seine Hilfe«, antwortete Data. »Captain, ich kenne Adin und seine Gefährten. Selbst wenn es Sdan oder Poet für eine gute Idee hielten, Wesley anzubieten, ihn in ihre Gruppe aufzunehmen... Darryl Adin ließe das bestimmt nicht zu.«

»Ja«, sagte Picard langsam, »da haben Sie wahrscheinlich recht. Aber was Wesleys Gefühle betrifft...«

»Wir können ihn nicht für immer beschützen. Er bekommt es täglich mit Personen zu tun, die er respektiert und bewundert. Wenn er wirklich daran denkt, sich Adins Gruppe anzuschließen, so wird Darryl ihm das ausreden. Dann mag er sich verletzt fühlen, aber er ist schon des öfteren mit Enttäuschungen fertig geworden. Wir müssen zulassen, daß er erwachsen wird — sonst gerät er in Schwierigkeiten, wenn er die Starfleet-Akademie besucht.«

Picard starrte Data groß an. »In nur vierundzwanzig Stunden als Mensch haben Sie erstaunlich viel Weisheit gesammelt.«

»Die gleiche Antwort hätte ich Ihnen auch als Androide gegeben.«

Picard nickte. »Ja, natürlich. Vielleicht sind meine Sorgen unbegründet. Trotzdem...« Er drehte den Kopf, sah durchs Fenster und beobachtete die Sterne. »Wenn Wesley irgend etwas zustößt, wird mich Beverly Crusher zur Rechenschaft ziehen.«

»In dem Fall möchte ich nicht an Ihrer Stelle sein, Captain.«

Picard richtete den Blick wieder auf seinen Zweiten Offizier und runzelte die Stirn. »Danke, Mr. Data. Kümmern Sie sich weiterhin um Wesleys Lektionen, so wie bisher. Sie können nun zu Ihrem Posten zurückkehren. Legen Sie den Navigationstest ab, wenn Sie Zeit haben. Ich möchte, daß Sie sich so schnell wie möglich requalifizieren.«

Requalifizieren? Bisher hatte Data angenommen, daß es nur darum ging, die physischen Fähigkeiten und das emotionale Gleichgewicht zu beweisen. Stellte man auch seine Kompetenz für den routinemäßigen Dienst in Frage? Er setzte zu einem Einwand an, überlegte es sich dann aber anders: Immerhin wußte er *tatsächlich* nicht, welche Lükken nach der Metamorphose auf Elysia in seinem Gedächtnis entstanden waren. Bisher hatte er noch keine gefunden, was jedoch nicht bedeutete, daß er über alle notwendigen Daten verfügte.

Die Requalifizierung wurde von allen Offizieren verlangt, die länger als sechs Monate keinen aktiven Dienst an Bord eines Raumschiffs geleistet hatten. Es war nur vernünftig, daß Picard dieses Prinzip auch bei jemandem zur Anwendung brachte, der nun eine völlig neue physische Struktur besaß.

Aber wieviel Zeit mochte dafür erforderlich sein?

Und... wenn sich dabei Schwächen herausstellten, gegen die nicht sofort etwas unternommen werden konnte? Wenn Data für eine neuerliche Ausbildung zur Starfleet-Akademie zurückkehren mußte... Vielleicht wurde er anschließend einem anderen Schiff zugeteilt. Aber den Begriff ›Heimat‹ verband er nur mit der *Enterprise.* Hier hatte er Freunde. Hier war er — im wahrsten Sinne des Wortes — lebendig geworden.

»Ja, Sir«, sagte er und verließ den Bereitschaftsraum, dazu entschlossen, sich möglichst rasch zu requalifizieren. Er wollte auf keinen Fall die Heimat *und* seine Freunde an Bord der *Enterprise* verlieren.

KAPITEL 9

Data saß wieder am Navigationspult, und aufgrund des turnusmäßigen Wechsels hatte Fähnrich Serena Gibson an der Operatorstation Platz genommen. Der regelmäßige Austausch des Brückenpersonals diente dazu, den entsprechenden Besatzungsmitgliedern Erfahrungen im Kontrollraum zu ermöglichen, und diese Routine endete erst, wenn sie die Konfliktzone – den samdianischen Sektor – erreichten. Dann befanden sich nur noch Offiziere auf der Brücke, an deren Kompetenz nicht der geringste Zweifel bestehen konnte.

Gibson sah zu Data, als er Wesley Crusher am Nav-Pult ablöste – der Junge ging zu einer der wissenschaftlichen Stationen auf dem Oberdeck. »Wenn Sie irgendwelche Fragen haben...«, sagte Data. »Ich bin gern bereit, sie zu beantworten.«

Die junge Frau senkte den Blick. »Tut mir leid. Ich wollte Sie nicht anstarren. Inzwischen ist allgemein bekannt, was auf Elysia mit Ihnen geschah. Ich warte mit meinen Fragen bis nach dem Ende der Schicht.« Im Anschluß an diese Worte konzentrierte sie sich auf ihre Konsole.

Data blickte ebenfalls auf die Anzeigen, und dünne Falten bildeten sich in seiner Stirn. Er hatte nicht beabsichtigt, Gibson aufzufordern, im Kontrollraum persönliche Fragen zu stellen. Seltsam: In vertrauten Umgebungen vergaß er manchmal minutenlang seine Verwandlung in einen Menschen.

Bis er daran erinnert wurde. Er gab seine ID-Kennung ein, und die Einträge des Navigationslogbuchs rasten in einem Sekundenbruchteil über den Schirm. Data hoffte, daß es niemand bemerkt hatte, als er auf für Menschen übliche Lesegeschwindigkeit schaltete und sich über den aktuellen Stand der Dinge informierte.

Die *Enterprise* flog weiterhin zum samdianischen Sektor, mit einer Geschwindigkeit, die knapp unter dem höchsten Warpfaktor lag. Alle Systeme funktionierten einwandfrei. Der große Wandschirm zeigte nur vorbeigleitende Sterne.

Data sah zu Gibson. Er kannte sie nicht sehr gut, konnte sich kaum daran erinnern, jemals ein längeres Gespräch mit ihr geführt zu haben. Deutete das auf Gedächtnislükken hin, oder hatte er wirklich nur selten mit ihr gesprochen? Konnte er Begegnungen mit einer so attraktiven Frau einfach vergessen? Gibson war blond und trug ihr langes Haar offen. Starfleet-Uniformen täuschten nicht über die Figur hinweg, und Data beobachtete einen schlanken, gut geformten Körper mit den richtigen Wölbungen an den richtigen Stellen. Ein süßlicher Duft ging von der jungen Frau aus...

»Mache ich irgend etwas falsch, Mr. Data?« fragte Gibson, als sie den Blick des Zweiten Offiziers bemerkte.

»Oh... nein. Es ist alles in Ordnung.« Verlegen wandte sich Data wieder dem Nav-Pult zu. Er mußte sich die menschliche Fähigkeit aneignen, während des Dienstes einen großen Teil der sensorischen Informationen zu filtern oder abzuschirmen.

Die Vorstellung, von der Brücke verbannt zu werden, wenn die *Enterprise* ihr Ziel erreichte, erinnerte Data an den Navigationstest. Er aktivierte das Prüfprogramm und befaßte sich mit den einzelnen Übungen. Es konfrontierte ihm mit zufällig ausgewählten Situationen, und die Reaktionen ließen genaue Rückschlüsse auf seine Fähigkeiten zu. Natürlich würde der Computer den Test sofort unterbrechen, wenn die Sensoren eine Kursänderung für erforderlich hielten. Es bestand also keine Gefahr, daß Datas erschreckendes Unvermögen, seine Aufmerksamkeit wie ein Androide zu teilen, Gefahren heraufbeschwor. Das Raumschiff war so konstruiert, um menschliche Fehlbarkeit zu kompensieren.

Data bemerkte sofort, daß er die Kontrollen nicht so schnell bediente wie früher. Als er die Testergebnisse auswerten ließ, stellte er erleichtert fest, daß seine Reaktionszeit innerhalb der Starfleet-Toleranzen lag.

Er lehnte sich im Sessel zurück – und spürte, daß jemand hinter ihm stand. Will Riker sah ihm über die Schulter. »Gute Leistung, Data«, sagte er. »Der erste Versuch?«

»Ja, Sir.«

»Ausgezeichnet. Als Navigator haben Sie sich bereits qualifiziert. Ich verzeichne das im Logbuch.«

»Danke, Sir.« Die Mühelosigkeit, mit der er den ersten Test bestanden hatte, erfüllte Data mit neuer Zuversicht. »Allerdings bezieht sich meine Besorgnis nicht in erster Linie auf die Erfordernisse des Brückendienstes.«

»Worf?« fragte Riker sanft.

»Vielleicht erweist sich der Sicherheitstest als ein unüberwindliches Hindernis für mich.«

»Möchten Sie, daß ich mit Ihnen übe, bevor Sie Worf gegenübertreten?«

»Danke, Commander. Darryl Adin hat mir bereits diese Hilfe angeboten.«

»Wie ich hörte, soll er früher verdammt gut gewesen sein«, sagte Riker. »Und wahrscheinlich hat sich nichts daran geändert – schließlich lebt er noch. Lassen Sie sich auch beim Zielschießen von ihm helfen. Er hält nach wie vor den Rekord als Starfleet-Scharfschütze.«

Menschen sprachen manchmal davon, daß ihnen das Herz in die Hose rutschte. Data wußte nun, was damit gemeint war; ähnliche Empfindungen entfalteten sich in ihm.

Bisher hatte er keinen Gedanken ans Zielschießen verschwendet, denn als Androide verfügte er über die gleiche Telemetrie, von der auch die Phaserkanonen und Photonentorpedos des Schiffes kontrolliert wurden. Er verfehlte ein Ziel nur dann, wenn es sich nach dem Schuß bewegte.

Doch jetzt war es so, als hätte er nie einen Strahler in der Hand gehalten.

Ein Kloß entstand in Datas Hals, aber er brachte trotzdem hervor: »Danke, Commander. Ich spreche Dare darauf an.« Doch die düsteren Vorahnungen verdichteten sich in ihm. *Wenn wir die Konfliktzone erreichen, schickt man mich wahrscheinlich von der Brücke,* fuhr es ihm durch den Sinn. *Vielleicht setzt man mich als Assistenten im Maschinenraum oder in der wissenschaftlichen Abteilung ein.*

Als die gegenwärtige Schicht zu Ende ging, kehrte Captain Picard auf die Brücke zurück und nahm im Kommandosessel Platz, um das Logbuch auf den neuesten Stand zu bringen. »Mr. Data, wie ich einem Eintrag des Ersten Offiziers entnehme, haben Sie die Navigationsprüfung erfolgreich abgelegt. Lösen Sie Fähnrich Gibson bei der nächsten Dienstphase am Operatorpult ab.«

»Ja, Sir.«

Worf stand auf dem Oberdeck und trat ans Geländer. »Wann wollen Sie sich in Hinblick auf physische Reflexe, Waffen und Zweikampf testen lassen?«

Data mußte sich zwingen, in einem normalen Tonfall zu sprechen, um seine Furcht zu verbergen. »Diese Erfordernisse sind am stärksten von meinem neuen, äh, Status betroffen. Ich bitte respektvoll um Erlaubnis, vor dem Test zu üben.«

»Das ist vernünftig«, erwiderte Worf mit einem fast drohend klingenden Knurren. »Geben Sie mir Bescheid, wenn Sie soweit sind.«

»Ich möchte mich dem Sicherheitstest unterziehen, bevor wir den samdianischen Sektor erreichen.«

»Data«, wandte Counselor Troi ruhig ein, »vielleicht ist Ihnen noch nicht klar, welche psychologischen Folgen sich für Sie ergeben. Sie können unmöglich so bald für Einsätze außerhalb der *Enterprise* bereit sein.«

»Aber ich...« Data unterbrach sich. Er hatte seinen Offizierskollegen noch nie widersprochen. Wenn er jetzt damit begann, hielten sie ihn sicher für emotional labil.

»Ich beuge mich natürlich Ihrem Urteil, Counselor. Doch ich möchte hinzufügen...«

»Seien Sie unbesorgt.« Troi lächelte verständnisvoll. »Wir versuchen, Sie so schnell wie möglich für voll diensttauglich zu erklären. Versuchen Sie nicht, Ihre Gefühle zu sehr zu unterdrücken. Nach Ihren jüngsten Erfahrungen ist es vollkommen natürlich, daß Sie einen emotionalen Sturm erleben. Eine Verdrängung der für Sie neuen Empfindungen verursacht nur psychischen Streß.«

Zum Teufel mit Trois betazoidischer Empathie! Wahrscheinlich hatte sie die ganze Zeit nach seinen Gefühlen ›gehorcht‹, während Data auf der Brücke gewesen war. O nein! Das bedeutete auch, daß sie von der Pflichtvernachlässigung wußte, als er sich von den sensorischen Eindrükken in bezug auf Fähnrich Gibson ablenken ließ.

Er spürte, wie er errötete — das Glühen der Wangen gab einen deutlichen Hinweis. Troi schwieg und lächelte nur.

Aus irgendeinem Grund wurde dadurch alles noch schlimmer.

Wenige Sekunden später traf die Ablösung ein, und Data nahm dankbar die Gelegenheit für einen strategischen Rückzug wahr. Mehrere Stunden lang hatte er mehr oder weniger still gesessen, und nun spürte er die von Darryl Adin versprochenen Schmerzen. Nun, sie ließen sich mit Hilfe einer Ultraschalldusche beseitigen, aber wie sollte er die zunehmende Pein in seinem Gewissen lindern?

Als Data den Turbolift betrat, eilte Wesley Crusher übers Oberdeck und gesellte sich zu ihm. »Darf ich die für morgen vorgesehene Lektion verschieben?«

»Aus welchem Grund?«

»Als ich an den Computern von Darryl Adins Gruppe arbeitete, kam mir eine Idee. Vielleicht können wir unsere Navigationsgleichungen verbessern.«

»Ja. Ich habe mir vorgenommen, deine Entdeckung gründlich zu untersuchen.«

»Nein, ich meine nicht die Sternkarten«, erwiderte Wesley. »Das war gestern. Dies ist eine neue Idee. Ich zeig's Ihnen«, fügte er hinzu, als sie durch den Korridor schritten, der zu ihren Quartieren führte.

Wesley wohnte noch immer in der Kabine, die er mit seiner Mutter geteilt hatte; die anderen nun für ihn verantwortlichen Offiziere wollten, daß er in der Nähe blieb.

Data kannte den Enthusiasmus des Jungen: *Wenn ich ihm erlaube, an meinem Computer zu arbeiten, habe ich für mehrere Stunden einen Gast.* Er blieb vor Wesleys Tür stehen und sagte: »Na schön. Zeig es mir.«

Wes startete das Programm, nahm jedoch nicht sofort vor der Konsole Platz. »Haben Sie Hunger?« fragte er.

Data kam gar nicht dazu, eine Antwort zu geben. Überrascht hörte er das Knurren seines Magens. Wesley lachte. »Das hört sich nach einem ›Ja‹ an. Was möchten Sie?«

»Jeder Vorschlag ist willkommen.«

Der Junge grinste. »Mom erlaubte mir immer ein Dessert pro Tag. Aber ich esse es lieber am Nachmittag, damit ich es richtig genießen kann – anstatt nach einer Mahlzeit, wenn ich keinen Hunger mehr habe.«

Data vermutete, daß sich Wesley auch weiterhin an die Regeln seiner Mutter hielt; er war ganz offensichtlich gesund und schien mit jedem Tag größer zu werden. »Klingt gut«, sagte er.

Wesley trat an den Nahrungsspender heran. »Mal sehen... Mögen Sie Schokolade?«

»Ich weiß nicht.«

»Sie sind jetzt ein Mensch. Schokolade *muß* Ihnen einfach gefallen. Sie sollten diese Köstlichkeit kennenlernen! O ja... Computer, zwei heiße Eisbecher!«

Data nahm einen entgegen und blickte erstaunt darauf hinab. Nur die Schokoladensoße war heiß, und der Rest bestand aus kalter Eiscreme. Daraus ergab sich eine faszinierende Mischung aus Heiß und Kalt, Bitter und Süß. Der visuelle Eindruck wurde diesen Gegensätzen gerecht: hier dunkelbraune Schokolade, dort fast weißes Eis. »Eine Art Kontraststudie«, sagte Data und schob sich den Löffel in den Mund. »Wesley, ich glaube, du hast mich gerade etwas über die menschliche Kunst gelehrt.«

Der Junge schnaufte mit vollem Mund und bemühte sich zu schlucken. Als ihm das gelungen war, lachte er laut.

»Habe ich etwas Komisches gesagt?« frage Data.

»Nein, eigentlich nicht. Aber Sie sind der erste Erwachsene, der wie ich die Meinung vertritt, daß man Schokolade für eine Form der Kunst halten sollte. Es freut mich, daß Sie Gefallen daran finden. Beim nächsten Mal bestelle ich uns Schokoladencreme.«

Fast eine Stunde lang prüfte Data die Gleichungen, an denen Wesley arbeitete — als Androide hätte er dazu nur wenige Minuten gebraucht. Er beugte sich über die Schultern des Jungen und fühlte Steifheit in den Muskeln, als er Wesley beipflichtete: Der Junge sollte die aktuellen Forschungen fortsetzen. Anschließend kehrte Data in sein Quartier zurück und sehnte sich danach, unter die Ultraschalldusche zu treten.

Als er die Kabine erreichte, begegnete er Geordi an der Tür. »Nun?« Der Chefingenieur schmunzelte. »Wie ist es auf der Brücke gelaufen? Sie scheinen nichts angestellt zu haben; die *Enterprise* ist noch immer heil.«

Sie traten ein und setzten sich.

»Es kam zu keinen Zwischenfällen, aber...« Data holte tief Luft. »Geordi, es ist alles so *kompliziert*. Ich muß jetzt Dinge berücksichtigen, an die ich nie zuvor gedacht habe. Vielleicht wird Wesley Crusher zu einem Senior-Mitglied der Brückencrew, bevor ich wieder voll diensttauglich bin.«

»Ich bitte Sie.« LaForge winkte ab. »So schwer ist es nicht, ein Mensch zu sein.«

»Wenn man als einer geboren wurde«, erwiderte Data. »Geordi, wie können Sie sich auf etwas konzentrieren, wenn Sie die ganze Zeit über von sensorischen Informationen bombardiert werden? Ich bin nicht mehr in der Lage, unwesentliche Informationen abzuspeichern, um sie später zu analysieren: Wenn ich sie abzurufen versuche, sind sie verschwunden. Wann immer etwas Neues meine Aufmerksamkeit erfordert, verliere ich die Kontrolle über das, womit ich gerade beschäftigt bin.«

»Es ist nur eine Frage der Erfahrung. In einigen Tagen lernen Sie, das Wichtige vom Unwichtigen zu unterscheiden. Wenn es sich um eine Sache handelt, die wirklich bedeutsam ist, können Sie sich entweder sofort damit befassen oder den Computer anweisen, die entsprechenden Daten aufzuzeichnen.«

»Ja.« Data nickte. »Ja, Sie haben recht. Das ist eine gute Möglichkeit, um Entscheidungen zu treffen. Wenn eine Speicherung notwendig wird, geht es um etwas Wichtiges. Wenn nicht, sollte ich der betreffenden Angelegenheit keine Beachtung schenken. Danke, Geordi.« Nach kurzem Zögern fügte er hinzu: »Fällt es Ihnen schwer, die... sensorischen Eindrücke von... Frauen zu ignorieren?«

LaForge lachte. »Ich hätte es wissen müssen — Sie haben Ihren Heiligenschein verloren, Data. Willkommen in der Welt der Versuchung. Nun, wenn Sie nicht im Dienst sind, gibt es keinen Grund, die angenehmeren Aspekte des anderen Geschlechts zu übersehen. Sie lernen schnell und finden bestimmt heraus, wann sich eine geeignete Gelegenheit ergibt.« Der Chefingenieur wurde wieder ernst. »Wenn Sie mir einen Rat erlauben, der Ihnen in diesem Zusammenhang Probleme und Enttäuschungen ersparen könnte...«

»Ja, ich bitte darum.«

»Denken Sie dabei nicht in erster Linie an Ihr eigenes Vergnügen. Unterhalten Sie die Dame. Ich bin nicht gerade ein Experte auf diesem Gebiet, aber ich weiß folgendes: Die Frau sollte das Tempo selbst bestimmen können. Man gehe niemals von irgendwelchen Annahmen aus; lassen Sie sich zeigen, was Ihre Partnerin möchte. Ich glaube, Frauen ist nicht klar, daß sie Männer allein durch ihre Weiblichkeit reizen.«

»Dann sind meine Reaktionen also normal.« Data seufzte erleichtert.

»Ja, natürlich. Aber zeigen Sie sie nicht zu deutlich, bevor die Dame Sie dazu einlädt.«

»Als ich sie spürte...« murmelte Data. »Ich hatte kaum Zeit, darüber nachzudenken. Aus diesem Grund finde ich es so beunruhigend, daß Frauen eine derart starke... ablenkende Wirkung haben. Eine normale menschliche Reaktion, in Ordnung. Ich werde sie ignorieren, bis ich meine anderen Probleme gelöst habe.«

»Und worin bestehen die?« fragte Geordi mit einem Lächeln, das Data nicht zu deuten vermochte.

»In der Requalifizierung für vollen Dienst-Status. Die *Enterprise* nähert sich einer Konfliktzone, und derzeit ist ihr Zweiter Offizier nicht befugt, sich einer Landegruppe anzuschließen oder das Kommando zu übernehmen.«

»Ich verstehe. Sie müssen sich den einzelnen Tests unterziehen.«

»Die Navigationsprüfung habe ich bereits bestanden. Morgen steht die Operatorstation auf dem Programm.«

»Ein guter Anfang. Weshalb machen Sie sich dann Sorgen? In einigen Tagen gibt es für Ihren Dienst-Status sicher keine Einschränkungen mehr.«

»Vorausgesetzt, Worf und Counselor Troi sind damit einverstanden.«

»Worf ist nicht so streng, wie es den Anschein hat«, sagte Geordi. »Er knurrt viel und spricht von klingonischer Überlegenheit, aber wenn Sie sich einigermaßen geschickt anstellen, erhebt er bestimmt keine Einwände. Lieber Himmel, er hat sogar *mich* für voll diensttauglich erklärt – nachdem er großen Spaß daran fand, mich auf dem Holo-Deck hin und her zu schleudern. Bei gewöhnlichen Besatzungsmitgliedern gibt er sich mit einem Minimum an Selbstverteidigungspotential zufrieden, während er von den Angehörigen der Sicherheitsabteilung weitaus mehr verlangt.«

Das stimmte. Data erinnerte sich erleichtert daran, daß er beim unbewaffneten Kampf schon das gleiche Leistungsniveau wie Geordi erreicht hatte. Damit blieben Waffen. Zum Glück erwartete man von gewöhnlichen Mitgliedern der Crew nicht, daß sie – wie die Sicherheitsbeamten – den Umgang mit einigen exotischen Waffen beherrschten. Wenn Data bewies, daß er mit einem Phaser gut genug zielen konnte, bestand er die Prüfung.

Und Counselor Troi?

»Belasten Sie sich nicht zu sehr«, sagte Geordi. »Wenn Sie alle Tests absolviert haben, fühlen Sie sich zuversichtlich — und das merkt auch Troi. Sie *kann* gar nicht Ihre volle Diensttauglichkeit bestätigen, bevor Sie sich an die neue Existenz als Mensch gewöhnt haben. Überlegen Sie mal: Möchten Sie jetzt die Verantwortung tragen, eine Landegruppe in den Einsatz zu führen?«

»Nein«, erwiderte Data. »Erst recht nicht nach dem fatalen Fehler, der mir beim letztenmal unterlief.«

»Wie meinen Sie das?«

Data stand auf und ging zum Spiegel. »Sehen Sie mich an, Geordi. Sie erkennen es besser als sonst jemand. Mein... Egoismus hat das Gleichgewicht der Senior-Crew dieses Schiffes gestört. Der Mensch namens Data kann nicht mehr leisten als Sie, Picard, Riker oder Pulaski. Als Androide war ich stärker, schneller und konnte sofort auf eine riesige Informationsmenge zurückgreifen. Jetzt bin ich nichts Besonderes mehr.«

»Sie haben Fähigkeiten, Erfahrungen und andere Eigenschaften, durch die Sie zu einem einzigartigen Individuum werden«, hielt ihm Geordi entgegen. »Data, es gibt keinen Grund für Sie, sich schuldig zu fühlen. Glauben Sie etwa, ich hätte daran gedacht, wie nützlich meine spezielle Wahrnehmung für Starfleet ist, wenn ich an Ihrer Stelle gewesen wäre? Nein, bestimmt nicht. Sie haben sich die Erfüllung Ihres größten Wunsches verdient, und das verstehen alle an Bord. Kommen Sie jetzt — genießen wir unsere Freizeit. Ich schlage vor, wir gehen zum Gesellschaftsraum und genehmigen uns einen Drink. Vielleicht finden wir dort jemanden, mit dem wir über angenehmere Dinge sprechen können.«

Als sie die Bar erreichten, sah Data Darryl Adin, der allein am Panoramafenster saß und ins All blickte. Geordi bestellte Drinks, und Data trat auf den Söldner zu. »Sdan beendet die Reparatur der Computer in einigen Stunden. Dann hindert Sie nichts mehr daran, die *Enterprise* zu verlassen.«

Adin sah mit einem schiefen Lächeln zu ihm auf. »Das ist jetzt nicht mehr wichtig. Wir haben heute eine Nachricht von Brancherion erhalten. Jene Leute, die wir dort ausbilden und organisieren sollten... Da wir nicht rechtzeitig eintrafen, mußten sie sich ohne uns ihren Gegnern stellen. Und sie errangen einen Sieg. Offenbar brauchte man uns gar nicht.«

»Haben Sie ein anderes Angebot?« erkundigte sich Data.

»O ja. Für den Silbernen Paladin gibt es immer Arbeit. Aber ich schätze, diesmal wird Starfleet nicht sehr glücklich sein.« Adin holte einen kleinen Tricorder hervor und schob einen Datenchip hinein. »Ich bekam die Mitteilung von Ihrer Sicherheitsabteilung. Sie ist noch immer mit meinem Code verschlüsselt, aber Captain Picard hat ein Recht darauf, Bescheid zu wissen.«

Data betrachtete das Anzeigefeld: Die Regierung des samdianischen Sektors bat den Silbernen Paladin, ihr beim Kampf gegen die Konor zu helfen. »Die Samdianer bitten alle Völker der Galaxis um Hilfe. Wollen Sie ihnen Ihre Dienste anbieten?«

»Ich verabscheue es, von Anfang an auf der Verliererseite zu stehen«, antwortete Dare. »Aber Herausforderungen kann ich nicht widerstehen. Das Problem ist: Derzeit läßt sich die Lage kaum beurteilen.«

Geordi kam zu ihnen und stellte ein mit hellbrauner Flüssigkeit gefülltes Glas vor Data ab. »Arkturianischer Apfelwein. Guinan meinte, Sie sollten ihn probieren. Wenn er Ihnen nicht gefällt, wählen Sie einfach etwas anderes.«

»Danke. Dare...«

»Oh, setzen Sie sich zu uns, Geordi. Diese Sache ist kein Geheimnis. Captain Picard muß eine ebenso schwierige Entscheidung treffen wie ich, aber ich zähle auf seine Fairneß.«

»Eine schwierige Entscheidung?« wiederholte LaForge.

»Ja. Entweder behält uns Picard an Bord und erlaubt

uns, gleichzeitig mit Ihnen im samdianischen Sektor einzutreffen – oder er läßt mich und meine Freunde zurück, sobald unsere Schiffe repariert sind. In dem Fall benötigten wir einige Tage, um die Konfliktzone zu erreichen.« Während Dare Geordi die Hintergründe schilderte, trank Data einen Schluck von dem Apfelwein. Er schmeckte sehr süß, und hinzu kamen einige seltsame, aber recht angenehme Aromen.

Er wandte die Aufmerksamkeit von dem Getränk ab, als Dare fragte: »Was wissen Sie von der Situation, Data? Gibt es Informationen, die keiner Sicherheitskassifikation unterliegen?«

Wenn jemand eine direkte Frage an ihn richtete, versuchte Data noch immer, interne Datenbanken zu öffnen. Doch sie existierten nicht mehr. »Ich weiß nur, daß die Konor den Planeten Dacket im samdianischen Sektor angreifen, ohne dazu provoziert worden zu sein.«

»Selbst das öffentliche Nachrichtenbulletin enthält diesen Hinweis«, erwiderte Dare trocken.

»Mehr ist auch mir nicht bekannt«, warf Geordi ein.

Data war noch immer so neugierig wie vor seiner Verwandlung, und jetzt spürte er das dringende Bedürfnis, mehr zu erfahren. »Was halten Sie davon, wenn wir zu einem Computerterminal gehen?«

Im Gesellschaftsraum gab es keine Konsolen – er diente in erster Linie für Gespräche und zwanglose Begegnungen –, aber auf der anderen Seite des Korridors fanden sie einen Aufenthaltsraum mit mehreren Terminals. Sie nahmen an einem Platz, und Data rief Informationen über den samdianischen Sektor ab.

Es handelte sich um eine ökonomische Gemeinschaft aus drei Planeten, die vor vielen Jahrhunderten von einer humanoiden Spezies besiedelt worden waren. Bis auf den heutigen Tag hatten die Samdianer nur eine Sublicht-Raumfahrt entwickelt. Die einzelnen Welten trieben regen Handel miteinander, aber sie suchten keine Kontakte zu anderen Völkern.

Noch vor der Gründung der Föderation schlossen sich die drei Planeten zusammen, um einen Versuch der Klingonen abzuwehren, den samdianischen Sektor ins Imperium aufzunehmen. Anschließend ließ man sie in Ruhe. Überall sonst in der Galaxis wurden überlichtschnelle Raumschiffe gebaut, aber die Samdianer blieben technisch fortgeschritten genug, um potentiellen Eroberern Probleme zu bereiten. Außerdem gab es auf ihren Welten weder Gold noch Dilithium oder andere Kostbarkeiten, die habgierige und machthungrige Fremde anlockten. Aggressive Rassen wählten vielversprechendere und leichter zu überwältigende Opfer, und die Samdianer lebten in friedlicher Isolation.

Der Datenspeicher des Computers enthielt auch einige etwa dreißig Jahre alte Bilder. Die wenigen samdianischen Artefakte in der Föderation stammten aus dem beschlagnahmten Besitz von Ferengi oder orionischen Piraten, die gelegentlich Raumschiffe der Samdianer am Rand des Sektors überfielen. Solche Vorstöße führten nur einmal zum Erfolg: Wenn sie sich wiederholten, organisierten die drei Planeten energischen Widerstand.

Der Isolationismus verhinderte die interkulturellen Wechselwirkungen, die eine so starke Dynamik in der Föderation ermöglichten, und darüber hinaus führte er dazu, daß sich andere Völker in der Nähe technologisch schneller entwickelten. Im Lauf des vergangenen Jahrhunderts wäre es möglich gewesen, den samdianischen Sektor ohne große Verluste zu erobern, aber bevor jemand Gelegenheit dazu bekam, schlossen die Föderation und das klingonische Imperium ein Bündnis. Daraufhin hielten es die Ferengi, Orioner und andere für besser, auf offensive Aktionen gegen die Samdianer zu verzichten – niemand von ihnen wollte einen interstellaren Krieg riskieren.

Kaum jemand wagte es, die vereinte Macht von Völkerbund und Imperium herauszufordern. Deshalb lebten die Samdianer auch weiterhin in Frieden, wahrscheinlich ohne den Grund dafür zu verstehen – bis die Konor erschienen.

Nach den von Dacket eingetroffenen Berichten begannen die Konor vor etwa fünf Standardjahren mit erbarmungslosen Angriffen, schreckten nicht vor Massakern zurück und übernahmen schon nach kurzer Zeit den Planeten Jokarn. Im Augenblick griffen sie Dacket an, und Gellesen wäre sicher ihr nächstes Ziel.

Die Konor begnügten sich nicht mit bestimmten Produkten oder Rohstoffen. Sie raubten ganze Planeten. Sie waren Krieger, wie die Klingonen, aber im Gegensatz zu ihnen griffen sie auch Unbewaffnete an. Ohne zu zögern töteten sie Männer, Frauen und Kinder, die sich ihnen widersetzten, versklavten die anderen. Sie zogen in die Heime der Unterworfenen ein, beanspruchten Landwirtschaft und Industrie, verhielten sich so, als gehörte der Planet schon immer ihnen.

Dare schüttelte den Kopf. »Daraus werde ich einfach nicht schlau. Hat es die Föderation jemals mit den Konor zu tun bekommen?«

Data suchte nach Querverweisen. »Nein«, antwortete er schließlich.

»Seltsam«, murmelte Geordi. »Warum haben uns die Samdianer nicht mehr Informationen über ihre Gegner geschickt?«

»Vielleicht ist ihr Wissen beschränkt«, vermutete Data.

»Woher kommen die Konor?« fragte Adin.

Data betätigte mehrere Tasten, aber der Bildschirm blieb leer. »Es sind keine Angaben gespeichert«, sagte er und runzelte die Stirn. »Computer: sphärischer Scan aller bewohnten Welten, die höchstens fünfzig Lichtjahre vom samdianischen Sektor entfernt sind.«

»Bestätigung.«

»Visuelle Anzeige.«

Diesmal bildete sich ein Hologramm, das den Quadranten zeigte. Weiße Lichtpunkte symbolisierten Planeten. »Bitte drehen Sie die Darstellung, Data.«

Der Zweite Offizier kam dieser Aufforderung nach. Das holographische Bild rotierte erst vertikal, dann horizontal.

»Wie sonderbar«, kommentierte Data. Die Konor hätten den samdianischen Sektor nicht erreichen können, ohne mindestens ein Dutzend bewohnte Welten zu passieren. »Computer, sind Angriffe der Konor auf einen jener Planeten bekannt?«

»Negativ.«

»Dann hatten sie es in erster Linie auf die Samdianer abgesehen«, schloß Dare.

»Auf ein friedliches Volk, das seinen Sektor seit Jahrhunderten nicht verließ?« entgegnete Data.

LaForge hob die Hand. »Einen Augenblick. Sie haben *bewohnte* Welten gesagt, Data. Die samdianischen Planeten gehören zur Klasse M. Computer, zeig uns nur die Welten der Klasse M.«

Etwa ein Viertel der Lichter verschwand, aber es änderte sich kaum etwas: Ganz gleich, aus welcher Richtung die Konor gekommen waren — überall auf dem Weg zum samdianischen Sektor gab es andere Planeten, die ihnen ebenso lohnende Ziele boten wie Jokarn, Dacket und Gellesen. »Das ist nicht logisch«, stellte Data fest. »Das Verhalten der Konor deutet darauf hin, daß sie bewohnte Welten suchen, um sie zu übernehmen. Warum haben sie all diese Planeten ignoriert?«

»Vielleicht übte der samdianische Sektor einen besonderen Reiz auf sie aus«, sagte Geordi. »Drei Welten, die sich sehr ähneln und nicht weit voneinander entfernt sind.«

»Oder sie wollen nicht riskieren, auf ebenbürtige Gegner zu stoßen«, fügte Dare hinzu. »Der samdianische Sektor hat eine ausgezeichnete strategische Position. Leider waren die Samdianer nicht so vernünftig, mit der allgemeinen technischen Entwicklung Schritt zu halten und sich mit ihren Nachbarn zu verbünden. Sonst wären sie heute nicht in dieser Lage. Über welche Waffen verfügen die Konor? Was ist mit ihren Raumschiffen?«

»Keine Angaben«, antwortete die Sprachprozessorstimme des Computers.

»Die verdammten Narren wissen nicht einmal, wie man

um Hilfe bittet«, brummte Dare. »Für eine wirkungsvolle Verteidigungsstrategie brauchen wir alle Informationen, die sie uns geben können.«

»Wir?« fragte Geordi.

»Ich nehme an, wir stehen auf der gleichen Seite«, erwiderte Dare. »Und ich hoffe, Captain Picard gibt uns die Erlaubnis, auch weiterhin an Bord zu bleiben. Obwohl es für den Silbernen Paladin wahrscheinlich gar nicht notwendig wird, in das Geschehen einzugreifen. Die Situation scheint ziemlich klar zu sein: Starfleet eilt einem Volk zu Hilfe, das ohne eigenes Verschulden von einem Aggressor bedroht wird.«

»So sieht es aus«, pflichtete ihm Geordi bei. »Data, wir sollten dem Captain mitteilen, was wir herausgefunden haben.«

Dare hob den Kopf. »Darf ich Sie begleiten?«

»Ihr Input könnte sich als nützlich erweisen«, sagte Data. »Computer, wo ist Captain Picard?«

»Captain Picard befindet sich auf dem Holo-Deck.«

Dort hielten sich die meisten Senior-Offiziere auf, und das Programm simulierte einen tropischen Urlaubsort. Picard und Kate Pulaski saßen an einem von mehreren Tischen am Rand eines Swimming-pools. Will Riker schwamm und beobachtete Serena Gibson, die gerade sprang und ins Wasser *klatschte.* Der Erste Offizier lächelte, unterbreitete der jungen Frau einige Verbesserungsvorschläge und forderte sie auf, es noch einmal zu versuchen.

Pulaski hob den Kopf, als sich Data, Geordi und Dare näherten. »O nein«, seufzte sie. »Gerade habe ich den Captain überredet, sich ein wenig zu entspannen, und schon kündigen sich Probleme an.«

»Wir bringen keine Schwierigkeiten, sondern Informationen«, widersprach LaForge.

»Hat das nicht noch etwas Zeit?« fragte die Ärztin. »In drei Tagen bekommen wir es mit einer Situation zu tun, die von uns allen volle Aufmerksamkeit und ein hohes Maß an Konzentration erfordert. Data, nehmen Sie sich in dieser Hinsicht kein Beispiel an dem Captain, sondern an...« – sie blickte sich um und beobachtete, wie Riker lachte, als Gibson ihn bespritzte – »...Commander Riker. Er weiß: Wenn er sich in seiner freien Zeit entspannt, ist er im Dienst leistungsfähiger.«

Picard hob eine Braue. »Wie soll ich mich entspannen, während ich mir folgende Frage stelle: Was ist so wichtig, um zwei meiner Offiziere zu veranlassen, mir zum Holo-Deck zu folgen? Kommen Sie, meine Herren.«

Der Simulationscomputer stellte ihnen ein gut ausgestattetes Konferenzzimmer zur Verfügung, und dort zeigte Data dem Captain, was sie über Konor und Samdianer in Erfahrung gebracht hatten.

Picard sah auf den Bildschirm und schürzte die Lippen. »Es ist also unbekannt, woher die Konor kommen. Sie haben keine Spuren hinterlassen. Seltsam.«

»Faszinierend«, kommentierte Data.

Picard musterte ihn kurz und lächelte dünn. »Ihre Metamorphose hat nichts daran geändert, daß Sie Geheimnisse lieben«, stellte er fest.

»Das stimmt, Sir. Diesen Wesenszug teilen wir.«

»Ja«, erwiderte Picard gedehnt. »Nun, Mr. Adin – warum sind Sie hier?«

Dare erklärte den Inhalt der beiden Nachrichten, die er bekommen hatte. »Die Reparatur unserer Schiffe ist fast beendet«, fügte er hinzu. »Es sind weit und breit die schnellsten privaten Raumer, aber mit der *Enterprise* können sie es nicht aufnehmen. Was wir bisher über den Angriff auf die Samdianer wissen, läßt den Schluß zu, daß es die Föderation gar nicht ablehnen kann, ihnen zu helfen. Dennoch muß ich auf den an uns gerichteten Notruf reagieren. Wenn Sie uns von Bord schicken, treffen wir einige Tage nach Ihnen im samdianischen Sektor ein – wahrscheinlich gerade noch rechtzeitig, um zu beobachten, wie Sie die letzten Konor verjagen. Das wäre eine Verschwendung von Zeit und Energie. Wenn wir hingegen die Möglichkeit haben, Sie weiterhin zu begleiten...«

»Sie können selbstverständlich an Bord bleiben«, sagte Picard. »Aber glauben Sie nur nicht, daß wir in einen Krieg ziehen.«

»Oh, ich erinnere mich genau an meine Lektionen in Starfleet«, entgegnete Dare. »Wer zum Kampf gezwungen wird, hat bereits die erste Schlacht verloren. Allerdings: Dieser Krieg hat ohne uns begonnen. Sie haben nur dann eine Möglichkeit, ihn zu beenden, ohne daran teilzunehmen, wenn sich die Konor beim Erscheinen der *Enterprise* entweder zurückziehen oder zu Verhandlungen bereit sind.«

»Das hoffen wir«, bestätigte Picard. »Anscheinend erreichen wir die Konfliktzone als erste. Aber der klingonische Kreuzer *Pagh* wird acht Tage nach uns erwartet, und weitere Schiffe sind unterwegs. Die Konor stellen alle Kampfhandlungen ein, wenn sie einen Planeten übernommen haben; sie sind also keine wahnsinnigen Berserker. Vielleicht hören sie auf die Stimme der Vernunft und beugen sich einer überlegenen Macht.«

»*Falls* unsere Macht wirklich überlegen ist«, warf Data ein.

Picard bedachte ihn mit einem fragenden Blick, und daraufhin fuhr er fort: »Die Samdianer haben uns keine Bilder von den Konor-Schiffen übermittelt. Sind sie mit Tarnfeldern ausgerüstet? Oder ist die Angriffsflotte so riesig, daß die Samdianer fürchten, unter solchen Umständen wäre nicht einmal Starfleet zu einer Intervention bereit?«

»Finden Sie es heraus, Mr. Data. Suchen Sie nach Hinweisen auf den Ursprung der Konor. Besorgen Sie mir etwas, das ich Troi und ihrem Psychologenteam geben kann — oder Thralen von der soziologischen Abteilung. Wir benötigen eine Vorstellung von den Motiven, Absichten und Beweggründen der Konor. Ich habe es nicht gern mit Schatten zu tun.«

»Ja, Sir.« Data stand auf, um das Konferenzzimmer zu verlassen.

Picard reagierte erst, als sich die Tür für den Zweiten Offizier öffnete. »Data!«

Er drehte sich um. »Ja, Sir?«

»Nicht jetzt, verdammt! Es tut mir leid — ich vergesse immer wieder, daß Sie keine Maschine mehr sind, und offenbar ergeht es Ihnen ebenso.«

»Ich werde häufig daran erinnert, Sir.«

»Ja, mag sein. Nach dem Ende Ihres Dienstes begannen Sie sofort mit der Suche nach den Informationen, die Sie mir gerade gegeben haben. Jetzt möchte ich, daß Sie sich einige Stunden lang entspannen, sich ausschlafen und morgen frisch beginnen. Leisten Sie uns hier Gesellschaft und schwimmen Sie im Pool.«

O nein — eine weitere Anforderung Starfleets. »Ich kann nicht schwimmen, Sir.«

»Dann erhalten Sie nun Gelegenheit, es zu lernen. Geordi?«

»Kommen Sie, Data«, sagte der Chefingenieur. »Was du heute kannst besorgen, das verschiebe nicht auf morgen.«

Sie brauchten das Holo-Deck nicht zu verlassen, um die Uniformen gegen Badehosen einzutauschen — die Umkleidekabinen in der Nähe des Pools boten eine große Auswahl an.

Riker und Gibson lagen inzwischen neben dem Schwimmbecken und schienen zu schlafen. Geordi sprang ins Wasser; sein VISOR war ebensogut isoliert wie der Androidenkörper, den Data auf Elysia zurückgelassen hatte.

Der Zweite Offizier zögerte am Rand des Beckens und spürte eine sonderbare Nervosität. Sie ergab keinen Sinn. Für einen Androiden stellte der Pool überhaupt keine Gefahr dar: Wenn er an der tiefsten Stelle hineingefallen wäre, hätte er einfach nur über den Grund wandern müssen, um zum seichten Bereich zu gelangen. *Jetzt bin ich leicht genug, um an der Oberfläche zu bleiben*, dachte er, doch die Unruhe prickelte weiterhin in ihm.

»Worauf warten Sie noch?« drängte Geordi. Data nahm

Platz und schob die Füße ins Wasser — es fühlte sich kalt an.

Er holte tief Luft und glitt in den Pool. Das Wasser reichte ihm bis zur Brust.

Geordi schwamm näher, richtete sich neben Data auf und runzelte die Stirn. »Sie haben regelrecht Angst, Data. Warum?«

»Ich... ich weiß nicht. Menschlicher Instinkt?«

»Nein. Die Furcht vor Wasser ist bei Menschen eine erlernte Reaktion. Babys lernen aus einem Reflex heraus schwimmen. Was geschah, als Sie zum letztenmal mit soviel Wasser konfrontiert wurden?«

»Auf Elysia... Ich war stark beschädigt. Das Wasser durchdrang die Isolierschichten und führte zur Kurzschlüssen in meinen Schaltkreisen.«

»Oh, kein Wunder, daß Sie so beunruhigt sind!« erwiderte LaForge. »Nun, denken Sie nach. In Ihrem Innern gibt es keine elektrischen Systeme mehr, die ausfallen könnten, oder?« »Nein. Dafür kann ich jetzt ertrinken.«

Geordi lachte. »Nicht auf dem Holo-Deck. Wenn jemand im Pool in Lebensgefahr geriete, würde das Wasser einfach verschwinden. Dies ist der sicherste Ort, um schwimmen zu lernen. Zuerst tauchen Sie den Kopf unter, halten die Luft an und lassen sich einfach treiben — der Rest ist ganz einfach.«

Vielleicht für Geordi. Data kam sich schrecklich unbeholfen vor, als er die Bewegungen des Chefingenieurs nachahmte. Er wußte genau, daß menschliche Körper weniger dicht waren als Wasser und daher an der Oberfläche blieben, doch als er die Beine anzog, rechnete er unwillkürlich damit, wie ein Stein zu sinken.

Doch das war nicht der Fall.

Verwirrung und Erstaunen verwandelten sich in Begeisterung, als er spürte, wie das Wasser seinen Körper umschmiegte und ihn trug. Eine weitere unerwartet angenehme Erfahrung begann für ihn: Schwerelos trieb er dahin, nur von kleinen Wellen bewegt...

Bis Geordi ruckartig fortschwamm, wodurch Wasser in Datas Gesicht platschte.

Von einem Augenblick zum anderen ging er unter, kam dann wieder hoch, prustete und keuchte. LaForge lachte. Data bespritzte ihn, und daraufhin wich der Chefingenieur zum tiefen Ende des Pools zurück. »Strecken Sie die Arme und treten Sie mit den Füßen«, sagte er, schwamm mühelos auf dem Rücken und bewegte nur gelegentlich Arme und Beine.

Data hatte sich gerade bewiesen, daß er nicht ertrinken konnte, und nun versuchte er zu schwimmen. Schon nach kurzer Zeit schaffte er es, das ganze Becken zu durchqueren, ohne sich mit den Füßen am Grund abzustützen. Als er lernte, den Mund zu schließen und unter Wasser durch die Nase auszuatmen, machte er noch bessere Fortschritte und erlitt keine Hustenanfälle mehr.

Plötzlich schien das Wasser regelrecht zu brodeln, und Data bemerkte drei weitere Personen im Becken: Poet, Aurora und Pris Shenkley. Offenbar hatte man Dares Gruppe zum Holo-Deck eingeladen. Adin stand neben dem Pool, unterhielt sich dort mit Picard und Pulaski.

Pris näherte sich Data. »Dare meinte, Sie brächten sich das Schwimmen bei. Allem Anschein nach benötigen Sie kaum Hilfe.« Es klang enttäuscht.

»Es gibt noch immer viel zu lernen«, antwortete Data. »Um die Starfleet-Anforderungen zu erfüllen, muß ich in der Lage sein, sechsmal durch den Pool zu schwimmen.«

»Soll das heißen, daß man von Ihnen verlangt, noch einmal *alle* Prüfungen abzulegen?« fragte Pris.

»Das ist notwendig. Andernfalls stellt sich später vielleicht heraus, daß ich in irgendeinem Bereich nicht voll diensttauglich bin. Wenn mir auf der Brücke oder als Mitglied einer Landegruppe Fehler unterlaufen, könnten sich fatale Konsequenzen für mich oder andere Besatzungsmitglieder ergeben.« »Da haben Sie natürlich recht«, sagte Pris. »Es scheint Ihnen nicht sehr schwer zu fallen, sich an Ihre neue Existenz als Mensch zu gewöhnen.«

»In vielerlei Hinsicht sind die physischen Anpassungen leichter als die psychischen«, erwiderte Data. »Als ich diesen Körper von den elysianischen Göttern erhielt, befand er sich in einem perfekten Zustand. Dare meint, diese Kondition sei nicht von langer Dauer, und wahrscheinlich hat er recht. Ich bin kein Angehöriger der Sicherheitsabteilung; es liegt mir nichts daran, mich jeden Tag langwierigen Leibesübungen zu unterziehen. Es gibt soviel zu tun, und durch den Schlaf verlieren die Menschen fast ein Drittel ihrer Zeit.«

Pris lachte. »Das Schlafen ist eine der Annehmlichkeiten des Lebens.«

»Tatsächlich? Ich erinnere mich nicht einmal daran – nur an die kurze Panik, als ich heute morgen erwachte und glaubte, jemand habe mich desaktiviert.«

»Warten Sie's nur ab«, sagte Pris. »Soll ich Ihnen einige Schwimmzüge zeigen?«

Data erinnerte sich plötzlich an Geordi, aber sein Freund hatte einen strategischen Rückzug angetreten, saß nun auf einer der Liegen am Rand des Pools und sprach mit Riker. Deshalb nahm Data das Angebot der jungen Frau an. Sie demonstrierte ihm einen Schwimmstil, den man Kraulen nannte und der vergleichsweise hohe Geschwindigkeiten im Wasser ermöglichte. Zuerst stellte sich der Zweite Offizier recht ungeschickt an und ging mehrmals unter, aber schließlich gelang es ihm, die Bewegungen von Armen, Beinen und Kopf richtig zu koordinieren. Daraufhin schwammen er und seine Begleiterin eine Zeitlang nebeneinander.

»Ich glaube, ich bin jetzt genug eingeschrumpelt«, sagte Pris.

Einige Sekunden lang verstand Data nicht, was sie damit meinte – bis er seine eigene krause Haut sah. Sie begann sich wieder zu glätten, als er das Becken verließ.

Die Ultraschallduschen trockneten sie sofort. Als Pris aus ihrer Umkleidekabine kam, trug sie ein Gewand, dessen hellblaue Tönung der Farbe ihrer Augen entsprach, und das blonde Haar bildete einen Halo aus kleinen Lokken. Datas Haar war zerzaust; er hatte keinen Kamm mitgebracht. Riker bot einen ähnlichen Anblick, obwohl er nun wieder seine Uniform trug und mit dem Captain sprach; offenbar galt so etwas nach dem Schwimmen im Pool als normal.

»Möchten Sie hier zu Abend essen?« wandte sich Data an Pris. Er nahm einen verlockenden Duft wahr, und nach den Übungen im Becken verspürte er einen ziemlichen Appetit. Hinter dem Pool hatte die elektronische Magie des Holo-Decks ein Restaurant geschaffen.

Data überließ die Bestellung Pris und fand heraus, daß er Roastbeef und Bratkartoffeln mochte. Mit Karotten schien sein Gaumen nichts anfangen zu können, und Senf und Meerrettich gefielen ihm nicht. Wahrscheinlich handelte es sich dabei um Geschmacksrichtungen, die erst einen gewissen Reiz ausübten, wenn man sich an sie gewöhnt hatte. Eine neuerliche Überraschung erwartete ihn: Der Salat schmeckte wie früher. Die grünen Blätter zeichneten sich durch ein neutrales Aroma aus, während Substanz und Textur auf einen Androiden ebenso wirkten wie auf Menschen.

Beim Essen war Data imstande, mit Pris zu plaudern und sich gleichzeitig ihrer Präsenz als attraktive und begehrenswerte Frau bewußt zu sein. Er entsann sich an ihre erste Begegnung auf Treva; damals hatte er sie sehr fasziniert. Er erinnerte sich auch daran, die Informationen seiner Flirt-Dateien benutzt zu haben, um mit ihr zu sprechen.

An diesem Abend konnte er charmant sein, ohne auf Datenbanken zurückgreifen zu müssen, und dieser Umstand erfüllte ihn mit großer Zufriedenheit.

Bis er an Tasha dachte. Wenn er damals ein Mensch gewesen wäre, hätte er mit diesen neuen und noch immer unvertrauten Empfindungen auf sie reagiert. Wenn sie heute noch lebte...

Nein, dachte Data. *Dann würde sie bestimmt die Mög-*

lichkeit nutzen, mit dem Mann zusammenzusein, den sie geliebt und der sie aus der Hölle ihres Heimatplaneten gerettet hat. Wahrscheinlich hätten sie sich bereits in ihre oder seine Kabine zurückgezogen.

»Data?« fragte Pris. »Wo sind Sie?«

»Tut mir leid«, erwiderte er, und eine gewisse Niedergeschlagenheit trübte seine Stimmung. »Bitte verzeihen Sie mir. Ich lerne noch immer, ein Mensch zu sein, und manchmal unterlaufen mir Fehler.«

Die junge Frau lächelte. »Ich finde Sie reizend. Und da Sie vom Lernen sprechen: Sie sollten sich in Ihrer Freizeit entspannen.«

Data nickte. »Ich bin müde und weiß noch nicht, wie man damit fertig wird.«

»Indem man schläft«, schlug Pris ungerührt vor. »Es gibt immer ein Morgen, Data. Wir beide haben noch einige Tage Zeit, um uns besser kennenzulernen. Captain Picard nimmt uns zum samdianischen Sektor mit.«

»Ja«, murmelte Data. »Wenn Sie mich jetzt bitte entschuldigen würden...«

»Natürlich. Wir sehen uns morgen.«

»Ich freue mich schon darauf«, erwiderte Data. Ehrlichkeit sich selbst gegenüber zwang ihn zu der Erkenntnis, daß er die Wahrheit sagte – obgleich eine vage Emotion darauf hinwies, daß er sich nicht von Pris angezogen fühlen sollte.

Mit Logik ließ sich der Grund für dieses Empfinden nicht ergründen, aber das wunderte ihn kaum: Viele Aspekte der menschlichen Gefühlswelt waren immer ein Rätsel für ihn gewesen. *Vielleicht ist es besser, Frauen zunächst zu meiden – bis ich mich requalifiziert habe.*

Data kehrte in sein Quartier zurück. Zwar hatte er einen langen und sehr aktiven Tag hinter sich, doch er ging nicht sofort zu Bett.

Irgend etwas führte ihn zu den Regalen hinter der Computerkonsole; dort standen und lagen jene Objekte, die eine bestimmte Bedeutung für ihn gewonnen hatten. Er griff nach einem kristallenen Hologrammsockel, setzte ihn auf den Tisch, zögerte und schaltete das Projektionsmodul ein. Ein dreidimensionales Abbild Tasha Yars formte sich vor ihm.

Dunkle Emotionen kochten in Data, überhaupt nicht mit jenen Gefühlen zu vergleichen, die ihn heimgesucht hatten, als Dare in Tashas Leben zurückkehrte. Trauer angesichts ihres Todes; Schuld, als er – um sein eigenes Leben zu schützen – ein Geheimnis preisgab, das er eigentlich nicht verraten durfte. Captain Picard hatte gesagt, Tasha würde ihn sicher verstehen, und Data glaubte ihm. Dennoch gewann er den Eindruck, Yars Vertrauen mißbraucht zu haben.

Der Türmelder summte, und Data sagte ganz automatisch: »Herein.«

Das Schott glitt beiseite. Jemand betrat die Kabine und blieb abrupt stehen.

Data drehte den Kopf und sah Darryl Adin, der auf Tasha Yars Hologramm starrte. In seinem Gesicht zeigte sich eine schmerzvolle Mischung aus Verwunderung und Kummer. Dann kniff Dare die Augen zusammen. »Was hat das zu bedeuten?«

»Tasha und ich...«, begann Data. »Wir waren... Freunde.«

Doch das Vibrieren in seiner Stimme vermittelte eine andere Botschaft.

Dare wandte den Blick von der holographischen Darstellung ab und musterte Data.

»O mein Gott«, hauchte er tonlos. »Sie haben Tasha geliebt.«

KAPITEL 10

Data saß wie erstarrt und konnte Dares Behauptung weder bestätigen noch leugnen. Er *wußte* nicht, ob er Tasha Yar geliebt hatte. Seine Kenntnisse von dem menschlichen Phänomen der Liebe unterlagen noch immer starken Beschränkungen.

Tief in den Augen des Silbernen Paladin sah er ein Glühen des Zorns, und er rechnete damit, daß sich Adin auf ihn stürzte.

Doch nichts dergleichen geschah. Statt dessen beobachtete er, wie das Feuer von Dares Wut erlosch und tiefer Trauer wich.

»Es tut mir leid, Data«, sagte er rauh. »Verdammt, ich wußte, daß Sie zu Freundschaft, Treue und Sympathie fähig sind. Ich hätte es begreifen müssen, als Sie mir Tashas Abschiedsgruß brachten. Sie verstanden mein Leid, weil Sie es selbst empfanden...«

»Wir waren nie...« Data unterbrach sich. Adin verdiente keine Lüge. »Tasha liebte Sie«, sagte er ehrlich.

Dare trat näher und betrachtete Yars Abbild. Eine Zeitlang schwieg er, streckte dann die Hand aus und desaktivierte das Projektionsmodul. »Wenn Tasha noch lebte...«, brachte er hervor, ohne Data anzusehen. »Dann wären Sie und ich Rivalen. Insbesondere jetzt.«

»Wie ich schon sagte...« Data bekam keine Gelegenheit, den Satz zu beenden.

»Seltsam, nicht wahr? Die Frau, die wir liebten, ist tot, und dadurch sind wir keine Rivalen, sondern gute Freunde. Es hätte mir klar sein sollen, als Sie damals meinten, Sie brauchten meine Gesellschaft ebensosehr wie ich die Ihre.«

Data seufzte erleichtert. »Ich bin froh, daß Sie es auf diese Weise sehen.«

»Wie es bei Ihnen immer der Fall war, nicht wahr?«

Dare lächelte offen. »Ich frage mich, ob Sie als Mensch immer so selbstlos bleiben können. Sie haben Ihr Leben riskiert, um zu beweisen, daß ich kein Mörder und Verräter bin. Andernfalls hätte niemand die Wahrheit erfahren, und ich wäre nie in der Lage gewesen, in Tashas Leben zurückzukehren.«

»Dazu war ich nur als Androide imstande«, sagte Data. »Einzig und allein ein positronisches Gehirn konnte sich mit dem Starbase-Computer verbinden und in seinen Speicherbänken veränderte sowie gelöschte Dateien entdekken.« Er stand auf und führte Dare zu den bequemen Sesseln in der anderen Hälfte des Raums. Ganz bewußt verdrängte er die Gedanken daran, welchen Verlust seine Verwandlung für Starfleet darstellte. »Warum sind Sie zu mir gekommen?«

»Captain Picard hat mich gebeten, beim samdianischen Problem als Berater tätig zu werden. Er meinte, ich solle mit Ihnen zusammenarbeiten.« Diesmal lächelte der Söldner wieder auf die für ihn typische bittere Weise. »Das ist vermutlich eine höfliche Form, meinen Aufenthalt an Bord der *Enterprise* zu rechtfertigen.«

»Das stimmt wahrscheinlich«, bestätigte Data. »Nun, ich kann das Schiff auf absehbare Zeit nicht verlassen. Aber Sie sind ein freier Mann, Dare. Sie haben immer die Möglichkeit, Ihre beiden Raumschiffe zu nehmen und ein neues Ziel zu wählen.«

»Ja, in der Tat. Dadurch ergibt sich ein großer Vorteil für uns. Die Scanner und Computer der *Enterprise* liefern genaue Informationen, und außerdem erreichen wir die Konfliktzone schon nach kurzer Zeit. Wenn es die Föderation aus irgendeinem Grund ablehnt, den Samdianern zu helfen, so können wir eingreifen.«

»Ich glaube nicht, daß Starfleet auf eine Intervention verzichtet«, erwiderte Data. »Andererseits: Ihre Erfahrungen sind sicher sehr nützlich für uns, wenn wir zu einem Kampf gezwungen werden. Da fällt mir ein... Darf ich mich auf unsere Freundschaft berufen und Sie um weitere

Lektionen bitten? Commander Riker sagte mir, daß Sie noch immer den Rekord als Phaser-Scharfschütze halten.«

»Im Ernst? Nach so vielen Jahren?« Dare schmunzelte zufrieden. »In Ordnung, Data. Ich helfe Ihnen auch dabei. Ich schlage vor, wir üben abwechselnd unbewaffneten Kampf und den Umgang mit Phasern.«

Sie verabredeten sich für den nächsten Morgen, und dann stand Dare auf. Er zögerte kurz, blickte noch einmal zum kristallenen Hologrammsockel und wandte sich dann wieder Data zu. »Sie verraten keineswegs Tashas Andenken, wenn Sie Beziehungen an anderen Frauen pflegen und sich eine... Partnerin suchen.«

»So wie Sie?« fragte Data, bevor er sich seine Worte überlegen konnte.

Dare lächelte schief. »Ja, vielleicht«, erwiderte er, und Data verstand, daß es dem Silbernen Paladin sehr schwer fiel, seinen eigenen Rat zu beherzigen.

»Pris mag Sie, Data«, fuhr Adin fort. »Sie erwartet keine feste Bindung von einem Starfleet-Offizier, aber offenbar finden Sie beide Gefallen aneinander.«

»Das scheint tatsächlich der Fall zu sein«, räumte Data ein.

»Sie sind sich im vergangenen Jahr schon zweimal begegnet. Tja, die Galaxis ist nicht so groß, wie die Leute auf den Planeten glauben.« Dare dachte kurz nach. »Als Sie das Holo-Deck so plötzlich verließen, nahm ich an, Sie fürchten Einwände von mir — obwohl es meine Leute gar nicht zulassen würden, daß ich auf ihre persönlichen Angelegenheiten Einfluß nehme. Aber als ich Ihre Kabine betrat...« Adin zuckte mit den Schultern. »Genug damit. Sie und Pris sind erwachsen. Eine... intime Freundschaft kann sehr angenehm sein.«

Am nächsten Morgen erwachte Data erneut mit dem Gefühl der Desorientierung, aber diesmal blieb Panik aus. Er wußte, daß er geträumt hatte, doch seltsamerweise konnte er sich nicht an Einzelheiten erinnern. Er dachte daran, mit

Counselor Troi darüber zu sprechen, entschied sich dann dagegen. Statt dessen nahm er am Computerterminal Platz, forderte Informationen über das menschliche Träumen an und stellte fest, daß seine Erfahrung völlig normal war. Daraufhin lächelte er unwillkürlich und beschloß, sich doch an Troi zu wenden: Er hatte jetzt einen Beweis dafür, daß sich sein psychologischer Zustand der menschlichen Norm anpaßte.

Zunächst aber wartete Arbeit auf ihn. Er kleidete sich an, bestellte ein Frühstück und kehrte dann zur Rechnerkonsole zurück.

Drei Stunden später schaltete er sie frustriert aus, als ihn der Computer an seinen Termin mit Dare erinnerte.

Die Starfleet-Aufzeichnungen enthielten keine Informationen über die Konor. Man hätte der Meinung sein können, daß sie überhaupt nicht existierten — und doch griffen sie den samdianischen Sektor an.

Im Phaser-Schießstand führte Dare den ehemaligen Androiden zu einem festen Ziel. »Halten Sie die Waffe locker in der Hand«, sagte er und rückte Datas Finger im Kolben zurecht. »Zeigen Sie mit dem Daumen aufs Ziel. Die meisten Leute bewegen den Daumen, wenn sie abdrücken, und dadurch geht der Schuß daneben. Es kommt darauf an, ihn ganz ruhig zu halten. Versuchen Sie's.«

Data konzentrierte sich, legte an — und verfehlte das Ziel erst um einen Meter, dann um fünfzig Zentimeter auf der anderen Seite. »Locker halten«, wiederholte Dare. »Sanft abdrücken.« Aber Data schien sich nicht an die Anweisungen halten zu können. Nach einer Weile traf er das Ziel, aber das unregelmäßige *Pliong! Pong! Ping! Plonk!* bestätigte ihm noch vor der Computerauswertung, daß die Treffer kein einheitliches Muster bildeten. Er hielt den Abzug zu lange gedrückt, um die Strahlen genauer auszurichten, und dadurch erschöpfte sich die Ladung der Waffe schon nach kurzer Zeit.

»Verdammt!« fluchte er halblaut, nahm den Phaser in die linke Hand und wischte sich die verkrampfte, schweißfeuchte Rechte an der Uniform ab. Wenn er den Strahler als Androide so fest gehalten hätte, wäre er zerbrochen.

Dare trat zurück und sah ihn wortlos an. Sein Schweigen erschien Data wie scharfe Kritik, und zornig warf er Adin den Phaser zu. »Sie sind der Fachmann. *Zeigen* Sie's mir!«

Es handelte sich um eine kleine, leichte Handwaffe. Zwar traf sie Dare mitten auf der Brust, aber bestimmt verursachte sie nicht einmal einen blauen Fleck. Der Phaser prallte ab, und Adin fing ihn auf, betrachtete ihn eine Zeitlang, sah dann Data an – und lachte.

»Ich finde das nicht komisch!« entfuhr es Data verärgert. »Meine Karriere in Starfleet steht auf dem Spiel!«

»Nein, nein«, schnaufte Dare. »Ich lache über meine eigene Dummheit. Es hätte mir auffallen müssen, als ich Sie gestern abend beim Essen beobachtete, aber ich begriff es erst, als Sie mir eben den Strahler zuwarfen. Als wir begannen, habe ich Ihnen den Phaser in die rechte Hand gedrückt, doch Sie sind Linkshänder!«

Data wußte, daß Menschen die eine Hand der anderen vorzogen, meistens die rechte, aber als Androide war er natürlich mit beiden Händen gleich geschickt gewesen. Er starrte nun auf seine Hände hinab, erinnerte sich ans Essen, Rasieren, Kämmen und Zähneputzen... Dare hatte recht. Er neigte dazu, die linke Hand zu benutzen. »Lassen Sie es mich noch einmal probieren«, sagte er, und diesmal schloß er die Finger der anderen Hand um die Waffe.

Als Data die leere Energiepatrone gegen eine volle austauschte, sagte Dare: »Einen Augenblick, Data. Ich möchte, daß Sie etwas versuchen.«

»Was?«

»Stellen Sie sich vor, das Fiasko eben sei überhaupt nicht geschehen. Es war meine Schuld, nicht Ihre. Atmen Sie mehrmals tief durch und entspannen Sie sich.«

Data kam der Aufforderung nach und spürte, wie eine gewisse Steifheit aus seinen Muskeln verschwand.

»Gut», lobte Adin. »Und nun vergessen Sie, daß Sie ein Mensch sind.«

»Wie meinen Sie das?«

»Ihre Schießkünste haben sich überhaupt nicht verändert. Früher konnten Sie ausgezeichnet mit Waffen umgehen und trafen immer – so wie mich, als Sie den Phaser nach mir warfen, ohne darüber nachzudenken. Also: Denken Sie nicht. Besinnen Sie sich auf jene Instinkte, die Sie Ihr ganzes Leben lang benutzt haben.«

Data feuerte, ohne bewußt zu zielen. *Ping! Ping! Ping! Ping! Ping! Ping!* Jeder Schuß traf genau die Mitte des Ziels.

Data nahm den Finger vom Abzug und sah auf den Computerschirm. Die Anzeige bestätigte ein hundertprozentiges Resultat.

Er versuchte, so zu zielen wir vorher. Zwar erzielte er mit der linken Hand bessere Leistungen als mit der rechten, aber wieder blieb ein einheitliches Muster aus.

»Data...«, begann Adin.

»Nur ein Experiment«, erwiderte er. »So etwas geschieht, wenn ich ziele. Aber wenn ich das meinen automatischen Systemen überlasse...« Er drückte wieder ab, und kein einziger Schuß ging daneben.

Dare vergrößerte die Entfernung. »Jetzt noch einmal.«

Ping! Ping! Ping! Ping! Ping! Ping!

Adin klopfte ihm auf den Rücken. »Ich glaube, Sie haben jetzt den Dreh raus!«

»Wie konnte ich mir diese Fähigkeit bewahren?« überlegte Data laut. »Ich habe überhaupt keine automatischen Systeme mehr.«

»O doch – man nennt sie Reflexe. Stellen Sie sie nicht in Frage«, warnte Dare. »Machen Sie einfach Gebrauch davon. Versuchen wir's jetzt mit beweglichen Zielen.«

Auch dabei ergaben sich keine Schwierigkeiten für Data – solange er nicht an seine Metamorphose dachte. Adin nahm ebenfalls einen Phaser, und sie übten spezielle Sicherheitsmanöver, bei denen sie Rücken an Rücken standen, während der Computer die Treffer zählte und eine Auswertung vornahm. Gemeinsam erreichten sie die Grenze der menschlichen Reaktionszeit, und ihre Schüsse gingen erst dann daneben, als sich die Ziele so schnell bewegten, daß selbst die schnellsten menschlichen Reflexe versagten.

Als sie aufgeben und das Programm beenden mußten, rief Data das Ergebnis auf den Schirm – und stellte fest, daß sie den *Enterprise*-Rekord gebrochen hatten.

Dare wandte den Blick vom Monitor ab und lächelte hintergründig. »Können Sie die Aufzeichnung löschen?«

»Dazu bin ich durchaus in der Lage«, antwortete Data. »Aber ich werde die Möglichkeit nicht nutzen. Die Daten sind jetzt im Logbuch gespeichert.«

»Oh, natürlich.« Dare nickte. »Nun, dann sollten wir uns beeilen, bevor Lieutenant Worf davon erfährt.«

»Was haben Sie vor?« fragte Data argwöhnisch.

»Nur eine kleine Wette. Computer: Zeig mir Worfs Schießergebnisse.«

»Sie sind nicht befugt, solche Informationen einzuholen«, erinnerte ihn die Sprachprozessorstimme.

»*Ich* verlange sie«, sagte Data.

Adin betrachtete die Resultate und pfiff leise durch die Zähne. »Himmel, er ist gut! Es wird eine knappe Sache. Hm. Im unbewaffneten Kampf haben Sie keine Chance gegen einen Klingonen. Damit will ich Sie nicht beleidigen – ich hätte ebensowenig Aussicht wie Sie, Worf zu besiegen. Ich schlage folgende Taktik vor...«

Nach einer letzten Übung mit Dare wandte sich Data an Worf und erklärte, er sei nun für den Sicherheitstest bereit. Während der letzten Schicht hatte er sich an der Operatorstation qualifiziert. Wenn er auch den Test des Klingonen bestand, war er wieder voll diensttauglich – vorausgesetzt, Counselor Troi erhob keine Einwände. Inzwischen fühlte sich Data viel zuversichtlicher, und er zweifelte kaum mehr daran, daß er auch Trois Anforderungen gerecht wurde.

Geordi befand sich auf der Brücke und nahm einige Justierungen an den technischen Konsolen vor. Die lange Reise mit Warp sieben ermöglichte es, geringfügige relativistische Effekte festzustellen.

LaForge sah auf, als Data dem Klingonen seine Bereitschaft mitteilte. »Haben Sie es nicht ein wenig zu eilig, Data?«

»Warum sollte ich noch länger warten, wenn ich sicher bin, den Test bestehen zu können?« erwiderte der Zweite Offizier. »Glauben Sie, dazu sei ich nicht fähig?«

Durch Geordis VISOR blieb die Bedeutung der gerunzelten Stirn unklar. »Nein, Data. Sie schaffen alles, was Sie sich vornehmen.«

Worf blickte ernst auf den Verwandelten herab. »Sie sind also der Ansicht, nach nur drei Übungstagen fähig zu sein, sich für den unbewaffneten Kampf zu qualifizieren?«

»Sowohl dafür als auch für den Umgang mit Handphasern«, antwortete Data optimistisch. »Darryl Adin hat mir geholfen. Er meint, ich sei imstande, die verlangte Starfleet-Norm zu erfüllen. Immerhin strebe ich keinen Posten in der Sicherheitsabteilung an.«

»Mr. Adin hält Sie also für bereit«, knurrte Worf skeptisch. »Nun, wir werden sehen. Um sechzehn Uhr auf dem Holo-Deck.«

Als Data zur Operatorstation zurückkehrte, sprach ihn Deanna Troi an. »Ich spüre große Zuversicht in Ihnen. Haben Sie vielleicht ein *übertriebenes* Selbstvertrauen entwickelt?«

»Das glaube ich nicht, Counselor«, entgegnete Data. »Möchten Sie vielleicht eine Wette riskieren?«

»*Ich* nehme dieses Angebot an«, warf Commander Riker ein. »Wenn Adin ihn ermutigt hat, den Sicherheitstest abzulegen, so bringt Data bestimmt alle notwendigen Voraussetzungen mit.«

»Männer!« stieß Troi in einem verzweifelten Tonfall hervor. »Für euch ist alles ein Spiel. Data, warum haben Sie Will jemals erlaubt, Ihnen Poker beizubringen?«

»Weil ich eine Herausforderung darin sah. Doch jetzt geht es nicht um Poker. Wollen Sie wetten, Counselor?«

»Für gewöhnlich verzichte ich auf so etwas«, sagte Troi. »Aber um den männlichen Übermut ein wenig zu dämpfen...«

Sie wettete gegen Data, und nur wenige Personen folgten ihrem Beispiel, da es nur um die Qualifizierung des Zweiten Offiziers ging. Alle wußten, daß Worfs Strenge in erster Linie den Angehörigen seiner Sicherheitsabteilung galt. Da der Klingone Datas Leistungen beurteilen mußte, wettete er nicht selbst. Alles lief genau nach Dares Plan.

Die Neuigkeiten sprachen sich rasch herum, und um sechzehn Uhr hatten so viele Besatzungsmitglieder Wetten abgeschlossen, daß das Holo-Deck nicht ausreichte, um ihnen allen Platz zu bieten. Die meisten setzten auf Data, und deshalb gab es nicht viel zu gewinnen. Der metamorphierte Androide wußte natürlich, daß sich die Crew vor allen Dingen dafür interessierte, wie er als Mensch zurechtkam. Es wurden einige neue Kom-Verbindungen geschaffen, damit alle Interessierten zuschauen und während des Tests zusätzliche Wetten abschließen konnten.

Dare und seine Gruppe hatten sich Plätze auf dem Holo-Deck ergattert. Auch Riker, Pulaski und Geordi waren zugegen, ebenso wie die Bordcounselor. Troi wies darauf hin, daß sie den Wetten kein Interesse entgegenbrachte und nur gekommen war, um Datas emotionale Reaktionen einzuschätzen. Der Captain blieb in seinem Quartier, aber wahrscheinlich saß er dort vor dem Kom-Schirm.

Der Simulationscomputer hatte Matten und ein Schutzfeld geschaffen. Data spürte einen Anflug von Unsicherheit, als er Worf gegenübertrat. *Ich brauche ihn nicht zu besiegen,* erinnerte er sich. *Es genügt, mein erworbenes Geschick unter Beweis zu stellen.* Wenn er gut genug kämpfte, ließ es der Klingone sicher zu, daß er ihn zu Boden warf.

Worf begann mit einem einfachen Angriff, der zu den Grundlagen solcher Lektionen gehörte. Data hielt sich an

Dares Rat, reagierte mit dem ungewöhnlichen Manöver und trat beiseite. Der Sicherheitschef rechnete nicht damit. Sein Bewegungsmoment trug ihn einige Schritte am Zweiten Offizier vorbei, und er hörte verärgert, wie das Publikum lachte.

Er wirbelte um die eigene Achse und sprang wieder vor. Für eine Sekunde befürchtete Data, daß der Klingone zornig genug war, um den Schwierigkeitsgrad des Tests so sehr zu erhöhen, daß er nicht mehr damit fertig werden konnte. Aber damit hätte Worf seinen eigenen Stolz verletzt: Als sich Data drehte und ihn über die Hüfte warf, fiel der Klingone tatsächlich auf die Matte. Die Zuschauer klatschten, und Data hoffte, daß Worf darin Anerkennung für seine Sportlichkeit sah und keinen Beifall für die beschränkten Fähigkeiten des Prüflings.

Die nächste Fertigkeit hatte Data mit Hilfe der Krieger-Projektion des Holo-Decks erlernt, denn Adin war nicht groß genug, um ihn wie Worf zu packen und fortzuschleudern. *Bei einem so großen und starken Gegner,* erinnerte sich Data an die Worte des Söldners, *ist es besser, sich zunächst werfen zu lassen, dann zurückzukehren und zu versuchen, ihn mit Schnelligkeit und Elastizität zu erschöpfen.*

Data leistete keinen Widerstand, als Worf ihn anhob, konzentrierte seine Bemühungen darauf, ohne Verletzungen zu landen. Er kam sofort wieder auf die Beine und griff den Klingonen von hinten an.

Inzwischen begannen die Zuschauer damit, neue Wetten abzuschließen. »Ich setze fünfzig darauf, daß Worf zweimal zu Boden geht.«

»Die gleiche Summe dagegen!«

»Fünfundzwanzig, daß es Worf gelingt, Data festzuhalten.«

»Nein, er ist viel zu schnell. Sehen Sie nur!«

Data achtete nicht darauf. Dare hatte ihn gewarnt: *»Denken Sie nur daran, sich zu qualifizieren. Konzentrieren Sie sich nur darauf, und lassen Sie keine Ablenkungen zu.«*

Er besann sich ausschließlich auf die verlangten Bewegungsmuster und bewies dabei zwar keine hervorragenden, aber doch adäquate Leistungen. Als guter Instruktor ließ sich Worf überwältigen, wenn Data die richtigen Techniken anwandte.

Als der Zweikampf andauerte, hörte Data, wie man immer höhere Beträge auf ihn setzte. Den Grund dafür verstand er nicht. Das Publikum mußte doch wissen, daß ihn der Klingone jederzeit überwältigen konnte. Zu seinem großen Erstaunen vernahm er Pris' leise Stimme: »Hundert, daß es Data schafft, Worf an den Boden zu fesseln!«

Das war natürlich unmöglich. Ein Mann von Datas Statur mochte in der Lage sein, einen größeren und fähigeren Gegner umzustoßen – aber er konnte ihn bestimmt nicht daran hindern, wieder aufzustehen! Bei einem echten Kampf hätte Data versucht, einen derartigen Kontrahenten zu erschöpfen oder zu verwirren, um anschließend entweder zu fliehen, eine Waffe zu finden oder schlicht zu überleben, bis Hilfe eintraf.

Diese Möglichkeiten standen ihm jetzt nicht offen, und somit mußte sich das Blatt früher oder später wenden. Als Data erneut Worfs Körpergewicht als Vorteil nutzen wollte, packte ihn der Klingone am Unterarm und gab ihn einen solchen Stoß, daß ihn nur das Schutzfeld davor bewahrte, sich an der Wand alle Knochen zu brechen.

Trotzdem war der Aufprall heftig genug, um ihm die Luft aus den Lungen zu pressen. Er bekam keine Gelegenheit, sich davon zu erholen: Worf griff einmal mehr an, und Data trachtete vergeblich danach, sich zur Wehr zu setzen – der Klingone hielt ihn mühelos am Boden fest.

Dutzende von Zuschauern, die ihre törichten Wetten verloren hatten, stöhnten leise, aber Datas Aufmerksamkeit galt Worf, der sich vorsichtig hochstemmte und dann auch dem Prüfling auf die Beine half. »Sie haben sich qualifiziert«, sagte er ohne Groll in der Stimme. »Wenn Sie in nur drei Tagen soviel lernten, würde ich gern wissen, wie das Ergebnis einer intensiven Ausbildung aussähe.«

Worf atmete fast normal. Data keuchte, schwitzte und hörte das rasende Pochen seines Herzens. Er rang sich ein Lächeln ab. »Danke, Mr. Worf.« Er schnappte nach Luft und fügte hinzu: »Allerdings ist es nicht mein Wunsch, in die Sicherheitsabteilung versetzt zu werden.«

Worf bedachte ihn mit einem finsteren Blick. »Ich habe keineswegs behauptet, daß Sie *so* gut sind.«

Das Publikum lachte, und einige Leute, die Wetten gewonnen hatten, gratulierten Data. Erstaunt beobachtete er, daß Dare und seine Gefährten ziemlich viel Besatzungsmitglieder der *Enterprise* auszahlten. Seltsam: Gerade Adin hätte wissen müssen, daß sich Data nicht auf Dauer gegen Worf durchsetzen konnte.

Vor dem nächsten Test ruhten sich Data und der Klingone aus und tranken Wasser, während Dr. Pulaski sie mit einem Scanner untersuchte. Es überraschte niemanden, daß sich bei Worf völlig normale Bio-Werte ergaben. »Bei Ihnen stelle ich einige leichte Quetschungen und Zerrungen fest«, wandte sich die Ärztin an Data. »Nichts Ernstes. Wenn Sie keinen Muskelkater bekommen wollen, sollten Sie eine Ultraschalldusche nehmen, bevor Sie den Schießstand aufsuchen.«

Als einige Zuschauer gegen die Verzögerung protestierten, sagte Kate Pulaski etwas lauter: »Sie wollen doch, daß Data eine gute Chance hat, oder? Also geben Sie ihm zehn Minuten Zeit, um sich zu erholen.«

Data war dankbar für die Pause. Das Holo-Deck stellte natürlich auch Ultraschallduschen zur Verfügung, da viele Leute die Simulationsprogramme für Leibesübungen benutzten. Der Strahlenschauer reinigte sowohl den Zweiten Offizier als auch seine Kleidung, und hinzu kam ein angenehmer Massage-Effekt, der alle Schmerzen aus ihm vertrieb. Als er kurze Zeit später den Schießstand erreichte, wartete das Publikum ungeduldig.

Bevor der Klingone das Ziel aufstellte, trat Data, wie von Dare vorgeschlagen, an ihn heran und fragte: »Was halten Sie von einem Wettkampf, Mr. Worf?«

»Data!« entfuhr es Counselor Troi überrascht und gleichzeitig besorgt.

»Was nehmen Sie in ihm wahr?« erkundigte sich Dr. Pulaski.

»Data glaubt, besser schießen zu können als Worf«, erwiderte Deanna Troi. »Er ist außerordentlich zuversichtlich.«

Adin räusperte sich. »Glauben Sie, daß er Worf schlagen kann?«

»Wie sollte das möglich sein? Sie sind ein ausgezeichneter Lehrer für ihn gewesen. Data ist sicher in der Lage, die Prüfung zu bestehen – sonst hätten Sie ihm bestimmt davon abgeraten, den Test abzulegen. Aber ihn in nur drei Tagen auf das gleiche Niveau zu bringen wie einen Starfleet-Sicherheitschef? Nein, das halte ich für absurd.«

»Ich wette, daß er Worf besiegt«, sagte Dare herausfordernd. »Nun?«

»Wenn Counselor Troi die Wette ablehnt...«, brummte Worf. »Ich nehme sie an. Diesen Test beurteile nicht ich, sondern der Computer.«

Die übrigen Besatzungsmitglieder nahmen das zum Anlaß, weitere Wetten abzuschließen. Dare und seine Leute setzten auf Data, aber die meisten anderen sahen in Worf den Favoriten. Abgesehen von Dr. Pulaski. »Wollen Sie nicht ebenfalls wetten, Data?« fragte sie.

Darüber hatte er noch nicht nachgedacht. Er holte es jetzt nach. »Worf hat einmal gesagt, man soll nur dann wetten, wenn man seiner Sache ganz sicher ist. In Ordnung. Hundert, daß ich gewinne.«

»Wenn Sie so von Ihrem Sieg überzeugt sind, setze ich ebenfalls auf Sie«, sagte Pulaski. »Einhundert.«

Dieser Wettstreit fand das besondere Interesse der Crew: Worf war der *Enterprise*-Champion und verfehlte kein unbewegliches Ziel. Doch nach sechs Runden begann es langweilig zu werden: Die Entfernung wurde mehrmals vergrößert, und kein Schuß ging daneben. Schließlich wählten sie bewegliche Ziele. Das Publikum bestaunte inzwischen Datas verblüffendes Geschick, und einige der Personen, die ihr Geld auf Worf gesetzt hatten, bedauerten diese Entscheidung.

Eine halbe Stunde verstrich, und die Ziele rasten immer schneller dahin. Kam es erst dann zu Fehlschüssen, wenn Worf und Data die Grenze der menschlichen Reaktionsgeschwindigkeit überschritten? Wie weit reichten die klingonischen Reflexe?

Bei diesem Gedanken spürte Data, wie sich seine linke Hand verkrampfte, und fast hätte er das Ziel verfehlt. Rasch versuchte er, in jenen tranceartigen Zustand zurückzukehren, der es ihm erlaubte, unbewußt zu zielen.

Kurz darauf regnete es Raketen vom ›Himmel‹ herab, und es bestand keine Hoffnung, sie alle zu treffen. Data ließ sich nurmehr von seinen Instinkten leiten und wählte ein geeignetes Schußmuster. Um ihn herum krachten ›Explosionen‹ und deuteten auf Raketen hin, die das Abwehrfeuer der beiden Verteidiger durchdrungen hatten. Er ignorierte die Geräusche und Lichtblitze, drückte immer wieder ab...

Plötzlich wurde der Himmel dunkel.

Data ließ die zitternde Hand sinken, und fast wäre ihm der Phaser aus den Fingern gerutscht.

Die Zuschauer schwiegen und warteten auf die Computerauswertung. »Raketenangriff. Lieutenant Commander Data: 37 Treffer. Lieutenant Worf: 36...«

Das Publikum jubelte.

Worf drehte sich zu Data um. »Herzlichen Glückwunsch. Sie haben die Prüfung bestanden.« Dann sah der Klingone Darryl Adin an. »Würden Sie mir bitte erklären, wie es möglich ist, die eigenen Fähigkeiten in so kurzer Zeit auf einen Schüler zu übertragen.«

»Wenn ich Ihnen diese Frage beantworten könnte, wüßte ich um das Geheimnis des Universums«, erwiderte Dare. »Data stellt etwas Besonderes dar.«

»In der Tat, Sie Schwindler«, sagte Dr. Pulaski leise zu Data.

»Schwindler?« Und dann begriff der ehemalige Androide. Dare hatte gewußt, daß seine durchschnittlichen Leistungen beim unbewaffneten Kampf Wetten gegen ihn ermutigten, und indem die Söldner selbst Geld auf Data setzten – und verloren –, veranlaßten sie die Besatzungsmitglieder der *Enterprise* zu größeren Einsätzen beim Zielschießen.

»Spielen Sie nicht den Unschuldigen«, fuhr die Ärztin fort. »Gut eingefädelt, das muß ich sagen. Aber ich kann mich nicht beklagen; immerhin habe ich einen ganzen Batzen gewonnen.« Sie schüttelte den Kopf. »Wenn ich Sie vorhin nicht untersucht hätte, wäre ich jetzt davon überzeugt, daß Sie noch immer ein Androide sind. Wie haben Sie das nur fertiggebracht, Data?«

»Ihre Worte deuten es bereits an, Doktor. Dare forderte mich auf, einfach zu vergessen, ein Mensch zu sein – und so zu schießen wie immer. Es hat geklappt. Obwohl ich nicht weiß, wie es ohne die Telemetrie funktioniert.«

»Und wie gelang es Ihnen, Deannas Unterstützung zu gewinnen?«

»Ich bin sicher, nicht einmal Dare hätte sie dazu bringen können, mir zu helfen. Ihre Reaktion auf meine Zuversicht war ein... glücklicher Zufall.«

»Aber wahrscheinlich auch ein einkalkulierter«, sagte Kate Pulaski. »Ihr Freund Mr. Adin kennt sich gut mit menschlichen Reaktionen aus – und er weiß, wie man sie manipuliert. Seien Sie vorsichtig, Data. Lassen Sie sich von ihm nicht ausnutzen.«

»Er hat viel riskiert – und er hätte fast verloren«, entgegnete Data. »Beim Raketenangriff kommt es nicht so sehr auf die Zielsicherheit an, sondern vielmehr auf das Schußmuster.«

»Nur bei so guten Schützen wie Ihnen und unserem Sicherheitschef.«

»Es wäre durchaus möglich gewesen, daß Worf mehr Treffer erzielte. Letztendlich habe ich durch... Glück gewonnen.«

Andere Leute kamen, um Data zu gratulieren, sogar einige seiner Kollegen, die viel Geld verloren hatte. Er spürte keinen gegen ihn gerichteten Ärger; es war ein Wettkampf zwischen ebenbürtigen Gegnern gewesen. Dare mochte ein wenig ›gemogelt‹ haben, um die Wetten zu erhöhen, aber selbst er hatte nicht sicher sein können, wer gewann. Sie verdankten ihre Gewinne ebenfalls dem Faktor Glück.

Nach dem Test spürte Data, daß er sowohl hungrig als auch müde war. Außerdem lernte er nun, zwischen verschiedenen Arten von Müdigkeit zu unterscheiden. Jetzt benötigte er keinen Schlaf, brauchte nur eine Mahlzeit und die Gelegenheit, irgendwo Platz zu nehmen und sich auszuruhen, vorzugsweise in angenehmer Gesellschaft.

Das ließ sich leicht arrangieren: Pris Shenkley wandte sich von einigen Personen ab, die ihre verlorenen Wetten bezahlten, und trat auf Data zu. »Herzlichen Glückwunsch. Ich bin von Ihren Leistungen wirklich beeindruckt. Haben Sie für heute abend schon etwas vor?«

»Nein. Was halten Sie davon, mir weitere kulinarische Genüsse zu präsentieren?«

»Gern. Wohin gehen wir?«

Counselor Troi näherte sich. »Data, Sie haben alle objektiven Tests bestanden, um sich für den Brückendienst zu qualifizieren, und ich nehme in Ihnen keine außergewöhnliche emotionale Instabilität wahr. Ihre Zuversicht war gerechtfertigt. Meiner Ansicht nach sind Sie wieder voll diensttauglich; vorerst sollten Sie jedoch noch darauf verzichten, sich Landegruppen anzuschließen.«

»Danke, Counselor.«

»Auch dazu gratuliere ich Ihnen«, sagte Pris. »Wie wär's, wenn wir den Gesellschaftsraum aufsuchen und Ihren Erfolg mit einem Drink feiern?«

»Einverstanden.«

Als sie durch die Korridore der *Enterprise* wanderten, fragte die junge Frau: »Warum dürfen Sie keine Landegruppen begleiten, obwohl Sie alle Tests bestanden haben?«

»Der Brückendienst stellt klar überschaubare Anforderungen, im Gegensatz zu Einsätzen außerhalb des Schiffes. Ich hatte noch keine Gelegenheit herauszufinden, wie mein neuer Körper auf besondere Situationen reagiert. Außerdem: Wenn ein Mitglied der Brückencrew bei der Erfüllung seiner Pflicht versagt, so kann man es rasch ersetzen. Bei den Angehörigen einer Landegruppe ist so etwas nicht ohne weiteres möglich. Wie dem auch sei, Pris: Ich bin recht zufrieden. Sehen Sie nur, welche Fortschritte ich gemacht habe.«

Aber ein Rest von Besorgnis haftete in ihm fest. Data hatte die überlegene Androidenkraft und seine speziellen Fähigkeiten als Informationssystem verloren — Eigenschaften, durch die er zu einem wertvollen Mitglied von Landegruppen geworden war. Doch externe Einsätze erforderten auch jene wissenschaftlichen Kenntnisse, die er sich während des Studiums an der Starfleet-Akademie angeeignet hatte. In dieser Hinsicht standen Tests noch aus. *In den vergangenen Tagen habe ich mich in erster Linie darauf konzentriert, was für einen Menschen möglich ist — auf die Requalifizierung für aktiven Brückenstatus,* dachte er. Die nächsten Hürden mochten sich als schwieriger erweisen.

»Das stimmt natürlich«, sagte Pris. »Nun, feiern wir Ihre bisherigen Leistungen.«

Im Gesellschaftsraum fand eine ausgelassene Party statt. Data probierte Champagner und stellte fest, daß dieser ihn in der Nase kitzelte — auf die Geruchssensoren des Androiden hatte die Flüssigkeit ähnlich gewirkt —, doch den Geschmack fand er nicht sehr reizvoll. Immer wieder prostete man ihm zu, und nach einer Weile fühlte er sich ein wenig... berauscht. Dieses Empfinden erschien ihm seltsam angenehm.

Nach einer Stunde ließ der Trubel nach, und schließlich fragte Pris: »Sind Sie hungrig, Data?«

Ja, das war er tatsächlich. »Lassen Sie uns etwas essen«, erwiderte er, stand unsicher auf und schwankte.

Im Korridor begriff er, daß er nicht wußte, wohin sie gingen, während Pris zielstrebig einen Fuß vor den anderen setzte. Er ließ sich von ihr führen und genoß eine vage Benommenheit – der Kopf schien vom Körper getrennt zu sein und darüber zu schweben.

Kurze Zeit später hob er überrascht die Brauen, als sie sein Quartier erreichten. »Sie möchten hier speisen?«

»Sie haben doch einen Nahrungsspender, oder?«

»Ja. Nur das Beste für Starfleet-Offiziere.«

»Gut«, kommentierte Pris, und Data beobachtete erstaunt, wie sie mit ersten Bestellungen begann: eine Tischdecke, Kristallgläser, Teller aus dünnem Porzellan, eine Rose in einer kleinen Vase. Und noch mehr Champagner. Die Flasche kam gekühlt, aber verschlossen. Data öffnete sie und lachte, als der Korken knallte und Sekt spritzte.

Er füllte die beiden Gläser und stieß mit Pris an, bevor sich die junge Frau erneut dem Spender zuwandte. »Ich schlage Austern vor«, sagte sie.

»Und Ramequin«, fügte Data hinzu.

Pris drehte sich um und musterte ihn mit einem erstaunten Lächeln. »Marallel-Geflügel mit Sennabar-Soße.«

»Aldebaranischer Wein.«

Die junge Frau lachte leise. »Ich glaube, der Champagner genügt. Mir liegt nichts daran, betrunken zu werden, Data. Ich möchte mich nur ein wenig... entspannen. Da fällt mir ein: Wir sollten auch frisches Brot bestellen – hier in der *Enterprise* haben Sie eine enorm große Auswahl. Unsere Nahrungsmittel-Synthetisierer sind sehr gut, aber sie halten keinem Vergleich mit Ihren Anlagen stand.«

Sie aßen, plauderten miteinander und lachten selbst über Dinge, die Data bisher nicht komisch erschienen waren. Er fühlte sich gut, erfolgreich und glücklich angesichts der bestandenen Prüfungen. Alles schmeckte und duftete wundervoll. Und hinzu kam die Präsenz einer so herrlich lebendigen und attraktiven Pris...

Nach dem Essen nahmen sie mit einem letzten Glas

Champagner auf der Couch Platz. Pris saß ganz dicht neben Data, und es erschien ihm völlig natürlich, den Arm um sie zu legen. Sie reagierte, indem sie sich an ihn schmiegte. Noch ein höchst angenehmes Gefühl. Er nahm den Geruch ihres Haars wahr, darunter die verlockenden Aromen einer Frau.

Pheromone, dachte ein analytischer Bestandteil seines Ichs.

Hör auf damit! rief Data diesem logisch-rationalen Selbstfaktor zu. *Ich bin ein Mensch und derzeit nicht im Dienst. Ich habe ein Recht darauf, mich zu vergnügen.*

Eine Zeitlang sprachen sie miteinander und tranken Champagner. Dann stand Pris auf, stellte die Gläser beiseite und kehrte in Datas Arme zurück. Sie nahm dabei eine Haltung ein, die es ihm erlaubte, sie zu küssen. Er nutzte diese Möglichkeit.

Geordis Rat fiel ihm ein. *Lassen Sie sich zeigen, was Ihre Partnerin möchte.* Dieser Hinweis verlangte keine neuen Verhaltensmuster von Data; als Androide hatte er in einer solchen Situation nie die Initiative übernommen.

Anschließend benötigte er keinen Rat mehr, als sich Pris erhob und ihn ins Schlafzimmer führte.

Am nächsten Morgen erwachte Data, als der Türmelder summte. Sein Bewußtsein befreite sich aus einem wirren Traum, und es blieben keine Erinnerungen daran zurück, nur ein vages Unbehagen.

»J-ja?« brachte er hervor. »Wer ist da?« Er tastete nach seinem Morgenmantel.

»Ich bin's, Wesley. Wir haben eine Lektion vereinbart.«

Data erinnerte sich. Aber konnte es schon so spät sein?

Er bedeckte seine Blöße und ging ins andere Zimmer. »Komm herein, Wesley.« Als der Junge durchs Schott trat, fügte er hinzu: »Es tut mir leid. Offenbar habe ich... verschlafen.«

Wesley betrachtete erst Datas zerzaustes Haar und blickte dann zum Tisch, der noch immer für zwei Personen gedeckt war. »Sie hatten gestern abend ein *Rendezvous!*« sagte er überrascht und errötete. »Nun, warum auch nicht? Bitte entschuldigen Sie. Ich muß mich immer wieder daran erinnern, daß Sie kein ... Androide mehr sind. Nun, auch ich werde erwachsen. Daher weiß ich, wie es ist, das andere Geschlecht zu bemerken. Manchmal kann ich mich beim Unterricht kaum konzentrieren, wenn gewisse Mädchen neben mir sitzen.«

»O ja, das verstehe ich«, erwiderte Data und beseitigte alle Spuren der Zecherei vom vergangenen Abend, indem er die Tischdecke und den Rest der Recycling-Einheit anvertraute. Er begriff jetzt, warum Pris darauf bestanden hatte, vor einigen Stunden zu gehen. Durch ihre Anwesenheit wäre er jetzt in eine noch weitaus größere Verlegenheit geraten.

Data beauftragte Wesley, am Computer Platz zu nehmen und mit einer neuerlichen Analyse der Situation im samdianischen Sektor zu beginnen. Dadurch bekam er Zeit genug, sein Quartier in Ordnung zu bringen und sich auf den Tag vorzubereiten.

Als er zur Konsole zurückkehrte, sah Wesley auf. »Es ist alles eine riesige Sackgasse.«

»Und wie können wir sie verlassen?« fragte Data.

»Keine Ahnung. Wir haben es hier nicht mit einer Gleichung der Quantenmechanik zu tun. Damit würde ich problemlos fertig. Aber diese Sache ... Es ist so, als wolle man etwas Unmögliches beweisen.«

Data runzelte die Stirn. »Wen oder was meinst du damit?«

»Die Konor. Sie hinterließen keine Spuren, und man könnte meinen, sie existieren überhaupt nicht. Data, haben Sie es mit dem Sternenrohr versucht, das Sie mir gaben?«

»Es leistet nicht mehr als der Bordcomputer.«

»Ich weiß. Inzwischen ist mir auch klar, wie es funktioniert und auf die in den Sternkarten enthaltenen Daten zugreift. Aber es geht mir um etwas anderes: Hat der Computer die Karten der Quadranten überprüft, die vom samdianischen Sektor bis zu den Grenzen des erforschten Raums reichen? Diese Angaben enthalten keine Hinweise darauf.«

»Dein Vorschlag läßt sich kaum realisieren. Mit einer derartigen Analyse wäre der Computer...« Er unterbrach sich verwirrt.

Die Elaboration würde sicher viel Zeit in Anspruch nehmen, aber Data konnte nicht bestimmen, ob es sich um Wochen oder Monate handelte. Sein menschliches Gehirn war nicht zu so komplexen Berechnungen imstande.

»Computer«, sagte Wesley. Offenbar interpretierte er Datas Schweigen als eine an ihn gerichtete Aufforderung, das Problem zu lösen. »Wie lange dauert es, die Sternkarten aller Quadranten zu prüfen, die sich vom samdianischen Sektor bis zu den Grenzen des erforschten Raums erstrecken?«

»Untersuchungsparameter?« fragte der Computer.

»Lokalisiere alle Planeten der Klasse M, die...« Wesley sah zu Data auf. »Wonach sollen wir Ausschau halten? Nach Anzeichen von Kriegen und Eroberungen? Nach Flottenbewegungen?«

»Angaben über Welten der Klasse M nützen uns kaum etwas. Außerdem *wissen* wir gar nicht, wonach es Ausschau zu halten gilt. Aus diesem Grund kann uns der Computer nicht helfen. Selbst wenn wir die Suche auf bestimmte Aspekte beschränken: Einige der Sternkarten sind bis zu hundert Jahre alt und müssen erst wieder auf den neuesten Stand gebracht werden. Wenn die Konor aus einem der entsprechenden Quadranten kommen, so enthalten unsere Aufzeichnungen keine Informationen über sie.«

Wesley seufzte. »Ja, das stimmt. Ich hätte nur Zeit mit einer sinnlosen Analyse verschwendet.«

»Wir müssen eine andere Möglichkeit finden«, sagte Data. »In dieser Hinsicht bist du besonders kreativ und innovativ. Deshalb wollte ich, daß du dich hiermit beschäftigst.«

»Aber für so etwas bin ich nicht besonders begabt. Wenn Sie möchten, daß ich etwas repariere oder ein neues Gerät erfinde – dazu bin ich in der Lage. Diese Angelegenheit fällt mehr in Ihren Zuständigkeitsbereich. Es geht darum, Aufschluß über ein Rätsel zu gewinnen.«

»Wesley, glaubst du vielleicht, dein Starfleetdienst betrifft immer nur Dinge, für die du begabt bist?«

»Nein, Sir«, antwortete der Junge kleinlaut und blickte wieder auf den Schirm. »Vielleicht sollten wir das Problem aus der entgegengesetzten Perspektive betrachten.«

»Worauf willst du hinaus?«

»Sehen wir uns den samdianischen Sektor an. Wir stellen erst die Gemeinsamkeiten der drei Planeten fest – und schließen daraus, was die Konor wollen. Dann nehmen wir uns die Sternkarten vor, suchen nach Planeten mit ähnlichen Mustern und verifizieren, ob sie von den Konor Besuch erhielten.«

»Gut überlegt«, lobte Data. Sie begannen mit der Arbeit.

Zwar verfügte Wesley über ausgezeichnete Kenntnisse in der praktischen Anwendung der Mengenlehre, aber zwei Stunden verstrichen, ohne daß sich konkrete Resultate ergaben. Auf Jokarn, Dacket und Gellesen schien es nichts zu geben, das sie von tausend anderen Planeten der Klasse M unterschied. Es wurde Zeit für Wesleys Geschichtsunterricht, und Data begab sich in den Gesellschaftsraum, um dort ein spätes Frühstück einzunehmen, bevor er seinen Dienst auf der Brücke antrat.

Es dauerte jetzt nicht mehr lange, bis sie die Konfliktzone erreichten, und Data hatte noch immer keinen Weg gefunden, das Geheimnis der Konor zu lüften. Der Triumph des vergangenen Abends versiegte. *Ich erfülle die Grundvoraussetzungen für den Brückendienst, aber ich bin kein einfacher Fähnrich, sondern der Zweite Offizier. In der Kommandohierarchie komme ich an dritter Stelle. Man erwartet mehr von mir als minimale Fähigkeiten.*

Er hätte nicht so lange schlafen dürfen und mußte lernen, sich zu beherrschen, Versuchungen wie der am letzten Abend zu widerstehen. Pris war zweifellos eine sehr attraktive Frau, aber... Irgend etwas nagte in einem Winkel von Datas Selbst, eine Unruhe, die sich nicht in den Fokus des Bewußtseins rücken ließ. Erinnerungen an Tasha? Oder etwas anderes?

Data wußte es nicht. Tief in ihm spürte er Trauer und eine Sehnsucht nach etwas Rätselhaftem, dem er nicht einmal einen Namen geben konnte.

KAPITEL 11

Bevor sein Dienst begann, mußte Data noch eine andere Verabredung wahrnehmen: Dr. Pulaski untersuchte ihn, um einen Eindruck von den physischen Anpassungen an seine neue Existenz als Mensch zu gewinnen. »Offenbar kommen Sie gut zurecht«, sagte die Ärztin. »Ihr Muskeltonus hat sich verbessert, aber ich vermute, nach dem bestandenen Sicherheitstest können wir in diesem Zusammenhang nicht viel mehr erwarten.«

»Da haben Sie wahrscheinlich recht, Doktor«, erwiderte Data und entsann sich an Dares Bemerkungen.

»Nun, Ihre Ehrlichkeit ist erfrischend. Hmm... Trotz der Übungen stelle ich eine Zunahme Ihres Gewichts um fast ein Kilo fest. Was haben Sie gegessen und getrunken?«

»Orangensaft, Alphabetsuppe, Kosa-Soße, sekarianische Frikadellen, Porridge, einen Apfel, Hühnerfleisch, Milch, Roastbeef...« Er zögerte und entschied sich dagegen, der Liste auch die Austern und den Champagner hinzuzufügen. »Ich erinnere mich nicht genau.«

»Spielt keine Rolle. Eins steht fest: Sie legen großen Wert auf Geschmacksvielfalt. Sie sollten kleinere Portionen wählen, wenn Sie Ihre körperlichen Aktivitäten nicht in dem Ausmaß wie bisher fortsetzen. Es ist leichter, Übergewicht von vorneherein zu vermeiden, als später mit einer Diät zu beginnen, um einige Pfunde zu verlieren. Schwimmen Sie regelmäßig; dadurch belasten Sie den ganzen Körper. Außerdem müssen Sie noch diesen Test bestehen, bevor Sie wieder Landegruppen zugeteilt werden können.«

Data dachte an den Pool – und vor seinem inneren Auge entstand ein mentales Abbild von Pris Shenkley. Damit einher ging das Gefühl, sie irgendwie unfair behandelt zu haben. Vergeblich versuchte er, die Ursache für dieses Empfinden zu bestimmen.

Dr. Pulaski führte einen neuerlichen Hirn-Scan durch und verglich ihn mit dem ersten. »Es zeichnen sich einige Veränderungen ab, doch Sie denken noch immer wie ein Androide.« Sie zuckte mit den Schultern. »Vielleicht erfolgt nie eine vollständige Adaption der Gedankenmuster, aber auch das spielt keine Rolle. Wichtig ist nur, daß mit Ihren geistigen und körperlichen Funktionen alles in Ordnung ist.«

Data verzichtete auf die Bemerkung, daß zumindest in körperlicher Hinsicht kein Zweifel an seiner Leistungsfähigkeit bestehen konnte. Seltsamerweise verstärkte dieser Gedanke das Unbehagen in ihm.

Als Data aufstand, um die Krankenstation zu verlassen, öffnete sich die Tür, und zwei Fähnriche kamen mit einer Antigrav-Plattform heran, auf der mehrere große Geräte lagen. »Wir bringen Ihnen die neuen diagnostischen Konsolen, Doktor.«

»Jetzt?« fragte Kate Pulaski scharf. »Ich habe sie schon vor Wochen von der Versorgungsabteilung angefordert. Wir erreichen bald den samdianischen Sektor, wo uns große Gefahren erwarten könnten. Innerhalb von sechsunddreißig Stunden wird es vielleicht notwendig, daß ich Dutzende von Patienten behandle — und *jetzt* beschließen Sie, hier alles auseinanderzunehmen, um die neuen Anlagen zu installieren?«

»Wir befolgen nur unsere Anweisungen, Ma'am«, sagte einer der beiden Fähnriche.

»Na schön, dann halten Sie sich auch an *diesen* Befehl«, sagte die Ärztin eisig. »Kehren Sie mit dem Zeug zurück und richten Sie Lieutenant Carson aus, daß sie ihre Arbeit demnächst *rechtzeitig* erledigen soll.«

Als sich die beiden Fähnriche mit der Plattform abmühten, fuhr Pulaski fort: »Sagen Sie Carson außerdem, daß ich sie persönlich zur Verantwortung ziehe, wenn ich es mit Problemen zu tun bekomme, die durch eine frühere Installation dieser Geräte nicht aufgetreten wären!«

Die Fähnriche hatten es so eilig, dem Zorn der Ärztin zu

entkommen, daß sie sich gegenseitig behinderten. Der Vulkanier am einen Ende der Plattform hielt den Kopf gesenkt und trachtete danach, die Kontrollen zu rejustieren, um die Antigrav-Einheit in den Korridor zu steuern, ohne sie umzudrehen. Der Mensch auf der anderen Seite hingegen hatte genau das im Sinn und betätigte einige Tasten, die eine Rotation auslösen sollten.

»Nein, Tom«, sagte der Vulkanier. »Das ist nicht nötig. Es genügt eine Umkehr der Bewegungsrichtung.«

»Umschalten«, bestätigte der inzwischen recht nervöse Mensch und drückte alle Tasten.

»Nein!« entfuhr es Data, als er sah, was der Mann anstellte. Der hohe Gerätestapel schränkte das Blickfeld des Vulkaniers ein. »Lassen Sie Trägheit und Friktion unverändert...«

Aber es war bereits zu spät. Jene Kraftfelder, die eine Verstärkung der Friktion bewirkten und gleichzeitig die Massenträgheit reduzierten, damit die Fracht stabil blieb, verschoben sich plötzlich. Die Plattform bewegte sich noch immer, und der Vulkanier konnte die begonnene Rotation nicht unterbrechen.

Tom reagierte genau falsch auf Datas Warnung: Er betätigte die energetische Notbremse.

Herabgesetzte Friktion und erhöhte Trägheit führten dazu, daß die Geräte von der Antigrav-Einheit rutschten und ins normale Schwerkraftfeld gerieten. Ein scharfkantiger Metallkasten ganz oben neigte sich zur Seite, direkt auf Dr. Pulaski zu.

Data sprang vor, um den fallenden Behälter aufzufangen — und wurde ebenso heftig zurückgeschleudert wie beim Kampf gegen Worf.

Doch diesmal gab es kein Schutzfeld, das den Aufprall dämpfte.

Data fiel, und der Metallkasten stürzte auf ihn. Es war reines Glück, daß ihn die flache Seite traf — eine der scharfen Kanten hätte ihn sicher in zwei Hälften geschnitten.

Das Gewicht des Containers preßte ihm die Luft aus den

Lungen, und unmittelbar darauf spürte Data unerträglichen Druck, der sich rasch in stechenden Schmerz verwandelte – die bereits angeschlagenen Rippen erhoben neuen Protest.

Tom und der Vulkanier stemmten den Behälter beiseite. »Bewegen Sie sich nicht, Data!« rief Dr. Pulaski und beugte sich mit einem Scanner über ihn. Sie war blaß und preßte besorgt die Lippen zusammen.

Data konnte sich überhaupt nicht bewegen. In seinem kurzen Leben als Mensch hatte er noch nie so intensive Pein kennengelernt! Das Atmen fiel ihm sehr schwer.

Pulaski sah auf die Anzeigen des Scanners. »Gott sei Dank«, sagte sie erleichtert. »Es ist nichts gebrochen, Data. Sie haben nur vier angeknackste Rippen, ein verletztes Zwerchfell und eine gequetschte Milz.« Die Ärztin wandte sich den beiden Fähnrichen zu. Der Mensch zitterte erschrocken. Der Vulkanier legte die Hände auf den Rükken, hielt seine Emotionen unter Kontrolle und stand völlig ruhig; sein Gesicht kam einer ausdruckslosen Maske gleich.

»Verschwinden Sie von hier!« zischte Pulaski. »Und nehmen Sie den Schrott mit.« Etwas lauter: »Selar! Kommen Sie und helfen Sie mir, einen Patienten auf die Behandlungscouch zu legen!«

Data biß die Zähne zusammen, aber er konnte die Tränen nicht zurückhalten, als man ihn zur Liege trug. Einige Sekunden später schaltete die Ärztin das Behandlungsfeld ein: Der Schmerz verschwand, und er konnte wieder klar denken.

Dr. Pulaski justierte die Kontrollen und sah auf den Bildschirm. »Sie haben unerhörtes Glück«, sagte sie nach einer Weile. »Für Ihre Dummheit hätten Sie weitaus schwerere Verletzungen verdient.«

Das Energiefeld tilgte die Pein aus ihm, aber trotzdem war jeder Atemzug eine enorme Anstrengung für Data. »Ist das... der Dank dafür, Ihnen das... Leben gerettet zu haben?« erwiderte er mühsam.

Pulaski schüttelte den Kopf. »Danke«, sagte sie. »Aber deswegen brauchen Sie sich nicht selbst in Gefahr zu bringen. Ich benachrichtige den Captain und teile ihm mit, daß Sie Ihren Dienst erst später antreten können. Denken Sie darüber nach, welche Reaktion richtig gewesen wäre, als der Behälter fiel.«

Nach einigen Minuten kehrte die Ärztin zurück, doch Data hatte keine alternative Lösung gefunden. »Ich habe nicht mit... Verletzungen gerechnet. Und ich mußte verhindern, daß der Behälter... auf Sie herabstürzte.«

»Sie denken *tatsächlich* noch immer wie ein Androide«, entgegnete Pulaski. »Das heißt: Es geht dabei um Ihre Reflexe. Sie sind jetzt ein Mensch. Wenn es Ihnen schwerfällt, sich in dieser Identität vorzustellen, so nehmen Sie einfach an, Geordi wäre an Ihrer Stelle gewesen. Wie hätte er sich verhalten?«

Als die Ärztin es so ausdrückte, wußte Data sofort die Antwort. »Es war ein Fehler zu versuchen, den schweren Behälter aufzufangen. Statt dessen hätte ich Sie zur Seite stoßen sollen.«

Dr. Pulaski nickte. »Als Androide durften Sie so etwas nicht wagen. Ihre Masse... Durch einen Zusammenprall mit Ihnen wäre ich ebenso stark verletzt worden wie von dem Container. Aber wenn mich ein Mensch beiseite stößt, muß ich höchstens mit einigen blauen Flecken rechnen. Denken Sie in diesem Zusammenhang an Ihren Zweikampf mit Worf.«

»Ich verstehe«, sagte Data.

»Ja.« Die Ärztin nickte erneut. »Ich weiß, daß Sie verstehen. Aber darum geht es nicht. Ihr Problem besteht darin, die Angewohnheiten eines ganzen Lebens zu überwinden.« Sie seufzte leise. »Ich bin skeptisch, Data. Vielleicht ist Ihre Anpassung an die menschliche Existenz schwieriger, als wir bisher glaubten.« Einmal mehr sah sie auf den Diagnoseschirm. »Andererseits: Sie erlitten nur leichte Verletzungen, und der Heilungsprozeß hat bereits begonnen. Es heißt, die Götter beschützen Narren und

Kinder. In gewisser Weise sind Sie ein Kind, Data. Ein nur wenige Tage altes Kind. Hoffen wir, daß Sie schnell erwachsen werden und dabei die richtigen menschlichen Reflexe entwickeln.«

Data hörte gar nicht mehr zu. In Gedanken kehrte er zum heiligen Berg auf Elysia zurück und hörte Thelias Stimme. *Die Götter mäßigen den Wind für den geschorenen Seja.*

Er fragte sich, wie es ihr jetzt ging, und ein seltsames Wohlbehagen durchströmte ihn bei diesem Gedanken. Vielleicht fand er einmal Gelegenheit, nach Elysia zurückzukehren und Thelia wiederzusehen...

Nein. Inzwischen hatte sie ihn sicher vergessen und konzentrierte sich darauf, die Probleme ihrer Heimat zu lösen. Er würde nie erfahren, was aus ihr geworden war und ob sie im Geschenk der elysianischen Götter ebenfalls ein zweischneidiges Schwert sah.

Data befand sich wieder auf der Brücke — alle seine Verletzungen waren geheilt —, als die *Enterprise* in die Kommunikationsreichweite von Dacket geriet.

»Vorsitzender Tichelon vom samdianischen Planetaren Rat möchte Sie sprechen, Captain«, meldete Worf.

»Auf den Schirm«, erwiderte Picard.

Tichelon erwies sich als ein Samdianer in mittleren Jahren. Der Humanoide hatte lavendelfarbene Haut; Haar und Bart glänzten in einem bläulichen Ton. Die bunte Kleidung stand in einem deutlichen Gegensatz zur Stimmung des Mannes.

»Hier spricht Captain Picard von der U.S.S. *Enterprise.* Wir sind aufgrund Ihres Notrufs gekommen.«

»Der Vorsehung sei Dank! Sie müssen uns helfen. Die Konor haben den südlichen Kontinent übernommen, rükken gegen die Hauptstadt vor und töten alle, die sich ihnen in den Weg stellen.«

»Wir nehmen Sondierungen vor, um einen Eindruck von der Situation zu bekommen«, sagte Picard. »Der Versuch, einen Kontakt zu den Konor herzustellen, ist leider gescheitert. Sie empfangen unsere Signale nicht — oder ignorieren sie.«

»Uns ergeht es ebenso«, entgegnete Tichelon. »Wir sind zu Verhandlungen bereit, aber die Konor töten unsere Emissäre. Captain, sie akzeptieren nicht einmal die Kapitulation! In Eskatus waren sie uns so sehr überlegen, daß die Bürger der Stadt ihre Waffen niederlegten — und die Konor brachten sie alle um. Nur wenige entkamen, um uns davon zu berichten. Und das Massaker geht weiter, während wir miteinander sprechen! Setzen Sie das Zerstörungspotential Ihres Raumschiffs ein, um die Angreifer zu vernichten!«

»Erst ermitteln wir«, antwortete Picard. »Wenn wir die Konor gesehen haben, entscheiden wir über die Ihnen zu gewährende Hilfe.«

»Sie müssen mit dem Tod rechnen, wenn Sie ihnen gegenübertreten!« warnte Tichelon. »Wir Samdianer lieben den Frieden, Captain, aber die Konor sind ein Greuel, das es auszumerzen gilt!«

Picard schüttelte den Kopf. »Zuerst versuchen wir, eine friedliche Lösung für das Problem zu finden. Haben Sie Bilder von den Konor, ihren Schiffen und Waffen?«

»Äh, nein. Wer sich ihnen weit genug für solche Aufnahmen nähert, wird getötet.«

»Captain...«, warf Troi sanft ein.

Picard unterbrach die akustische Verbindung. »Was spüren Sie, Counselor?«

»Tichelon sagt die Wahrheit, soweit es das Chaos und die Weigerung der Konor betrifft, auf Verhandlungs- und Kapitulationsangebote zu reagieren. Er hat wirklich Angst vor ihnen. Aber seine Furcht nahm plötzlich zu, als Sie um Bilder baten. Wahrscheinlich stimmt es, daß die Konor alle Samdianer umbringen, die versuchen, Aufzeichnungen anzufertigen. Und doch... Ich glaube, der Vorsitzende hat gelogen, als er behauptete, es existierten keine Aufnahmen.«

»Er erwähnte Überlebende, die aus Eskatus entkamen«, meinte Riker. »Sie haben die Konor bestimmt gesehen. Wenn es keine Bilder gibt, so liegen sicher Beschreibungen oder Zeichnungen vor.«

»Weshalb weigert sich Tichelon, uns solche Informationen zur Verfügung zu stellen?« Picard trat auf den großen Wandschirm zu – eine für ihn typische Verhaltensweise, wenn er mit Personen sprach, denen er nicht vertraute. Data fragte sich, ob der Captain hoffte, auf diese Weise mehr in Erfahrung zu bringen als vom Kommandosessel aus.

»Halten Sie den Kom-Kanal offen«, wandte sich Picard an Tichelon. »In eins Komma drei Stunden schwenken wir in den Orbit. Sie hören von uns, nachdem wir in bezug auf die Konor Nachforschungen angestellt haben. Picard Ende.«

Er drehte sich zu Data um, der wieder an der Operatorstation saß. »Mr. Data, bereiten Sie einen umfassenden Scan der von den Konor eroberten Gebiete des Planeten vor.«

»Ja, Sir.« Der Zweite Offizier ging zur wissenschaftlichen Station.

»Mr. Worf«, fügte der Captain hinzu. »Volle Sensorerfassung des Raumbereichs um Dacket. Ich möchte wissen, ob sich Schiffe in der Umlaufbahn befinden. Halten Sie auch nach Raumern mit Tarnfeldern Ausschau.«

»Aye, Captain.«

Data traf die notwendigen Vorbereitungen, während er den Gesprächen auf der Brücke lauschte. Plötzlich begriff er, daß er wieder imstande war, sich mit zwei Dingen gleichzeitig zu beschäftigen – vorausgesetzt, beide erforderten kein hohes Maß an Aufmerksamkeit und Konzentration. Er lächelte zufrieden. Dr. Pulaski irrte sich: Er war auf dem besten Wege, menschliche Reflexe zu entwickeln. Er hoffte nur, daß er dabei Fortschritte erzielte, ohne so schmerzhafte Lektionen wie heute morgen hinnehmen zu müssen.

Kurz darauf knurrte Worf. Der Ärger des Klingonen galt sowohl den Instrumenten als auch seinen Assistenten — die Sensoren entdeckten keine Raumschiffe in der Umlaufbahn von Dacket. »Wenn es im Orbit getarnte Kreuzer gibt, so benutzen sie eine Technik, die wir nicht kennen«, sagte er schließlich. »Aber ich bin sicher, daß keine derartigen Schiffe existieren, Captain. Die Gravitationsmessungen bestätigen das. Hinzu kommt: Die längere Aufrechterhaltung eines Tarnfelds verbraucht ziemlich viel Energie. Entweder kamen die Konor mit Raumern, die inzwischen auf dem Planeten gelandet sind, oder ein Mutterschiff hat sie abgesetzt und sich dann zurückgezogen.«

»Die Sensorsondierung zeigt uns eventuelle Schiffe auf Dacket.« Data gab alle notwendigen Orbitaldaten ein, um die *Enterprise* über die südliche Hälfte des Kontinents zu steuern, den die Konor eroberten.

Dort entsprach das Terrain dem üblichen Standard von Planeten der Klasse M: Städte, Bauernhöfe, Getreidefelder, Kraftwerke, die elektrischen Strom lieferten, humanoide Lebensformen.

»Aber etwas... fehlt«, murmelte Data unsicher.

»Zum Beispiel eine Invasionsflotte«, bemerkte Riker. »Die einzigen Raumschiffe sind interplanetare Frachter aus samdianischer Produktion. Wenn der Angriff im Süden des Kontinents begann, müßten dort Konor-Einheiten gelandet sein. Vielleicht haben Sie recht mit Ihrer Theorie von einem Mutterschiff, Mr. Worf.«

Aber Data spürte, daß es noch einen anderen Faktor gab. Als er den Scan nach Norden hin fortsetzte, fand er Städte, die sich nicht in einem so guten Zustand befanden. Viele Gebäude waren zerstört, doch es lagen keine Trümmer auf den Straßen. Auch hier wurde das Land bestellt.

Am Rand des von den Konor übernommenen Bereichs kümmerte sich niemand um die Felder, und die Städte lagen in Schutt und Asche. Schwere Maschinen versuchten, Ordnung zu schaffen. Diese Beobachtungen entsprachen den Berichten: Die Konor töteten oder verjagten die

Bevölkerung und ließen sich dann in den eroberten Regionen nieder.

Das technologische Niveau war recht hoch: Es gab moderne Fahrzeuge; auf dem Boden und in der Luft herrschte reger Verkehr. Nichts deutete auf Strahlung hin. Kein Wunder, wenn es den Konor darum ging, fremde Welten zu besiedeln.

Aber irgend etwas fehlte! Data erlebte nun ein Phänomen, das er als ›mentalen Block‹ erkannte – bis der Scan ein von den Konor unberührt gebliebenes Territorium erreichte. Daraufhin wurde das fehlende Element sofort klar.

»Kommunikation!« entfuhr es dem Zweiten Offizier.

»Wie meinen Sie das, Mr. Data?« fragte Picard.

Data drehte seinen Stuhl herum. »Captain, in dem Gebiet, das die Konor kontrollieren, stelle ich keine Kommunikationssignale fest. Auf allen Frequenzen herrscht Stille. Es werden nicht einmal elektronische Botschaften per Kabel ausgetauscht.«

»Ohne Kommunikation läßt sich keine globale Invasion durchführen«, sagte Riker.

»Ich weiß, Sir. Wenigstens wissen wir jetzt, warum die Konor nicht auf unsere Versuche reagierten, einen Kontakt mit ihnen herzustellen. Wie auch immer sie sich verständigen: Sie benutzen eine Methode, die unseren Sensoren verborgen bleibt. Deshalb können wir annehmen, daß sie sowohl unsere Botschaften als auch die der Samdianer nie empfingen. Vielleicht verstanden sie nicht einmal die Kapitulationsangebote.«

»Das ist durchaus denkbar«, brummte Worf. »Tichelon erklärte, die Bürger der Stadt Eskatus hätten ihre Waffen niedergelegt. Nun, es gibt eine klingonische Form der Herausforderung, bei der einer der Gegner die Waffen auf den Boden legt und zurückweicht – damit der andere danach greift. Wenn zwischen Konor und Samdianern keine Verständigung möglich ist... Vielleicht haben die Angreifer diese Geste für eine Provokation gehalten.«

»Ich danke Ihnen für Ihre Hinweise, meine Herren«,

sagte Picard. »Data, optimieren Sie den Scan, so daß wir uns die Konor ansehen können. Wenn wir sie beobachten, finden wir vielleicht heraus, auf welche Weise sie miteinander kommunizieren. Und wenn es uns gelingt, mit ihnen zu sprechen, besteht die Hoffnung, den Konflikt zu beenden.«

Der Captain rief den Soziologen Thralen auf die Brücke, zog sich dann mit ihm, Riker, Data, Geordi und Worf in den Bereitschaftsraum zurück. Dort besprachen sie die Resultate, die sich bei den Sondierungen der von den Konor eroberten Städte ergeben hatten.

»Wir verständigen uns mit Worten und Gesten«, sagte Thralen, »aber es sind noch viele andere Kommunikationsmethoden möglich. Können wir akustische Übertragungen ausklammern?«

»Die Detektoren haben keine Sendungen irgendeiner Art registriert«, erwidert Data. »Die samdianischen Telekommunikationsgeräte existieren nach wie vor, aber man verwendet sie nicht. Wenn die Konor einen visuellen Code benutzen, zum Beispiel heliographische oder semaphorische Übertragungen, so reicht ein energetischer Scan nicht unbedingt aus, um darüber Aufschluß zu gewinnen.«

»Visuelle Symbole sind die zweithäufigste Kommunikationsmethode bei intelligenten Wesen«, erklärte Thralen. »Wenn wir die Konor bei ihrer täglichen Routine beobachten, finden wir sicher bald Anhaltspunkte für oder gegen eine visuelle Sprache. Erinnern Sie sich an die Verwar, Mr. Data?«

»Die... Verwar?« Dieser Name bedeutete ihm nichts.

»Ein klassisches Beispiel für visuelle Sprache: Jene Wesen kommunizieren mit Hilfe von Farbveränderungen. Sie haben keine Augen wie wir, sondern visuelle Sensoren an vielen Körperstellen. Daher ist ihr ›Blickfeld‹ ebensowenig richtungsbeschränkt wie unser Hörsinn.« Er drehte die Kopffühler, um seine Worte zu unterstreichen.

Unterdessen starrte Data schockiert auf den Tisch. Er hatte an der Starfleet-Akademie einen akademischen Grad in Exobiologie erworben, und Thralen bezeichnete die Verwar als ›klassisches Beispiel‹, aber Data erinnerte sich nicht an sie! Wie war es möglich, daß er an der Navigations- und Operatorstation einwandfreie Arbeit leistete – um jetzt festzustellen, daß in seinem Gedächtnis große Lücken klafften?

Er zwang die Aufmerksamkeit auf ein Display zurück, das Geordi gerade erläuterte. Ein Raster aus Hunderten von kleinen Punkten stellte eine Straßenszene dar, aber es ließen sich erst Einzelheiten erkennen, als LaForge das Bild fokussierte. Die einzelnen Pixel teilten sich mehrmals und gewannen eine klare Struktur. Konturen formten sich, gerieten in Bewegung.

Eine Straße, ja. In einer unzerstörten Stadt. Leute gingen auf den Bürgersteigen oder saßen in dahingleitenden Fahrzeugen – offenbar Konor. Data und die anderen konnten sie jetzt ganz deutlich sehen. Abgesehen von Sandalen, die ihre Füße vor dem heißen Pflaster schützten, trugen die Konor keine Kleidung.

Data wußte nicht, was er erwartet hatte – vielleicht irgendwelche grausamen Ungeheuer. Statt dessen beobachtete er Humanoiden mit heiteren Gesichtern: Männer, Frauen und Kinder gingen ihren Geschäften nach, wirkten völlig friedlich. Nirgends zeigten sich Soldaten oder Waffen; niemand schien es besonders eilig zu haben.

Die Konor hatten große Ähnlichkeit mit den Samdianern. Allerdings war ihre Haut golden und grün, das Haar lavendelfarben. Sie trugen keine Bärte, wirkten schlanker und drahtiger.

Sie verzichteten nicht nur auf Kleidung, sondern auch auf Schmuck. Data bemerkte keine Halsketten, Make-up oder Blumen im Haar. Die Konor brauchten so etwas nicht, denn sie zeichneten sich durch die natürliche Attraktivität körperlicher Gesundheit aus.

»*Das* sollen die brutalen Mörder sein, vor denen Tichelon solche Angst hat?« fragte Riker erstaunt.

»Wir haben noch nicht ihre Interaktionen mit den Samdianern gesehen«, erinnerte ihn Picard. »Thralen, wie kommunizieren diese Personen miteinander? Mir fallen keine Gesten auf.«

»Und sie sprechen auch nicht miteinander, sehen sich kaum an«, sagte der Soziologe. »Ich glaube, Geruch läßt sich ebenfalls als Mittel der Verständigung ausschließen — die Konor schnuppern nicht. Nun, bei Humanoiden kenne ich ohnehin kein einziges Beispiel für die Verwendung von Geruch als primäre Kommunikationsmethode. Die gute Organisation dieser Leute erfordert auch Kommunikation über große Distanzen hinweg, und ich bezweifle, ob man Geruchsbotschaften auch noch Hunderte oder gar Tausende von Kilometern entfernt empfangen kann.«

»In dieser Hinsicht dürfte das Vakuum des Alls ein unüberwindliches Hindernis sein«, murmelte Geordi.

»Vermutlich müssen wir davon ausgehen, daß wir es mit Telepathen zu tun haben«, verkündete der Soziologe.

»Telepathen!« platzte es aus Riker heraus. »Thralen, Telepathen sind nur dann aggressiv, wenn sie an ausgeprägten Psychosen leiden. Wenn sie andere Personen verletzen oder töten, so nehmen sie ihren Schmerz wahr, die Furcht, erleben sogar den Tod der Betreffenden mit.«

»Dann erklären Sie mir, wie sich die Konor verständigen.«

»Vielleicht *sind* sie psychotisch«, sagte Geordi. »Data, Sie haben doch einige Ereignisse in Eskatus aufgezeichnet, oder?«

»Ja, sie liegen etwa eine Stunde zurück.« Data schaltete auf die letzten Bilder des Scans um.

In der Stadt Eskatus hatte eine erbitterte Schlacht stattgefunden, und überall stieg Rauch auf. Das Display zeigte ausgebombte Gebäude, umgekippte Fahrzeuge sowie die Leichen von Samdianern und Konor. Eins wurde sofort klar: Die Verluste der Samdianer waren weitaus größer als die der Angreifer.

Einige Konor trugen Schutzkleidung: dick gepolsterte Overalls mit Helmen an den Gürteln. Sie sammelten die samdianischen Toten ein und luden sie auf einen Transporter. Die Offiziere der *Enterprise* beobachteten entsetzt, wie ein Konor eine lebende Samdianerin fand, ihr einfach die Kehle durchschnitt und den Leichnam mit Hilfe eines Artgenossen zu den anderen warf.

»In früheren Berichten hieß es, daß die Konor einen Teil der unterworfenen Bevölkerung versklaven«, sagte Picard. »Hier hat es den Anschein, als brächten sie alle um.«

»Bei den Toten handelt es sich ausschließlich um Erwachsene«, stellte Thralen fest. »Vielleicht haben die Bürger von Eskatus ihre Kinder zu den weiter im Norden gelegenen Städten geschickt, als sich die Konor näherten. In Gesellschaften, in denen Sklaverei üblich ist, werden Kinder und Erwachsene häufig voneinander getrennt. Wenn wir weitere Sondierungen vornehmen, finden wir möglicherweise heraus, daß die samdianischen Kinder von den Konor an einem sicheren Ort untergebracht worden sind.«

»In der vorherigen Szene haben wir keine Samdianer gesehen«, sagte Data. »Weder Erwachsene noch Kinder.«

»Wir wissen nicht, wie die Konor ihre Sklaven behandeln — vorausgesetzt, jene Berichte entsprechen den Tatsachen« führte der Soziologe aus. »Vielleicht klammern sich die Überlebenden an der Hoffnung fest, daß die vermißten Freunde und Verwandten in Gefangenschaft geraten sind. Bisher kennen wir die Konor nur aus den Mitteilungen der Samdianer — und ihre Schilderungen sind alles andere als ausführlich.«

»Allerdings«, bestätigte Riker ernst. »Warum haben sie uns nicht darauf hingewiesen, daß keine Verständigung mit den Konor möglich ist, weil die Angreifer telepathisch miteinander kommunizieren?«

»Telepathie.« Geordi schürzte die Lippen. »Sklaverei steht eigentlich im Gegensatz dazu. Thralen, sind Sie ganz sicher, daß die Konor Telepathie benutzen?«

»Nein. Aber von dieser Hypothese muß ich ausgehen — bis wir auf dem Planeten genauere Untersuchungen anstellen können.«

»Niemand wird sich dort unten umsehen«, sagte Picard. »Zuerst gilt es, wesentlich mehr in Erfahrung zu bringen. Was wir bisher wissen, bestätigt die samdianischen Berichte: Wir müssen damit rechnen, daß eine Landegruppe sofort angegriffen wird — bevor sie Gelegenheit bekommt, einen Kontakt mit den Konor herzustellen. Und um das zu bewerkstelligen, brauchen wir zuverlässige Informationen über ihre Kommunikationsmethode.«

»Beamen wir einen Konor herauf«, schlug Geordi vor. »Anschließend versuchen wir, mit ihm zu reden. Oder was auch immer. In einer solchen Situation würde er sich bestimmt bemühen, mit uns zu kommunizieren, und vielleicht können wir den Kom-Code mit unseren Translatoren entschlüsseln.«

»Hmm.« Der Captain überlegte. »Eine interessante Idee. Sind Sie imstande, ein Individuum zu isolieren und sicher an Bord zu holen?«

»Nicht auf diese Entfernung. Die Bilder lassen sich erst *nach* der Aufzeichnung vergrößern. Wir sollten jemand in ein dünn besiedeltes Gebiet schicken, um dort einen Konor auszuwählen und die Koordinaten zu bestimmen. Wenn alles soweit ist, beamen wir unsere Leute zusammen mit dem Fremden zurück.«

Picard nickte. »Riskant. Aber vielleicht wird es notwendig. Sprechen Sie mit Transporterchef O'Brien und klären Sie die Einzelheiten, aber unternehmen Sie nichts ohne meine Anweisungen. Nummer Eins, erörtern Sie mit Mr. Worf die nötigen Sicherheitsmaßnahmen, falls wir entscheiden, einen Konor an Bord zu holen. Data, Thralen: Analysieren Sie alle Einzelheiten der Sondierungen; suchen Sie dabei nach Hinweisen auf die Motive der Konor. Wenn wir wirklich einen von ihnen entführen — wie sollen wir ihn zur Zusammenarbeit bewegen?«

»Ja, Sir«, sagte Data, als sich die anderen Offiziere erhoben, um sofort mit der Arbeit zu beginnen. »Wir ziehen uns ins Konferenzzimmer Drei zurück.«

»Einverstanden.« Ein Hauch von Müdigkeit erklang in

der Stimme des Captain. »Wenn ich Ihnen etwas aus *meiner* Erfahrung anbieten darf: Ihre Aufgabe ist die wichtigste. Wir können in bezug auf die Konor kaum etwas unternehmen, solange eine Möglichkeit der Verständigung fehlt. Ich habe Darryl Adin gebeten, als Berater tätig zu werden. Er hatte es mehrmals mit verschiedenen aggressiven Spezies zu tun, als Starfleet-Offizier ebenso wie als Privatmann. Vielleicht bietet er Ihnen nützliche Vorschläge an.«

Dare brachte Aurora und Poet mit. »Unsere Spezialisten für Kommunikation und Taktik«, sagte er. »Wenn Sie es aus Sicherheitsgründen für besser halten, daß sie nicht an der Analyse teilnehmen ...«

»Ich bin für jeden dankbar, der imstande ist, uns zu helfen«, erwiderte Data. »Thralen?«

»Ganz meine Meinung.«

Sie begannen mit der ersten Szene: Konor in der besetzten samdianischen Stadt, so ruhig und gelassen, als seien sie dort schon immer zu Hause gewesen. »Die Schlange unter der Rose, nicht wahr?« meinte Poet. »Das sind die blutrünstigen Konor, von denen wir soviel gehört haben?«

»Ja.« Data schaltete auf die Bilder von Eskatus um.

»Kaltblütige Mistkerle«, brummte Dare. »Ich schätze, das genügt als Beweis für die Aggression. Jetzt lehnt es die Föderation bestimmt nicht ab, Dacket zu helfen, oder?«

»Nein, wohl kaum«, antwortete Data. »Wir versuchen natürlich, einen Kampf zu vermeiden. Die Konor sind ganz offensichtlich zivilisiert. Es sollte also *irgendwie* möglich sein, sie zur Vernunft zu bringen.«

»Es gibt nur einen Haken.« Dare zögerte kurz. »Sie sprechen nicht. Vielleicht hören sie auch nicht zu. Wie kommunizieren sie miteinander?«

»Derzeit tippen wir auf Telepathie«, sagte Thralen.

»Telepathie!« entfuhr es Adin. »Telepathen verhalten sich nicht auf diese Weise. Es sei denn ... Data, ich glaube Sdan sollte sich das ansehen. Es hat aggressive Vulkanier gegeben, obwohl die vulkanische Geschichte bestimmt keine *so* erbarmungslosen Mörder kennt. Aber Sdan weiß um die Reaktionen von Telepathen besser Bescheid als wir.«

Das vulkanoide Mitglied von Dares Gruppe sah eine Zeitlang auf den Bildschirm. »Möglich – aber dann müßten die Konor ziemlich krank sein. Eine der ältesten vulkanischen Redewendungen heißt: ›Erleide den Tod deines Feindes.‹ Nun, die meisten Vulkanier sind nur Berührungstelepathen, aber sie zögerten selbst vor Suraks Lebzeiten, einander zu töten – weil damit zu großer mentaler Schmerz verbunden ist. Die Konor hingegen verhalten sich so, als empfänden sie überhaupt nicht die Pein der Samdianer. Vielleicht sind sie bereits zu abgestumpft. Oder die Erklärung heißt schlicht und einfach Wahnsinn.« Sdan schüttelte den Kopf. »Unter sich zeigen sie ein sanftes und friedfertiges Wesen. Wie können sie den Samdianern gegenüber so grausam sein?«

Der Computer vergrößerte die anderen Aufnahmen, und dadurch ergab sich ein umfassenderes Bild von den Aktivitäten der Konor. Trotzdem kamen sie der Lösung des Rätsels nicht näher. Sie wollten schon aufgeben, als sie eine besondere Szene bemerkten, die alles noch geheimnisvoller erscheinen ließ.

Das Projektionsfeld stellte erneut eine Straße dar, am Rand einer von den Angreifern eroberten, aber noch nicht wiederaufgebauten Stadt. Zwei erwachsene Konor – ein Mann und eine Frau – führten etwa ein Dutzend Kinder auf einen Platz, an dessen Seiten sich Ruinen erhoben. Auch diesmal sprachen die Konor nicht, doch die Kinder sahen sich aus großen Augen um.

»Sie wirken überrascht«, bemerkte Poet. »Warum?«

Eins der Kinder begann zu weinen. »Hier stimmt etwas nicht«, kommentierte Dare.

Kurz darauf ließen die beiden Konor die Kinder in einer Reihe Aufstellung beziehen und starrten sie nur an, wie es schien. Die meisten hörten auf zu weinen, aber ein kleines Mädchen wimmerte auch weiterhin. Ein größeres umarmte es – und dann bewegten sich seine Lippen. »Das Kind spricht!« stieß Data hervor.

Das wimmernde Mädchen erwiderte etwas.

»Die Kinder verfügen über eine Sprache, im Gegensatz zu den Erwachsenen?« fragte Dare. »So etwas ergibt doch keinen Sinn.«

»Es sei denn, es handelt sich nicht um Konor-Kinder«, warf Thralen nachdenklich ein.

Sie beobachteten das Geschehen aufmerksam. Die beiden Erwachsenen traten auf die miteinander sprechenden Kinder zu, sie trennten sie voneinander, drückten ihre Arme herunter und berührten sie mit sanften Fingern an den Lippen. Dann blickten sie ihnen tief in die Augen – und plötzlich versiegten die Tränen des kleinen Mädchens.

Einige Sekunden später setzte die von zwei Erwachsenen angeführte Kolonne den Weg fort.

»Lieber Himmel!« zischte Sdan. »Auf diese Weise helfen vulkanische Eltern ihren Kindern bei der emotionalen Kontrolle. Jetzt kann kein Zweifel mehr daran bestehen, daß die Konor Telepathen sind.«

»Aber die Kinder haben *gesprochen*«, betonte Thralen. »Data...«

»Seht nur!« Poet deutete aufgeregt zum Schirm, als sich das kleine Mädchen aus der Gruppe löste und in die andere Richtung über den Platz lief.

Sie beugten sich gespannt vor. Der Mann führte die übrigen Kinder weiter, während die Frau dem fliehenden Mädchen nacheilte. Der Scan folgte dem Kind in einen Bereich, den Data und seine Begleiter zum erstenmal sahen. Dort hockten etwa dreißig andere Kinder in Käfigen.

Poet fluchte halblaut, als er die furchterfüllten und entsetzten Gesichter von Mädchen und Jungen sah, die wie Tiere eingesperrt waren. Sie zerrten vergeblich an den Gitterstäben, weinten oder saßen hilflos in einer Ecke und starrten ins Leere.

Das kleine Mädchen lief zu einem Käfig, in dem ein Junge kauerte, der nur wenig älter zu sein schien. Er streckte die Arme durchs Gitter, und die Geflohene griff schluchzend danach.

Der Junge sprach einige Worte und versuchte, das Mädchen fortzuschieben, als die Frau kam und es von hinten packte.

Das Kind wehrte sich, trat, kratzte und biß, doch nach wenigen Sekunden stellte es den Widerstand ein. Es stieß einen schmerzerfüllten Schrei aus, während die Frau es auf den Boden herabließ, ihre Hände um die schmalen Schultern des Mädchens schloß und es mit einem selbstgefälligen Gesichtsausdruck ansah. Das Mädchen ließ den Kopf hängen und weinte verzweifelt. Die Frau wandte sich dem kummervollen Jungen zu – und sprach zu ihm.

»Sie *können* sprechen!« rief Aurora. »Aber... weshalb behandeln sie Kinder so? Es ist unmenschlich!«

»Es können unmöglich Konor-Kinder sein«, sagte Thralen. »Data, haben Sie nicht alle Informationen über die Konor abgerufen?«

»Ja. Aber der Bordcomputer enthält kaum Daten über sie.«

»Was ist mit den Samdianern?« fragte der Theskianer.

»Ich weiß nicht mehr als Sie«, erwiderte Data – und schluckte plötzlich, als ihm seine Nachlässigkeit klar wurde.

Ich habe es versäumt, Unterlagen mit den biologischen Spezifikationen der Samdianer zusammenzustellen. In den internen Datenbanken des Androiden waren ausführliche Informationen über alle der Föderation bekannten Spezies gespeichert gewesen. Er hatte sie ständig auf dem neuesten Stand gehalten und die Daten erst dann abgerufen, wenn er sie benötigte.

Als Mensch hätte er eine entsprechende Anfrage an den Bordcomputer richten sollen. »Bitte entschuldigen Sie«, sagte er. »Ich habe zugelassen, daß diese Besprechung auf der Basis unvollständiger Informationen stattfindet.«

Die aufgezeichnete Szene endete damit, daß die Frau das jetzt sehr ernste Kind fortführte.

»Computer«, sagte Data laut. »Angaben über die biologische Struktur der Samdianer.«

Wenige Sekunden später bekamen sie den fehlenden Faktor, der die Geschehnisse auf Dacket plötzlich in einem ganz anderen Licht erscheinen ließ. Die Konor kamen nicht etwa aus irgendeinem unbekannten Teil der Galaxis, sondern aus dem samdianischen Sektor!

Die Samdianer wurden alle mit grün-goldener Haut und lavendelfarbenem Haar geboren. Diese Farben bewahrten sie bis zur Pubertät. Anschließend sorgten atmosphärische Bedingungen und solare Emissionen auf Dacket dafür, daß die Haut einen lavendelfarbenen und das Haar einen blauen Ton gewann. Die Bewohner von Gellesen hatten dunkelgrüne Haut und rötlich-braunes Haar. Nur auf dem Planeten Jokarn, den die Konor angeblich erobert und ›übernommen‹ hatten, blieben Haut- und Haarfarben nach der Kindheit unverändert.

»Ich wußte, daß sie ihre eigenen Kinder nicht auf diese Weise behandeln würden«, sagte Aurora. »Die versklavten Jungen und Mädchen sind Samdianer. Anders ausgedrückt: Sie stammen von Dacket. Wahrscheinlich haben wir eben Bruder und Schwester gesehen.«

»Die übliche Versklavungsmethode«, pflichtete ihr Thralen bei. »Man trenne Familienmitglieder voneinander, damit sie sich keine gegenseitige emotionale Unterstützung gewähren können.«

»Es... tut mir leid.« Data sehnte sich danach, dem Feuer der in ihm brennenden Verlegenheit zu entkommen.

»Es war auch meine Schuld«, sagte Thralen. »Ich habe mich mit der samdianischen Kultur und ihren Traditionen beschäftigt, ohne daran zu denken, auch biologische Informationen zu berücksichtigen.«

»Weil das in meinen Zuständigkeitsbereich fiel«, erwiderte Data bedrückt. »Sie gingen davon aus, daß ich bereits eine entsprechende Analyse vorgenommen hatte.« Was für ein dummer Fehler — ein junger Fähnrich, der frisch von der Akademie kam, wäre streng dafür bestraft worden. Einige Sekunden lang spürte er den Wunsch, wegzulaufen und sich irgendwo zu verstecken. »Ich gehe jetzt, um dem Captain Bericht zu erstatten.«

»Sie brauchen ihn nicht persönlich aufzusuchen, Data«, warf Sdan ein. »Es genügt, wenn Sie sich per Interkom mit ihm in Verbindung setzen.«

»Laß ihn, Sdan«, sagte Dare. »Er ist ein Starfleet-Offizier, der seine Pflicht erfüllen muß. Data, wir — das heißt, Mr. Thralen und ich — informieren den Ersten Offizier.«

Captain Picard befand sich in seinem Bereitschaftsraum. »Stimmt was nicht?« fragte er besorgt, als der Zweite Offizier eintrat. »Ist alles in Ordnung?«

»Nein, Sir«, antwortete Data ernst. »Ganz und gar nicht.« Und er erzählte dem Captain, was er — verspätet — herausgefunden hatte.

»Weiß Commander Riker Bescheid?« »Ja, Sir.«

»Gut. Der Fehler ist berichtigt worden, und nun stehen uns alle notwendigen Informationen zur Verfügung.«

Diese Worte kamen der Aufforderung gleich, das Zimmer zu verlassen. Erneut fühlte sich Data versucht, die Gelegenheit zur Flucht zu nutzen, doch dann dachte er daran, daß er in erster Linie der *Enterprise* und Starfleet verpflichtet war. »Sir, ich muß darauf hinweisen, daß ich nicht voll diensttauglich bin. Vielleicht sollte ich sogar aus Starfleet ausscheiden.«

»Warum? Dr. Pulaski hat mir gemeldet, daß Ihre Verletzungen ausgeheilt sind, und darüber hinaus haben Sie die Prüfungen bestanden. Von Zeit zu Zeit machen wir alle Fehler.«

»Ich hätte mich fast umgebracht und kurze Zeit später beinahe unsere Mission ruiniert — alles an einem Tag«, entgegnete Data zerknirscht. »Ich...«

»Data...«, sagte der Captain sanft. »Setzen Sie sich.« Als der ehemalige Androide dieser Aufforderung nachkam, ging Picard zu Nahrungsspender. »Kaffee? Tee?«

Data spürte einen trockenen Gaumen. »Tee, bitte.« Und dann: »Äh, mit Sahne und Süßstoff.«

»Milch, Data. Sahne gehört in den Kaffee. Beim Tee benutzt man Milch.« Der Captain wandte sich dem Gerät zu. »Tee, Earl Grey, heiß. Einen mit Zitrone, den anderen mit Milch und Zucker«.

Data trank einen Schluck und setzte die Tasse ab. »Captain«, begann er noch einmal, »Sie sollten mich durch jemand anders ersetzen. Ich bin nicht mehr so leistungsfähig wie früher.«

»Natürlich nicht«, bestätigte Picard. »Aber das ist kein Grund, Ihre Karriere aufzugeben. Erklären Sie mir, warum Sie glauben, nicht mehr für den aktiven Dienst geeignet zu sein.«

»Es mangelt mir an Effizienz.«

»Ich verstehe, was Sie meinen. Für Sie hat eine außerordentlich komplexe Anpassungsphase begonnen, die Sie ständig mit neuen Problemen konfrontiert. Sie sind Belastungen ausgesetzt, die wir uns nicht einmal vorstellen können. Aber wenn ich Ihren Namen vom Dienstplan streiche: Wie wollen Sie dann Ihre ›Effizienz‹ zurückgewinnen?«

»Vielleicht bin ich gar nicht dazu imstande, Sir.«

»Warum nicht?«

»Ich habe meine frühere Kraft verloren. Und auch die speziellen Sensoren. Nun, natürlich gibt es Maschinen und Instrumente, die einen Ausgleich schaffen. Aber was noch wichtiger ist: Ich bin jetzt kein zuverlässiges Informationssystem mehr. Mein Erinnerungsvermögen ist beeinträchtigt. Heute unterlief mit ein dummer Fehler...«

»Gleich zwei, glaube ich. Aber Sie beziehen sich auf das Versäumnis, uns nicht sofort mitgeteilt zu haben, daß die Konor Samdianer sind.«

»Ja, Sir.«

»Und wie reagierten Sie, als Sie Ihren Fehler bemerkten?«

»Ich rief die betreffenden Informationen aus dem Speicher des Bordcomputers.«

»Nun, wenn Sie als Androide feststellten, daß Ihnen bestimmte Daten fehlen – wie verhielten Sie sich dann?«

Data blinzelte. »Ich... rief die Informationen aus dem Speicher des Bordcomputers.«

»Und was haben Sie aus Ihren heutigen Erfahrungen gelernt?«

»Ich darf nicht annehmen, daß ich mich an alle benötigten Querverweise erinnere. Statt dessen sollte ich das Computersystem der *Enterprise* benutzen.«

Picard lächelte. »Werden Sie diesen Fehler wiederholen?«

»Ich hoffe nicht, Sir. Aber welche anderen Fehler erwarten mich? Ich habe große Gedächtnislücken festgestellt.«

Daraufhin zeigte sich Sorge im Gesicht des Captain. »Tatsächlich? Von welcher Art?«

Data runzelte die Stirn. »Ich gewöhne mich allmählich daran, daß menschliche Reminiszenzen schon nach kurzer Zeit an Klarheit verlieren. Dennoch bin ich mir... bewußt, daß gewisse Dinge geschahen. Wenn ich mich zum Beispiel daran erinnern muß, was ich während der vergangenen achtundvierzig Stunden gegessen habe, so frage ich den Computer nach den Bestellungen, die der Nahrungsspender in meinem Quartier während des betreffenden Zeitraums registrierte.«

»Aber Sie haben eine Situation erlebt, in der Sie nicht wußten, daß bestimmte Informationen existierten?«

»Inzwischen schon zweimal«, gestand Data ein. »Thralen bezeichnete eine Spezies als ›klassisches Beispiel‹ für visuelle Sprache, und ihr Name bedeutete mir nichts. Hinzu kommen die biologischen Spezifikationen der Samdianer.«

Picard nickte langsam. »Das *ist* ein mögliches Problem. Andererseits: Ihre intellektuellen und kinetischen Erinnerungen waren exakt genug, um gleich beim ersten Versuch die Tests an der Navigator- und Operatorstation zu bestehen. Die jeweiligen Anforderungen sind recht hoch, wie Sie wissen: Wir können es uns nicht leisten, daß jemand den Steuerungskomponenten während kritischer Manöver falsche Anweisungen übermittelt. Haben die beiden von

Ihnen erwähnten Gedächtnislücken etwas gemeinsam, Data?«

Er verglich sie miteinander und begriff plötzlich. »Ja. Es geht dabei um Informationen, die an der Akademie einfach in meinen internen Speichern abgelegt wurden, ohne daß ich eine bewußte Auswertung vornahm. Offenbar erinnere ich mich mühelos an das, was ich persönlich erlebte oder in den Fokus meines Bewußtseins rückte. Alle in meinen Speicherbänken enthaltenen Daten, auf die ich nie zugriff, sind... verloren.«

»Glauben Sie?« fragte Picard sanft.

»Nun, sie befinden sich natürlich im Bordcomputer, aber...«

»Aber Sie müssen daran denken, entsprechende Angaben zu verlangen – wie alle anderen organischen Besatzungsmitglieder.« Der Captain lächelte. »Es dauert eine Weile, um neue Angewohnheiten zu entwickeln, doch Sie lernen es sicher.«

Data nickte. »Ich sollte immer erst den Computer konsultieren, bevor ich davon ausgehe, daß bestimmte Informationen nicht existieren. Ja, Sir, ich werde diesen Grundsatz achten. Aber meine Effizienz...«

»Niemand erwartet von Ihnen, daß Sie Ihren früheren Standards genügen. Vielleicht wäre es besser, Sie eine Zeitlang für weniger anspruchsvolle Aufgaben einzusetzen – bis Ihr Adaptionsprozeß abgeschlossen ist.«

»Ja, Sir«, erwiderte Data niedergeschlagen. »Es tut mir leid. Mein Egoismus auf Elysia kostete Starfleet einen wertvollen Mitarbeiter.«

»Starfleet wurde von Menschen gegründet, Data«, sagte Picard. »Nach wie vor bilden Menschen das Gros des Flottenpersonals. Die meisten Offiziere an Bord dieses Schiffes sind Menschen, mich eingeschlossen.«

»Und Sie alle weisen einzigartige Qualifikationen auf. Ich habe meine Einmaligkeit einfach fortgeworfen.«

»Aber nicht Ihre Individualität. Es gibt keinen Grund, warum Sie nicht ebenso leistungsfähig sein sollten wie andere Starfleet-Offiziere. Meine bisherigen Beobachtungen deuten auf folgendes hin: Mit Ihrem Bestreben, perfekt zu werden, haben Sie die Folgen der Metamorphose bisher gut überstanden. Ich spüre das Potential in Ihnen, ein *besserer* Offizier zu sein als viele andere — vorausgesetzt, Sie nehmen die Ausrede ›Ich bin nur ein Mensch‹ nicht als Vorwand für schlechte Arbeit.«

»Nein, Sir«, sagte Data und fühlte sich ein wenig besser. Der Captain hatte natürlich recht: Wenn er Picard und Riker als Vorbilder nahm, konnte er Starfleet ebenso gute Dienste leisten wie vorher. »Danke, Captain. Ich weiß jetzt, was es zu tun gilt. Die Erste Direktive verbietet es uns, in einem Konflikt Partei zu ergreifen, den wir nun als Auseinandersetzung zwischen Samdianern erkennen. Aber man *hat* uns um Hilfe gebeten. Ich werde mich eingehend mit der samdianischen Geschichte, Kultur, Philosophie und Biologie befassen, um eine Möglichkeit zu finden, den Bürgerkrieg zu beenden, ohne das Nichteinmischungsprinzip zu verletzen.«

»Arbeiten Sie mit Thralen zusammen«, meinte Picard. »Normalerweise würde ich Ihnen jetzt Urlaub geben, damit Sie ausspannen können, aber ...«

»Die letzten beiden Tage genügten völlig«, entgegnete Data fest. »Meine Priorität besteht nun darin, den Eroberungsfeldzug der Konor auf Dacket zu beenden — bevor weitere Samdianer sterben.«

KAPITEL 12

Data und Thralen verdoppelten ihre Bemühungen, das Geheimnis der Konor zu entschleiern. Sie saßen am Computerterminal in Datas Quartier und gingen alle Informationen über die Samdianer durch, als das Interkom summte.

Pris Shenkleys Stimme erklang. »Essen wir heute abend zusammen, Data?«

Überrascht stellte er fest, daß er hungrig war. Schon seit Stunden hockten Thralen und er am Computer, ohne eine einzige Pause eingelegt zu haben. Aber sie konnten jetzt nicht aufhören. »Der Captain hat mir einen Auftrag gegeben, Pris. Ich bin beschäftigt.«

»Oh, ich verstehe«, erwiderte die junge Frau. »Gib mir Bescheid, wenn du den Dienst beendest.«

»Äh, ich weiß nicht, wann das der Fall sein wird.«

»He, ich bin ebenfalls Profi«, sagte Pris. »Ich bitte dich nur darum, mich zu verständigen, wenn du Zeit hast. Ich möchte dich wiedersehen.«

»Ich werde an dich denken«, versicherte ihr Data. Das entsprach der Wahrheit: Er würde sich bestimmt an Pris erinnern. Wenn auch aus anderen Gründen.

Etwas, das er als Gewissen identifizierte, bereitete ihm jedesmal dann dumpfen Schmerz, wenn er sich an die Ereignisse der vergangenen Nacht entsann. Der Grund dafür blieb ihm ein Rätsel. In ethischer Hinsicht hatte er sich nichts zuschulden kommen lassen: zwei Erwachsene, die ein angenehmes Erlebnis teilten, durch das sich keine anderen Personen verletzt fühlen konnten. Weshalb der nagende Zweifel?

Halte ich es vielleicht für falsch, intime Beziehungen zu einer Frau zu unterhalten, obgleich meine Zukunft unsicher ist? überlegte Data. Wenn er seine Pflichten während der gegenwärtigen Krise ohne weitere Fehler wahrnahm, so hatte er doch ein Recht darauf, sich auf eine neuerliche Begegnung mit Pris zu freuen, oder?

Er verdrängte diese Gedanken und konzentrierte sich auf die Analyse. Data und Thralen nahmen sich nur Zeit genug, ein Abendessen zu bestellen, kehrten dann an die Computerkonsole zurück.

»Wir übersehen irgend etwas«, sagte der Soziologe.

»Das glaube ich auch«, stimmte ihm Data zu. »Aber was? Diese Aufzeichnungen sind alles andere als vollständig. Die Samdianer haben sich zu lange vom Rest der Galaxis isoliert.«

»Es muß eine andere Möglichkeit geben.« Thralens Fühler zitterten — deutliches Zeichen seiner Frustration. »Die Frage lautet: *Warum* hat Jakorn plötzlich Dacket angegriffen?«

»Angeblich haben die Konor Jokarn *übernommen*«, sagte Data. »Die Sondierungsergebnisse lassen den Schluß zu, daß es sich um Einheimische handelt, um Bewohner von Jokarn. Warum heißt es, sie hätten ihren eigenen Planeten übernommen?«

»Vielleicht haben die Samdianer von Dacket einen solchen Ausdruck gewählt, um sicherzustellen, daß wir kommen und ihnen helfen«, vermutete Thralen. »Es fehlen Hinweise darauf, daß die Samdianer mit ESP-Fähigkeiten ausgestattet sind, aber gibt es eine andere Erklärung für die Scan-Bilder? Die Jokarner müssen ihre Telepathie erst vor kurzer Zeit entwickelt haben, doch normalerweise sind Telepathen nicht aggressiv.«

»Und wenn nicht alle von ihnen telepathisch begabt sind?« überlegte Data. »Der Name ›Konor‹ fehlt in den historischen Informationen über die Samdianer. Hat die mentale Macht einiger weniger Personen den Rest der Bevölkerung von Jokarn erschreckt? Die galaktische Geschichte bietet uns viele Beispiele für Leute an, die aufgrund ihrer besonderen Eigenschaften verfolgt wurden. Vielleicht litten sie unter den Jokarnern so sehr, daß sie sich jetzt an allen samdianischen Nichttelepathen rächen wollen.«

»Möglich«, räumte Thralen ein. »Wenn man Gruppen

neue Namen gibt, so werden Unterschiede betont. Dann fällt es leichter, andere Leute zu mißhandeln oder gar zu töten.«

»Mal sehen«, sagte Data. »Computer: Sprachdateien. Morphemische Struktur der samdianischen Sprache.«

»Bestätigung.«

»Wie lautet die historische Bedeutung des Wortes ›Konor‹?«

Einige Sekunden verstrichen. Der Computer nahm die erforderlichen Korrelationen vor und antwortete dann: »Es handelt sich um ein archaisches Wort, und angeblich stammt es von den Ahnen, die Jokarn, Dacket und Gellesen einst besiedelten. In jener Sprache hat es die Bedeutung von ›Mensch‹.«

»Das ergibt keinen Sinn«, murmelte Data.

»Kontext«, wies Thralen den Computer an.

»Intelligente, sich ihrer eigenen Existenz bewußte Wesen. Personen, im Gegensatz zu Tieren.«

Der Begriff ›Mensch‹ bezog sich also nicht auf die Zugehörigkeit zu einer bestimmtem Spezies, sondern brachte bewußte Erkenntnisfähigkeit zum Ausdruck. Dennoch runzelte Data die Stirn. »Warum sollten die Samdianer den Konor einen solchen Namen geben? Wahrscheinlich haben die Konor ihn selbst für sich gewählt.«

Thralen nickte. »Aber einfach nur ›Menschen‹ beziehungsweise ›Personen‹? Computer: Analysiere die Assoziationen. Umschreibt das Wort ›Konor‹ Begriffsinhalte wie ›erleuchtetes‹ oder ›auserwähltes Volk‹?«

»Elaboration beginnt.«

Diesmal schloß sich eine noch längere Pause an, als der Computer eine besonders umfangreiche komparative Analyse durchführte. Schließlich die Antwort: »Es ist eine Denotation. In der samdianischen Ursprache bedeutet das Morphem ›K-nr-‹ soviel wie ›Seele‹. Die etymologische Ableitung lautet ›jene mit Seele‹.«

»Götter«, flüsterte Thralen, und das Blau seines Gesichts verfärbte sich ein wenig. Er stand auf und begann mit einer unruhigen Wanderung hinter der Konsole. »In dem Fall haben wir überhaupt keine Chance.«

Data starrte ihn groß an. »Ich verstehe nicht.«

»Geschichte. Die schlimmsten Kriege in der Galaxis fanden aufgrund von religiösen Differenzen statt. Was Balsam und Trost für die Widrigkeiten des Lebens sein sollte, brachte häufig Zorn und Kummer.« Thralen blieb stehen und stützte sich an der Rückenlehne von Datas Sessel ab.

»Meine eigene Familie bietet ein gutes Beispiel«, fuhr der Theskianer fort. »Wer die Vorstellung ablehnte, daß die Große Mutter im wahrsten Sinne des Wortes die Welt gebar, wer in dieser Geschichte ein wundervolles Symbol für die Schöpfung sah... Man verstieß mich aus dem Alten Bau, weil ich es wagte, einige Fakten des Universums zu untersuchen, die Sie mir zeigte.«

»Das tut mir leid.« Data wußte, daß der theskianische Soziologe von einer sehr schmerzlichen Erfahrung sprach. Er erinnerte sich an den eigenen Kummer, als er sich gezwungen glaubte, das Äquivalent einer Familie zu verlassen. Bestimmt war es noch viel schlimmer, aus einer wahren Familie verbannt zu werden.

Thralen schüttelte den Kopf. »Ich glaube ebenso fest an die Große Mutter wie jene, die nie unsere Heimatwelt verlassen und behaupten, der Rest des Universums bestehe aus völliger Dunkelheit. Wir teilen die elementaren Glaubenssätze, aber wer Reisen durchs All unternimmt, gilt dadurch automatisch als Ketzer.« Erneut vibrierten die Fühler des Soziologen. »Heute sieht die Mehrheit der Theskianer – sowohl auf Theskia als auch in den Kolonien – die Große Mutter als eine Manifestation der schöpferischen Kraft des Universums. Aber aus irgendeinem unerfindlichen Grund sorgte Sie dafür, daß ich in einer Familie des Alten Glaubens geboren wurde.« Er seufzte. »Wenn es mir bestimmt war, meine Eltern und Verwandten zu erleuchten, so habe ich versagt. Sie verstießen mich, als ich mit dem Studium an der Starfleet-Akademie begann.«

Thralen zögerte, als warte er auf eine Reaktion Datas.

Vielleicht dachte er auch über sein ›Versagen‹ nach. Data wußte nicht, wie er sich verhalten sollte, aber er spürte die Notwendigkeit einer Antwort.

»Früher enthielten meine Speicherbänke viele Gigabytes an Informationen über Götter in der Galaxis. Ich konnte aus diversen heiligen Schriften zitieren, doch die Worte bedeuteten mir nichts. Dann bekam ich es mit den elysianischen ›Göttern‹ zu tun und erlebte etwas, das viele für ein Wunder halten, aber mein religiöses Verständnis ist nicht besser als vorher.«

»Die Entitäten auf Elysia entsprechen nicht meinen Vorstellungen von einem Gott«, erwiderte Thralen. »Eines Tages finden wir wahrscheinlich heraus, welche Macht jene ›Götter‹ besitzen. Bestimmt gibt es eine naturwissenschaftliche Erklärung für die ›Wunder‹, die sie bewirken. Aber jenseits von ihnen, jenseits von uns, jenseits von allem, das unser Verstand erfassen kann, existiert eine dominierende Kraft im Universum. Während wir leben, verstehen wir sie nur in einer vertrauten Form, zum Beispiel in Gestalt der Großen Mutter. Aber wenn wir diese Existenzebene verlassen, kommt es zu einem direkten Kontakt mit jener Kraft. Ich kehre dann in die Arme der Großen Mutter zurück. Mr. Worf wiese vermutlich darauf hin, daß er seinen Dienst in der Schwarzen Flotte antritt. Wir meinen beide das gleiche.«

»Sie glauben an ein Leben nach dem Tod. Sie sind davon überzeugt, eine Seele zu haben.«

»O ja. Daran kann überhaupt kein Zweifel bestehen.«

»Ich weiß nicht, ob ich eine Seele besitze«, sagte Data.

Thralen lächelte. »*Ich* bin ganz sicher. Und Sie bekamen sie nicht auf Elysia.« Er wurde wieder ernst. »Die galaktische Geschichte berichtet häufig von Grausamkeiten gegenüber Personen, von denen man behauptete, ihnen fehlten Seelen. Wenn diese besonderen Samdianer – die Konor – sich als ›jene mit Seele‹ bezeichnen...«

Data nickte langsam. »Dann glauben sie sicher, daß die anderen Samdianer *keine* Seele haben und wie Tiere oder... Besitz behandelt werden dürfen. Ja, Thralen«, fügte er bestürzt hinzu, »ich weiß, was Sie meinen.«

Das Gesicht des Soziologen hatte die normale Farbe zurückgewonnen, und seine Fühler zitterten nicht mehr. Data nahm an, daß ihm die religiöse Überzeugung inneren Halt gab.

»Wir müssen auf den Planeten«, sagte der Zweite Offizier und stand auf. »Wir brauchen zusätzliche Informationen, um unsere Schlußfolgerungen zu bestätigen. Zum Beispiel: Welchen Namen gaben die Konor den anderen Samdianern? Sind sie wirklich Telepathen, oder deuten wir die Sondierungsergebnisse nicht richtig?«

»Und wie kann ein Telepath andere Personen für Tiere halten, wenn er ihre Gedanken und Gefühle wahrnimmt? Sie haben recht, Data. Ich schlage vor, wir gehen zum Captain.«

Picard setzte sich mit dem Vorsitzenden Tichelon in Verbindung, der ihm mitteilte, daß die Konor die anderen Samdianer als ›Ikonor‹ bezeichneten. Es bedeutete schlicht und einfach ›Nicht-Konor‹.

»Das ist noch nicht alles, Captain«, sagte Thralen. »Diese Auskunft bestätigt unsere Befürchtungen: ›Ikonor‹ ist gleichbedeutend mit ›ohne Seele‹.«

Die Überraschung in Tichelons Gesicht war unübersehbar. Allem Anschein nach hatte er nicht damit gerechnet, daß den Starfleet-Besuchern eine Signifikanzanalyse dieser Begriffe gelang. Er ging sofort in die Offensive. »Es spielt keine Rolle, auf welche Weise uns die Konor beleidigen. Unser Volk wird massakriert, Captain! Sie sind seit fast einem Tag hier und haben noch nichts unternommen!«

»Sie hätten die Ermittlungen — und damit auch ein mögliches Eingreifen der Föderation — beschleunigen können, wenn Sie bereit gewesen wären, uns die Wahrheit zu sagen«, erwiderte Picard. »Die Konor sind keine fremden Invasoren aus dem All, sondern Samdianer wie Sie. Und wir dürfen uns nicht in Ihre inneren Angelegenheiten einmischen.«

»Die Angreifer gehören nicht zu uns! Einst mögen sie Samdianer gewesen sein, aber sie lehnen unser kulturelles Erbe ab. Haben Sie nicht gesehen, wie sie sich verhalten? Sie ignorieren unsere Verhandlungsangebote und töten nur!«

Picard atmete tief durch, um sich unter Kontrolle zu halten. »Wir werden versuchen, einen Kontakt mit den Konor herzustellen. Wenn uns das gelingt... Akzeptieren Sie dann Starfleet-Repräsentanten als Mittler bei Ihrem Konflikt? Können wir Ihr Einverständnis voraussetzen?«

»Ja – ja, natürlich! Aber bestimmt hören die Konor Sie nicht einmal an: Treten Sie ihnen mit einer gut bewaffneten Streitmacht gegenüber, denn sie bringen selbst jene um, die sich ergeben wollen.«

Eine weitere strategische Konferenz fand statt, diesmal im Beobachtungszimmer. Es nahmen die gleichen Personen daran teil wie an den vorherigen Besprechungen. Man beschloß, eine kleine Landegruppe in die von den Konor übernommene Stadt zu schicken, in der alles friedlich zuzugehen schien.

»Ich sollte die Gruppe begleiten, Captain«, sagte Deanna Troi.

Picard schürzte die Lippen. »Ich weiß nicht, ob das eine gute Idee ist, Counselor. Sie könnten in eine sehr gefährliche Situation geraten.«

»Wir haben keinen Volltelepathen an Bord, Sir«, erwiderte Deanna. »Vielleicht bin ich mit meinen empathischen Fähigkeiten in der Lage, mit den Konor zu kommunizieren.«

Ein guter Hinweis. Wenn die Konor alle Verständigungsmethoden ablehnten, die nicht auf Telepathie basierten, bot Troi die einzige Chance, einen Kontakt herzustellen. Sie war sowohl auf ihrem Heimatplaneten als auch an der Starfleet-Akademie in mentaler Kommunikation ausgebildet worden. Trotzdem: Data verstand, warum der Captain zögerte, diese sanfte Frau Gefahren auszusetzen – sie beherrschte nur das Minimum der Selbstverteidigungstechnik.

Der Zweite Offizier sah, daß Will Riker den Captain beobachtete. Der Commander versuchte, sich nichts anmerken zu lassen, aber seine Brauen zuckten kurz, als Picard nickte.

»Sie brauchen den besten Schutz, den wir Ihnen geben können«, sagte der Captain. »Mr. Worf, Nummer Eins.« Er musterte die übrigen Anwesenden.

Erneut fühlte sich Data unzulänglich. Als Androide wäre die Wahl automatisch auf ihn gefallen.

»Beamen Sie auch mich auf den Planeten, Captain«, ließ sich Thralen vernehmen. Seine Fühler zitterten nervös. »Wenn ich die Sondierungsresultate falsch interpretiert habe, bin ich vielleicht imstande, den Fehler zu korrigieren, bevor er ein diplomatisches Chaos verursacht. Und selbst wenn Data und ich zu den richtigen Ergebnissen gelangt sind: Bei einem direkten Kontakt ergeben sich bestimmt neue Informationen.«

»Einverstanden«, entgegnete Picard und schüttelte den Kopf. »Die Sache bereitet mir noch immer Unbehagen, aber wir wissen jetzt, daß die Konor unsere Botschaften gar nicht empfangen. Data, Sie und O'Brien kümmern sich um den Transporter. Ich möchte, daß alle Kom-Frequenzen offen bleiben. Außerdem schalten wir einen Tricorder-Kanal, der eine visuelle Verbindung zur Brücke und zum Transporterraum schafft. Wenn die Landegruppe bedroht wird, leiten wir sofort den Retransfer ein.«

»Ja, Sir«, bestätigte Data, froh darüber, zumindest indirekt an der Mission beteiligt zu werden.

»In Ordnung.« Picard sah sich um. »Noch Fragen?«

»Vielleicht hat uns Vorsitzender Tichelon noch immer nicht alles gesagt«, brummte Worf.

»Ich glaube, er kann uns wirklich keine zusätzlichen Auskünfte geben«, warf Troi ein. »Offenbar verstehen die Samdianer ihre Gegner nicht besser als wir.«

»Die Konor verzichten auf Kleidung.« Worf verzog kurz das Gesicht. »Sollen wir ihnen nackt gegenübertreten?« Diese Vorstellung gefiel ihm ganz offensichtlich nicht, aber als Leiter der Sicherheitsabteilung mußte er alle Möglichkeiten berücksichtigen, um die Sicherheit der Landegruppe zu gewährleisten. »Wir dürfen nicht auf Waffen verzichten, und ich bezweifle, ob man uns für Konor hält. Aber was ist, wenn Kleidung ein Tabu für sie ist, so wie bekleidete Frauen für die Ferengi?«

»Eine gute Frage«, meinte der Captain. »Vielleicht weiß Tichelon die Antwort darauf.«

»Beim Gebet treten wir der Vorsehung nackt gegenüber«, klang die Stimme des Vorsitzenden aus dem Lautsprecher der externen Kommunikation. »Die Konor pervertieren unseren Glauben, indem sie ihre Nacktheit auch bei weltlichen Anlässen zur Schau stellen.«

»Hat jemand versucht, nackt mit Ihren Feinden zu verhandeln?« erkundigte sich Riker.

»Ja.« Tichelon schnitt eine Grimasse. »Ja, einige haben unsere eigenen Tabus gebrochen und bezahlten ihren Fehler mit dem Tod. Die Nachahmung des Sakrilegs der Konor bewahrt sie nicht vor ihrem Wahnsinn. Sie werden sehen: Die Konor sind wilde Tiere, die man umbringen muß, bevor sie uns alle erwischen.«

Die Mitglieder der Landegruppe mochten nicht gut vorbereitet sein, aber sie traten trotzdem auf die Transporterplattform, bekleidet und bewaffnet.

Geordi hatte noch einige zusätzliche genaue Sondierungen vorgenommen, um das Verwaltungszentrum der Stadt zu finden. Data und O'Brien behielten die Anzeigen der Transferkonsole im Auge, um sicherzustellen, daß die Gruppe jederzeit zurückgebeamt werden konnte. Ab und zu sahen sie auf und blickten zum Bildschirm, der ihnen den Zielort zeigte.

Insignienkommunikatoren und Tricorder ermöglichten direkte Kom-Verbindungen: Data, der Transporterchef sowie die Offiziere auf der Brücke konnten alles sehen und hören. Riker, Troi, Thralen und Worf materialisierten auf der Treppe vor einem Gebäude, das, nach der Struktur zu urteilen, als Rathaus diente.

Sie bekamen keine Gelegenheit, es zu betreten.

Zuerst blieben die Leute in der Nähe einfach nur stehen und starrten die Neuankömmlinge groß an. Niemand bewegte sich; niemand sprach.

Dann plötzlich näherten sich Konor von allen Seiten.

Data bemerkte Erstaunen in den Gesichtern seiner Kollegen und Freude. Thralen zog aus einem Reflex heraus die Fühler ein, und Worf hob die Hand zum Kopf.

»Hören Sie die Stimmen?« fragte Troi und lächelte. Ihre Augen trübten sich, und der Blick reichte ins Leere.

»Ja, direkt hinter der Stirn!« erwiderte Riker verblüfft. »Deanna – nein!« rief er, als die Counselor den Konor mit ausgestreckten Händen entgegenging.

Data vermutete, daß Troi nun die betazoidische Mentaltechnik verwendete, um einen friedlichen Gruß zu übermitteln. Wenn die Konor einen telepathischen Kontakt verlangten, so bildete Deannas empathische Botschaft vielleicht die Grundlage für eine Verständigung.

Doch falls die Konor Trois Mitteilung verstanden, so reagierten sie nicht darauf. Mit zornigen Mienen kamen sie näher. »Ich höre Sie«, ächzte die Counselor. Die Freude verschwand aus ihren Zügen, wich Verwirrung und Entsetzen. »So schrecklicher Zorn – aber warum? Weshalb wollen sie mir nicht zuhören?«

Im gleichen Augenblick keuchte Riker und preßte sich beide Hände an die Schläfen, bevor er die Fassung wiedergewann. Es schien ihm Schmerzen zu bereiten, einen Fuß vor den anderen zu setzen, als er auf Troi zutrat. Thralen taumelte; seine Haut nahm eine hellere Tönung an, und die Fühler vibrierten heftig. Die Lippen des Soziologen bebten.

Selbst Worf zuckte zusammen. Aber der Klingone ließ sich nicht verwirren und tastete nach dem Phaser, bereit dazu, die Waffe beim ersten Zeichen eines Angriffs zu ziehen.

Die Konor umringten Troi, und nichts erinnerte mehr an ihre ruhige Heiterkeit, die Data zuvor in den Aufzeichnungen gesehen hatte. Die Gesichter zeigten eine Mischung aus Wut und Verachtung.

»Wir müssen die Landegruppe zurückbeamen!« entfuhr es Data.

»Riker und die anderen bewegen sich, und die Konor sind ihnen viel zu nahe«, erwiderte O'Brien. Seine Finger huschten über die Kontrollen der Transporterkonsole.

»Transferieren Sie meinetwegen auch einige Konor, aber *beamen Sie die Gruppe zurück!«* Data aktivierte sein eigenes Pult, als Picards Stimme aus dem Interkomlautsprecher drang. »Holen Sie Riker und seine Begleiter da raus!«

Als sie es versuchten, griffen die Konor an, und dadurch ließen sich die Mitglieder der Landegruppe nicht mehr genau anpeilen.

Worf und Riker zogen ihre Phaser, und zwei Männer, die Troi packen wollten, sanken bewußtlos zu Boden.

Das hielt die Konor nicht auf. Sie stürmten heran, warfen erst Pakete und Taschen, dann auch Steine.

Data und O'Brien versuchten, den Transporterfokus auf die Landegruppe zu richten. »Beamen Sie zuerst Troi an Bord, wenn wir nicht alle gleichzeitig zurückholen können«, sagte Data. Die Angriffe der Konor galten in erster Linie ihr — und sie hatte die geringsten Selbstverteidigungskenntnisse. Immer wieder wich sie den Wurfgeschossen aus, wodurch sich dauernd ihre Koordinaten veränderten.

Worf stieß einen Stein fort, der auf ihn zuflog, und dadurch neigte er sich ein wenig zur Seite — wodurch er einem Konor Gelegenheit gab, mit einer Metallstange nach Troi zu schlagen.

Es handelte sich nicht um eine Waffe, aber deshalb war die Stange nicht weniger gefährlich.

Die Betazoidin taumelte zurück, und der Angreifer verfehlte sie um Haaresbreite. Er holte erneut aus, zielte diesmal auf den Kopf der Counselor und schlug mit der Kraft seines Zorns zu, um ihr den Schädel zu spalten.

»Deanna!« rief Riker, aber er konnte nicht eingreifen, mußte sich selbst gegen einen Konor wehren.

Worf hob seinen Phaser, doch jemand traf ihn am Arm, als er auf Trois Gegner schießen wollte: Der Betäubungsstrahl raste über ihn hinweg.

Thralen stand auf der anderen Seite und traf eine Entscheidung, die unter anderen Umständen richtig gewesen wäre. Er sprang auf Deanna zu, um sie rechtzeitig zu Boden zu reißen.

Das Gedränge wurde immer dichter, und deshalb fiel die Counselor nicht, als Thralen gegen sie prallte.

Die Metallstange hämmerte auf den Kopf des Theskianers und riß einen Fühler ab. Thralen zuckte und erschlaffte dann; rotes Blut strömte über gelbes Haar und blaue Haut.

Eine Sekunde entsetzter Stille folgte, Zeit genug für den Transporterfokus, um die Landegruppe zu finden und sie zu entmaterialisieren.

Der Konor mit der Stange geriet ebenfalls in den Transfer. Als seine Gestalt auf der Plattform feste Substanz gewann, hob er sofort die blutige Waffe... Worf feuerte, und der Humanoide stürzte besinnungslos zu Boden.

»Wir haben sie an Bord, Captain«, meldete O'Brien.

»Medo-Team zum Transporterraum!« befahl Data und eilte hinter der Konsole hervor. Unterdessen berührte Worf seinen Insignienkommunikator und benachrichtigte die Sicherheitsabteilung.

Riker und Troi beugte sich über Thralen, doch die Besorgnis des Ersten Offiziers galt auch der Counselor. »Ist alles in Ordnung mit dir?« fragte er. »Die von den Konor übermittelten Gedanken und Gefühle bereiteten selbst mir große Schmerzen, aber als Empathin bist du weitaus empfindlicher...«

»Ich habe versucht, mich abzuschirmen«, erwiderte Deanna. »Was die Konor projizierten, entsprach nicht der Realität, aber es wirkte verwirrend. Kein Wunder, daß es ihnen so leicht fällt, die Samdianer in der Schlacht zu besiegen.«

»Dann haben sie erst recht keinen Grund, die samdianischen Verteidiger abzuschlachten«, brummte Riker.

Unterdessen griff Data nach Thralens Tricorder, justierte ihn auf einen medizinischen Scan und untersuchte den Soziologen.

Er stellte keinen Herzschlag fest, und außerdem atmete der Theskianer nicht.

Rasch überprüfte Data die Kopfwunde: Gehirnerschütterung und ernste Nervenverletzungen im Bereich des abgerissenen Fühlers. Aber ansonsten schien alles in Ordnung zu sein. Wahrscheinlich hatte der Schock Herzschlag und Atmung unterbrochen. Schlimmstenfalls wurde Thralen auf der einen Seite taub, wenn keine prothetische Hilfe möglich war. Jetzt kam es vor allen Dingen darauf an, sein Leben zu retten.

Data richtete Thralen auf, während er sich daran zu erinnern versuchte, wie man einen Theskianer wiederbelebte.

Oh, verdammt, *verdammt, VERDAMMT!* Das entsprechende Wissen war in einer Gedächtnislücke verschwunden!

»Counselor«, drängte er. Die Psychologin Troi hatte auch gute Kenntnisse der physischen Medizin. »Bitte helfen Sie mir.«

Data vergewisserte sich, daß Thralens Atemwege frei waren — zumindest in dieser Hinsicht unterschied sich seine Anatomie kaum von der eines Menschen.

Troi kniete neben ihm. »Er atmet nicht mehr?« begann sie. »Data, was...«

Die Tür glitt auf, und Dr. Pulaski kam herein, gefolgt von zwei Assistenten mit einer Antigrav-Bahre. »Wie schwer ist er verletzt?« fragte die Ärztin, als sie Tricorder und Scanner auf der Plattform sah und daraus schloß, daß Data eine Untersuchung vorgenommen hatte.

»Es sind Wiederbelebungsmaßnahmen notwendig«, antwortete der Zweite Offizier. »Ich beatme ihn. Stimulieren Sie das Herz.«

»Data – nein!« entfuhr es Pulaski erschrocken.

»Es sind noch keine fünf Minuten verstrichen, Doktor«, sagte Data. »Wir können ihn retten!«

Troi legte ihm die Hand auf die Schulter. »Wir *können* ihn wiederbeleben, aber wir *dürfen* es nicht.«

Data starrte in ihr sanftes Gesicht, und Wut quoll in ihm empor. »Er hat Sie gerettet! Wieso wollen Sie ihn einfach sterben lassen? Doktor...« Er wandte sich zu Pulaski um und sah entsetzt, daß sie ebenfalls zurückwich und sich weigerte, ihm zu helfen.

»Thralen stammt von Theskia«, sagte Kate Pulaski. »Theskianer glauben, daß im Augenblick des Todes die Seele den Körper verläßt und nicht zurückkehrt. Wenn wir Thralen jetzt wiederbeleben... Das würde er uns nie verzeihen. Und wahrscheinlich fiele er der Verzweiflung zum Opfer. Er wäre ein Ausgestoßener, denn sein Volk hielte ihn für einen Körper ohne Seele.«

»Das würde er selbst glauben«, warf Riker ein. »Holen Sie ihn nicht ins Leben zurück.«

Ein Kloß bildete sich in Datas Hals, und er schluckte mehrmals. Er hätte es wissen müssen. Er war mit Informationen darüber programmiert worden, wie man Theskianer – und Angehörige anderer der Föderation bekannter Spezies – im Notfall behandelte.

Data sah auf den Reglosen hinab. Wenn er allein gewesen wäre, hätte er alles versucht, um Thralen wiederzubeleben – vielleicht sogar mit Erfolg, wenn die innere Physiologie des Theskianers weit genug der menschlichen ähnelte.

Doch damit hätte er den Soziologen zu einem Leben verurteilt, das für ihn schlimmer war als der Tod.

Data nahm auf der Kante der Transporterplattform Platz und spürte tiefen Kummer. Das Medo-Team brachte die Leiche eines Freundes fort, und die Sicherheitsbeamten führten den Konor ab.

Der ehemalige Androide konnte keinen klaren Gedanken fassen. In seinem Bewußtsein herrschte ein Chaos, das sich nicht ordnen ließ.

Counselor Troi trat auf ihn zu, ging in die Hocke und legte ihm die Hand auf die Schulter. »Data«, sagte sie leise. »Weinen Sie ruhig. Kämpfen Sie nicht gegen die Trauer an. Wir alle haben einen Kollegen verloren, aber Sie kannten Thralen besser als die anderen Offiziere der Brückencrew.«

Erst jetzt merkte Data, daß unvergossene Tränen in der Kehle und hinter den Augen brannten. Als er sie nicht mehr zurückzuhalten versuchte, brachten sie physische, doch keine emotionale Erleichterung.

Er sah zu Troi auf. »Thralen glaubte, nach dem Tod von der Großen Mutter umarmt zu werden. Ich ... hoffe, er behält recht.«

»Das hoffe ich auch«, stimmte ihm die Counselor zu. »Wie dem auch sei: Der Glaube schenkte ihm während seines Lebens großen Trost. Er fürchtete nie den Tod und starb tapfer.«

»Und nicht umsonst«, fügte Data hinzu. »Er gab sein Leben, um ein anderes zu retten.«

Soweit es die Mission betraf, war Thralens Tod sinnlos. Sie hatten keine Möglichkeit gefunden, mit den Konor zu kommunizieren.

»Mr. Data, Counselor Troi«, klang es aus dem Interkomlautsprecher. »Zur Krankenstation.«

Deanna seufzte. »Es ist alles in Ordnung mit mir, aber Kate gibt sich bestimmt erst nach einer gründlichen Untersuchung zufrieden.«

Ich frage mich nur, was sie mit mir vorhat, dachte Data.

Wie sich herausstellte, ging es der Ärztin gar nicht um die Counselor oder den Zweiten Offizier: Sie hatte darauf bestanden, daß Worf den Gefangenen in die Krankenstation brachte. Dort erholte er sich gerade von der Phaserbetäubung.

Der Konor lag in einem Fesselfeld, das Dr. Pulaski für gewöhnlich bei halluzinierenden Patienten verwendete — um zu verhindern, daß sie sich selbst verletzten. Er konnte sich aufsetzen, hatte jedoch keine Möglichkeit, die Diagnoseliege zu verlassen. Es handelte sich um eine einseitige Barriere: Das medizinische Personal mußte in der Lage sein, das Kraftfeld zu durchdringen, um den Patienten zu behandeln.

Picard, Riker und Worf waren bereits zugegen. Der Captain drehte sich um, als Troi und Data hereinkamen. »Counselor, fühlen Sie sich gut genug, um den Dienst wiederaufzunehmen?«

Schmutz zeigte sich auf Trois sonst so makellosen Wangen und an ihrer Kleidung. Hier und dort klebten auch einige Blutflecken, die viel zu deutlich an Thralens Schicksal erinnerten. Das lange Haar war zerzaust, aber abgesehen von einigen Abschürfungen und blauen Flecken hatte sie keine Verletzungen erlitten. »Ja, Captain. Aber ich weiß nicht, ob ich Ihnen helfen kann.«

»Versuchen Sie, sich geistig mit diesem Mann zu verständigen.«

»Bei mir ist Ihnen das gelungen«, erinnerte Riker die Counselor und siezte sie nun wieder – er duzte Deanna nur, wenn niemand zuhörte. »Und ich bin kein Telepath.«

»Ich auch nicht«, fügte Worf hinzu. »Aber unten auf dem Planeten habe ich die psychischen Stimmen der Konor vernommen. Jetzt besteht kein Zweifel mehr an ihrer telepathischen Kommunikation.«

»Sie senden mentale Signale«, antwortete Troi. »Doch sie empfangen nicht wie Betazoiden.«

»Versuchen Sie es trotzdem«, drängte Riker. »Hier herrscht im telepathischen Äther kein solcher Aufruhr wie in der Stadt. Vielleicht erreichen Sie den Konor.«

Der Gefangene stemmte sich benommen auf den Ellenbogen hoch und blinzelte verwirrt.

Dr. Pulaski näherte sich der Liege. »Sie befinden sich in einem medizinischen Behandlungszentrum. Wir beabsichtigen nicht, Ihnen etwas anzutun. Wir möchten nur herausfinden, warum Sie gegen alle kämpfen, die versuchen, sich mit Ihnen in Verbindung zu setzen.«

Ikonor-Tiere! Ich verstehe eure primitiven Geräusche,

aber dank der Vorsehung sind die Konor darauf nicht angewiesen. Wir kommunizieren von Seele zu Seele. Vielleicht seid ihr mächtig genug, mich zu töten, aber die Seelenlosen werden nicht den Sieg über die Konor erringen.

Data hob erstaunt die Brauen. Nie zuvor hatte er so etwas gefühlt beziehungsweise gehört... Es gab keine geeigneten Worte, um zu beschreiben, was man empfand, wenn die Gedanken eines anderen intelligenten Wesens im eigenen Kopf erklangen. Verachtung begleitete die Mitteilung, Zorn darüber, zur Konfrontation mit einer niederen Lebensform gezwungen zu sein.

Kate Pulaski ließ sich nicht beeindrucken. »Den Zustand unserer Seelen überlassen wir den Theologen. Derzeit geht es uns nur um Kommunikation. Ich bin Dr. Pulaski. Bitte nennen Sie uns Ihren Namen.«

Konor haben keinen Namen. Wir identifizieren uns mit der Essenz unserer Seelen.

Troi trat vor. »Er gibt ehrlich Auskunft. Sie haben es alle gespürt, nicht wahr? Mal sehen, ob er mich versteht.« Data beobachtete, wie sich die Counselor konzentrierte, aber zunächst empfing er keine Gedanken, die sie zu übermitteln versuchte.

Dann glaubte er, dicht hinter der Stirn ein Flüstern zu hören, untermalt von einer sanften emotionalen Präsenz.

Ist das die von Ihnen verwendete Kommunikationsmethode? Erkennen Sie uns jetzt als gleichberechtigte Personen an?

Data sah zu Riker, der den Blick auf Troi gerichtet hielt und stolz lächelte.

Captain Picard wirkte erst überrascht und dann zufrieden. Bei Pulaski stellte Data das gleiche Lächeln fest, das er damals gesehen hatte, als der Junge von der genetischen Forschungsstation auf Gagarin 4 telepathischen Kontakt mit ihr aufnahm. In Worfs Mundwinkeln zuckte es kurz, doch er beherrschte sich und schmunzelte nicht. Militärisch steif und gerade stand er vor der Diagnoseliege.

Der Konor gab keine Antwort.

Hören Sie mich? fragte Troi. Sie war jetzt noch blasser als sonst, und der trübe Glanz in ihren Augen kündete von großer Anstrengung. Ihre ›Stimme‹ erschien Data noch immer sehr leise, aber das lag wahrscheinlich daran, daß ihm telepathische Fähigkeiten fehlten.

Der Konor reagierte nicht.

Nach einem dritten Versuch wandte sich Deanna ab und zitterte erschöpft. »Doktor, dieser Mann schirmt seine Gefühle gut ab — dazu sind die meisten Telepathen imstande. Aber dadurch kann ich unmöglich herausfinden, ob er mich hört oder nicht.«

»Nun, darüber läßt sich leicht Aufschluß gewinnen.« Kate Pulaski justierte ihre Instrumente und maß die elektrischen Impulse im Gehirn des Konor.

Kurz darauf fanden sie das Problem: Wenn sie laut zu dem Gefangenen sprachen, deuteten seine Reaktionen darauf hin, daß er die Übersetzung des automatischen Translators verstand. Aber offenbar hörte er nichts, wenn Troi mentale Botschaften an ihn richtete, die sogar ihre Kollegen empfingen.

Pulaski runzelte die Stirn. »Seltsam.«

»Wir haben keine Ahnung, wie Telepathie funktioniert«, sagte die Counselor. »Sie findet nicht auf meßbaren Frequenzen statt, und deshalb sehen wir uns außerstande, sie künstlich zu reproduzieren.«

»Vielleicht benutzt dieser Mann eine andere Frequenz«, vermutete Data.

»Eine geeignete Analogie.« Troi lächelte müde. »Doch es handelt sich nicht um etwas Physikalisches. Vielleicht hätte ich darauf verzichten sollen, das Wort ›Frequenz‹ zu benutzen. Nun, was auch immer der Grund sein mag: Die Konor teilen sich Samdianern, Menschen, Andorianern und Klingonen mit, aber sie können keine betazoidischen Gedanken empfangen.«

Die Counselor konzentrierte sich wieder auf den Humanoiden von Dacket. Der Mann wartete ruhig. »Ich möchte sicher sein, daß wir Ihren Glauben richtig verstehen. Halten Sie die Fähigkeit, geistig miteinander zu kommunizieren, für einen Beweis dafür, daß die betreffenden Personen eine Seele haben?«

Das stimmt. Aber wir **glauben** *nicht daran, sondern sind völlig* **sicher.** *Wir kommunizieren von Seele zu Seele.*

»Wieso behaupten Sie, wir hätten keine Seelen, obwohl wir Sie verstehen?«

Die Seelenlosen erkennen unseren Status. Sie lehnen es nur ab, ihren eigenen zu akzeptieren.

»Und wie ist unser ›Status‹?« fragte Troi.

Ihr Ikonor seid für die Konor, was Lasttiere für euch sind. Die Vorsehung hat euch geschaffen, um für uns den Weg zu bahnen. Ihr baut gut, und das freut uns. Aber jetzt versucht ihr dummerweise, das zu behalten, was uns gehört. Dadurch sind wir gezwungen, euch zu vernichten, obwohl es euch möglich gewesen wäre, in unseren Diensten ein angenehmes und produktives Leben zu führen.

»Ein nettes Angebot«, murmelte Riker. Und etwas lauter. »Was würde Ihnen beweisen, daß wir ebenso Personen sind wie Sie?«

Wer sich von Seele zu Seele verständigen kann, wird als Konor anerkannt. Unter den Ikonor von Dacket haben wir viele Seelensprecher gefunden und gerettet.

»Die Sache mit den Kindern«, begriff Data. »Die Konor suchten unter ihnen nach Telepathen und versklavten die anderen.«

»Wenn wir jemanden finden, der mit Ihnen kommunizieren kann, ›von Seele zu Seele‹, wie Sie es nennen...«, sagte Deanna Troi. »Würden Sie den Betreffenden als gleichberechtigte Person akzeptieren und ihn anhören?«

Selbstverständlich. Vielleicht hat die Vorsehung nicht nur bei den Samdianern Konor geschaffen, sondern auch in anderen Völkern. Eine Begegnung mit ihnen wäre uns sehr willkommen.

Troi drehte sich zu Pulaski um. »Dann gibt es noch eine Chance. Möglicherweise finden wir einen Botschafter, den die Konor respektieren. Ich schlage vor, wir versuchen es mit Dr. Selars vulkanischen Fähigkeiten.«

»Sie ist keine sehr starke Telepathin«, gab Kate Pulaski zu bedenken. »Deshalb arbeitet sie als Ärztin und nicht als Heilerin.«

»Alle Vulkanier sind telepathisch begabt und ausgebildet, um anderen Telepathen Gedanken zu übermitteln — selbst wenn dazu ein körperlicher Kontakt erforderlich ist. Wir müssen es versuchen, Kate.«

»In Ordnung«, erwiderte Pulaski.

Auch Dr. Selar empfing die Gedanken des Konor, aber sie konnte keine mentale Verbindung zu ihm herstellen — ebensowenig wie zwei andere Vulkanier, die sich als Privatpersonen an Bord befanden und einen höheren PSI-Faktor hatten.

Unterdessen ließ sich Data vom Computer die Namen aller Besatzungsmitglieder und Familienangehörigen mit hohen PSI-Quotienten nennen. Nacheinander versuchten die Betreffenden, sich dem Konor mitzuteilen — vergeblich.

Mehr als dreißig Personen aus verschiedenen Spezies und mit teilweise recht stark ausgeprägten PSI-Eigenschaften bemühten sich, dem Konor telepathische Botschaften zu schicken, aber der erhoffte Erfolg blieb aus. Schließlich beendete Picard alle Experimente dieser Art. »So kommen wir ganz offensichtlich nicht weiter. Treffen Sie Vorbereitungen dafür, den Mann zurückzubeamen.«

»Halten Sie das für klug, Captain?« fragte Worf. »Sie haben ihn gehört: Sein Volk glaubt, rechtmäßigen Anspruch auf die technologischen Errungenschaften der Nicht-Konor erheben zu können. Wenn er berichtet, was er gesehen hat, wollen die Konor vermutlich moderne Raumschiffe.«

»Von ihrer Existenz wußten sie schon vor unserer Ankunft«, erwiderte Picard. »Aber sie sind wohl kaum in der Lage, Starfleet-Schiffe wie die *Enterprise* zu ›übernehmen‹.«

»Jetzt nicht«, knurrte Worf. »Aber in zwanzig oder dreißig Jahren...«

Picard blickte ins Leere. »Hoffen wir, daß wir sie bis dahin davon überzeugen können, daß sie nicht durch göttliche Bestimmung die Herren des Universums sind.«

Bevor sie den Konor zum Planeten zurückschickten, richtete Picard entsprechende Worte an ihn.

Der Mann musterte ihn verächtlich. *Unsinn. Wir haben* ***Beweise*** *dafür, wer und was wir sind. Die Vorsehung ist auf unserer Seite. Dacket gehört uns, so wie auch Jokarn und Gellesen.*

»Sie haben kein Recht, sich das Land und den Besitz anderer Leute anzueignen«, sagte Data. »Macht erfüllt ihren Zweck nur, bis eine größere Macht auf den Plan tritt.«

Man brachte den Konor zum Transporterraum, und im Beobachtungszimmer fand eine neuerliche Besprechung statt.

»Wir haben alles getan, was uns Starfleet erlaubt«, begann Picard. »Die Samdianer kennen die Erste Direktive. Sie wußten, daß wir nicht gegen die Konor kämpfen konnten, sobald wir herausfanden, daß es sich um einen Bürgerkrieg handelt. Deshalb wollten sie verhindern, daß wir die wahre Identität ihrer Gegner entdecken.«

»Captain«, sagte Dr. Pulaski, »wir können die Bewohner von Dacket doch nicht einfach im Stich lassen!«

»Die Erste Direktive gibt uns bestimmt die Möglichkeit, den Eroberungsfeldzug der Konor zu beenden, bevor sie alle Samdianer versklaven oder töten«, fügte Geordi hinzu.

»Sie sollten es eigentlich besser wissen, Lieutenant«, antwortete Picard. »Sie erlaubt uns nicht einmal, Planeten zu helfen, deren Bevölkerung von Epidemien oder Naturkatastrophen bedroht wird.«

»Das gilt nur dann, wenn unsere Intervention Einfluß auf die natürliche Entwicklung der Spezies nähme«, sagte Pulaski. »Hier ist das nicht der Fall. Die Samdianer betreiben bereits Raumfahrt – wenn auch nur interplanetare –, und sie kennen den Fortschritt in anderen Bereichen der Galaxis. Wir würden eingreifen, wenn sie an den unmittelbaren Folgen von Seuchen oder eines Erdbebens litten. Die gegenwärtige Situation ist mindestens ebenso schlimm. Wir *müssen* ihnen helfen, Captain!«

»Der Meinung bin ich auch«, pflichtete ihr Geordi bei. »Die Entwicklung der Sende-Telepathie – wir könnten sie als eine Art medizinischen Notfall auslegen.«

»Sind Sie wirklich bereit, die Bestimmungen der Ersten Direktive zu verletzen?« wandte Picard ein.

»In diesem Fall wäre es völlig falsch, das Nichteinmischungsprinzip zu achten«, meinte Kate Pulaski.

Der Captain seufzte. »Doktor, es gibt nur wenige Beispiele dafür, daß Starfleet-Offiziere die Erste Direktive ignorierten und dafür nicht verurteilt wurden. Keiner dieser Fälle betrifft Einmischungen in die Politik eines Planeten. Vielleicht war es falsch, daß Starfleet Command auf eine Bestrafung derjenigen verzichtete, die bei Epidemien oder Naturkatastrophen Hilfe gewährten – ungeachtet aller mildernden Umstände. Die Konsequenzen bestehen darin, daß wir über eine Situation diskutieren, die uns ganz klar verbietet, Partei zu ergreifen. Es handelt sich schlicht und einfach um einen Krieg zwischen verfeindeten Gruppen der gleichen Kultur.«

»Von ›schlicht und einfach‹ kann in diesem Zusammenhang keine Rede sein«, sagte Darryl Adin. »Wir haben es nicht mit einer Auseinandersetzung zu tun, bei der es um Gesetze, Land oder Ressourcen geht. Wenn beide Seiten kämpfen *wollen*, so gibt es keinen Grund für uns, an dem Konflikt beteiligt zu werden. Das ist auch der Fall, wenn sich irgendwelche Personen versklaven oder umbringen lassen, weil sie davor zurückschrecken, ihre Rechte zu verteidigen. Unsere Aufgabe besteht nicht darin, für andere Leute die Kastanien aus dem Feuer zu holen.

Aber wenn eine größere Macht entsteht und eine schwache Bevölkerung massakriert, so treffen die Getöteten und Versklavten ebensowenig eine Wahl wie jene Männer,

Frauen und Kinder, die den Krankheitserregern einer Epidemie zum Opfer fallen — niemand *möchte* sich anstekken. Hinzu kommt: Die Samdianer kämpfen. Aber der grausame Gegner ist ihnen weit überlegen.«

»Mr. Adin hat recht«, bestätigte Pulaski. »Die primäre Waffe der Konor ist ihre Sende-Telepathie, mit der sie die samdianischen Verteidiger verwirren. Sie gleichen mehr einer Epidemie als einer angreifenden Armee.«

»Oder Heuschrecken, die all das verschlingen, wofür die Samdianer lange und hart gearbeitet haben«, sagte Geordi.

Überall am Tisch erklang zustimmendes Murmeln. Picard musterte die Anwesenden nacheinander, und seine Züge verhärteten sich. »Sie sollten sich selbst hören!« entfuhr es ihm. »Mein Gott, begreifen Sie denn nicht, daß Sie den Konor mit der gleichen Einstellung begegnen wie die Gegner der Samdianer allen sogenannten Ikonor? Sie lehnen es ab, Personen in ihnen zu sehen. Aber sie sind keine Bakterien oder Viren, Doktor. Auch keine Insekten, Chefingenieur. Sie sind intelligente Wesen und gehören zur natürlichen Population des samdianischen Sektors.«

»Zur *natürlichen* Population?« wiederholte Dare und schnaufte abfällig. Er sprach nun in dem näselnden Tonfall, den Data damals gehört hatte, als Adin ein verbitterter Mann gewesen war, ein Unschuldiger, der vor der Föderationsjustiz floh. »Halten Sie es für natürlich, die eigenen Artgenossen abzuschlachten, Captain?«

»Leider gibt es in der galaktischen Geschichte viele Beispiele dafür«, erwiderte Picard kummervoll. »Es tut mir leid, aber die Erste Direktive verbietet es uns, in den inneren Konflikt des samdianischen Systems einzugreifen.«

»Aber *ich* bin nicht an die Starfleet-Vorschriften gebunden«, sagte Dare.

Data nahm diese Worte mit Überraschung zur Kenntnis — obwohl er sie erwartet hatte. »Was wollen Sie gegen die Konor ausrichten?« fragte er. »Mit nur acht Personen, zwei Schiffen und wenigen Waffen?«

»Und vielen Jahren der Erfahrung«, sagte der Silberne

Paladin. »Ich werde den Samdianern auf Dacket empfehlen, sich nach Gellesen abzusetzen. Dann bekommen sie eine Atempause, während wir sie ausbilden. Sdan kennt mentale Techniken, mit denen auch Nicht-Telepathen ihr Bewußtsein abschirmen können; damit verhindern wir, daß die Konor in den Reihen der Verteidiger Verwirrung stiften. Außerdem wissen wir genau, worauf es bei Defensivsystemen ankommt. Wir geben den Samdianern die Möglichkeit, sich wirkungsvoll zur Wehr zu setzen.«

Data beugte sich ein wenig vor. »Wenn der Angriff erfolgt – und er bleibt bestimmt nicht aus –, wird Gellesen mit dem Potential von zwei Planeten konfrontiert. Ich dachte, Sie stehen nicht gern auf der Verliererseite.«

Dare lächelte kühl. »Vielleicht ist die Sache nicht so aussichtslos, wie es zunächst den Anschein haben mag. Und vielleicht gibt es andere Leute, die sich nicht von einer Ersten Direktive Fesseln anlegen lassen.«

Picards Lippen bildeten einen dünnen Strich. »Wir können Sie nicht daran hindern, in den samdianischen Konflikt einzugreifen, Mr. Adin. Wenn Sie hierbleiben möchten, so schlage ich vor, daß Sie Ihre beiden Schiffe ausschleusen, bevor wir die Umlaufbahn verlassen.«

»Oh, wir brechen sofort auf«, entgegnete Dare scharf. »Danke für Ihre Gastfreundschaft, Captain.«

Als Adin und seine Gefährten gegangen waren, sagte Riker: »Er wird eine Eskalation herbeiführen. Captain, Sie kennen seinen Ruf: Er arbeitet mit allen zusammen, um seine Ziele zu erreichen. Unsere klingonischen Verbündeten halten sich bestimmt an das Nichteinmischungsprinzip, aber die Ferengi werden kaum zögern, dem Silbernen Paladin Waffen zu verkaufen. Wir sind hier nicht weit von der neutralen Zone entfernt; der Konflikt zwischen diesen Planeten könnte zu einem interstellaren Krieg führen.«

»Nummer Eins...« Picard wirkte jetzt sehr ernst. »Wenn wir nicht imstande sind, Probleme friedlich zu lösen, wird der interstellare Krieg zu einer realen Möglichkeit. Mr. Adins Verhalten hat darauf gar keinen Einfluß.«

KAPITEL 13

In jener Nacht konnte Data nicht schlafen. Er dachte immer wieder an Thralen und die Ereignisse der vergangenen Tage. Man lud ihn nicht zum Holo-Deck ein, um Thralens aufgezeichneten Abschiedsgruß entgegenzunehmen — immerhin hatte er den theskianischen Soziologen erst während der samdianischen Analysen besser kennengelernt.

Der Verlust eines geschätzten Kollegen war schon schlimm genug, aber hinzu kam ein Gefühl des Versagens, das alle Besatzungsmitglieder der *Enterprise* belastete. Sie hatten Elysia verlassen, ohne das Problem der Gravitationsanomalien zu lösen — woraufhin Starfleet alle kleineren Raumschiffe aufforderte, beim interstellaren Transit die Nähe des elysianischen Sonnensystems zu meiden. Die zweite Mission endete ebenfalls in einem Fehlschlag: Es gelang ihnen nicht, den Frieden im samdianischen Sektor wiederherzustellen.

Es geschah nicht zum erstenmal, daß ein Starfleet-Schiff von der Ersten Direktive gezwungen wurde, einem in Not geratenen Volk Hilfe zu verweigern, aber mit einer solchen Situation hatten es Data und die anderen Offiziere noch nie zu tun bekommen. Es fühlte sich wie Verrat an, den Orbit von Dacket zu verlassen.

Als Data nach dem Dienst in sein Quartier zurückkehrte, schienen ihm die Wände entgegenzuwachsen. Er glaubte sich beengt, und ihm fiel sogar das Atmen schwer. Die Unterkünfte der anderen Senior-Offiziere erstreckten sich an der Außenhülle und wiesen breite Panoramafenster auf. Datas Kabine bot die gleiche Ausstattung und war ebenso groß, aber sie befand sich am anderen Ende des Korridors — Androiden litten nicht an Klaustrophobie.

Doch jetzt bin ich kein Androide mehr.

Er sehnte sich nach der Weite des Alls, suchte das nächste Beobachtungszimmer auf – und begegnete dort Will Riker. Der Erste Offizier drehte sich um, als das Schott beiseite glitt.

»Entschuldigung«, sagte Data und wich zurück.

»Schon gut. Kommen Sie herein. Wahrscheinlich wollen auch Sie sich daran erinnern, warum wir hier sind.« Riker blickte wieder zu den Sternen. »Erforschung. Erweiterung des Horizonts.« Data dachte daran, daß man durchs Panoramafenster im Quartier des Ersten Offiziers den Planeten Dacket sehen konnte. Riker fuhr fast monoton fort: »Neues Wissen, neues Leben, neue Zivilisationen. Ein Ausgleich für schwierige Entscheidungen.«

Offenbar war es Riker nach den Geschehnissen auf Dakket noch nicht gelungen, sein inneres Gleichgewicht wiederzufinden. Data suchte nach den richtigen Worten. »Es kann... schmerzhaft sein, etwas persönlich zu erleben, was nur aufs Theoretische beschränkt gewesen ist.«

»Lieber Himmel, ja«, erwiderte Riker und starrte noch immer in den Weltraum. Eine Zeitlang schwieg er, gefangen in seinem eigenen Kummer. »Wissen Sie noch, wie wir das Portal des T'Kon-Reiches fanden, Data?«

»Ja. Dabei kam es zum ersten direkten Kontakt mit den Ferengi.«

Der Erste Offizier nickte. »Sie warfen uns vor, den Handel zu behindern und unterentwickelten Planeten Technologie vorzuenthalten, sie damit zur Hilflosigkeit zu verurteilen.«

»Uns bleibt gar keine andere Wahl«, sagte Data. »Es wäre gewissenlos, moderne Waffen Leuten zur Verfügung zu stellen, die ihr Potential nicht verstehen. Sie würden sich damit selbst umbringen.«

»Ja«, pflichtete ihm Riker bei. »Diese Anwendung der Ersten Direktive ist sehr vernünftig. Aber es gibt auch eine Kehrseite der Medaille: Wir kennen sie, aber wir rechnen nie mit ihr. Diese Seite zwingt uns fortzugehen, obwohl wir genau wissen, daß hinter uns die Starken und Grausamen über die Schwachen herfallen.«

Dem ehemaligen Androiden fiel keine passende Antwort ein. »Vielleicht hat Dare Erfolg«, murmelte er nach einer Weile.

Riker drehte sich um und sah ihn an. »Das glauben Sie ebensowenig wie ich. Adin kann von Glück sagen, wenn er und seine Leute lebend davonkommen.«

Data wollte dem Ersten Offizier widersprechen, überlegte es sich dann aber anders und schwieg. Adin war ein Überlebenskünstler, doch er hatte schon mehrmals Freunde verloren. Data wagte nicht daran zu denken, welchen Preis er für sein Engagement bezahlen mußte.

Eine Zeitlang stand er still, sah in den Kosmos und versuchte ebenso wie Riker, sich daran zu erinnern, aus welchem Grund sie hier waren. Aber die Niedergeschlagenheit verschwand nicht aus ihm, und nach einigen Minuten ließ er den Ersten Offizier der *Enterprise* allein im Beobachtungszimmer zurück – auch die Sterne spendeten keinen Trost.

Er nahm das Abendessen mit Geordi ein, doch niemand von ihnen hatte großen Appetit. Diesmal fanden sie keine Gelegenheit, ein fröhliches Gespräch zu führen. Um einer weiteren nutzlosen Erörterung der samdianischen Situation vorzubeugen, berichtete Data von seinen Gedächtnislücken. Aber wie sich herausstellte, konnte er nicht dem entkommen, was alle beschäftigte.

»Ich habe heute erfahren, daß es schlimmere Dinge gibt, als jemanden sterben zu lassen«, sagte Data. »Ich weiß nicht, Geordi. Den Samdianern keine Hilfe zu gewähren... Sie können den Konor nicht widerstehen. Wenn ich mir vorstelle, was jetzt mit Millionen von unschuldigen Männern, Frauen und Kindern geschieht...«

»Massaker und Versklavung«, erwiderte Geordi dumpf. »Wenn's nach mir ginge...« Er schüttelte kurz den Kopf und schnitt ein anderes Thema an. »Sie haben sich wirklich nicht daran erinnert, daß man bei Theskianern keine Wiederbelebungen durchführt? Dieses Wissen gehört zu einem sozio-anthropologischen Akademie-Kurs, an dem alle Offizierskandidaten teilnehmen müssen.«

»Bei mir hat man eine Ausnahme gemacht«, entsann sich Data nun. »Es gab viele Lehrgänge, bei denen es nur um die Vermittlung von Informationen ging und die ich nicht zu besuchen brauchte.«

»Aber bestimmt mußten Sie sich entsprechenden Prüfungen unterziehen. Ich wurde erst nach einigen Tests in allgemeiner Mathematik und Wissenschaft für die höheren Kurse zugelassen.«

»Für mich als Androiden war alles anders«, erklärte Data. »In meinem Fall verzichtete man auf Zulassungsqualifikationen: Wenn es um Fakten und statistische Daten ging, legte der Akademiecomputer die betreffenden Informationen einfach in meinen Speicherbänken ab. Ich konnte jederzeit auf sie zugreifen, und deshalb erübrigten sich Prüfungen. Ich mußte nur an Kursen über Ethik und andere philosophische Aspekte teilnehmen, bei denen klare Unterscheidungen zwischen Richtig und Falsch fehlen. Sie bereiteten mir erhebliche Schwierigkeiten.«

»Hm. Sie suchen noch immer nach einfachen Lösungen für schwierige Probleme. Aber machen Sie sich deshalb keine Vorwürfe, Data: Das ist auch bei Personen der Fall, die viel länger Mensch sind als Sie.«

»Was ist mit dem schwierigen Problem meiner Gedächtnislücken, Geordi? Ich weiß nicht, welches Wissen verlorenging. Beim nächstenmal töte ich vielleicht jemanden oder bringe das Schiff in Gefahr.«

»Ist doch ganz einfach: Stopfen Sie die verdammten Lükken«, sagte Geordi in einem verärgerten Tonfall. »Verschaffen Sie sich einen Eindruck von den fehlenden Kenntnissen, indem Sie Ihre Akademie-Unterlagen durchgehen. Befassen Sie sich mit allen Kursen, deren Informationen in Ihren Speichern abgelegt wurden. Und lassen Sie sich anschließend testen. Was ist los, Mann? Sind Sie zu faul, um ein wenig von der Medizin zu kosten, die Sie Wesley geben?«

»Nein. Ich werde Ihren Rat beherzigen. Wenigstens kann ich mit den Problemen fertig werden, für die es einfache Lösungen *gibt*.«

Zwischendurch: [redacted] Data ist zu sehr mit seinen Gedanken beschäftigt, er hat keinen großen Appetit — ein fröhliches Gespräch kommt nicht auf. [redacted] Auch uns beschäftigen die Konsequenzen, die Data und die Enterprise-Besatzung ziehen werden: Unterbrechen wir also jetzt nur für eine kleine heiße Mahlzeit. Vielleicht finden wir ja dabei zwischendurch die Lösung. Denn man hat mit ihr manchmal die besten Ideen — mit der... [redacted]

Einige Sekunden lang herrschte Stille. Dann sagte Geordi: »Ich glaube, diesmal irrt sich Starfleet. Die Erste Direktive bietet manchmal einfache Lösungen an, aber die samdianische Situation gehört zur Kategorie der schwierigen Probleme. Verdammt! Warum bleiben die Konor nicht in ihrem eigenen Territorium und praktizieren dort ihren Glauben, ohne zu versuchen, ihn anderen Leuten aufzuzwingen?«

»Weil sie davon überzeugt sind, den Geboten des Schicksals zu folgen«, antwortete Data. »Die Konor sähen einen Fehler darin, nicht das zu beanspruchen, was sie für ihr rechtmäßiges Eigentum halten. Sie hätten den Konor in der Krankenstation ›hören‹ sollen, Geordi. Er suchte nicht nach Rechtfertigungen für egoistisches und selbstsüchtiges Verhalten. Er war ganz sicher, gemäß der Vorsehung zu handeln. Für ihn sind wir nur ein Ärgernis, das beseitigt werden muß. Anders ausgedrückt: Wer keinen Kontakt mit den Konor herstellen kann, muß sich ihnen entweder unterwerfen – oder wird umgebracht. Das gilt auch für uns.«

»Wenn Sie es so ausdrücken, gibt es nur eine Wahl: Wir müssen die Konor töten, bevor sie uns erwischen.«

»Das wäre Völkermord«, sagte Data.

»Also fliegen wir fort und überlassen die schmutzige Arbeit den Ferengi, Romulanern oder Orionern.«

»Aus diesem Grund fand ich die ethischen Lektionen an der Akademie so verwirrend: Manchmal gibt es keine richtige Lösung, ob einfach oder nicht. Wir können nur hoffen, nie in eine solche Situation zu geraten. Leider blieben unsere Hoffnungen diesmal unerfüllt.« Data stand auf. »Gute Nacht, Geordi.«

Data begab sich in sein Quartier, um damit zu beginnen, die Gedächtnislücken zu ›stopfen‹, wie sich Geordi ausgedrückt hatte. Doch als er an den Regalen neben der Computerkonsole vorbeikam, blieb er stehen, griff nach dem kristallenen Hologrammsockel, setzte ihn auf den Tisch und schaltete das Projektionsmodul ein.

Er hatte Tasha Yar weitaus näher gestanden als Thralen, aber heute spürte er eine Trauer, die sich nicht mit dem Kummer über Yars Tod vergleichen ließ. Tränen strömten ihm über die Wangen. Der Androide war mit Tränenkammern ausgestattet gewesen, doch ihr Inhalt diente nur dazu, die Augen zu reinigen. Wie dumm von ihm zu glauben, er könnte menschliche Gefühle verstehen!

Der alte Schmerz kehrte zurück und vereinte sich mit dem neuen. Dies bedeutete es, Mensch zu sein: Pein angesichts eines Verlustes, das Leid des Versagens, und schließlich der Tod, vielleicht ebenso sinnlos wie der Tashas.

Warum wollte ich eine solche Existenz? dachte Data.

Er war ehrlich genug, sich folgendes einzugestehen: Er hatte nicht das Fleisch und seine gefährlichen Freuden angestrebt, sondern ein umfassendes Verstehen des Lebens als Mensch.

Weshalb? Aus welchem Grund sollte sich jemand solches Leid wünschen? Wie wurden Menschen damit fertig?

»Tasha, Thralen«, flüsterte er. »Ihr habt es nun überstanden.«

Aber ich bin noch immer hier. Ich lebe und habe Pflichten zu erfüllen. Und mir fehlt nun die Gesellschaft jener Freunde.

Eine andere Erinnerung rückte ins Zentrum seiner Aufmerksamkeit, so deutlich und klar wie ein Logbucheintrag. Diesmal galt sie der Mission, die Tasha und Data nach Treva geführt hatte. Dort fanden Yar und Adin wieder zusammen, und dem Androiden Data fiel es nicht schwer, seine Reaktionen unter Kontrolle zu halten. Jetzt fragte er sich, ob er als Mensch ebenfalls dazu in der Lage gewesen wäre. Er dachte an eine imaginäre Situation: Tasha lebte noch, und dadurch zerriß die Freundschaft zwischen Dare und Data, wich Rivalität.

Aber sie war tot. Er würde sie nie wiedersehen. Ihm blieb nur die holographische Aufzeichnung, die eine ewig junge und starke Tasha Yar zeigte. *So künstlich wie ich damals gewesen bin.*

Zum erstenmal überlegte Data, worin sein eigenes Schicksal bestehen mochte. War er jemand, der überlebte? Würde er alt werden und beobachten, wie alle seine Freunde und Kollegen starben? Als Androide hatte er von dieser Annahme ausgehen müssen. Oder würde er jung aus dem Leben scheiden, so wie Tasha und Thralen?

Was war schlimmer: zu sterben, bevor man das eigene Potential vollständig entfaltete, oder zu leben, um Freunde zu verlieren und die Art von Frustration zu spüren, die nun wie eine finstere Wolke über der *Enterprise* lag, während alle Besatzungsmitglieder hilflos auf den Befehl warteten, den samdianischen Sektor zu verlassen?

»Dir hat es nie gefallen, nichts unternehmen zu können, Tasha«, sagte Data. »Und die hiesige Situation ist schlimmer als alle anderen Probleme, die wir zu deinen Lebzeiten lösen mußten.«

Doch diese Erinnerungen verblaßten nun. Dafür konfrontierte ihn das menschliche Bewußtsein mit anderen Reminiszenzen, denen jeder Zusammenhang fehlte. Tasha sah ihn aus dem Hologramm an, aber als er versuchte, sie sich an Bord des Schiffes oder auf einem Planeten vorzustellen, entstanden nur verschwommene Bilder.

Um die Darstellung realer zu gestalten, betätigte Data die Taste, die das Hologramm in Bewegung setzte. Unabsichtlich aktivierte er auch den Ton, und Tashas letzte Worte erklangen in der Stille des Zimmers: »Du siehst Dinge mit dem Staunen eines Kindes, und dadurch wirst du menschlicher als wir alle.«

Entsetzt schaltete Data das Projektionsmodul aus. »Oh, Tasha«, sagte er bestürzt. »Du weißt gar nicht, wie sehr du dich geirrt hast. Ich bin froh, daß du es nie erfährst.«

Data ließ den Kopf hängen und weinte.

Emotional erschöpft fiel er in einen unruhigen Schlaf.

Das Summen des Türmelders weckte ihn.

Er fühlte Kopfschmerzen und eine fiebrig glühende Stirn, bedauerte das automatische ›Herein!‹, kaum hatte er es ausgesprochen.

Darryl Adin und Pris Shenkley traten durch die Tür.

»Wir sind gekommen, um uns von Ihnen zu verabschieden«, sagte Dare. »Es sei denn...«

»Begleite uns«, warf Pris ein.

»Vielleicht sterben wir bei dem Versuch, den Samdianern zu helfen«, brummte Dare. »Aber wenigstens legen wir nicht einfach die Hände in den Schoß. Wollen Sie mit uns kämpfen?«

»Was hätte das für einen Sinn?« erwiderte Data. »Als Androide verfügte ich über einzigartige Fähigkeiten, aber jetzt bin ich nur ein Mensch.«

»So wie wir«, sagte Dare. »Zuerst einmal: Sie schießen ebensogut wie ich. Sie haben eine Starfleet-Ausbildung hinter sich, und das ist die beste denkbare Basis für ein Leben, wie wir es führen — sobald Sie die damit einhergehende Naivität abstreifen. Wahrscheinlich gibt es keinen Computer in der Galaxis, mit dem Sdan und Sie nicht zurechtkämen.« Adin lächelte schief. »Es geschieht nicht oft, daß ich jemanden bitte, sich uns anzuschließen. Häufig geraten wir in ausgesprochen gefährliche Situationen, und dabei müssen wir uns aufeinander verlassen können.«

»Danke für Ihr Vertrauen, aber ich sehe mich außerstande, Ihr Angebot anzunehmen«, entgegnete Data nach einer Weile. »Vielleicht später...«

Dare nickte langsam. »Wenn Sie Ihre Meinung ändern... Es ist nicht schwer, mich zu finden. Pris, wir treffen uns im Hangar.«

Dare verließ die Kabine, und Pris wandte sich Data zu. »Ich werde dich vermissen.«

»Ich...« Ein unergründlicher menschlicher Instinkt riet ihm davon ab, darauf hinzuweisen, daß er die gemeinsam mit Pris verbrachte Nacht bedauerte — obwohl er nicht wußte, warum er diese Informationen vorenthalten sollte. Er entschied sich auch dagegen zu sagen, daß er während der letzten vierundzwanzig Stunden kein einziges Mal an sie gedacht hatte.

Glücklicherweise legte sie seine Unsicherheit falsch aus.

»Du brauchst nicht verlegen zu sein. Es liegt mir fern, dich an irgendein Versprechen zu erinnern. Keiner von uns muß dem anderen gegenüber irgendwelche Verpflichtungen wahrnehmen, oder?«

»Nein. So ist es auch besser, wenn wir nicht wissen, wann wir uns wiedersehen.«

»Oh, bestimmt begegnen wir uns noch einmal, Data – ich bin ganz sicher. Ich hoffe, dann sind die Umstände besser.« Pris lächelte, aber es war ein trauriges Lächeln. »Denk an uns, wenn dein gegenwärtiger Dienst-Kontrakt abläuft. Wenn du bewiesen hast, daß du mit allen Anforderungen Starfleets fertig werden kannst ... Vielleicht bist du dann bereit, die Flotte zu verlassen.«

Wieder erlaubte er ihr, seine Motive falsch zu interpretieren. Sie hauchte ihm einen Kuß auf die Wange und ging.

Data nahm seine Gefühle wahr, ohne ihre Ursache zu verstehen. Es gab überhaupt keinen Grund, warum er mit Verlegenheit auf Pris reagieren sollte. Sie *gefiel* ihm! Er fand sie attraktiv und reizvoll – und doch glaubte er, ihr gegenüber unfair gewesen zu sein.

Er begann mit einer gründlichen Analyse dieses Gedankens. Worauf basierte sein Unbehagen? Sie liebte ihn nicht. Sie mochte ihn, so wie er sie mochte, und sie hatten einige sehr angenehme Stunden miteinander verbracht. Wie konnte so etwas unfair sein?

Data war zu müde, um klar zu denken, und deshalb beschloß er, ins Bett zu gehen – obwohl die Unruhe in ihm blieb. Aus reiner Angewohnheit begann er zunächst damit, im Wohnraum seines Quartiers alle Dinge an ihren angestammten Platz zu stellen, und dabei bemerkte er den Hologramm-Sockel auf dem Tisch.

Erst jetzt begriff er, daß sich Pris und Tasha sehr ähnelten. Beide Frauen waren schlank, blond, intelligent und energisch. Beide hatten ein gefährliches Leben gewählt.

Ist das der Grund? Fühle ich mich zu Pris hingezogen, weil sie mich an Tasha erinnert? Das würde erklären, warum ich den Eindruck habe, unfair gewesen zu sein.

Data nahm diese Überlegungen als Arbeitshypothese und entschied, jetzt nicht länger über seinen Fehler nachzudenken; er schwor, ihn nie zu wiederholen. Darüber hinaus verdrängte er alle Gedanken an die samdianische Situation. Die übrigen Besatzungsmitglieder der *Enterprise* suchten nach Ablenkungen, um sich nicht dauernd an ihre Unfähigkeit zu erinnern, den Samdianern zu helfen. Aber Data mußte hart arbeiten, um das verlorene Wissen zu ersetzen. Er beauftragte den Computer mit der Entwicklung eines Lehrprogramms und kroch unter die Decke.

Bei Datas nächster Schicht erhielt die *Enterprise* neue Einsatzorder von Starfleet, und alle atmeten erleichtert auf, als Dacket auf dem Wandschirm zusammenschrumpfte.

Während des Routinefluges übernahm Wesley Crusher die Navigationskontrollen. Nach einigen Stunden schickte Captain Picard den Zweiten Offizier zur wissenschaftlichen Station, um die Aufzeichnungen der seismischen Aktivität auf Beta Tharsis Vier zu analysieren. Die dortige Bergbaukolonie benötigte Hilfe bei der Strukturverstärkung ihrer unterirdischen Anlagen: Es bestand die Gefahr starker Beschädigungen durch den wechselhaften Gravitationsstreß.

Fähnrich Serena Gibson nahm Datas Platz an der Operatorkonsole ein, und wieder bemerkte er ihre verlockende *Weiblichkeit.* Dann rief er sich zur Ordnung. Eine weitere schlanke Blondine. Wurde das zu einer Manie?

Er untersuchte seine Reaktionen lange genug, um einige Sekunden neben der Operatorstation zu verharren und zu bemerken, daß Wesley der jungen Frau einen kurzen Blick zuwarf, errötete und sich dann rasch seinem Pult zuwandte – das während des Routinefluges überhaupt keine Aufmerksamkeit von ihm verlangte.

Data ging zur wissenschaftlichen Station und konzentrierte sich auf das Problem von Beta Tharsis Vier. Später brachte er Geordi die Ergebnisse seiner Analyse, und als die *Enterprise* ihr Ziel erreichte, hatten sie eine Möglichkeit gefunden, die Bergbaukolonie zu schützen, ohne daß eine Evakuierung der Bewohner notwendig wurde.

Von dort aus flog die *Enterprise* zur Starbase 92, um einen für Gandhi Sieben bestimmten Impfstoff aufzunehmen. Nach dieser Mission brachte sie einige Forscher zur wissenschaftlichen Basis auf Nisus.

Das Muster war allen klar: Picard und seine Crew bekamen einfache Aufträge, um zu zeigen, daß Starfleet-Missionen nur selten zu der Art von Frustration führten, die sie im samdianischen Sektor kennengelernt hatten. Allmählich ließ die Anspannung an Bord nach, und Zuversicht kehrte zurück.

Data beendete die Auffrischungskurse und legte neue Prüfungen ab, woraufhin ihn Captain Picard und Will Riker für die Wiederaufnahme des vollen aktiven Dienstes empfahlen.

Doch die Bordärztin erhob Einwände.

Dr. Pulaski hielt Datas Blutdruck für zu hoch. »Er liegt nicht unbedingt über der menschlichen Norm«, sagte sie, »aber er ist ein ganzes Stück höher als nach Ihrer Rückkehr von Elysia. Das gilt auch für die Cholesterin-Werte. Sie sind nicht gefährlich hoch – aber wenn sie weiterhin steigen, muß ich in einigen Monaten Ihre Dienstuntauglichkeit attestieren.«

»Bestimmt sinken sie wieder«, erwiderte Data. Fast trotzig fügte er hinzu: »Sie haben selbst gesagt, daß mein Körper nicht in dem perfekten Zustand wie unmittelbar nach der Metamorphose bleiben kann.«

»Treiben Sie Sport?« fragte Pulaski.

»Ich unterziehe mich den Übungen, die Mr. Worf verlangt.«

»Was essen Sie?«

»Oh, ich weiß nicht. Meine Diät ist sehr abwechslungsreich.« Das stimmte in gewisser Hinsicht, aber Data hatte nicht mehr den gleichen Appetit wie kurz nach seiner Verwandlung zum Menschen, als alles für ihn neu gewesen war. Wenn ihn der Magen daran erinnerte, daß er etwas essen mußte, lehnte das Bewußtsein häufig eine ausgewogene Mahlzeit ab. Manchmal stopfte er pikante Dinge in sich hinein — oder er trank viele Tassen Tee, anstatt Nährstoffe zu sich zu nehmen. Gelegentlich wachte er während der Schlafperiode auf und spürte leichte Krämpfe, die auf Verdauungsstörungen zurückgingen. Dann griff er nach Arzneien — ohne darauf zu achten, daß man bei häufigem Gebrauch solcher Medikamente den Medo-Offizier konsultieren sollte. Er schluckte einfach ein oder zwei Tabletten und legte sich hin, um wieder unruhig zu schlafen.

Nach dem Nachmittagsunterricht präsentierte ihm Wesley häufig eine neue Spezialität des geheimen Lasters namens Schokolade. Data stellte fest, daß er gern Süßes aß, und als sich seine Uniform im Bereich des Bauches zu spannen begann, reduzierte er die Portionen der üblichen Mahlzeiten, um weiterhin naschen zu können.

Alpträume plagten ihn, doch in manchen Nächten hatte er Träume, die ihn mit Glück erfüllten. Seltsam: Zwar erwachte er dann mit dem Empfinden großer Freude, aber er konnte sich nie an Einzelheiten erinnern.

In einem abstrakten Sinn hatte Data immer gewußt, daß die Existenz als Mensch bedeutete, ein Unterbewußtsein zu haben. Er begriff nun, daß die visionären Erlebnisse während des Schlafs von Projektionen des Unterbewußtseins verursacht wurden. Es war eine neue und erschreckende Erfahrung, nicht auf Informationen zugreifen zu können, die irgendwo in seiner Bewußtseinssphäre existierten.

Als ihm Dr. Pulaski vom medizinischen Standpunkt aus nur eingeschränkte Diensttauglichkeit bescheinigte, zwang sich Data zehn Tage lang zu einer perfekt ausgewogenen und vom Computer bestimmten Diät. Darüber hinaus verstärkte er seine körperliche Aktivität, bevor er sich noch einmal untersuchen ließ. In anderthalb Wochen verlor er zwei Kilo, und der Blutdruck nahm wieder Werte an, die Dr. Pulaski für wünschenswert hielt.

Die Ärztin gab widerstrebend eine Unbedenklichkeitserklärung ab — aber Counselor Troi meldete auch weiterhin psychologische Bedenken an. Das Problem bestand darin, daß Data nicht wußte, warum er noch immer an Depressionen litt, während sich die übrigen Besatzungsmitglieder von ihrer Niedergeschlagenheit nach den Ereignissen im samdianischen Sektor erholt hatten.

Wesley stellte fest, daß Data und er eine vage Verdrossenheit teilten, und er sprach ihn darauf an.

»Vermissen Sie die Frau aus Darryl Adins Gruppe?« fragte der Junge.

»Pris?« erwiderte Data. »Ja, ich glaube schon.« Aber Pris Shenkley war nicht der Grund für seine unidentifizierbaren Gefühle. Sie belasteten ihn deshalb so sehr, weil ihm ihre Ursache verborgen blieb.

»Haben Sie eine andere?« hakte Wesley nach.

»Ich glaube, das geht dich nichts an.«

»Viele Frauen in der Crew würden sich darüber freuen, mit Ihnen zusammen zu sein.«

»Woher willst du das wissen?« erkundigte sich Data.

»Sie fragen *mich* dauernd nach Ihnen«, entgegnete Wesley. »Die Damen finden Sie dufte.«

»›Dufte‹?«

»Ja. Zum Beispiel Fähnrich Gibson. Sie redet immer wieder von Ihnen.«

O nein — Data wollte keine andere Frau enttäuschen, die Tasha ähnelte. »Ich halte es nicht für klug, intime Beziehungen zu einer Frau zu unterhalten, deren Brückendienst ich bald beurteilen muß«, improvisierte er.

Wesley grinste. »Danke, Data. Ich richte es ihr aus. Sie gehört nur noch zwei Wochen lang zur Brückencrew.« Er errötete und gab zu: »Vielleicht kann *ich* ihr Interesse wekken, wenn Sie nicht... disponiert sind.«

Data schmunzelte. »Ich bin alles andere als ein Experte auf diesem Gebiet, aber ich habe bemerkt, daß selbst kleine Altersunterschiede erhebliche Barrieren schaffen, bis für beide Menschen das dritte Lebensjahrzehnt beginnt. Warum versuchst du es nicht mit Mädchen aus deinen Klassen?«

Der Junge zuckte mit den Schultern. »Die meisten von ihnen sind sehr hübsch, aber man kann kaum mit ihnen reden. Sie interessieren sich für ganz andere Dinge.« Mit schmerzlicher Offenheit fügte er hinzu: »Außerdem ist es einigen meiner Altersgenossen ein Dorn im Auge, daß ich auf der Brücke arbeite. In ihrer Gemeinschaft gibt es eigentlich keinen Platz mehr für mich.« Eine kurze Pause. »Sind Sie jemals von einer Frau zurückgewiesen worden?«

»Natürlich...« Data unterbrach sich und runzelte die Stirn. Warum wollte er instinktiv antworten, daß er in dieser Hinsicht tatsächlich Enttäuschungen erlebt hatte? Warum glaubte er zu verstehen, was Wesley meinte? Seit der Metamorphose zum Menschen war er nie in eine solche Situation geraten. Bei seiner Affäre mit Pris trug sie das Risiko. Als Androide hatte er keine derartigen persönlichen Wünsche empfunden; wenn es zu Beziehungen kam, so ging die Initiative von den Frauen aus. *Es existiert nur eine Analogie zu Wesleys Enttäuschung,* dachte er. *Als Tasha mir sagte: »Es ist nie geschehen.«* Diese Worte hatten ihn erheblich verwirrt, auch ohne das von menschlichen Hormonen bewirkte emotionale Chaos.

»Wesley«, sagte Data schließlich, »du solltest daran denken, daß ich vermutlich weniger Erfahrungen mit Frauen habe als du. Ich bin noch nicht lange genug Mensch. Wende dich an Commander Riker oder Lieutenant LaForge.«

Er nahm Anteil an Wesleys Gefühlen — und gelangte zu dem Schluß, daß sich sein dumpfer Schmerz mit der Sehnsucht des Heranwachsenden vergleichen ließ.

Er beschloß, seinen eigenen Rat zu beherzigen und mit Will Riker zu sprechen.

Der Erste Offizier saß im Gesellschaftsraum, trank *Café au lait* und beobachtete die vorbeiziehenden Sterne. Data wußte nicht recht, wie er das Thema anschneiden sollte, und deshalb starrte er ebenfalls eine Zeitlang ins All. Dann erinnerte er sich an etwas. »Als ich Thelia auf Elysia mitteilte, meine Heimat sei Starfleet, fragte sie, ob dort wirklich die Sterne strömen.«

»Es sieht so aus, nicht wahr?« erwiderte Riker und sah Data an. »Setzen Sie sich. Genießen Sie den Anblick.«

Data nahm Platz. »Ich habe gelernt, Gefallen daran zu finden.«

Riker hatte wieder nach draußen ins All gesehen, doch jetzt drehte er den Kopf und bedachte den Zweiten Offizier mit einem durchdringenden Blick. Er musterte ihn einige Sekunden lang und nickte wissend. »Probleme mit Frauen.«

Data hob die Brauen. »Woher wissen Sie das?«

»Was veranlaßt einen Mann sonst dazu, die Sterne zu beobachten?« Als Data zu einer Antwort ansetzte, schüttelte Riker den Kopf.

»Sie haben das Gespräch mit der romantischen Bemerkung einer Frau begonnen.«

»Sie finden Thelias Worte romantisch?«

»In gewissem Sinne. Wenn Sie damals Mensch gewesen wären, hätten diese Worte vermutlich zu einem Flirt geführt. Nun, worin besteht das Problem?«

»Ich bin nicht sicher. Wesley bat mich in dieser Hinsicht um Rat, und dadurch begriff ich, wie wenig ich über Frauen weiß. Ich habe zu viele Empfindungen, die ich nicht verstehe.«

»Und Sie lehnen es ab, mit Deanna darüber zu sprechen — weil sie eine Frau ist«, vermutete Riker.

»Ja. Sie hält mich für labil, und ich möchte vermeiden, ihre Ansicht zu bestätigen. Ich... sehne mich nach etwas — aber ich weiß nicht, was ich mir so sehr wünsche! Sie haben recht mit der Annahme, daß meine emotionale Verwirrung in der Nähe einer Frau wächst.«

Riker lächelte. »Sie sind nicht labil, Data. Zum erstenmal in Ihrem Leben haben Sie Hormone und reagieren darauf. Das ist völlig normal. Fürchten Sie sich nicht davor, mit Deanna zu reden. Es ist ihr Job, mehr über Männer zu wissen als wir selbst.«

Data fragte sich, ob dies der Grund dafür sein mochte, daß Riker keine feste Beziehung zu der attraktiven Counselor knüpfte. »Sie benötigen nur mehr Erfahrung«, fuhr der Erste Offizier fort. »Mehr Abwechslung. Frauen können Männern großes Glück bescheren. Man braucht sich nicht vor ihnen zu fürchten.«

»Ich begegne ihnen keineswegs mit Frucht.«

»Aber Ihre Erfahrungen sind beschränkt.«

»Sehr«, räumte Data ein.

»Ich glaube, Ihre derzeitigen Gefühle in bezug auf Frauen werden von individueller Einzigartigkeit bestimmt. Nutzen Sie die Gelegenheit, mehr Damen kennenzulernen. Dann dauert es bestimmt nicht lange, bis Ihre Emotionen wieder ins Lot kommen.«

Es klang wie eine gute Idee.

Als Data am nächsten Tag Fähnrich Lee Ann Su im Gesellschaftsraum sah, begann er mit ihr zu plaudern, was dazu führte, daß sie einen angenehmen Abend miteinander verbrachten. Sie war völlig anders als Fähnrich Gibson: eine hübsche, wohlproportionierte Brünette, die keine Ähnlichkeit mit Tasha Yar aufwies. Ihren Dienst auf der Brücke hatte sie schon vor Monaten beendet.

Der Abend ging nicht über ein gemeinsames Essen und den Besuch eines Konzerts hinaus — Data beherzigte noch immer Geordis Rat und überließ der Frau die Initiative. Schon nach kurzer Zeit wurde klar, daß Lee Ann nicht genau wußte, was der Zweite Offizier von ihr erwartete. Data verzichtete darauf, sie in irgendeiner Art und Weise unter Druck zu setzen. Er begnügte sich damit, einige Stunden lang Gefallen an ihrer Gesellschaft zu finden, und nach dem Konzert — mehrere Besatzungsmitglieder bewiesen dabei ihr Geschick im Umgang mit Streichinstrumenten — verabschiedete er sich von der jungen Frau.

Am nächsten Morgen erwachte er wieder mit dem Gefühl, daß er sich falsch verhalten, jemanden *verraten* hatte! Auf wen bezog sich dieses Empfinden? Auf Tasha? Aber sie würde nicht einmal dann eifersüchtig sein, wenn sie jetzt noch lebte. Nein, die beunruhigenden Emotionen mußten auf eine andere Ursache zurückgehen.

Einzelne Traumszenen krochen ins Zentrum seiner Aufmerksamkeit, und Data erinnerte sich daran, mit einer Frau zusammengewesen zu sein. Es handelte sich um eine Brünette. Lee Ann – und doch nicht Lee Ann. Ein Gesicht, das keine klaren Konturen gewann. Aber es gehörte einer Person, die er kannte. Und vielleicht... liebte?

Nein, unmöglich. Er kannte keine Frau gut genug, um sie zu lieben.

»Ich brauche die Information *jetzt*, wenn Sie gestatten, Mr. Data.«

Entsetzt stellte er fest, daß er sich nicht einmal an die Frage des Captain entsann. Er warf Wesley einen kurzen Blick zu, und daraufhin erkundigte sich der Junge: »Ist es zwischen Starfleet und den Waykani schon einmal zu einer bewaffneten Konfrontation gekommen, Captain?« Dieser Hinweis genügte Data, um sein Gedächtnis zu stimulieren: Picard hatte Angaben über die Raumflotte der Waykani verlangt.

Er war dankbar dafür, daß der Captain seine glühenden Wangen nicht sehen konnte, als er mehrere Speichersegmente des Computers aktivierte und eine entsprechende Datenkorrelation vornahm. Unterdessen wandte sich Picard dem Jungen zu und antwortete: »Es wird jetzt nicht zu einer Konfrontation kommen, wenn ich es vermeiden kann, Fähnrich.«

Sie brauchte nicht extra vermieden zu werden: Die schwerbewaffneten Schiffe zeigten kein Interesse an der *Enterprise*. Sie flogen weiter und ignorierten das Starfleet-Schiff. Die Kursdaten vermittelten eine deutliche Botschaft: Das Ziel war der samdianische Sektor.

»Der Krieg hat begonnen«, bemerkte Worf.

»So hat es den Anschein, Lieutenant«, erwiderte Picard. »Aber es ist nicht *unser* Krieg. Mr. Data, ich mag es nicht, auf meiner Brücke Befehle wiederholen zu müssen.«

»Nein, Sir. Es wird sich nicht wiederholen.«

Es kam zu keinen weiteren Zwischenfällen dieser Art, aber nach der Dienstschicht sah sich Wesley gezwungen, den Zweiten Offizier zu suchen. Der Computer hätte ihn an die vereinbarte Lektion erinnert, aber Data war nicht in sein Quartier zurückgekehrt.

Wesley fand ihn schließlich im Gesellschaftsraum. »Bitte entschuldige, daß ich unsere Verabredung vergessen habe«, sagte Data zu dem Jungen. »Und danke dafür, daß du mich auf der Brücke ›herausgerissen‹ hast. Erst als du die Waykani erwähntest, wußte ich, was er mich gefragt hatte.«

»Was ist los mit Ihnen, Data?« Wesley musterte ihn besorgt. »Solche Fehler unterliefen Ihnen nicht, als Sie von Elysia zurückkehrten.«

»Vielleicht...« Data zögerte. »Vielleicht waren die Belastungen zu groß. Erst die mühsamen Anpassungen an meine neue Existenz als Mensch, dann die anstrengende Requalifizierung und schließlich der Streß angesichts der samdianischen Situation.« Er lächelte. »Möglicherweise habe ich zuviel von mir verlangt. Ich muß einfach die Tatsache hinnehmen, daß ich nicht mehr an zwei Dinge gleichzeitig denken kann.«

Die Lüge kam Data so glatt über die Lippen, daß sie ihm kaum bewußt wurde. Wesley schien keinen Verdacht zu schöpfen, und Data begriff erst einige Sekunden später, daß sich seine Erklärung nicht mit der Wahrheit vereinbaren ließ. Als Androide war er durchaus zum Lügen imstande gewesen, wenn das erforderlich wurde. Das Problem hatte nur darin bestanden, die Notwendigkeit zu erkennen und sich dann eine passende Lüge einfallen zu lassen.

Warum gab es so viele negative Aspekte des Lebens als Mensch?

Er träumte auch weiterhin, Nacht für Nacht, doch nie konnte er das Gesicht der geheimnisvollen Frau sehen. *Wahrscheinlich hat Riker recht — Hormone,* dachte Data. Seltsam: Inzwischen freute er sich auf die Träume; er empfand sie jetzt als angenehm.

Eines Tages blieben Nachrichten von Dare und seiner Gruppe aus. Ein Ionensturm? Eine hastige Evakuierung, die es nicht erlaubte, Mitteilungen zu senden? Oder waren der Silberne Paladin und seine Gefährten dem Krieg zum Opfer gefallen?

Dieser Gedanke ließ ihn nicht los, als er einmal mehr Counselor Troi aufsuchte und ihr gegenüber Platz nahm.

»Sagen Sie mir, was Sie so sehr belastet, Data.«

»Ich mache mir Sorgen über meine Freunde.«

»Bestimmt ist alles in Ordnung mit ihnen. Bisher hat Darryl Adin alle Gefahren überstanden.« Troi lächelte aufmunternd. »Und das gilt auch für Pris.«

»Es geht mir nicht um Pris Shenkley...«, erwiderte Data schärfer als beabsichtigt. Er schüttelte den Kopf. »Bitte entschuldigen Sie, Deanna. Die sich ständig wiederholenden Träume...«

»Erzählen Sie mir davon«, schlug die Counselor vor.

Data schüttelte den Kopf. »Sie sind nicht weiter wichtig«, sagte er und senkte den Kopf.

Troi beugte sich vor und griff nach den Händen des Zweiten Offiziers.

»Ach, Data, fürchten Sie sich nicht vor mir. Oder vor dem, was Sie beunruhigt. Sie können dieses Problem nur lösen, wenn Sie sich ihm stellen.«

Der ehemalige Androide fühlte sich hilflos und bedroht. Er wollte fortlaufen, fliehen. Nur die Starfleet-Disziplin sorgte dafür, daß er an Ort und Stelle blieb, von Trois Blick festgenagelt. »Es gibt nichts zu lösen«, wandte er unsicher ein. »Aber... ich berichte Ihnen trotzdem von meinen Träumen.«

»Sie bereiten Ihnen Freude«, stellte die Counselor nach Datas Schilderungen fest. »Und auch Schmerz. Sie sehnen sich nach etwas, das Sie nicht haben können. Es mag angenehm sein, davon zu phantasieren, aber es hindert Sie auch daran, das zu bekommen, was Ihnen zur Verfügung *steht.*«

Data zog abrupt die Hände zurück. »Diese Bemerkung ist in den Computerdateien über elementare menschliche Psychologie gespeichert.«

»Und zwar deshalb, weil sie eine grundsätzliche Wahrheit zum Ausdruck bringt«, entgegnete Troi sanft. »Ich habe nichts gegen Ihre Aggressivität. Ganz im Gegenteil: Dadurch finden wir vielleicht heraus, gegen was Sie kämpfen.«

»Ich bin keineswegs aggressiv. Und ich kämpfe auch gegen nichts ...«

Als Data sprach, beugte sich die Counselor erneut vor, und der Blick ihrer großen Augen reichte ins Leere, als sie seine Gefühle sondierte. Plötzlich: »Oh!« Der Glanz kehrte in Deannas Pupillen zurück. »Data, ich habe Ihr Leid schon einmal gespürt, bei einer anderen Person. Es *ist* eine Besessenheit, aber keine destruktive. Sie sind verliebt.«

»Wie kann ich verliebt sein, ohne zu wissen in wen?« protestierte er.

»Ich glaube, Sie wissen es. Ihr Unterbewußtsein kennt die Frau.«

Dünne Falten bildeten sich in Datas Stirn. »Könnte es Pris sein?« fragte er, obgleich seine Gefühle etwas anderes behaupteten.

»Nein«, antwortete die Counselor. »Eine unerwiderte Liebe, die Pris oder jemandem aus der Besatzung der *Enterprise* gilt, würden Sie nicht vor mir und sich selbst verbergen. In Ihren Träumen geht es um etwas, das Sie nicht zugeben wollen — aus Furcht, es endgültig zu verlieren.« Troi zögerte kurz. »Eine Obsession.«

Die Falten fraßen sich tiefer in Datas Stirn. »Nie sehe ich ihr Gesicht. Aber Sie haben recht, Deanna: Wir arbeiten zusammen, als seien wir seit langer Zeit Kollegen, und am Ende des Traums küßt sie mich immer. Warum weiß ich nicht, wer sie ist?«

KAPITEL 14

»Erlauben Sie mir, Sie zu hypnotisieren?« fragte Counselor Troi.

Data nickte. Seine Feindseligkeit Deanna gegenüber war verschwunden – jetzt wollte er nur noch die Wahrheit herausfinden. »Wenn das möglich ist...«

»Es spricht nichts dagegen. Sie werden sich später an alles erinnern, was wir entdecken.«

Data legte sich hin, und Troi sprach eine Zeitlang mit monotoner Stimme.

Er schlief nicht ein. Es fühlte sich eher an, als werde der Traum allmählich real. Erst erzählte er davon, und dann *erlebte* er ihn. Data kletterte, und eine Frau begleitete ihn. Er befand sich wieder auf Elysia, im heiligen Berg – obwohl einige Einzelheiten nicht mit den realen Erinnerungen übereinstimmten. Und er war Mensch, kein Androide. Seine Gefährtin und er wehrten die Angriffe von wilden Tieren ab, erklommen hohe, steile Klippen, schwammen durch breite Flüsse und spendeten sich in einer heißen Wüste gegenseitig Trost.

Die Abenddämmerung begann.

Sie schlugen ein Nachtlager auf, und Data konnte noch immer nicht das Gesicht der Frau erkennen. Im Traum schien das keine Rolle zu spielen.

»Data«, sagte sie. »Sieh mich an.«

Irgend etwas hinderte ihn daran.

»Sieh mich an, Data.«

Langsam drehte er den Kopf.

»Thelia?«

Es überraschte ihn nicht.

Einige Sekunden lang war sie die schmutzige junge Frau, die sich der göttlichen Prüfung stellte. Sie lächelte so wie damals, wenn sie ein Hindernis überwunden hatten.

Dann veränderte sie sich, und ihr Erscheinungsbild entsprach Datas letzten Erinnerungen von ihr: Sie wurde zu einer atemberaubenden Vision in Gold und Weiß. Thelia streckte die Arme aus, und Data trat ihr entgegen. Sie küßten sich...

Von einem Augenblick zum anderen lag Data wieder auf der Couch in Trois Zimmer und war vollkommen wach. Deanna stand neben ihm, wirkte gleichzeitig ruhig und besorgt. »Sie hätten Elysia nicht verlassen sollen, Data.«

»Warum nicht?«

Die Counselor lächelte. »Weil Sie Thelia lieben. So hingebungsvoll und leidenschaftlich, daß in Ihrem Leben kein Platz für andere Frauen bleibt.«

Data setzte sich langsam auf und blinzelte verwirrt.

»Deshalb fühle ich mich... schuldig, wenn ich angenehme Stunden mit einer anderen Frau verbringe.«

»Ja«, bestätigte Deanna. Sie nahm neben ihm auf der Couch Platz. »Selten habe ich so starke Emotionen gespürt, Data.«

Er nickte. Wieso hatte er seine Situation nicht sofort verstanden? Jetzt ergab alles einen Sinn; die Intensität seiner Empfindungen war geradezu überwältigend. Er wollte Thelia und keine andere Frau. »Was soll ich jetzt unternehmen, Counselor?«

»Ist das nicht klar genug? Bitten Sie um Erlaubnis, nach Elysia zurückzukehren. Wenn meine Erfahrung irgend etwas bedeutet, so sehnt sich Thelia auch nach Ihnen.«

Data nickte benommen. »Ich hoffe, aber... Warum wird mir das erst jetzt klar? Warum *wußte* ich nicht, daß sich meine Gefühle auf Thelia beziehen?«

»Die Erklärung ist alles andere als kompliziert«, erwiderte Troi. »Zuerst galt Ihre Aufmerksamkeit den neuen Empfindungen als Mensch, und anschließend mußten Sie sich auf die Erfordernisse des Dienstes konzentrieren. Nun, Data, wenn Thelia ebenso fühlt wie Sie, können Sie die Elysianerin bestimmt dazu bewegen, mit Ihnen an Bord der *Enterprise* zu leben.«

»Ja!« Data spürte, wie er zu lächeln begann. »Sie ist

sicher bereit...« Er unterbrach sich und wurde wieder ernst. »Deanna, Thelia weiß nichts von meiner Metamorphose. Die elysianischen Götter schickten sie in ihre Heimat zurück, bevor meine Verwandlung stattfand. Sie glaubt vermutlich, sich in einen Androiden verliebt zu haben!«

Als Data mit seiner Bitte an den Captain herantrat und Counselor Troi auf die besondere Situation des Zweiten Offiziers hinwies, dachte Picard über die Möglichkeiten nach. Um Elysia mit einem Shuttle zu erreichen, brauchte Data mehrere Monate – oder er reduzierte die Reisezeit auf einige Wochen, indem er von Starbase zu Starbase flog. »Wie lange mag es dauern, bis Sie zurückkehren? Nein, die Untersuchung jenes Planeten ist alles andere als abgeschlossen. Starfleet hat sicher nichts dagegen, wenn wir uns dort noch einmal umsehen.«

Vom Orbit aus gab es keine Möglichkeit, einen Kontakt zu Thelia herzustellen. Data und Geordi benutzten die Schiffssensoren, um ihre Heimat zu lokalisieren. Atridia erwies sich als das mit Abstand größte Habitat, und es war dichter besiedelt als die anderen von Landegruppen der *Enterprise* besuchten Zonen. Es gab dort eine große Stadt, einige kleine Städte und außerdem zahlreiche Dörfer.

Data schüttelte enttäuscht den Kopf. »Wie soll ich Thelia finden, Geordi?«

LaForge lachte. »Vergessen Sie nicht, daß sie eine Heldin ist. Wir setzen Sie in der größten Stadt ab. Die erste Person, der Sie dort begegnen, kann Ihnen bestimmt sagen, wo sich Thelia aufhält.«

Data nickte. »Sie haben recht. Offenbar bin ich nicht mehr imstande, klar und logisch zu denken.«

»Machen Sie sich deshalb keine Sorgen.« Geordi klopfte ihm auf die Schulter. »Alle drücken Ihnen die Daumen. Viel Glück.«

Als Data auf Elysia rematerialisierte, fühlte er sich glücklicher als jemals zuvor. Thelia war irgendwo in der

Nähe, atmete die gleiche Luft, spürte die Wärme des gleichen Sonnenscheins.

Als er die Stadt erreichte, gewann er den Eindruck, daß alle Bewohner seine Stimmung teilten. Überall sah er gesunde, gutgekleidete Elysianer, die ein Fest vorbereiteten.

Fahnen und Blumen schmückten die Gebäude, und Data beobachtete, wie man hier und dort Banner hinzufügte. Weiße und goldene Schleifen waren mit blauen und kastanienbraunen verknüpft. Girlanden aus gelben, rosaroten und orangefarbenen Blüten schienen die Straßen in Regenbögen zu verwandeln.

Zuerst schenkte ihm niemand besondere Beachtung. Stoff und Schnitt seiner Uniform unterschieden sich von der Kleidung der Einheimischen, aber unter den bunten Farben fielen das grünliche Gold und Schwarz nicht sofort auf. Hinzu kam, daß er jetzt so menschlich erschien wie die Elysianer.

Data blieb auf einer Straße stehen und blickte sich um. In der einen Richtung beobachtete er Gebäude und Hunderte von Bürgern, doch in der anderen... Die Mauern und Türme eines Schlosses ragten dort aus der Stadt, und Data erkannte es sofort wieder: Er hatte es im Hintergrund gesehen, als die elysianischen Götter Thelia mit einer Vision ihrer Heimat in Versuchung führten. Er ging los, vorbei an Elysianern, die ihre Stadt säuberten und schmückten.

Der Ort war ganz offensichtlich ohne jede Planung gewachsen: Die mit Kopfsteinen gepflasterte Straße wand sich hin und her, schuf dadurch seltsame Ecken und Winkel. Data rechnete damit, jeden Augenblick Thelia zu begegnen.

Seine Erwartungen erfüllten sich.

Als er die nächste Kurve hinter sich brachte, stand er ihr gegenüber — beziehungsweise einem riesigen Wandteppich mit ihrem Bild. Thelia trug darauf die gleiche Kleidung wie damals, als sie die heilige Insel erreicht hatte. Ein Mann stand neben ihr. Besser gesagt: ein Androide. Weißes Tuch symbolisierte Gesicht und Hände, und die Darstellung der Starfleet-Uniform war recht gut gelungen. Thelia war auf den ersten Blick zu erkennen — im Gegensatz zu Data. Der verantwortliche Künstler hatte vermutlich ein weibliches Modell benutzt, aber den Mann kannte er nur von Thelias Beschreibungen.

Die beiden Gestalten waren zu groß für den Berg, auf dem sie standen — es handelte sich um das Massiv der heiligen Insel. Data sah jetzt nicht zum erstenmal primitive Kunst. Für eine Periode, der es noch an perspektivischen Konzepten fehlte, handelte es sich um ein sehr beeindrukkendes Werk.

Es bewies auch, daß Geordi recht hatte: Thelia galt als Heldin. Es konnte bestimmt nicht schwer sein, sie zu finden.

Data drehte sich um und wollte jemanden fragen, aber die Leute gingen alle zu einem bestimmten Bereich des Platzes. Dort stieg ein älterer Mann auf ein Podest, begleitet von den Klängen eines Musikinstruments, das wie eine Kreuzung zwischen Gitarre und Mandoline aussah. Das Publikum jubelte, schwieg dann und wartete.

In geübtem Tonfall begann der Mann, eine Geschichte zu erzählen. Er beschränkte sich nicht darauf, bestimmte Fakten zu wiederholen, sprach manchmal in Reimen und zupfte dabei immer wieder an den Saiten des Instruments. Data hört eine Zeitlang zu und wollte den Weg dann fortsetzen, entschied sich jedoch dagegen, als er seinen Namen hörte.

»Jener aus der Ferne, von den Göttern versprochen, erwies sich wirklich als magisch. Kein Wesen aus Fleisch und Blut, sondern ein Mann aus Metall und Licht, stärker als Ochsen, und doch so sanft wie eine liebevolle Mutter.«

Daraufhin beschloß Data, sich auch den Rest anzuhören. Er benutzte den Tricorder, um die Poesie des Geschichtenerzählers aufzuzeichnen. Der Bericht gab die Ereignisse genau genug wieder: Die Götter erlaubten Thelia, sich prüfen zu lassen, und ihr gelang die gefährliche Reise durch den Sumpf; auf der heiligen Insel traf sie Data und kletterte mit ihm durch den Berg. Der ältere Elysianer beschränkte sich auf das Wesentliche, ging nicht näher auf die vielen anstrengenden Stunden im Berg ein und hob insbesondere Thelias Leistungen hervor. Das hielt Data für angemessen: Immerhin war dies ihre Heimat.

Die Geschichte endete mit Thelias Rückkehr nach Atridia, und dort verkündete die junge Frau, die Götter seien bereit, ihr Land mit Tosus zu vereinen. Erneut jubelte die Menge auf dem Platz, und Data vermutete, daß die Feier den Zusammenschluß der beiden Habitate betraf.

Es wurde Zeit, Thelia zu finden. Data wandte sich vom Podium ab, und sein Blick fiel auf eine andere Tapisserie. Er war an ihr vorbeigegangen, als er den Platz betrat; sie hatte sich die ganze Zeit über hinter ihm befunden.

Dieses Porträt zeigte Thelia in Gesellschaft eines Mannes, der überhaupt keine Ähnlichkeiten mit Data aufwies. Er war ebenso detailliert dargestellt wie die Elysianerin, bestimmt nach einem lebenden Modell. Ein großer Mann mit braunem Haar, etwas heller als Data und nach dem elysianischen Stil im Nacken sehr lang. Er trug ein blaues und kastanienbraunes Gewand, während Thelias Kleidung goldfarben glänzte; auf ihrem Kopf ruhte eine Krone aus weißen Blumen. Sie und der Mann hielten sich an den Händen und standen in der Mitte. Neben Thelia sah Data eine kleine Version des Schlosses, und an der Seite des Mannes beobachtete er ein ebenso imposantes Bauwerk. Die heilige Insel bildete den Hintergrund, und eine stilisierte Sonne strahlte wohlwollend auf das lächelnde Paar herab.

Der ehemalige Androide trat etwas näher an die Tapisserie heran. Man konnte fast meinen, Thelia und der Mann...

Hinter ihm erklangen murmelnde Stimmen. »Es stimmt – er trägt die Kleidung des Landes Starfleet!«

Data wandte sich um. Einige Elysianer näherten sich und musterten ihn neugierig.

»Willkommen in Atridia, Fremder.« Ein älterer Mann

löste sich aus der Gruppe und blieb vor dem Besucher stehen. »Ich heiße Lodel.«

Data nickte. »Ich bin ...«

»Du kommst aus dem Land Starfleet«, warf jemand anders ein. »Du bist ebenso gekleidet wie Data!«

»Ja.« Er lächelte, als der Mann den Stoff seiner Uniform betastete. Wenn es den Elysianern in einigen Generationen gelang, ihren ganzen Planeten zu vereinen... Vielleicht fragten sie sich dann, was mit dem Land Starfleet geschehen war. Möglicherweise entstand daraus eine Legende, wie Atlantis auf der Erde — oder man hatte Thelia und den geheimnisvollen Jener-aus-der-Ferne bis dahin vergessen.

»Prinzessin Thelia wird sich freuen, dich zu empfangen!« rief eine Frau und klatschte in die Hände. »Bitte sag uns, ob ihr Prüfungsgefährte auf der heiligen Insel bekam, was er sich wünschte. Wie ist es ihm seitdem ergangen?«

»Haben es andere geschafft, den Sumpf zu durchqueren, um an unserer Feier teilzunehmen?« erkundigte sich jemand.

»Genug der Fragen«, sagte Lodel, drehte sich zur Menge um und hob die Hände. »Der Fremde ist sicher müde. Er hat einen weiten Weg hinter sich und möchte bestimmt ausruhen, bevor die Hochzeit stattfindet. Ich bringe ihn zu mir nach Hause und ...«

»*Hochzeit?*« brachte Data hervor und spürte neuen Kummer. »*Wessen* Hochzeit?«

»Prinzessin Thelias«, erwiderte Lodel. »Morgen nachmittag heiratet sie Prinz Sharn von Tosus.«

Data ließ sich auf eine nahe Steinbank sinken.

Thelias Hochzeit? Morgen? Vor ihm drehte sich alles. Das konnte unmöglich wahr sein. *Bin ich hierhergekommen, nur um Thelia endgültig zu verlieren?*

»Ist alles in Ordnung mit dir, Freund?« Lodel klang besorgt.

»Ja«, sagte Data, obwohl Übelkeit in ihm emporquoll. »Ich bin nur... überrascht.«

Lodel runzelte die Stirn. »Du bist nicht wegen der Hochzeit hier?«

»Nein.« Data schüttelte den Kopf. »Wir wußten nichts davon. Nur wenige Nachrichten erreichen uns durch den weiten Sumpf.«

»Dann weißt du auch nichts von Sharn«, ließ sich eine Frau vernehmen. »Er ist ein wahrer Prinz – ein würdiger Gemahl für Thelia.« Sie schnaufte abfällig. »Obwohl er im Gegensatz zu unserer Prinzessin bei der göttlichen Prüfung versagte.«

»Ich bitte dich, Ulia«, sagte Lodel in einem mißbilligenden Tonfall. »Sharn konnte die Prüfung nicht beenden, weil Thelia vor ihm Erfolg hatte. So lauteten ihre eigenen Worte.«

Data hörte die beiden Elysianer wie aus weiter Ferne. Er wollte nicht mehr erfahren. Sein einziger Wunsch bestand nur noch darin, Elysia zu verlassen und an Bord der *Enterprise* zurückzukehren, um Thelia und Sharn zu vergessen.

»Schon als Kinder wurden sie einander versprochen«, fuhr Ulia unbekümmert fort. »Und ihre Heirat vereint nun unsere beiden Länder.«

Data faltete die zitternden Hände im Schoß und glaubte, die Botschaft der elysianischen Götter zu hören: Thelia ist in erster Linie ihrem Volk verpflichtet. Sie muß Prinz Sharn heiraten, um die Einheit der Habitate zu vervollständigen.

Warum habt ihr dann zugelassen, daß ich mich in sie verliebte? dachte er hoffnungslos.

Die Stimme einer anderen Frau erklang, wie um ihm Antwort zu geben. »Ja, wenn Thelia Sharn bei der Hochzeit den Kuß des Bindens gibt, wird er sie für immer lieben.«

Ulia lachte. »Es ist gar nicht notwendig, daß sie diese alte Gabe benutzt. Sharn verliebte sich sofort in Thelia, als er sie zum erstenmal sah.«

»Mag sein. Aber der Kuß garantiert, daß er ihr treu bleibt.«

Data hob ruckartig den Kopf. *Der Kuß des Bindens?*

Er erinnerte sich daran, daß Thelia ihn beiläufig erwähnt hatte, entsann sich auch an seine skeptische Antwort. Kristallklare Reminiszenzen folgten: Als er Thelia im Sanktuarium wiedersah, als sie wußten, daß sie beide die göttliche Prüfung bestanden hatten, hauchte sie ihm einen Kuß auf die Wange und sagte: »Bestimmt ist es ungefährlich, dir dieses Geschenk der Zuneigung zu geben.«

Data hatte sich gefragt, was sie damit meinte. Genügte ein Kuß, um derart intensive emotionale Reaktionen in ihm zu bewirken? Unmöglich...

Ebenso unmöglich wie die Verwandlung eines Androiden zum Menschen?

»Dieser... Kuß des Bindens«, brachte er hervor. »Thelia besaß die Gabe schon vor ihrer Reise zur heiligen Insel?«

Lodel nickte. »Thelia erbte sie von Ihrer Urururururgroßmutter Melinia, die zu den Göttern reiste, um einen Krieg zwischen verschiedenen Gruppen in Atridia zu beenden. Alle von ihr abstammenden Frauen verfügen über diese Fähigkeit.«

Ein weiteres Geschenk der elysianischen Götter. Jetzt verstand Data, was Thelia mit ›ungefährlich‹ gemeint hatte. Nun, es mochte für sie ungefährlich gewesen sein, einen Androiden zu küssen, aber die Kraft ihrer Gabe entfaltete sich in dem Menschen, zu dem er geworden war. Die Strafe der Götter für Datas Skepsis? Nun, *diese* Lektion hatte er gründlich gelernt!

»Der Kuß«, sagte er. »Läßt seine Wirkung nie nach?«

»O nein. Nur ein Jahr nach Melinias Tod verging ihr Gemahl vor Gram, obwohl er ein großer starker Krieger war.«

Data schluckte krampfhaft, aber es blieb ihm keine andere Wahl, als die nächste Frage zu stellen. »Und wenn eine solche Frau ihre Gabe mehreren Männern gegenüber benutzt? Funktioniert sie nur einmal? Wird der erste Mann vom Zauber befreit, wenn ein zweiter den Kuß des Bindens empfängt?«

»So eine Frau könnte viele Männer unter ihrem Bann halten«, erklärte Ulia. »Eine von Melinias Töchtern nutzte diese Möglichkeit. Sie war böse und gemein, mißbrauchte ihre Gabe und starb, als einer der von ihr versklavten Männer einen Rivalen zu vergiften trachtete — die Frau trank den Wein selbst. Sie hatte es nicht besser verdient!«

»Aber Thelia käme nie auf die Idee, den Kuß des Bindens auch noch jemand anders zu geben«, sagte Lodel.

»Natürlich nicht«, murmelte Data.

Er war also dazu verdammt, auch weiterhin zu leiden. Thelia konnte er nicht haben — ihre Pflicht bestand darin, die beiden Habitate zu vereinen —, aber es gab auch keine Möglichkeit für ihn, sich von dem Bann zu befreien. Irgendwie mußte er überleben. Data hielt es für besser, die Stadt schnell zu verlassen und zur *Enterprise* zurückzukehren.

Doch bevor er aufbrechen konnte, trafen zwei Männer ein, die goldene und weiße Heroldsröcke trugen.

»Bist du der Besucher aus dem Land Starfleet?« fragte einer.

»Ja«, bestätigte Data.

»Prinzessin Thelia wünscht dich zu sehen.«

Hoffnung regte sich in Data. Thelias Hochzeit sollte erst morgen stattfinden. Wie gut kannte sie den Prinzen von Tosus? Sie und Data hatten während der kurzen, gemeinsam verbrachten Zeit mehr geteilt als gute Freunde in vielen Jahren.

Die Vereinigung der beiden Habitate — so lautete Thelias Wunsch. *Und die Götter haben ihn erfüllt,* dachte Data. Er erinnerte sich nicht daran, daß im Sanktuarium eine notwendige Ehe erwähnt worden war. Wenn Thelia entschied, ihren Bräutigam nicht zu heiraten, so erzählte man sicher noch in Jahrzehnten davon, aber die Götter mußten ihr Versprechen einlösen, Atridia und Tosus trotzdem zusammenführen. Mehr noch: Sobald die junge Frau erfuhr, daß sich Data in einen Menschen verwandelt hatte und sie liebte...

Vielleicht haben die Götter meine Rückkehr arrangiert. Ja, natürlich: Darum hat mich Thelia überhaupt erst geküßt – um die Götter vorsichtig darauf hinzuweisen, daß sie eine Ehe ohne Liebe fürchtet. Niemand durfte von ihr verlangen, das eigene Glück dem Volk von Atridia zu opfern. Der Kuß des Bindens mochte Sharn veranlassen, sie zu lieben, aber die Geschichte von Melinias Tochter wies deutlich darauf hin, daß die betreffende Frau die Liebe nicht notwendigerweise erwiderte.

Die Götter hatten Data als Menschen nach Elysia zurückgeholt – gerade noch rechtzeitig, um Thelia vor einem Leben zu bewahren, das nur aus Pflicht bestand. Aufgeregt betrat er das Audienzzimmer, in dem die Prinzessin wartete.

Sie war noch schöner als damals.

Und Freude schimmerte in ihren Augen, als sie ihn sah.

»Es stimmt also!« entfuhr es ihr, als sie den Raum durchquerte und nach Datas Händen griff. »Obwohl ich hoffte...«

Data bemerkte Enttäuschung in ihren Augen.

Sie erkannte ihn nicht.

Thelia schüttelte traurig den Kopf. »Versteh mich bitte richtig. Ich bin froh, daß jemand von Starfleet gekommen ist, um mein Glück zu teilen, aber...« Sie ließ die Hände des Besuchers los und senkte den Blick. »Ich habe mir so sehr gewünscht, Data wiederzusehen.«

»Er konnte nicht kommen.« Auch Data starrte zu Boden, aus Furcht davor, seine Niedergeschlagenheit deutlich zu zeigen.

»Natürlich«, sagte Thelia. »Ich hätte es besser wissen sollen. Erzähl mir von Data. Hat er über unsere Prüfung berichtet? Ist er glücklich mit dem Geschenk, das er von den Göttern erhielt?«

Data nahm neben ihr Platz und faltete erneut die Hände im Schoß. »Ich weiß nicht, ob er damit glücklich ist, aber er möchte bestimmt wissen, ob du zufrieden bist.«

»Ich habe viel mehr bekommen, als ich mir zu wünschen

wagte«, erwiderte Thelia. »Unsere Länder werden vereint, und außerdem haben mir die Götter einen traumhaften Gemahl geschenkt. Sharn bedauert nur, daß er nicht ebenfalls Gelegenheit bekam, sich von den Göttern prüfen zu lassen — aber was spielt das für eine Rolle? Es gibt keinen besseren Ehemann. Er ist attraktiv und stark, aber auch weise, sanft, intelligent...« Sie lächelte, und einige Sekunden lang war sie trotz der eleganten Kleidung und des Schmucks jene Thelia, mit der Data durch den heiligen Berg geklettert war. »Und er bringt mich zum Lachen.«

»Hast du Sharn schon vorher gekannt?«

»Vor der Reise zur Insel? Nein. Unsere Hochzeit wurde vor vielen Jahren von Mittlern vereinbart.« Erneut senkte Thelia den Kopf. »Um ehrlich zu sein: Ich hielt es zunächst für schwierig, einen Fremden zu heiraten. Aber...« Sie sah wieder auf. »Aber jetzt kenne ich ihn. Du kannst Data also ausrichten, daß ich glücklich bin.«

Data verbarg seinen Schmerz. Thelia wußte nicht, wer er war, und da sie jemand anders liebte, lag ihm nichts mehr daran, sich ihr zu offenbaren. Er sehnte sich danach, die Flucht zu ergreifen, und gleichzeitig wollte er ihre Gesellschaft so lange wie möglich genießen — bestimmt sahen sie sich nie wieder.

»Erzähl mir von ihm«, drängte Thelia. »Bekam er das erhoffte Geschenk von den Göttern?«

Data zögerte. »Ich glaube, er hat es sich etwas... anders vorgestellt.«

Thelias Lächeln verblaßte. »Oh, ich fürchtete schon, daß er nicht den richtigen Wunsch an die Götter richtete — oder ganz darauf verzichtete, weil er ihre Macht bezweifelte. Aber bestimmt haben sie ihm etwas Kostbares gegeben. Und ihn geheilt? Ich meine, seine Verletzungen beziehungsweise Schäden... repariert?«

»Ja. Sie lassen niemanden in einem solchen Zustand. Mach dir keine Sorgen über Data. Er ist wieder in Starfleet, in seiner... Heimat. Und er hat... liebevolle Erinnerungen an dich.«

Nur mit Mühe widerstand er der Versuchung, Thelia seine wahre Identität zu enthüllen. Es wäre ohnehin sinnlos gewesen. Sie wollte ihn nicht. Sie mochte den Androiden, an den sie sich entsann, aber nur als Freund. Und sie reagierte neutral auf den *Menschen* namens Data. Thelia liebte einen anderen Mann, und damit mußte er sich abfinden.

Er wollte ihr auf jeden Fall Kummer ersparen, und deshalb brachte er es nicht über sich, an ihr Mitleid zu appellieren oder Schuldgefühle in ihr zu wecken. Sie hatte ihm schmerzhaftes Leid beschert, ja, aber es steckte gewiß keine Absicht dahinter.

Data gab ausweichend Antwort auf Thelias Fragen, und glücklicherweise war ihre Zeit beschränkt. An diesem Tag mußte sie viele wichtige Aufgaben wahrnehmen, und nach einer Weile verabschiedete sie sich von Data.

Ihm blieb nichts anderes übrig, als zur *Enterprise* zurückzukehren und zu versuchen, Thelia zu vergessen. Er beschloß, sich ganz auf seine Arbeit zu konzentrieren und eine andere Frau zu suchen, mit der er ein glückliches Leben führen konnte.

Unzufriedenheit genügte bei weitem nicht, um Datas Emotionen zu beschreiben. Er verdankte die Seelenpein in erster Linie dem Umstand, daß ihm die elysianischen Götter seinen größten Wunsch erfüllt hatten. Er erinnerte sich daran, Thelia vom Zinnmann erzählt zu haben, der sein Herz fand, ohne in etwas anderes verwandelt zu werden. »Jetzt verstehe ich diese Geschichte«, sagte Data zu sich selbst. »Warum wollte ich etwas anderes sein als ich selbst?«

Außerhalb der Stadt blieb er hinter einem Gebüsch stehen, wo ihn niemand beobachten konnte, berührte dann seinen Insignienkommunikator. »Beamen Sie mich an Bord, Mr. O'Brien.«

Der Transferfokus erfaßte ihn, doch er rematerialisierte nicht etwa auf der Transporterplattform.

Statt dessen stand er im Regenbogen-Sanktuarium der elysianischen Götter.

»Data von Starfleet«, erklang die bereits vertraute Stimme, *»unser Geschenk war nicht dazu bestimmt, dir solche Schmerzen zuzufügen.«*

»Dann nehmt mir den Kummer«, erwiderte er. »Ich verlange nicht von euch, dafür zu sorgen, daß Thelia mich liebt — sie erfüllt ihr Schicksal, und ich könnte ihr kaum mehr Glück anbieten, als sie schon hat.«

»Du sprichst weise«, antwortete die Stimme. *»Um was bittest du?«*

»Tilgt die unerfüllte Liebe aus mir. Gebt mir die Möglichkeit, mein Leben ohne diese Pein zu führen.«

»Das ist nicht möglich. Um die Wirkung von Thelias Kuß zu neutralisieren, müßten wir ihr und ihren Ahnen die Gabe nehmen, die ihnen unsere Vorfahren gewährten.«

»Eure... Vorfahren?«

»Oder vielleicht unsere Nachkommen. In deiner Sprache fehlen geeignete Begriffe, um unseren Zustand zu beschreiben.«

»Wer oder was seid ihr?« fragte Data.

»Wesen, die ebenfalls den im Universum herrschenden Naturgesetzen unterliegen. Zwar haben wir keine physische Form, aber wir sind weder unsterblich noch unfehlbar. Uns unterlief ein Fehler, als wir nicht verhinderten, daß Thelia dich an sie band. Allerdings können wir einer anderen Person nicht ihre Gabe nehmen, um deinen Schmerz zu lindern.«

»Dann nehmt *mein* Geschenk zurück! Macht mich wieder zu einem Androiden — dann hat Thelias Kuß keine Auswirkungen mehr auf mich.«

Stille folgte, und schließlich erwiderte die Stimme: *»Das ist ebenfalls unmöglich. Wir haben dir deinen größten Wunsch erfüllt.«*

»Ja — aber deswegen hat man mich nicht nach Elysia geschickt. Ich hätte um Auskunft darüber bitten sollen, wer ihr seid, wie ihr die Habitate auf diesem lebensfeindlichen Planeten stabil haltet und wie ihr Gestalt sowie Struktur einer Person verändern könnt.«

Wieder schloß sich eine Pause an, bevor die Stimme fragte: *»Möchtest du unser Geschenk gegen ein anderes eintauschen?«* »Ja!«

»Wir sind bereit, dir zu zeigen, wer und was wir sind. Aber der menschliche Verstand kann unsere Natur nicht begreifen.«

»Ich verstehe«, sagte Data. »Ihr zählt auf die Unzuverlässigkeit des menschlichen Erinnerungsvermögens. Nun, ich bin bereit, ein Risiko einzugehen.«

»Nein, Data von Starfleet, du verstehst nicht. Es gibt einige seltene Punkte im Raum-Zeit-Kontinuum, an denen Entscheidungen wichtige Ereignisse im Gefüge der galaktischen Geschichte bestimmen. Wir haben dir das Ergebnis einer solchen Wahl gezeigt.«

Data runzelte die Stirn. »Die letzte bedeutsame Veränderung in der galaktischen Geschichte war das Bündnis zwischen der Föderation und dem klingonischen Imperium. Damals bin ich nicht aktiviert gewesen.«

»Nein, Data. Aus der gegenwärtigen Perspektive ist eine andere Veränderung in der galaktischen Geschichte weitaus wichtiger: die Unfähigkeit der Föderation, den samdianischen Sektor zu befrieden. Der dadurch ausgelöste interstellare Krieg wird eskalieren, bis er alle großen Kulturen dieser Galaxis heimsucht und sie zerstört.«

»Dann müssen wir nach Dacket zurückkehren und einen Weg finden, den Konflikt zu beenden!«

»Das ist in der Zeit-Wahl deiner derzeitigen Erfahrung nicht möglich. Du hättest eine andere Entscheidung treffen sollen, als du jenen Punkt erreichtest, an dem deine Wahl zum Mißerfolg Starfleets führte.«

»*Ich* bin dafür verantwortlich?« entfuhr es Data.

»Ja«, bestätigte die Stimme der elysianischen ›Götter‹. *»Du hast in Thelias Schicksal eingegriffen und die Pflicht zugunsten der Neugier zurückgestellt.«*

Und damit habe ich ... gesündigt, dachte Data. Ohne es zu ahnen, war er Mensch gewesen – im einzigen Sinne, den er jemals angestrebt hatte.

»Bringt mich zurück!« stieß er verzweifelt hervor. »Ich leite meinen Retransfer ein, bevor Thelia mich sieht, bevor ich ihr Schicksal beeinflusse.«

»Dazu bist du durchaus imstande«, entgegnete die Stimme. *»Aber es gibt keine Garantie dafür, daß du tatsächlich so handelst.«*

»Was...«, begann Data.

»Wir sind an ein Gesetz gebunden, das eurer Ersten Direktive ähnelt. Wir müssen deinen freien Willen achten, Data von Starfleet. Wenn wir eine Person zu dem Zeitpunkt ›zurückbringen‹, an dem sie eine fatale Wahl traf, so darf sie sich nicht an ihren Fehler erinnern.«

»Dann ist alles unabänderlich«, sagte Data bestürzt. »Mein Schmerz über den Verlust von Thelia hat überhaupt keine Bedeutung im Vergleich mit dem bevorstehenden Chaos, das ich irgendwie ausgelöst habe. Aber wie konnte mein Fehler die galaktische Geschichte verändern?«

»Du wolltest wissen, wie es ist, ein Mensch zu sein. Zu den Erkenntnissen gehören auch alle vergangenen und zukünftigen Konsequenzen deiner menschlichen Existenz. Wir zeigen es dir.«

Von einem Augenblick zum anderen floß Wissen in Datas Ich. Das organische Gehirn war nicht imstande, mit einer solchen Informationsflut fertig zu werden. Es gab nicht die geringste Hoffnung, Milliarden von Details aufzunehmen und bewußt zu verarbeiten. Statt dessen nahm er grobe Eindrücke wahr und verstand...

Die Zeit war keine Konstante. Das Wissen der Entitäten, die von den Elysianern ›Götter‹ genannt wurden, blieb nicht wie bei Menschen auf einen Zeitstrom beschränkt, der in eine Richtung führte. Für sie kam die ganze Geschichte einem einzelnen Ereignis gleich; Zeit, Raum und Gedanken verschmolzen zu einer Einheit.

Data verstand auch die elysianischen Habitate: Die Barriere zwischen Sumpf und bewohnbaren Gebieten bestand aus Wahrscheinlichkeit. Die Elysianer wurden geschützt von... einer Erwartung, einer Einheit aus Raum und Gedanken auf molekularer Ebene. Als Data es nun aus diesem Blickwinkel sah, ergab alles einen Sinn – obwohl er nicht in der Lage gewesen wäre, den Effekt zu reproduzieren.

Ein Kraftfeld, das auf der Wahrscheinlichkeitstheorie basierte, erschien ihm keineswegs absurd. Der Verstand des Androiden hätte vermutlich auch den Rest dessen verstehen können, was ihm die elysianischen Entitäten präsentierten, doch das menschliche Bewußtsein war auf Analogien angewiesen.

Innerhalb des Ereigniskomplexes, der für die ›Götter‹ alle Zeit beinhaltete, gab es... ›Fäden‹: Geschehnisse, die ineinander übergingen, jedes Leben mit anderen verbanden – ein veränderliches Muster auf der Grundlage einer festen Substruktur.

Die Geistwesen zeigten Data sein Leben und verdeutlichten ihm, welchen Einfluß es auf zahlreiche andere ausübte. Er sah nur das *Was*, ohne zu begreifen, *warum* die Metamorphose einen interstellaren Krieg verursachte.

Die Konor eroberten auch Dacket und Gellesen. Darryl Adin und seine Gruppe bildeten die Samdianer von Gellesen in der Technik des Guerillakrieges aus, in der Hoffnung, den Konor so hohe Verluste beizubringen, daß sie sich mit Dacket und Jokarn begnügten. Die Ferengi trafen ein und nutzten die Möglichkeit, schnellen Profit zu erzielen, indem sie den Konor ein sich rasch auflösendes Gift verkauften – die entsprechenden Behälter konnten hoch über dem Boden abgeworfen werden, ohne daß die Angreifer in Gefahr gerieten. Die Städte von Gellesen verwandelten sich in Nekropolen, und zu den Toten gehörten auch Dare und Pris.

Data beobachtete, wie Konor vorgaben, weitere Geschäfte mit den Ferengi abschließen zu wollen. Statt dessen übernahmen sie ihre Raumschiffe. Sie verfügten jetzt über Warptechnik, Deflektoren, Phaser und Photonentorpedos.

Die Ferengi schlugen zurück, und einige ihrer Raumer flogen durch die Neutrale Zone. Die Romulaner verlangten eine Erklärung – und die Ferengi wußten nicht, wie man mit diesem aggressiven und schwierigen Volk verhandelte. Die Rihannsu deuteten ihre Präsenz als Kriegserklärung.

Als das romulanische Reich die Ferengi angriff, verbündeten sich die Orioner mit den galaktischen Händlern. Sie überfielen Außenbasen der Föderation und behaupteten, es seien romulanische Stützpunkte. In den betreffenden Sektoren patrouillierten Kreuzer des Imperiums, und die Klingonen zögerten nicht, ihre Rolle als Friedenswächter aufzugeben und die orionischen Schiffe zu vernichten.

Seit der Allianz zwischen Föderation und dem Imperium hatten die Orioner auf eine Gelegenheit gewartet, tief ins stellare Territorium der Klingonen vorzustoßen. Starfleet nahm den Kampf gegen sie auf. Die Waykani erneuerten ihren Anspruch auf umstrittene Quadranten, und der Krieg breitete sich aus, Sonnensystem um Sonnensystem. Bald waren die Konor vergessen – sie wurden zu einem nebensächlichen Ärgernis in einem galaktischen Konflikt.

Irgendwann schaffte es Data, einen kohärenten Gedanken zu formen: *Genug! Hört auf! Ich will nichts mehr davon sehen!*

Die Entfernung zwischen ihm und der historischen Struktur wuchs, aber sie verharrte innerhalb seines Wahrnehmungshorizonts.

»Du hast den Wunsch geäußert zu erfahren, was und wer wir sind«, erinnerte ihn die Stimme der elysianischen ›Götter‹.

Wieder fühlte Data, wie ihm unverständliches Wissen entgegenströmte. Nein, die Entitäten waren keine physischen Wesen; sie existierten auf einem rein geistigen Niveau.

»Sieh nun.«

Datas Aufmerksamkeit fokussierte sich auf den eigenen ›Lebensfaden‹ innerhalb des komplexen Gefüges. Er löste sich auf, gab andere Fäden frei.

Data verstand nun, daß die Verbindungen kein fest bestimmtes Schicksal darstellten, das selbst die Macht der Götter Elysias nicht verändern konnte. Sie symbolisierten vielmehr *sein* Leben, den eigenen Willen, die eigenen Entscheidungen. Ohne den Faden gewann der Bereich des interstellaren Krieges kein einheitliches Muster.

Den übrigen ›Fäden‹ fehlte eine Ausprägung, die sich mit den Begriffen Aggression, Mißverständnis und Krieg umschreiben ließ. Sie blieben reines Potential und mußten erst noch zu dem Entsetzen verwoben werden, das Data eben beobachtet hatte – oder in etwas ganz anderes. Es hing von der Entscheidung eines jungen Androiden ab, dessen Programm unersättliche Neugier vorsah.

Ja, Data verstand jetzt: Von ihrer Perspektive außerhalb der Zeit sahen die elysianischen Götter jede beliebige Zeit-Wahl. Ihre ›Gaben‹ bestanden aus möglichen Zeit-Linien, in denen der geprüfte Elysianer stark und weise war, Liebe fand – oder ein neues Leben begann. Die Wahl lag ganz bei der einzelnen Person. Und sie allein trug die Verantwortung dafür, was sie mit dem göttlichen Geschenk anfing.

Data wußte jetzt, daß nur er – und nicht die Entitäten – über sein Leben entscheiden konnten. Doch an diesem Punkt stieß er an die Grenzen der Erkenntnisse. Er brauchte Informationen darüber, was er unternehmen mußte, um zu verhindern, daß seine Vision von einer schrecklichen Zukunft Wirklichkeit wurde.

»Euer Wissen ist noch immer in mir«, sagte er und klammerte sich an Hoffnung fest. »Vielleicht ermöglicht es mir aus der menschlichen Perspektive Hinweise, die sich für einen Androiden als nützlich erweisen.«

»Nein, Data von Starfleet, du wirst die Erinnerungen nicht behalten. Für dich sind deine Erfahrungen nur ein Traum – ein vergessener Traum, sobald du dein wahres Selbst akzeptierst.«

»Mein...« Data hob die Hände und sah auf blasse Androidenhaut. Seine Diagnosemodule begannen mit einer Funktionskontrolle und meldeten alle Systeme einsatzbereit. Er war wieder er selbst, und doch... »Ich erinnere mich an alles.«

»Es war eine Illusion, Data, eine Möglichkeit, nicht die Realität.«

Er rief Daten über Illusionen ab – die elysianischen Götter hatten mehrfach bewiesen, in dieser Hinsicht zu Dingen fähig zu sein, die selbst ein Positronengehirn nicht erklären konnte.

Aber die Erlebnisse der vergangenen Wochen, Liebe und Schmerz – alles nur ein Traum? Wieso empfand er sie dann ebenso intensiv wie als Mensch?

Wie üblich gab Data der Neugier nach und suchte in seinen Speicherbänken nach Informationen, die sich bei der aktuellen Situation als nützlich erweisen konnten. In einer Datei fand er ein Rätsel aus den Philosophiekursen an der Starfleet-Akademie. »Bin ich ein Mensch, der träumte, ein Schmetterling zu sein – oder ein Schmetterling, der träumt, er sei ein Mensch?« Die anderen Studenten hatten stundenlang über diese Frage diskutiert, während Data ihren Sinn nicht zu erfassen vermochte.

Jetzt verstand er ihn.

»Bin ich ein Mensch, der träumt, ein Androide zu sein?« wandte er sich an die elysianischen Götter. »Oder bin ich ein Androide, der träumt, er sei ein Mann?«

Data bekam keine Antwort darauf.

Statt dessen hörte er: *»Wir haben dir deinen Wunsch erfüllt. Du hast erfahren, wie dein Leben als Mensch wäre. Nun ist der Traum zu Ende, Data von Starfleet. Nichts dergleichen ist geschehen.«*

Data lächelte. Glaubten die ›Götter‹ wirklich, daß eine solche Bemerkung genügte, um das schreckliche Szenario aus seinen Speicherbänken zu löschen? Er beschloß, die entsprechenden Daten mit einem speziellen Zugriffscode zu schützen und...

Das elysianische Transporterfeld begann zu pulsieren. Irgend etwas *veränderte* sich, und die interne Uhr teilte dem Androiden mit, daß keine fünfzig Tage vergangen waren.

Warum sollte ein derartiger Hinweis notwendig sein? Data wußte genau, wo und *wann* er war. Er hatte gerade den Transfer eingeleitet, um die geheimnisvolle Insel auf Elysia zu erforschen. Er schien aus- und dann wieder eingeschaltet worden zu sein. Für einen Sekundenbruchteil spürte er vage Desorientierung, als er seine aktive Erinnerung der inneren Uhr anpaßte.

Als die Diagnosemodule einwandfreie Funktionen meldeten, gab Data die absurde Vorstellung auf, daß sich sein Gedächtnis zeitlich nach hinten und nicht nach vorn angepaßt hatte. Wahrscheinlich handelte es sich um eine Auswirkung der sonderbaren Gravitationsanomalien dieses Planeten. Er schloß Imagination als Erklärung aus. Schließlich träumten Androiden nicht.

Vier Besatzungsmitglieder der *Enterprise* untersuchten die Insel und trafen sich nach einigen Stunden am Fuß des Berges, enttäuscht darüber, nur einen Höhlenzugang entdeckt zu haben. Für die organischen Augen Rikers und Worfs blieb er verborgen, und selbst Datas Sensoren konnten ihn nicht wahrnehmen. Nur Geordis VISOR entdeckte die Öffnung im steilen Hang des Massivs.

»Halt«, sagte Data, als sie Aufstellung bezogen, um sich vom Transporterstrahl erfassen zu lassen. »Ich registriere eine Lebensform, doch ich bekomme keine klare Anzeige...« Auf dem kleinen Tricorderschirm flackerte es kurz, und der Androide runzelte die Stirn. »Commander, die Richtung läßt sich nicht feststellen, und wenn ich den Erfassungswinkel vergrößere, stören Ihre Bio-Signale.«

Riker nickte. »Dann lassen wir Sie allein.« Erneut hob er die Hand zum Insignienkommunikator. »Drei Personen für den Transfer, Mr. O'Brien. Warten Sie auf Mr. Datas Anweisung, um ihn ebenfalls an Bord zu beamen.«

»Ist alles in Ordnung mit Ihnen?« drang O'Briens besorgte Stimme aus dem kleinen Lautsprecher.

»Natürlich. Warum fragen Sie?«

»Irgend etwas hat bei uns ohne ersichtlichen Grund die

Alarmstufe Rot ausgelöst, und kurz darauf kam es zu einer neuerlichen Gravitationsverschiebung. Jetzt scheint wieder alles normal zu sein, aber...«

Geordi aktivierte seinen eigenen Insignienkommunikator. »Funktionieren Ihre Instrumente?«

»Ja«, lautete die Antwort. »Alle Anzeigen grün.«

»Dann laßt uns von hier verschwinden!«

Der Androide trat von den drei anderen Mitgliedern der Landegruppe fort. Als sich ihre Gestalten im Transporterfeld auflösten, drehte er sich um und blickte wieder auf den Tricorder. Nichts. Langsam und enttäuscht drehte er sich im Kreis. Das kurze Flackern auf dem Schirm – eine vorübergehende Funktionsstörung?

Er wollte sich schon mit O'Brien in Verbindung setzen, um Riker, Geordi und Worf zur *Enterprise* zu folgen, als er plötzlich ein Plätschern hörte.

Er starrte zum Sumpf, ohne etwas zu erkennen – bis er auf infrarote Erfassung umschaltete, um die Dunstschwaden zu durchdringen. Jemand näherte sich!

Fasziniert beobachtete Data ein Boot. Die Gestalt darin erwies sich als eine junge Frau mit zerzaustem Haar, schmutzigen Wangen und durchnäßter Kleidung.

Ein seltsames Gefühl erfaßte den Androiden. Noch nie zuvor hatte er auf diese Weise empfunden. Aus irgendeinem Grund glaubte er, diese Situation schon einmal erlebt zu haben, als sein Blick am Boot festklebte...

Ein Defekt im elektronischen Gedächtnis, hervorgerufen von den Gravitationsanomalien?

Plötzlich begriff er, daß die Frau nahe genug herangekommen war, um ihn durch den Sumpfnebel zu sehen.

Sie durfte ihn auf keinen Fall bemerken! Die Insel war ein religiöses Heiligtum für die Elysianer; bestimmt wollte sich die Frau von den Göttern prüfen lassen.

Data sprang hinter einen Felsen.

Offenbar gab es tatsächlich eine Fehlfunktion in ihm. Andernfalls hätte er nicht so lange am Ufer gestanden und riskiert, daß ihn die Elysianerin sah. Die Erste Direktive verlangte von ihm, daß er das Risiko einer Entdeckung mied. Etwas anderes kam hinzu: Er hatte den Kom-Kanal geschlossen, und dadurch saß er auf der Insel fest. Die zirpenden Aktivierungssignale des Insignienkommunikators konnten der Aufmerksamkeit jener Frau ebensowenig entgehen wie das Summen des Transporterstrahls.

Data durfte nicht riskieren, daß die Frau kam, um herauszufinden, was so seltsame Geräusche verursachte — und dann beobachtete, wie sich jemand in Luft auflöste.

Nun, sein Fehler hatte auch einen positiven Aspekt: Er konnte jetzt feststellen, wie die elysianischen ›Götter‹ mit einem Bewohner des Planeten kommunizierten. Data gab keinen Laut von sich. Die Frau schien den Höhlenzugang entweder nicht zu sehen oder nach etwas anderem Ausschau zu halten: eine Zeitlang blickte sie in beide Richtungen übers Ufer, als erwarte sie jemanden.

Einige Minuten später vernahm Data ein leises Rauschen, und dann folgten kratzende Geräusche. Daraufhin setzte sich die Frau wieder in Bewegung und kletterte mühsam übers Geröll. Bald würde sie weit genug entfernt sein, um...

Ein Mann trat hinter den hohen Felsen hervor. Er und die Frau verharrten und musterten sich gegenseitig. Die Elysianerin war klein, hatte schwarzes Haar und dunkle Augen. Der Mann schien ein ganzes Stück größer zu sein, und sein Haar glänzte kastanienbraun. Er wirkte ebenso mitgenommen wie die Frau, lächelte jedoch, als er sie sah.

»Du bist Jener-aus-der-Ferne, den mir die Götter als Reisegefährten versprachen«, sagte die Elysianerin. »Ich heiße Thelia.«

Das Lächeln des Mannes wuchs in die Breite. »Du bist mir ebenfalls versprochen worden — erst von unseren Eltern, und nun von den Göttern. Mein Name lautet Sharn.«

»Sharn!« entfuhr es der Frau. »Ich hätte es wissen sollen. Gemeinsam gelingt es uns bestimmt, die göttliche Prüfung zu bestehen.«

Der Mann griff nach ihrer Hand. »Dort drüben habe ich

eine Quelle gefunden. Wir müssen unsere Wasserbeutel füllen, bevor wir nach einem Weg suchen, um den Gipfel des Berges zu erreichen.«

Aber sie brauchten die steilen Hänge nicht zu erklettern: Die von Geordi entdeckte Höhle war nun deutlich zu erkennen. Der Mann und die Frau fanden sie sicher, wenn sie von der Quelle zurückkehrten.

Es kam Balsam für Datas Gewissen gleich – wenn auch nicht für seine Neugier –, als die beiden Elysianer außer Sicht- und Hörweite gerieten. Er berührte den Insignienkommunikator. »Beamen Sie mich an Bord.«

Geordi wartete im Transporterraum. »Verdammt, Data!« platzte es aus ihm heraus. »Wie oft muß ich Sie noch daran erinnern, daß Sie nicht unzerstörbar sind! Wenn es während Ihres Transfers zu einer weiteren Anomalie gekommen wäre...«

»Dann hätte man Sie bestimmt gewarnt, so wie vor der letzten Gravitationsverschiebung«, erwiderte der Androide – und fragte sich, warum er so sicher war, obwohl es kaum Daten gab, um diese Annahme zu stützen.

»Glauben Sie, die Alarmstufe Rot wurde absichtlich ausgelöst? Von wem?«

»Von den elysianischen Göttern. Ich habe sie gerade in Aktion gesehen.«

»Was?«

»Nein, ich hatte keine Gelegenheit, die Götter selbst zu beobachten«, erklärte Data. »Aber ich weiß jetzt, wie sie auf Einheimische reagieren, die ihre Insel erreichen. Als zwei Elysianer kamen, um sich der ›göttlichen Prüfung‹ zu stellen, wurde der Höhlenzugang plötzlich sichtbar.«

»Sind Sie sicher, daß man Sie nicht bemerkt hat?«

»Ja. Nun, Geordi... Die beiden Ereignisse deuten auf ein Muster hin. Die Entitäten wollten uns nicht auf der Insel, und deshalb tarnten sie die Höhle. Aber allem Anschein nach sind wir auf Elysia willkommen, denn die ›Götter‹ wiesen uns rechtzeitig auf die bevorstehende Gravitationsanomalie hin.«

»Faszinierend, um eins Ihrer Lieblingsworte zu benutzen.« Geordi rieb sich die Hände. »Sie sollten dem Captain von Ihrer Theorie erzählen. Ich suche unterdessen die Krankenstation auf und lasse diese Kratzer behandeln.«

»Zeigen Sie mal«, entgegnete Data automatisch, und Geordi streckte die Hände aus. Der Blick des Androiden fiel auf tiefe und blutige Schnitte, Erinnerungen an die scharfkantigen Felsen am Ufer der heiligen Insel. »Sie müssen gereinigt und desinfiziert werden.«

»Was sicher nicht ohne Schmerzen abgeht«, klagte Geordi. Er schüttelte den Kopf. »Es ist mir ein Rätsel, warum Sie sich so sehr wünschen, ein Mensch zu sein, Data. Wir können so leicht verletzt werden – insbesondere im Vergleich zu Ihnen.«

»Ich möchte nicht physisch zu einem Menschen werden«, sagte der Androide. »Ich frage mich nur, ob es mir jemals möglich sein wird, den menschlichen Geist zu verstehen... die menschliche Seele.«

»Dazu sind Sie nur dann imstande, wenn Sie auch wissen, was Schmerz bedeutet«, hielt ihm Geordi entgegen. »Und Sie sollten beten, daß Ihnen derartige Erfahrungen erspart bleiben, mein Freund.«

KAPITEL 15

Drei weitere enttäuschende Tage lang versuchte die *Enterprise,* das Geheimnis von Elysia zu lüften und herauszufinden, worauf die gefährlichen Gravitationsanomalien zurückgingen und welcher Zusammenhang zwischen ihnen und den ›Göttern‹ bestand. Am Ende des dritten Tages traf eine Prioritätsorder von Starfleet ein, die Picard und seine Crew zum samdianischen Sektor schickte; dort wurde die lokale Bevölkerung von den sogenannten Konor angegriffen. Ein anderes Schiff sollte untersuchen, ob die Transitrouten in der Nähe des elysianischen Sonnensystems sicher genug waren.

Eine Stunde nach Beginn des Warptransfers begann Data mit ebenso umfassenden wie ergebnislosen Nachforschungen in bezug auf die Konor. Nach einer weiteren Stunde war er sicher, alle zur Verfügung stehenden Informationsquellen ausgeschöpft zu haben. Er fand nichts: Die Konor erschienen zum erstenmal in diesem Teil der Galaxis, und es gab erst dann eine Möglichkeit, mehr über sie herauszufinden, wenn die *Enterprise* den samdianischen Sektor erreichte.

Da es sich ansonsten um einen Routineflug handelte, konnte Data viel Zeit in der Gesellschaft seiner Freunde verbringen — sowohl unter den Besatzungsmitgliedern als auch bei den unerwarteten Gästen an Bord. An einem Abend brachte er Darryl Adin mit zur üblichen Pokerrunde, und der Silberne Paladin strich einen hohen Gewinn ein.

Anschließend trafen sie im Gesellschaftsraum den Rest von Dares Gruppe. Data nahm neben Pris Shenkley Platz, mit der er während ihrer ersten Begegnung auf Treva einige recht interessante Gespräche geführt hatte. Sie schien sich über das Wiedersehen zu freuen. Diesmal brauchte sich der Androide nicht wie damals auf eine Mission zu konzentrieren, und deshalb schenkte er ihr seine volle Aufmerksamkeit. Er lernte viel darüber, wie man neue Waffen auf der Grundlage überholter Technik improvisierte.

Schließlich hielt sich außer ihnen niemand mehr in der Bar auf. Auch die Kellner gingen, und Guinan kochte Kaffee für die Frühaufsteher der nächsten Schicht.

Pris sah sich um. »Sie wissen soviel über Technik, Data«, sagte sie. »Vermutlich könnten Sie auf meinem Fachgebiet mehr leisten als ich.«

»Das erscheint mir unwahrscheinlich«, erwiderte der Androide. »Vielleicht haben Sie recht, soweit es die Konstruktion betrifft, aber in Hinsicht auf den Entwicklungsprozeß muß ich Ihnen widersprechen. Es ist nicht möglich, Inspiration, Intuition und Improvisation zu programmieren.«

Pris bedachte ihn mit einem sanften, wehmütigen Lächeln, das er nicht verstand. »Ich nehme an, Sie haben recht. Aber vielleicht können Sie so etwas lernen. Insbesondere... Intuition.« Sie stand auf und streckte sich. »Gute Nacht, Data.«

»Es ist bereits Morgen, laut Bordzeit«, stellte der Androide fest.

Pris lachte leise. »Dann wünsche ich Ihnen einen guten Morgen. Aber ich gehe trotzdem zu Bett. Vielleicht sollten wir an Ihrer Intuition arbeiten, wenn ich nicht so müde bin.«

Einige Sekunden lang sah ihr Data verwirrt nach, und dann ging er zur Theke. Er hatte zuvor ein Glas Fruchtsaft mit Pris getrunken und brauchte derzeit keine Nährstoffe, aber er hatte des öfteren die Erfahrung gemacht, daß ihm Gespräche mit Guinan zu neuen Erkenntnissen verhalfen. Er setzte sich auf einen Stuhl und sagte ohne Einleitung: »Ich glaube, mir ist irgend etwas entgangen.«

»Ja, in der Tat«, bestätigte Guinan.

»Was?« erkundigte sich Data interessiert.

»Pris Shenkley wollte mehr über Sie wissen.«

Der Zweite Offizier runzelte die Stirn. »Sie hat mir keine Fragen gestellt.«

Daraufhin zeigte Guinans Gesicht jene glatte Selbstgefälligkeit, die bedeutete, daß man viel Zeit brauchte, um ihre nächsten Worte zu verstehen — oder daß sie ihrem Zuhörer für immer ein Rätsel blieben. »Wenn es um gewisse Dinge geht, vermeidet es eine Frau, sich mit direkten Fragen an einen Mann zu wenden.«

»Aber was konnte sie mich nicht fragen?« brachte Data verwirrt hervor. »Und aus welchem Grund?«

»Wenn Ihnen das Was klar wird, verstehen Sie auch das Warum«, versicherte ihm Guinan.

Data ging in den Hangar, um sich einen Eindruck davon zu verschaffen, wie Sdan und Poet mit der Instandsetzung der Schiffscomputer vorankamen. Im Anschluß daran bereitete er eine wissenschaftliche Vorführung für die Schüler an Bord vor, und dann begann sein Brückendienst.

Zwei Tage später half Data seinen Freunden bei den Justierungen der Navigationssysteme ihrer kleinen Raumer. Kurze Zeit später erhielt der Silberne Paladin die Nachricht, daß man ihn und seine Gefährten nicht mehr auf Brancherion brauchte.

»Verdammter Mist!« fluchte Poet. »Wir hätten schnelles Geld verdienen können, wenn das Problem so leicht zu lösen war. Nun, das Glück ist eben nicht immer auf unserer Seite.«

Eines Tages empfing Adin eine mit seinem persönlichen Code verschlüsselte Botschaft aus dem samdianischen Sektor, doch er behielt ihren Inhalt nicht für sich: Die Bewohner von Dacket baten auch ihn um Hilfe gegen die Konor.

Da die *Enterprise* weitaus schneller war als Dares Schiffe, bat er um Erlaubnis, an Bord bleiben zu dürfen. Captain Picard hatte nichts dagegen. Als sie sich dem samdianischen Sektor näherten, befaßte sich Data wieder mit dem Geheimnis der Konor.

Der Vorsitzende Tichelon gab folgende Auskünfte: Die Konor hatten vor kurzer Zeit den Planeten Jokarn übernommen und erweiterten ihre Eroberungen nun auf Dakket. Die dritte Welt der ökonomischen Gemeinschaft hieß

Gellesen und unterstützte Dacket mit Waffen sowie Truppen – ohne Erfolg.

Geordis Scans zeigten Dacket in allen Einzelheiten. Wo die Konor wohnten, funktionierte zwar die normale Technik, aber es fehlten Kommunikationssignale. Kein Wunder, daß es der Enterprise nicht gelungen war, einen Kontakt mit den Aggressoren herzustellen: Die von den Samdianern konstruierten Kom-Geräte existierten zwar nach wie vor, doch man benutzte sie nicht.

Sondierungen einer Stadt, die vor einigen Monaten von den Konor übernommen worden war, zeigten Humanoiden, die sich so verhielten, als gehöre die Metropole schon immer ihnen. Die Wesen wirkten friedlich und zufrieden. Es erschien seltsam, daß sie weder miteinander sprachen noch gestikulierten – und trotzdem bestand kein Zweifel daran, daß sie sich verstanden und zusammenarbeiteten. Der theskianische Soziologe Thralen vermutete Telepathie.

Doch in gerade erst von den Konor eroberten Gebieten – zum Beispiel in Eskatus – registrierten die Scanner Massaker. »Telepathen könnten niemanden auf diese Weise behandeln«, sagte Deanna Troi ungläubig. »Sie würden den Schmerz fühlen, den Tod der anderen Leute miterleben.«

»Vielleicht ist das der Fall.« Rikers Stimme klang grimmig. »Vielleicht sind sie wahnsinnig.«

Weitere Szenen lieferten keine Informationen, die der Hypothese von Telepathie als Kommunikationsmethode der Konor widersprachen und bestätigten darüber hinaus, daß die Angreifer Samdianer versklavten. Aber... die wie Tiere in Käfigen eingesperrten Kinder sahen nicht wie Tichelon und die übrigen Bewohner von Dacket aus. Sie waren schlank und drahtig, hatten grün-goldene Haut und lavendelfarbenes Haar, wie die Konor.

Der Androide suchte in seinen Speicherbänken nach Daten über die samdianische Biologie – und wölbte erstaunt die Brauen. »Captain!« unterbrach er die Besprechung. »Wir haben etwas übersehen, von dem Tichelon offenbar hoffte, daß es unserer Aufmerksamkeit entgeht. Die Konor sind keine fremde Spezies, die aus einem unerforschten Bereich der Galaxis stammt. Sie gehören zu den Samdianern!«

»Bitte erklären Sie das«, sagte Picard.

Data kam der Aufforderung nach.

»Vorsitzender Tichelon hat uns also belogen«, brummte Picard. »Die Konor haben den Planeten Jokarn nicht ›übernommen‹. Sie sind dort geboren.«

»Wenn unsere Schlußfolgerungen stimmen«, fügte Data hinzu, »so handelt es sich bei den Konor um Samdianer, die vor kurzer Zeit die Fähigkeit der Telepathie entwickelten. Unsere Aufzeichnungen enthalten keine Hinweise auf hohe samdianische PSI-Quotienten.«

»Vielleicht ist Tichelon jetzt bereit, uns die Wahrheit zu sagen – nachdem wir die Täuschung durchschaut haben«, meinte Picard. »Von einer Invasion aus dem All kann keine Rede sein. Statt dessen sind wir hier mit einem Bürgerkrieg konfrontiert.«

Riker nickte. »Und deshalb dürfen wir höchstens als Vermittler eingreifen – das Einverständnis beider Seiten vorausgesetzt.«

»Ich spreche noch einmal mit dem Vorsitzenden«, verkündete der Captain. »Data, Thralen: Werten Sie auch die anderen Informationen aus. Analysieren Sie die Motive der Konor. Wenn wir als Mittler tätig werden, benötigen wir einen Ansatzpunkt. Den übrigen Samdianern fehlt offenbar eine Möglichkeit, sich mit den Konor zu verständigen – sonst hätten sie bestimmt Gebrauch davon gemacht.«

Data und Thralen gingen die Aufzeichnungen mehrmals durch, aber sie fanden nichts.

»Wir übersehen irgend etwas«, sagte der Soziologe.

»Das glaube ich auch«, stimmte ihm Data zu. »Aber was? Diese Aufzeichnungen sind alles andere als vollständig. Die Samdianer haben sich zu lange vom Rest der Galaxis isoliert.«

»Es muß eine andere Möglichkeit geben.« Thralens Fühler zitterten – deutliches Zeichen seiner Frustration. »Die Frage lautet: *Warum* hat Jokarn plötzlich Dacket angegriffen? Die Jokarner müssen ihre Telepathie erst vor kurzer Zeit entwickelt haben, doch normalerweise sind Telepathen nicht aggressiv.«

»Und wenn nicht alle von ihnen telepathisch begabt sind?« überlegte Data. »Der Name ›Konor‹ fehlt in den historischen Informationen über die Samdianer. Hat die mentale Macht einiger weniger Personen den Rest der Bevölkerung von Jokarn erschreckt? Die galaktische Geschichte bietet uns viele Beispiele für Leute an, die aufgrund ihrer besonderen Eigenschaften verfolgt wurden. Vielleicht litten sie unter den Jokarnern so sehr, daß sie sich jetzt an allen samdianischen Nichttelepathen rächen wollen.«

»Möglich«, räumte Thralen ein. »Wenn man Gruppen neue Namen gibt, so werden Unterschiede betont. Dann fällt es leichter, andere Leute zu mißhandeln oder gar zu töten.«

»Computer«, sagte Data. »Sprachdateien. Morphemische Struktur der samdianischen Sprache.«

»Bestätigung.«

»Wie lautet die historische Bedeutung des Wortes ›Konor‹?«

Einige Sekunden verstrichen. Der Computer nahm die erforderlichen Korrelationen vor und antwortete dann: »Intelligente, sich ihrer eigenen Existenz bewußte Wesen. Personen, im Gegensatz zu Tieren.«

Data runzelte die Stirn. »Warum sollten die Samdianer den Konor einen solchen Namen geben? Wahrscheinlich haben die Konor ihn selbst für sich gewählt.«

Thralen war ebenfalls nicht zufrieden und beauftragte den Computer mit einer noch genaueren Analyse. Schließlich traf das Ergebnis ein: »Die etymologische Ableitung von ›Konor‹ lautet ›jene mit Seele‹.«

»Götter«, flüsterte Thralen, und das Blau seines Gesichts verfärbte sich ein wenig. Er stand auf und begann mit einer unruhigen Wanderung hinter der Konsole. »In dem Fall haben wir überhaupt keine Chance.«

Data starrte ihn groß an. »Ich verstehe nicht.«

»Geschichte. Die schlimmsten Kriege in der Galaxis fanden aufgrund von religiösen Differenzen statt. Was Balsam und Trost für die Widrigkeiten des Lebens sein sollte, brachte häufig Zorn und Kummer.« Thralen blieb stehen und stützte sich an der Rückenlehne von Datas Sessel ab.

Er berichtete Data von seinen eigenen Erfahrungen in Hinsicht auf religiöse Kontroversen, und der Androide gewann dadurch eine deutlichere Vorstellung von der Vergangenheit des Soziologen. Die eigene Familie hatte Thralen verstoßen, da er nicht den fundamentalistischen Glauben an die Große Mutter teilte.

Unbehagen entstand in Data, aber Thralen schien es nicht zu bemerken. Er nahm Datas Verständnis so hin wie Dare, als der Androide ihm Tasha Yars Abschiedsgruß gebracht hatte. Data wußte nicht, wie er auf die Schilderungen des Theskianers reagieren sollte, aber er spürte, daß eine Antwort erforderlich war.

»Meine Speicherbänke enthalten viele Gigabytes an Informationen über Götter in der Galaxis. Ich kann aus diversen heiligen Schriften zitieren, doch die Worte bedeuten mir nichts. Ich weiß nicht, was es mit Göttern auf sich hat — deshalb hoffte ich so sehr auf eine Begegnung mit den heiligen Entitäten von Elysia.«

»Wenn Ihnen ein solcher Kontakt gelungen wäre, hätte sich herausgestellt, daß sie nicht meiner Vorstellung von einem Gott entsprechen«, erwiderte Thralen. »Jenseits der Dinge, die der Verstand eines intelligenten Wesens erfassen kann, existiert eine dominierende Kraft im Universum. Nur wenn wir diese Existenzebene verlassen, können wir ihr begegnen und sie verstehen.«

»Wir?« wiederholte Data. »Sie glauben an ein Leben nach dem Tod. Sie sind davon überzeugt, eine Seele zu haben.«

»O ja. Daran kann überhaupt kein Zweifel bestehen.«

»Ich weiß nicht, ob ich eine Seele besitze.«

Thralen lächelte. »*Ich* bin ganz sicher. Und nicht etwa aufgrund des richterlichen Urteils.«

»Es gab mir nur das Recht herauszufinden, ob ich eine Seele habe oder nicht«, sagte Data.

»Vielleicht können Ihnen die Konor helfen. Der Name, den sie sich gaben... Er läßt den Schluß zu, daß sie Seelen erkennen.«

Data hörte den Sarkasmus in der Stimme des Soziologen — von einem so grausamen und erbarmungslosen Volk durfte man keine Sensibilität erwarten.

»Es wird Zeit, den Planeten aufzusuchen«, schlug Thralen vor. »Wir brauchen weitere Daten, um unsere Vermutungen zu bestätigen. Kommen Sie; teilen wir unsere Resultate dem Captain mit.«

Data folgte den Spuren eines Geheimnisses und war damit ganz in seinem Element. Picard setzte sich mit dem Vorsitzenden Tichelon in Verbindung, der ihm mitteilte, daß die Konor die anderen Samdianer als ›Ikonor‹ bezeichneten. Es bedeutete schlicht und einfach ›Nicht-Konor‹.

»Das ist noch nicht alles, Captain«, sagte Thralen. »Diese Auskunft bestätigt unsere Befürchtungen: ›Ikonor‹ ist gleichbedeutend mit ›ohne Seele‹.«

Die Überraschung in Tichelons Gesicht war unübersehbar. Allem Anschein nach hatte er nicht damit gerechnet, daß den Starfleet-Besuchern eine Signifikanzanalyse dieser Begriffe gelang. Er protestierte. »Es spielt keine Rolle, auf welche Weise uns die Konor beleidigen. Unser Volk wird massakriert, Captain! Sie sind seit fast einem Tag hier und haben *nichts* unternommen!«

Picard atmete tief durch, um sich unter Kontrolle zu halten. »Wir werden versuchen, einen Kontakt mit den Konor herzustellen. Wenn uns das gelingt... Akzeptieren Sie dann Starfleet-Repräsentanten als Mittler bei Ihrem Konflikt? Können wir Ihr Einverständnis voraussetzen?«

»Ja – ja, natürlich! Aber bestimmt hören die Konor Sie nicht einmal an: Treten Sie ihnen mit einer gut bewaffneten Streitmacht gegenüber, denn sie bringen selbst jene um, die sich ergeben wollen.«

Im Beobachtungszimmer fand eine weitere strategische Konferenz statt. Man beschloß, eine kleine Landgruppe zu den Konor zu schicken. Deanna Troi bestand darauf, an der Mission teilzunehmen.

Data sah, daß Will Riker den Captain beobachtete. Der Commander versuchte, sich nichts anmerken zu lassen, aber seine Brauen zuckten kurz, als Picard nickte.

»Sie brauchen den besten Schutz, den wir Ihnen geben können«, sagte der Captain. »Worf, Riker, Data.«

»Beamen Sie auch mich auf den Planeten, Captain«, ließ sich Thralen vernehmen. Seine Fühler zitterten nervös. »Selbst wenn Data und ich recht haben: Bei einem direkten Kontakt ergeben sich bestimmt weitere Informationen.«

»Einverstanden«, entgegnete Picard und schüttelte den Kopf. »Ich möchte, daß alle Kom-Frequenzen offen bleiben. Außerdem schalten wir einen Tricorder-Kanal, der eine visuelle Verbindung zur Brücke und zum Transporterraum schafft. Wenn die Landegruppe bedroht wird, leiten wir sofort den Retransfer ein.«

»Die Konor verzichten auf Kleidung.« Worf verzog kurz das Gesicht. »Sollen wir ihnen nackt gegenübertreten?« Diese Vorstellung gefiel ihm ganz offensichtlich nicht, aber als Leiter der Sicherheitsabteilung mußte er alle Möglichkeiten berücksichtigen, um die Sicherheit der Landegruppe zu gewährleisten. »Wir dürfen nicht auf Waffen verzichten, und ich bezweifle, ob man uns für Konor hält. Aber was ist, wenn Kleidung ein Tabu für sie ist, so wie bekleidete Frauen für die Ferengi?«

Bei einem neuerlichen Gespräch mit Tichelon stellte sich heraus, daß bereits einige Samdianer versucht hatten, den Konor nackt entgegenzutreten – vergeblich.

Deshalb beamte sich die Landegruppe bekleidet und bewaffnet nach Dacket.

Data und seine Begleiter rematerialisierten auf den Stufen eines Gebäudes, das wahrscheinlich als Rathaus diente.

Einige Leute in der Nähe blieben stehen und starrten sie an, sprachen jedoch nicht.

Wer seid ihr, Fremde?

Counselor Troi trat vor und lächelte.

Von allen Seiten näherten sich nun Männer, Frauen und Kinder.

Seid ihr seelenloses Vieh oder Konor? Antwortet, Fremde – oder sterbt!

Die ›Stimme‹ war so laut, daß Data die Empfangsstärke seiner internen Kommunikatoren reduzierte. Es nützte nichts. Thralen zog aus einem Reflex heraus die Fühler ein, und Worf hob die Hand zum Kopf.

»Hören Sie die Stimmen?« fragte Troi und lächelte. Ihre Augen trübten sich, und der Blick reichte ins Leere.

»Ja!« erwiderte Riker verblüfft. »Deanna – nein!« rief er, als die Counselor den Konor mit ausgestreckten Händen entgegenging.

Data vermutete, daß Troi nun die betazoidische Mentaltechnik verwendete, um einen friedlichen Gruß zu übermitteln. Doch die Konor starrten sie nur zornig an. »Ich höre Sie«, ächzte die Counselor. Die Freude verschwand aus ihren Zügen, wich Verwirrung und Entsetzen, als der Lärm in Datas Kopf zunahm. »So schrecklicher Zorn – aber warum? Weshalb wollen sie mir nicht zuhören?«

Data mußte sich auf visuelle Wahrnehmung beschränken, um Troi zu folgen, während sie der Gefahr entgegenschritt.

Seine Begleiter konnten nicht so einfach mit dem mentalen Getöse fertig werden. Riker preßte sich beide Hände an die Schläfen und rang um seine Fassung. Es schien ihm Schmerzen zu bereiten, einen Fuß vor den anderen zu setzen, als er auf Troi zutrat. Thralen taumelte, seine Haut nahm eine hellere Tönung an, und die Fühler vibrierten heftig. Die Lippen des Soziologen bebten.

Selbst Worf zuckte zusammen. Aber der Klingone ließ

sich nicht verwirren und tastete nach dem Phaser, bereit dazu, die Waffe beim ersten Zeichen eines Angriffs zu ziehen.

Ikonor! Fremde! Ketzer! Barbaren! Seelenlose Tiere!

»Beamen Sie uns hoch!« befahl Riker.

»Stehen Sie still!« antwortete O'Brien. »Die Konor sind Ihnen zu nahe...«

»Sollen sie ebenfalls transferiert werden!« stieß Riker hervor. »Wichtig ist nur, *daß Sie uns zurückbeamen!«*

»Holen Sie die Landegruppe da raus!« bestätigte Picard.

Als Data das leise Summen des Transporterstrahls vernahm, griffen die Konor an und schleudern improvisierte Wurfgeschosse. Ihm und seinen Gefährten blieb gar keine andere Wahl, als zur Seite zu springen, und dadurch gerieten sie aus dem Transferfokus.

Worf und Riker zogen ihre Phaser. Zwei Männer, die Troi zu packen versuchten, sanken zu Boden.

Das hielt die Konor nicht auf. Mit wutverzerrten Gesichtern stürmten sie heran; Pakete verwandelten sich in Waffen, und andere, gefährlichere Dinge erschienen in den Händen des Mobs.

»Bringt Deanna in Sicherheit!« rief Riker, als ihn einige Konor von ihr abdrängten. Die Angriffe galten in erster Linie ihr — und sie hatte die geringsten Selbstverteidigungskenntnisse.

Worf und Data gelang es, mit der Counselor Schritt zu halten und sie auf beiden Seiten zu schützen. Der Klingone stieß einen Stein fort, der auf ihn zuflog, und dadurch neigte er sich ein wenig zur Seite — wodurch er einem Konor Gelegenheit gab, mit einer Metallstange nach Troi zu schlagen.

Es handelte sich nicht um eine Waffe, aber sie konnte trotzdem tödlich wirken.

Data wollte eingreifen, aber vier stämmige Humanoiden schoben ihn beiseite.

Die Betazoidin taumelte, und die Stange verfehlte sie um Haaresbreite.

Der Konor holte erneut aus, zielte diesmal auf den Kopf der Counselor und schlug mit der Kraft seines Zorns zu, um ihr den Schädel zu spalten.

»Deanna!« rief Riker und bahnte sich verzweifelt einen Weg zu ihr.

Worf hob seinen Phaser, doch jemand traf ihn am Arm, als er auf Trois Widersacher schießen wollte: Der Betäubungsstrahl raste über ihn hinweg.

Data schüttelte seine Gegner ab und lief zur Counselor. Thralen kam von der anderen Seite und trachtete danach, Troi rechtzeitig fortzustoßen.

Das Gedränge wurde immer dichter, und deshalb fiel die Counselor nicht, als Thralen gegen sie prallte.

Der Konor holte zum drittenmal aus...

Data stürmte auf ihn zu. Der Aufprall mochte dem Angreifer die Rippen brechen, aber wichtig war nur, daß er nicht das Ziel traf.

Die Metallstange verfehlte Troi, aber sie streifte Thralens Kopf und berührte einen Fühler. Der Theskianer fiel gegen Troi; rotes Blut strömte ihm über gelbes Haar und blaue Haut.

Der Konor stöhnte schmerzerfüllt und preßte sich die Hand an die Seite, bevor er auf Deanna und Thralen herabsank. Worfs Phaser summte, und der Klingone stieg über betäubte Konor hinweg. Ein bleicher Riker näherte sich von der anderen Seite.

Ein oder zwei Sekunden lang rührte sich kein Mitglied der Landegruppe — Zeit genug für den Transporterfokus, um sie zu finden und zur *Enterprise* zu beamen.

Der Konor mit der Stange geriet ebenfalls in den Transfer. Als seine Gestalt auf der Plattform feste Substanz gewann, hob er sofort die blutige Waffe... Worf feuerte, und der Humanoide stürzte besinnungslos zu Boden.

»Wir haben sie an Bord, Captain«, meldete O'Brien.

Data klopfte auf seinen Insignienkommunikator. »Notfall! Dr. Pulaski zum Transporterraum!« Er zog den Tricorder aus dem Halfter und kniete neben Thralen.

Zur gleichen Zeit beugte sich Riker über Troi, die auf der Plattform lag. »Deanna!« entfuhr es ihm.

Blutflecken zeigten sich an Haut und Uniform der Counselor.

»Es ist alles in Ordnung mit mir«, antwortete sie. »Aber Thralen...«

Worf zog den bewußtlosen Soziologen von ihr herunter, und Data untersuchte Thralen. Die metabolischen Funktionen ließen rasch nach. Erneut berührte der Androide seinen Insignienkommunikator.

»Dr. Pulaski«, sagte er. »Sie brauchen Lebenserhaltungsgeräte für einen Theskianer. Und beeilen Sie sich! Wenn das Herz versagt...«

Data beendete den Satz nicht. Sie alle wußten, was er meinte. Bei einem Theskianer mußte auf Wiederbelebungsmaßnahmen verzichtet werden. Thralens Volk glaubte, daß sich zum Zeitpunkt des klinischen Todes die Seele vom Körper trennte und nicht zurückkehrte.

»Halten Sie noch etwas aus, Thralen«, flüsterte Data. »Wir sind wieder an Bord der *Enterprise*. Es droht keine Gefahr mehr.«

Erneut spürte er jene seltsame Desorientierung, die er bereits auf Elysia empfunden hatte — das Gefühl, diese Situation schon einmal erlebt zu haben.

Die Tür glitt auf. Dr. Pulaski und zwei Assistenten kamen mit einem Antigrav-Medobett herein.

»Er lebt noch«, berichtete Data.

»Gut«, erwiderte die Ärztin knapp. »Wir sorgen dafür, daß es dabei bleibt.« Sie brachten Thralen und den bewußtlosen Konor zur Krankenstation. Data, Troi, Worf und Riker folgten.

Picard war bereits zugegen und erkundigte sich besorgt nach dem Zustand des Soziologen.

»Er wird sich erholen«, sagte Dr. Pulaski, und Data seufzte erleichtert. »Die Kopfwunde ist nicht weiter schlimm, und er leidet weder an einer Gehirnerschütterung noch an Nervenverletzungen. Aber Quetschungen der theskianischen Fühler sind äußerst schmerzhaft – aus diesem Grund hat er einen Schock erlitten. Er schläft jetzt; morgen kann er bestimmt wieder aufstehen.«

Der Captain drehte sich um, als die übrigen Mitglieder der Landegruppe hereinkamen. »Counselor, fühlen Sie sich gut genug, um den Dienst wiederaufzunehmen?«

»Ja, Captain. Aber ich weiß nicht, ob ich Ihnen helfen kann.«

»Versuchen Sie, sich geistig mit diesem Mann zu verständigen.«

»Bei mir ist Ihnen das gelungen«, erinnerte Riker die Counselor. »Und ich bin kein Telepath.«

»Ich auch nicht«, fügte Worf hinzu. »Aber unten auf dem Planeten habe ich die psychischen Stimmen der Konor vernommen.«

»Sie senden mentale Signale«, antwortete Troi. »Doch sie empfangen nicht wie Betazoiden.«

»Versuchen Sie es trotzdem«, drängte Riker. »Hier herrscht im telepathischen Äther kein solcher Aufruhr wie in der Stadt. Vielleicht erreichen Sie den Konor.«

Der Gefangene stemmte sich benommen auf den Ellenbogen hoch und blinzelte verwirrt.

Dr. Pulaski näherte sich der Liege. »Sie befinden sich in einem medizinischen Behandlungszentrum. Wir beabsichtigen nicht, Ihnen etwas anzutun...«

Ikonor-Tiere! Ich verstehe eure primitiven Geräusche, aber dank der Vorsehung sind die Konor darauf nicht angewiesen. Wir kommunizieren von Seele zu Seele. Vielleicht seid ihr mächtig genug, mich zu töten, aber die Seelenlosen werden nicht den Sieg über die Konor erringen.

Kate Pulaski blieb unbeeindruckt. »Den Zustand unserer Seelen überlassen wir den Theologen. Derzeit geht es uns nur um Kommunikation. Ich bin Dr. Pulaski. Bitte nennen Sie uns Ihren Namen.«

Konor haben keine Namen. Wir identifizieren uns mit der Essenz unserer Seelen.

Troi trat vor. »Mal sehen, ob er mich versteht.« Data

beobachtete, wie sich die Counselor konzentrierte, aber er empfing keine Gedanken, die sie zu übermitteln versuchte.

Er sah zu Riker, der den Blick auf Troi gerichtet hielt und stolz lächelte.

Captain Picard wirkte erst überrascht und dann zufrieden. Pulaski lächelte. In Worfs Mundwinkeln zuckte es kurz, doch er beherrschte sich und schmunzelte nicht. Fast militärisch steif und gerade stand er vor der Diagnoseliege.

Der Konor reagierte nicht.

Nach mehreren Minuten wandte sich Troi blaß ab und zitterte erschöpft. Dr. Pulaski untersuchte die Hirnströme des Konor und stellte fest, daß er gesprochene Worte verstand. Aber Deannas mentale Signale empfing er ebensowenig wie Data.

Die Counselor konzentrierte sich wieder auf den Humanoiden von Dacket. »Wieso behaupten Sie, wir hätten keine Seelen, obwohl wir Sie verstehen?«

Die Seelenlosen erkennen unseren Status. Sie lehnen es nur ab, ihren eigenen zu akzeptieren.

»Was würde Ihnen beweisen, daß wir ebenso Personen sind wie Sie?« fragte Commander Riker.

Wer sich von Seele zu Seele verständigen kann, wird als Konor anerkannt. Unter den Ikonor von Dacket haben wir viele Seelensprecher gefunden und gerettet.

»Die Sache mit den Kindern«, begriff Data. »Die Konor suchten unter ihnen nach Telepathen und versklavten die anderen.«

»Wenn wir jemanden finden, der mit Ihnen kommunizieren kann, ›von Seele zu Seele‹, wie Sie es nennen...«, sagte Deanna Troi. »Würden Sie den Betreffenden als gleichberechtigte Person akzeptieren und ihn anhören?«

Selbstverständlich. Vielleicht hat die Vorsehung nicht nur bei den Samdianern Konor geschaffen, sondern auch in anderen Völkern. Eine Begegnung mit ihnen wäre uns sehr willkommen.

Sie versuchten es mit allen Personen an Bord der *Enterprise*, die sich durch einen hohen PSI-Quotienten auszeichneten, aber niemand von ihnen konnte sich mental mit dem Konor verständigen.

Der Gefangene starrte sie verächtlich an. *Dies ist Unsinn. Niemand kann sowohl Konor als auch Ikonor sein. Wir haben* **Beweise** *dafür, wer und was wir sind. Die Vorsehung ist auf unserer Seite. Dacket gehört uns, so wie auch Jokarn und Gellesen.*

Picard beendete die Experimente. »Wir verschwenden nur unsere Zeit. Treffen Sie Vorbereitungen dafür, den Mann auf seinen Heimatplaneten zurückzubeamen.«

»Captain...«, sagte der Androide. Während der letzten Stunden hatte er zahlreiche Daten gespeichert, und nun glaubte er, ein Muster in ihnen zu erkennen. »Bitte lassen Sie ihn noch eine Zeitlang hier.«

»Warum?« fragte Picard. »Wir können ihn wohl kaum davon überzeugen, daß er und sein Volk nicht durch göttliches Recht Herren des Universums sind. Ich sehe nur noch eine kleine Hoffnung für uns: Wir müssen in der Galaxis nach Telepathen suchen, denen es irgendwie gelingt, sich den Konor mitzuteilen. In der Zwischenzeit...«

»Das ist aussichtslos«, meinte Data. »Die Konor haben keineswegs Telepathie entwickelt.«

Alle Anwesenden sahen ihn verblüfft an. Pulaski runzelte die Stirn. »Wir haben gehört, was der Mann sagte – obwohl er nicht laut sprach. Er ist ein Sende-Telepath.«

»Gerade dieser Umstand lieferte mir den entscheidenden Hinweis«, erwiderte Data. »Ich hätte es schon auf Dacket begreifen müssen. Ich konnte Counselor Trois empathische Emanationen nicht wahrnehmen, denn ein Androide empfängt nur Signale mit einer für die Sensoren feststellbaren physikalischen Komponente. Der Konor verwendet keine Telepathie als Kommunikationsmethode, denn *ich* höre seine Mitteilungen ebenso deutlich wie Sie.«

KAPITEL 16

Captain Picard und Commander Riker suchten mit Data das nächste Konferenzzimmer auf. Der Androide bat auch Chefingenieur LaForge, an der Besprechung teilzunehmen — er brauchte Geordis Hilfe, um seinen Plan zu verwirklichen. »Offenbar senden die Konor ihre Gedanken auf einer Frequenz, die sowohl von Ihren Sinnesorganen als auch meinen Sensoren wahrgenommen wird«, erklärte er. »Wenn wir diese Frequenz finden, können Geordi und ich einen Sender bauen — und dann sollten wir in der Lage sein, mit den Konor zu kommunizieren.«

»Und die Samdianer auch«, fügte Riker hinzu und lächelte zufrieden. »Data, ich weiß nicht, wie wir ohne Sie zurechtkämen! Wir hätten nie erraten, daß die Konor keine gewöhnliche Telepathie verwenden.«

Bei dieser schmerzlichen Vorstellung preßte Picard kurz die Lippen zusammen. »Wir wären vielleicht gezwungen gewesen, die Samdianer ihrem Schicksal zu überlassen — und sie der fragwürdigen Gnade jener Haie auszuliefern, die von dem hiesigen Blutbad angelockt werden. Zum Glück haben wir Sie, Mr. Data. Versuchen Sie zusammen mit Mr. LaForge, so schnell wie möglich einen Sender zu konstruieren. Die Konor setzen ihr Zerstörungswerk fort, bis wir imstande sind, uns mental mit ihnen zu verständigen.«

Doch es brachte einige Probleme mit sich, die Frequenz zu bestimmen.

»Ich verstehe das nicht«, klagte Geordi. »Warum fragen Sie nicht einfach Ihre Diagnosemodule nach der Frequenz, auf der Sie die Sendungen der Konor empfangen?«

Data erklärte es zum drittenmal. »Geordi, meine diagnostischen Systeme behaupten, es gibt überhaupt keine Signale. Sie entdecken nichts, aber ich höre die Konor ebenso klar und deutlich wie Sie.«

»Vielleicht ist es doch Telepathie«, murmelte der Chefingenieur. »Medizinische Untersuchungen bleiben in dieser Hinsicht ebenfalls ohne Ergebnis.«

Geordis und Dr. Pulaskis Geräte lieferten keine Hinweise darauf, auf welche Weise Data — und die übrigen Besatzungsmitglieder — Gedanken des Konor empfingen.

So dicht vor der Lösung des Problems konnte sich Data einfach nicht mit einem Fehlschlag seiner Bemühungen abfinden. Stundenlang ›hörte‹ er dem Konor zu, während er seine Aufmerksamkeit nacheinander auf die verschiedenen internen Sensoren fokussierte. Immer wieder stellte er sich die gleiche Frage: *Wie kann ich etwas wahrnehmen, das keine verifizierbare physikalische Manifestation hat?*

Unterdessen setzten die Konor auf dem Planeten ihre Eroberungsfeldzüge fort. Sie töteten oder versklavten alle, die nicht imstande waren, sich mental mit ihnen zu verständigen — jene Personen, denen es angeblich an einer Seele mangelte.

»Vielleicht haben die Konor recht«, sagte Data. Geordi und er saßen im Gesellschaftsraum, um ihren ›Kummer zu ertränken‹, wie sich LaForge ausdrückte. »Vielleicht sprechen sie wirklich mit den Stimmen der Seele.«

»Dann müssen wir auf die gleiche Weise Antwort geben«, erwiderte Geordi fest.

Data hob den Kopf. »*Ich* bin nicht imstande. Wenn Seelen existieren ...«

»Data.« Thralen trat auf den Androiden und Geordi zu; Dr. Pulaski hatte ihn vor kurzer Zeit aus der Krankenstation entlassen. Der Theskianer nahm auf dem Stuhl neben ihnen Platz. »Lassen Sie sich nicht von den Einstellungen der Konor verwirren, die ihre telepathischen Fähigkeiten völlig falsch interpretieren. Wenn es sich wirklich um eine Seelensprache handelte, so beweist sie, daß Sie eine Seele haben.«

»Das verstehe ich nicht ganz«, sagte Data.

»Empfängt der Bordcomputer die telepathischen Signale der Konor?« fragte Thralen.

»Nein, natürlich nicht«, antwortete Geordi sofort.

»Können wir da ganz sicher sein?« gab Data zu bedenken. »Wir haben diese Möglichkeit noch nicht überprüft.«

LaForge schüttelte den Kopf. »Der Computer würde uns von den Sendungen berichten und...« Plötzlich schnippte Geordi mit den Fingern. »Es sei denn, er hält sie für Mitteilungen, die nicht ihm gelten!«

Data nickte. »Bitte entschuldigen Sie uns, Thralen — wir haben etwas zu erledigen.« Geordi und der Androide standen auf.

»Ich begleite Sie«, beharrte der Theskianer und folgte ihnen.

Nach der Behandlung seiner leichten Verletzungen war der Konor in die Arrestzelle verlegt worden. Worfs Anweisungen sahen vor, daß Data den Gefangenen jederzeit besuchen konnte, und somit gab es keine Schwierigkeiten bei ihrem Experiment. Eine halbe Stunde später stand fest, daß der Bordcomputer die Sendungen des Konor tatsächlich nicht empfing.

Was soll das alles? fragte er. *Glaubt ihr etwa, mechanische Seelen herstellen zu können?*

Thralen belächelte diese sarkastischen Worte, aber Data wurde von einem weiteren sonderbaren Déjà-vu-Erlebnis abgelenkt. Seit Elysia schien mit den Schaltkreisen seines Gedächtnisses tatsächlich etwas nicht zu stimmen.

Sie kehrten in den Gesellschaftsraum zurück, wo gerade eine lebhafte Diskussion stattfand. Worf und Riker bezogen gegen Dare und seine Gruppe Stellung.

Die Neuigkeiten waren nicht besonders gut. Starfleet meldete Schiffe der Ferengi und Waykani, die zum samdianischen Sektor flogen.

»Die Samdianer haben um Hilfe gebeten«, sagte Dare. »Ihnen ist es gleich, wer sie gewährt — wir oder andere.«

»Es handelt sich um einen Bürgerkrieg«, erwiderte Riker. »Seit wir das herausfanden, sind uns die Hände gebunden.«

Dare musterte ihn einige Sekunden lang. »Ich brauche mich nicht an die Erste Direktive zu halten.«

»Was können Sie ausrichten?« fragte Worf. »Acht Personen und zwei kleine Raumschiffe... Wenn Sie Zeit genug hätten, wäre es Ihnen vielleicht möglich, die Samdianer mit modernen Waffen auszurüsten und ihnen zu zeigen, wie man sie einsetzt. Aber diese Zeit fehlt Ihnen. Die Ferengi sind in vier Tagen hier.«

»Die Samdianer betreiben Raumfahrt, wenn auch nur interplanetare«, entgegnete Adin. »Vier Tage reichen aus, die Kinder aller freien Samdianer auf Dacket nach Gellesen zu bringen, vielleicht auch die meisten Erwachsenen.«

»Sie wollen ihnen also bei der Flucht helfen«, brummte Worf. »Und wann greifen die Konor Gellesen an?«

»Nicht so bald – wenn ihnen klar wird, was sie für ihre Aggression bekommen.« Zum erstenmal seit der Rettung des Silbernen Paladin in der Nähe von Elysia sah Data das kühle, bittere Funkeln in seinen Augen – es war das Resultat vieler Jahre der Desillusionierung. Das verschlossene Gesicht und die harten Linien am Mund verrieten einen Mann, der das Leben als einsam, gemein, hinterhältig und kurz kannte, es jedoch ablehnte, sich diesem Wissen zu beugen.

»Ach?« knurrte der Klingone. »Wollen Sie Fallen zurücklassen?«

»Natürlich«, bestätigte Dare. »Nukleare Waffen sind leicht zu konstruieren. Die Konor wollen möglichst mühelos fertige Städte, kultiviertes Agrarland, Industrie und Technologie übernehmen. Und wenn sie das nicht bekommen? Man zerstöre die Städte mit Waffen, die sie und das Land für Jahrzehnte verseuchen. Man kontaminiere die Felder und Äcker, auf daß nichts mehr wächst. Die Konor sollen folgende Lektion lernen: Wenn sie weiterhin Samdianer töten und nehmen, was ihnen gehört, so müssen sie einen hohen Blutzoll entrichten und erhalten dafür nur leblose Wüsten.«

Als Androide hatte Data eigentlich keine physiologischen Reaktionen auf Gefühle, aber als er auf seine gefalteten Hände hinabsah, beobachtete er, wie die Finger bei

Adins letzten Worten kurz zitterten. »Möchten Sie, daß die Samdianer diese Strategie auch auf Gellesen anwenden?« erkundigte er sich.

»Nein«, sagte Dare. »Aber die Konor sollen glauben, das sei der Fall. Wir brauchen Zeit, um zu planen und Verteidiger auszubilden. Dacket ist so gut wie verloren — wenn der Planet aufgegeben werden muß, so halte ich es für angemessen, daß die Konor einen hohen Preis dafür zahlen. Was Gellesen betrifft: Wenn sich die Samdianer dort nicht behaupten können, verlieren sie alles. Wir bringen ihnen die Guerillataktik bei. Falls es den Konor gelingt, einen Teil von Gellesen zu erobern, so sollen sie sich sicher fühlen — bis man aus dem Hinterhalt auf sie schießt, bis irgendwo eine Bombe explodiert.«

»Das ist Terrorismus!« entfuhr es Geordi.

»Gegen selbstherrliche Mörder, die alle Samdianer umbringen und ihre Kinder versklaven? Welchen Rat bieten Sie an, Mr. LaForge? Sehen Sie die Lösung vielleicht in der Kapitulation? Sie wissen ja, wozu das auf Dacket führte: zu Massakern.«

Geordi stand auf. »Es muß einen anderen Weg geben. Wir dürfen nicht zulassen, daß die einzigen Alternativen Mord, Sklaverei und Terrorismus heißen. Data...«

»Ich weiß. Wir setzen unsere Bemühungen fort, einen Sender zu bauen, um mentale Verbindungen zu den Konor herzustellen. Aber es gibt keinen Grund anzunehmen, daß ich eher dazu in der Lage bin als Sie.«

»O doch«, widersprach Thralen. »Nur Sie haben eine Chance dazu, Data. Die Unterschiede zwischen uns und dem Bordcomputer sind viel zu groß, um die richtige Übertragungsfrequenz zu finden. Konzentrieren Sie sich darauf, was *Sie* vom Computer unterscheidet.«

»Thralen hat recht«, sagte Geordi, als sie das Quartier des Androiden aufsuchten. »Gehen wir ganz logisch vor: Im Gegensatz zu Ihnen kann der Computer die telepathischen Sendungen nicht empfangen. Es spricht also vieles dafür, daß eine Ihrer organischen Komponenten auf die Signale reagiert.«

»Der größte Teil meiner organischen Struktur besteht aus Nährflüssigkeiten«, erwiderte Data und nahm im Sessel Platz. Geordi setzte sich auf die Couch. »Sie sind ebensowenig zu Wahrnehmungen fähig wie Ihr Blut. Die Antwort verbirgt sich vermutlich im organisch-anorganischen Interface, das zum vorderen Kortex meines positronischen Gehirns gehört.«

Geordi seufzte. »Es ergibt einen gewissen Sinn. Das Geheimnis, das mit Dr. Soong starb.«

»Oder mit ihm verschwand«, berichtigte Data. »Sein Tod steht keineswegs fest.«

»Wie dem auch sei: Wir können ihn nicht fragen. Nun, wenigstens wissen wir, wo sich das Interface befindet.«

»Aber ich darf nicht einmal Ihnen erlauben, es zu berühren, Geordi. Tut mir leid. Wenn es beschädigt wird, besteht die Gefahr, daß ich... alles verliere.«

»Nein, Data, ich wollte nicht vorschlagen, daß *ich* in dieser Hinsicht etwas unternehme. Auch ohne eine Manipulation jenes Bereichs können Sie die entsprechenden Empfindungen isolieren.«

»Dazu sehe ich mich außerstande«, erwiderte der Androide.

»Wieso denn?«

»Es handelt sich um mein... Bewußtsein, Geordi. Nicht um mein Gehirn, das über verschiedene Speichersektionen für Erinnerungen und Programme verfügt. Dies ist unsere einzige echte Gemeinsamkeit. Meine Datenverarbeitungskapazität ähnelt der eines Computers, und mit Menschen teile ich die Fähigkeit zu denken. Sind Sie imstande festzustellen, mit welchem Teil des Gehirns Sie denken?«

»Nein, aber Sie haben gerade beschrieben, wonach wir suchen. Es spielt keine Rolle, daß eine physische Lokalisierung nicht möglich ist. Sie können dieses Potential nutzen.«

»Ja?«

»*Sie* sind der Sherlock-Holmes-Fan. Nachdem alles ausgeschlossen wurde... Bleibt etwas übrig, das zwar unwahrscheinlich sein mag, aber trotzdem möglich ist?«

»Ich empfange die Signale mit einer Komponente meines Gehirns, die es auch in Menschen gibt — und die im Bordcomputer fehlt«, sagte Data. »Auf gewöhnliche Telepathie reagiert sie nicht. Die mentalen Mitteilungen von Vulkaniern und Betazoiden erreichen vermutlich direkt das Bewußtsein.« Er runzelte die Stirn. »Ich habe mir gerade widersprochen. Wenn ich die Gedanken der Konor unmittelbar mit dem Bewußtsein aufnehme, so müßte ich auch in der Lage sein, andere Formen von Sende-Telepathie zu empfangen. Woraus ich den Schluß ziehe, daß die Konor nicht telepathisch miteinander kommunizieren.«

»Es sind also physikalische Emanationen«, entgegnete Geordi. »Das Problem besteht nicht in ihrer Wahrnehmung — wir alle haben den Gefangenen ›gehört‹. Aber wie können wir dieses Phänomen reproduzieren?«

»Indem wir den Empfänger finden und seine Funktion umkehren«, meinte Data. »Direkter Empfang mit dem Bewußtsein kommt ebensowenig in Frage wie eine Stimulierung bestimmter Sinnesorgane... Das Interface muß der Empfänger sein.«

»Und im Gegensatz zu uns einfachen Menschen haben Sie bewußte Kontrolle über alle Teile Ihres Körpers.«

»Theoretisch. Ich kann keinen... bewußten Einfluß auf das Interface ausüben.«

»Nun gut, theoretisch. Versuchen Sie, von ›Empfangen‹ auf ›Senden‹ umzuschalten.«

»Schlagen Sie vor, daß ich meine... Aufgeschlossenheit aufgebe?«

Geordi lächelte. »Witze in einer angespannten Situation? Sie *sind* menschlich, Data.« Er wurde wieder ernst. »Ihre Konstruktionsstruktur verhindert, daß Sie sich selbst Schaden zufügen, nicht wahr?«

»Vielleicht ist das der Grund, warum ich die Funktionsweise des Interface nicht bewußt zur Kenntnis nehme. Andererseits: Möglicherweise ist dieser Umstand eine direkte Folge individueller Intelligenz. Na schön — ich versuche es.«

Data setzte sich, um sein ganzes Bewußtsein zu fokussieren, auch jenen kleinen Teil, den er normalerweise benutzte, um das Gleichgewicht zu wahren. Zwar konnte er Informationen von Sensoren in der Nähe des Interface abrufen, aber die Schnittstelle selbst blieb ihm verborgen. Er erinnerte sich an die erste Untersuchung durch Bruce Maddox; damals hatte er sich vergeblich bemüht zu erklären, warum sich das Interface seiner Wahrnehmung entzog — aus diesem Grund konnte er auch nicht die Funktion jener Komponente erklären.

Damals — vor seinen Erfahrungen an der Starfleet-Akademie und der späteren Arbeit an Bord eines Raumschiffs — war er im Umgang mit Menschen weniger geübt gewesen. Als sich Data nun daran erinnerte, verstand er fast, warum Maddox zu dem Schluß gelangte, er sei nur eine Maschine und keine Person.

Data wies mehrmals darauf hin, daß er keinen Sensorapparat besaß, der das Interface isolieren konnte. Schließlich benutzte er einen Vergleich. »Menschen haben einen blinden Fleck im Auge — an der Verbindungsstelle zwischen dem Sehnerv und der Netzhaut.«

»Ja, das stimmt«, erwiderte Maddox.

»Sie bemerken ihn nicht. Auch wenn Sie nur mit einem Auge sehen, bietet sich Ihnen ein vollständiges Blickfeld dar. Es gibt keine leere Stelle, wo sich der blinde Fleck befindet.«

»In der Tat«, bestätigte Maddox.

»Ähnlich ist es mit meiner Unfähigkeit, das Interface wahrzunehmen: Ich habe nicht das Gefühl, daß irgend etwas fehlt.«

Der Androide fragte sich nun, ob dieses Geheimnis Maddox dazu veranlaßt hatte, sich eingehender mit Positronik zu befassen. Data verdrängte diesen Gedanken, als er merkte, daß er dadurch vom gegenwärtigen Problem abgelenkt wurde.

Geordi hat recht, überlegte er. *Ich fürchte mich tatsächlich davor, daß jemand einen Teil von mir manipuliert, den ich nicht vollständig verstehe.* Aber es standen Leben auf dem Spiel. Die Konor würden niemandem zuhören, der nicht die gleiche Kommunikationsmethode verwendete wie sie.

Data kannte die Struktur der Verbindungen zu seinem vorderen Kortex, aber was die Theorie ihrer Funktion anging, konnte er nur Mutmaßungen anstellen. Aufgrund des Elektronenwiderstands sollte es eigentlich unmöglich sein, daß sie so funktionierten, wie es der Fall war – es mußte also noch einen anderen Faktor geben. *Leider sind die Interaktionen zwischen organischen und anorganischen Bestandteilen meiner physischen Existenz nicht so einfach wie die Wechselwirkungen zwischen Materie und Antimaterie.*

Geordi und Data hatten zunächst versucht, einen Sender zu bauen, der sich mit einem Translator zusammenschalten ließ – um allen von der Föderation gesandten Emissären die Möglichkeit zu geben, sich mit den Konor zu verständigen. Aber ein organisches Gehirn konnte nicht so modifiziert werden, um auf einer ganz bestimmten Frequenz sowohl zu empfangen als auch zu senden.

Und ein positronisches Gehirn?

Töte mich. Oder laß mich gehen!

Die Gedanken des Konor in der Arrestzelle waren so intensiv, daß sie alle Besatzungsmitglieder der *Enterprise* erreichten. Data stellte fest, daß sich der Gefangene an Worf wandte, der gerade eine Routineinspektion vornahm.

Der Androide versuchte herauszufinden, wie er die mentalen Signale empfing, aber er registrierte weder chemische Veränderungen noch besondere Aktivitäten an elektronischen Synapsen. Welche Rezeptoren reagierten auf die geistigen Mitteilungen des Konor?

Schickt mich in meine Heimat zurück. Wenn ihr uns töten wollt, so laßt mich mit meinem Volk sterben.

Nein, dachte Data. *Wir wollen euch nicht töten.* Aber

wenn er keine Lösung fand, mußte jemand entweder alle Konor umbringen oder eine ganze Gesellschaft gefangenhalten – um sie daran zu hindern, Unschuldige niederzumetzeln. *Wie erreiche ich dich?* überlegte er.

Wenn der Empfang irgendwelche Schaltkreise betraf – ihre Funktion ließ sich umkehren. Wenn die Signale mit Strahlen oder einer Trägerwelle übertragen wurden – Data hätte sie problemlos reproduzieren können. Aber er ›hörte‹ die Worte einfach.

Laßt mich frei.

Einen Augenblick...

Bisher waren die Gedanken des Konor nicht einfach so in Datas Bewußtsein eingedrungen, und soweit er wußte, hatte auch niemand anders so etwas erlebt. Normalerweise beschränkten sich die Sendungen auf einen kleinen Bereich in unmittelbarer Nähe des Humanoiden, doch jetzt ›schrie‹ er.

Data ›lauschte‹ nach weiteren psychischen Signalen. Er strengte sich an, den Konor zu ›hören‹, der nun nicht mehr ›rief‹... *Ihr werdet es schließlich lernen.* Und dann noch etwas anderes, bevor der Gefangene geistig schwieg.

Data konzentrierte sich so sehr auf diese spezielle Form der Wahrnehmung, daß er Aktivität in einer semantischen Interpretationseinheit fühlte. Sie gehörte nicht zu den Kortex-Verbindungen, speiste sie jedoch mit Informationen. Wenn sie Daten in einer Richtung weitergeben konnte...

Der Androide setzte sich auf. »Jetzt weiß ich Bescheid.«

Geordi lächelte und folgte Data, als er zum Computer ging. Schematische Darstellungen erschienen auf dem Bildschirm. »Hier. Das ist der Rezeptor, der die Konor-Signale an mein positronisches Gehirn weitergibt. Geordi, Struktur und Funktionsweise meines Bewußtseins spielen überhaupt keine Rolle. Wenn wir den Rezeptor so verändern, daß ich nicht nur empfangen, sondern auch senden kann... Dann bin ich imstande, den Konor meine Gedanken zu übermitteln.«

Aber der Rezeptor war kein Schaltkreis wie die vielen anderen in Datas Körper. Es handelte sich um eine winzige Plasma-Elektrode, deren Ladung von elektromagnetischer Aktivität bestimmt wurde.

Geordi pfiff leise durch die Zähne. »Mit diesem Ding müssen wir sehr vorsichtig sein, Data. Wenn das energetische Gleichgewicht gestört wird, läßt es sich vielleicht nie wiederherstellen. Ich habe nicht einmal geeignete Werkzeuge, um solche Verbindungen zu verändern.«

»Ich bin bereit, ein Risiko einzugehen«, sagte der Androide. »Ich vertraue Ihnen, Geordi.«

»Ausgeschlossen«, erwiderte LaForge. »Nur der Mann, der Sie gebaut hat, kennt sich mit dieser Komponente aus. Und weisen Sie jetzt bloß nicht darauf hin, daß Ihnen alle technischen Geheimnisse dieses Dings klar sind. Wenn es defekt ist, wären Sie gar nicht mehr in der Lage, mir die Reparatur zu erklären!«

»Denken Sie daran, wie viele Leben in Gefahr sind, Geordi. Wir müssen es versuchen.«

»Nein«, erwiderte der Chefingenieur fest. »Genausogut könnten Sie mich darum bitten, den Captain einer Gehirnoperation zu unterziehen. Aber...« Er rieb sich das Kinn und blickte auf den Bildschirm. »Vielleicht sollten wir etwas konstruieren, um es mit der Plasma-Elektrode zu verbinden. Dann müßte es Ihnen möglich sein, Gedanken zu senden.«

»Ja!« Data begriff sofort, wie sich das Ziel erreichen ließ, ohne die empfindlichen Verbindungsteile des positronischen Gehirns zu verändern. Bisher war es noch niemandem gelungen, diese Komponenten nachzubauen. Sie übermittelten nicht nur dem Bewußtsein Informationen, sondern auch den Sprachmodulen — und jene Schaltkreise ähnelten denen des vor mehr als hundert Jahren erfundenen automatischen Translators.

Einige Minuten später lagen Instrumente und einige Ersatzteile aus Datas Vorrat auf dem Tisch. Geordi begann mit einem ersten Entwurf. Es gab keine Möglichkeit, den

Sender so klein zu gestalten, um ihn dem positronischen Gehirn Datas hinzuzufügen, aber Geordi beabsichtigte ohnehin nicht, jenen sensiblen Bereich zu berühren. Er meinte, dazu seien seine Werkzeuge viel zu ›klobig‹.

Er öffnete die Brust des Androiden, die für den neuen Schaltkreis Platz genug bot, und dort stellte er Verbindungen zum Sprach-Synthesizer her.

Die ersten Versuche blieben ergebnislos, doch als der Chefingenieur einige Modifikationen vornahm, registrierten die Instrumente elektronische Reaktionen.

»Jetzt müßte es klappen«, sagte Geordi schließlich. »Ich sehe keinen Grund, warum das Ding *nicht* funktionieren sollte. Außerdem sind mir inzwischen die Ideen ausgegangen. Wenn sich jetzt kein Erfolg einstellt, muß ich das sprichwörtliche Handtuch werfen.«

Data saß mit offener Brust auf dem Tisch, und vor ihm lagen mehrere Schaltkreise. Die Kontaktstellen waren mehrmals überprüft worden. Wenn das Zusatzmodul seinen Zweck erfüllte, konnten sie es einfach im Brustkasten verstauen, die Arrestzelle aufsuchen und mit dem Konor kommunizieren.

Hören Sie mich jetzt, Geordi?

Data wartete. Keine Reaktion. *Verdammt!*

LaForge blinzelte. »Data? Ich glaube, ich habe etwas gehört — aber es war zu leise, um ganz sicher zu sein. Wunschdenken?«

Data erinnerte sich daran, daß der Konor ›geschrien‹ hatte. Er versuchte es mit mehr Nachdruck. *Geordi?*

Der Chefingenieur neigte den Kopf zur Seite und lauschte eine Zeitlang. »Vielleicht... Können Sie das Signal verstärken, Data?«

Der Androide behandelte die neuen Schaltkreise so wie seine Sprach-Amplifikatoren und erhöhte die Energiezufuhr. *Geor...*

Heißer Schock brannte durch Data.

Geordi keuchte und riß sich das VISOR von den blinden Augen.

Das Brennen ließ abrupt nach, als der Androide die Sendungen einstellte.

Geordi schnappte nach Luft, und Schweiß glänzte auf seiner Stirn, als er nach Data tastete. »Was...«

Der Türmelder summte, und Rikers Stimme erklang. »Data! Alles in Ordnung mit Ihnen? Was ist passiert?«

»Herein«, sagte der Androide automatisch. Das Schott glitt beiseite und gab den Blick auf einen Commander Riker frei, der einen kurzen Morgenmantel trug. Data sah zerzaustes Haar und nackte Füße – offenbar hatte der Erste Offizier geschlafen.

Wesley Crusher bot einen ähnlichen Anblick, als er sein Quartier verließ, in den Korridor hastete und dabei fast mit Counselor Troi zusammenstieß. Der Captain kam in einem schwarzen Pyjama und traf rechtzeitig für die Erklärungen ein.

Data analysierte den Zwischenfall. »Es war kein Schmerz, sondern elektronische Rückkopplung, Geordi«, sagte er. »Tut mir leid. Ich wußte nicht, was geschehen würde.«

LaForge setzte das VISOR wieder auf, als er begriff, daß der Schock eine andere Ursache hatte.

Wesley trat an den Tisch heran und betrachtete die Schaltkreise. »Donnerwetter!« platzte es aus ihm heraus. »Sie haben einen Sender für Data gebaut!«

Leider war es nicht ganz so einfach.

Datas Rezeptor – die Plasma-Elektrode – verbrauchte nur wenig Energie. Doch das von Geordi entwickelte Gerät erforderte etwa fünfzigmal mehr Energie als die Sprach-Amplifikatoren des Androiden. Und wenn Data Signale sendete, die stark genug waren, um von Menschen wahrgenommen zu werden... Dann kam es zu einer Rückkopplung, die er als qualvolle Pein empfand.

Er erhob keine Einwände gegen diese Bezeichnung. Wenn ihn seine Systeme auf Fehlfunktionen hinwiesen, so wurden diese Warnungen von negativen Empfindungen begleitet, aber in diesem Fall reichte die Beschreibung ›unangenehm‹ nicht aus.

Die Sende-Vorrichtung erfüllte alle vorgesehenen Funktionen, doch sie benötigte zuviel Energie. Außerdem war sie notwendigerweise mit besonders empfindlichen Komponenten verbunden. Solange es nicht gelang, ein Instrument zu konstruieren, das den Plasma-Elektroden an Datas organisch-anorganischem Interface glich, mußte er sich damit abfinden, bei der Übertragung seiner Gedanken auch intensive Schmerzen zu senden.

Dadurch hatte die Kommunikation mit den Konor keinen Sinn — Hoffnung wich neuerlicher Enttäuschung.

»Sie haben sich alle Mühe gegeben«, sagte Picard, als ihm Geordi und Data am nächsten Tag von ihrem Fehlschlag berichteten. Er nahm hinter dem Schreibtisch Platz und strich über den vorderen Teil seiner Uniform. Diese Geste war eine Angewohnheit aus jener Zeit, als Starfleet-Uniformen noch aus zwei Teilen bestanden hatten, und sie deutete auf die Niedergeschlagenheit des Captain hin. »Ich benachrichtige Starfleet Command. Setzen Sie Ihre Arbeit fort. Vielleicht entdecken Sie doch noch eine Möglichkeit, mit den Konor zu kommunizieren.«

»Bis dahin sind die Ferengi hier«, erwiderte Geordi bitter. »Und wahrscheinlich auch viele andere.«

»Darryl Adin und seine Gruppe sind bereits zugegen«, fügte Data hinzu. »Sie haben sich auf meine Bitte hin bereit erklärt, an Bord zu bleiben, während wir nach einer Lösung für das Problem suchen. Aber wenn Starfleet die *Enterprise* fortschickt... Dann verlassen sie uns und versuchen, den Samdianern zu helfen.«

»Ich kann es ihnen nicht verdenken«, murmelte Picard. »Geordi...«

»Es tut mir leid, Captain. Sogar Data versteht die Funktionsweise der Plasma-Elektroden nicht. Ihr Struktur ist völlig fremdartig.«

»Vielleicht *stammt* sie sogar von Fremden«, sagte Data. »Wenn man Dr. Soongs Ruf und die Tatsache berücksichtigt, daß wir nichts über einige Phasen seines Lebens wissen... Es ist möglich, daß er die Plasma-Elektroden nicht selbst erfand, sondern von jemand anders bekam. Ich weiß nun, daß sie für meine Existenz sehr wichtig sind: Ohne sie wäre jede Kommunikation zwischen meinem Bewußtsein und dem Körper ebenso schmerzhaft wie die Benutzung des mentalen Senders.«

»Wenn wir doch nur einen Weg fänden, die Pein zu blockieren«, kam es traurig von Geordis Lippen.

»Sie zu... blockieren?« wiederholte Data.

»Sie zu verhindern«, erklärte der Chefingenieur. »Ihr vorzubeugen. Aber das scheint unmöglich zu sein. Die erforderliche Übertragungsenergie...«

»Warten Sie«, warf Data ein. »Vielleicht ... Captain, ich muß experimentieren. Wenn ich mich zurückziehen soll, damit Sie nicht in Reichweite des Senders sind...«

Picard sah auf. »Glauben Sie, ohne Schmerzen senden zu können?«

»Wenn es mir gelingt, einen... Filter zu schaffen, der die Pein zurückhält und nur Gedanken passieren läßt. Wir wissen nicht, was Gedanken sind, was sie für mich, Sie oder die Konor bedeuten. Aber ich kenne den Grund für Schmerz: zuviel Energie, die eine Überladung empfindlicher Sensoren herbeiführt.«

»Ich verstehe nicht«, sagte Geordi. »Sie benötigen die Energie, um stark genug zu senden, damit wir Sie verstehen.«

»Ja, aber...« Data konzentrierte sich und steigerte den Energiefluß, bis er Schmerzen zu empfinden begann, während er gleichzeitig energetische Kapazität aus anderen Systemen umlenkte und eine Barriere daraus schuf. *Captain, Geordi — hören Sie mich?*

»Data!« entfuhr es dem Captain.

»Wie haben Sie das fertiggebracht?« fragte LaForge.

Data gab verbal Antwort, da es ihn zu sehr belastete, die mentale Sendung fortzusetzen. »Es stimmt tatsächlich: Gedanken existieren in einer Form, die wir nicht messen können. Ich habe die Energie anderer Systeme in Resonanz mit der benutzt, die von den neuen Schaltkreisen benutzt wird.

Harmonische Dämpfung, Geordi. Der Schmerz wird zurückgehalten, die Gedanken nicht.«

»Sie brauchten also nicht zu leiden?« erkundigte sich der Chefingenieur.

»Nun, es gibt einen ›Haken‹ bei der Sache. Die Dämpfung kann erst erfolgen, *nachdem* die Energie eingesetzt wird, um die ›Lautstärke‹ der Gedanken auf ein wahrnehmbares Niveau zu bringen. Der Schmerz bleibt — aber er beeinträchtigt nicht mehr die übermittelte Botschaft.«

»Oh, Data«, stöhnte der Captain.

»Lieber Himmel!« stieß Geordi kummervoll hervor. »Als ich sagte, daß Sie Pein erfahren müssen, um zu verstehen, was die menschliche Existenz bedeutet... *So* habe ich es nicht gemeint!«

»Es ist alles in Ordnung mit mir«, erwiderte Data.

»Sind Sie sicher? Wissen Sie, was ich gesehen habe, Data? Ob es am Schmerz liegt oder der harmonischen Dämpfung — Sie verloren Ihren Heiligenschein. Für ein oder zwei Sekunden wirkten Sie wie ein gewöhnlicher Mensch.«

»Vielleicht ist das ein... gutes Omen«, kommentierte der Androide. »Ich gehe jetzt und versuche, mit dem Konor in der Arrestzelle zu kommunizieren. Wenn ich dabei einen Erfolg erziele, begebe ich mich auf den Planeten.«

»Data...«, begann Picard. »Wir wollten in erster Linie einen Sender entwickeln — die Art und Weise seiner Benutzung steht auf einem ganz anderen Blatt. Commander Riker hat umfangreiche diplomatische Erfahrungen...«

»Die Konor hören nur der Person zu, die imstande ist, einen mentalen Kontakt mit ihnen aufzunehmen, Captain. Da ich diese Fähigkeit nicht jemand anders übertragen kann, muß ich mich allein nach Dacket beamen. Ich weiß bereits, was ich den Konor mitteilen werde. Es ist offensichtlich, nicht wahr?«

KAPITEL 17

Data fand es erstaunlich leicht, den Konor in der Arrestzelle zu täuschen und seine Anerkennung zu gewinnen. Als er die ersten Worte sendete, ohne zu sprechen, sprang der Humanoide auf und umarmte ihn stumm.

Der Androide versuchte, den Schmerz zu ignorieren, als er sich ein Lächeln abrang.

Bruder.

Der Gefangene lächelte ebenfalls. *Wir wußten, daß die Vorsehung auch bei anderen Völkern Konor geschaffen hat, aber du bist der erste, dem wir begegnen.*

Zu Datas großer Erleichterung setzte der Konor das Gespräch verbal fort – um zu vermeiden, daß die Wächter vor der Zelle jedes Wort der mentalen Konversation ›hörten‹.

»Mein Bruder, kannst du mir helfen, den Ikonor zu entkommen, in deren Mitte du lebst?«

»Ja.« Data nickte. »In der Kommandohierarchie dieses Raumschiffs komme ich an dritter Stelle. Da niemand einen höheren Rang bekleidet – abgesehen vom Captain und dem Ersten Offizier –, wird man meine Befehle befolgen.«

Nicht eine einzige Sekunde lang stellte der Humanoide Datas Bereitschaft in Frage, die *Enterprise* zu verlassen. *Wahrscheinlich vermutet er, daß ich die gleiche Freude empfinde wie jeder Konor, der entdeckt, von Bewußtsein zu Bewußtsein sprechen zu können – beziehungsweise von Seele zu Seele,* dachte der Androide.

»Ich habe mich gefragt, warum du so oft zu mir gekommen bist – wahrscheinlich hat die Vorsehung dafür gesorgt, daß du deine Verwandtschaft mit uns spürtest. Erzähl mir von dir. Ist deine Heimat weit entfernt?«

»Sehr weit«, antwortete Data und erinnerte sich daran, welchen Rat Tasha Yar als Leiterin der Sicherheitsabteilung den Personen gegeben hatte, die an Landeeinsätzen teilnahmen.

»Wenn Sie lügen müssen, so lassen Sie sich nichts Kompliziertes einfallen. Oft genügt ein für den Zuhörer angenehmer Teil der Wahrheit, um ihn zufriedenzustellen — und dann sind Lügen überhaupt nicht notwendig.«

Data hatte diesen Rat immer beherzigt, und auch jetzt, dem Konor gegenüber, erzielte er die gewünschte Wirkung.

Unterwegs begegneten sie mehreren Besatzungsmitgliedern in den Korridoren, aber niemand stellte ihnen Fragen — obwohl nur die Arrestzellenwächter und O'Brien eingeweiht waren. Der Transporterchef spielte seine Rolle gut und erkundigte sich nach dem Grund für Datas Absicht, Dacket zusammen mit dem Gefangenen aufzusuchen. Er nickte sofort, als der Androide darauf hinwies, der Captain habe eine entsprechende Anweisung gegeben.

Sie rematerialisierten dort, wo man die Landegruppe angegriffen hatte, doch diesmal blieben solche Zwischenfälle aus. Datas Begleiter führte ihn die Treppe des Gebäudes hinauf, in dem der Ältestenrat der Konor tagte. Der Androide bewies seine Fähigkeit der mentalen Kommunikation, beschränkte sich jedoch auf knappe Bemerkungen. Es fiel ihm schwer, sich trotz der brennenden Schmerzen zu konzentrieren, die er nicht ebenfalls senden durfte.

Zum Glück ließen sich die Ratsmitglieder genauso leicht überzeugen wie der erste Konor.

Wir sind nicht allein! rief das Oberhaupt, ein Mann, der kaum ein ›Ältester‹ im üblichen Sinne war. Alle Repräsentanten des Rates schienen in mittleren Jahren zu sein.

Die Konor hielten Data für eine gleichberechtigte Person, und deshalb ›sprachen‹ sie ganz offen. Sie wollten alles über ihn und sein Volk wissen. Er nannte so wenige Fakten wie möglich und erwähnte ›beiläufig‹ einen Bruder, dessen derzeitiger Aufenthaltsort unbekannt sei — sollten seine Zuhörer ruhig glauben, er komme aus einer normalen Familie. Er nutzte jede Gelegenheit, um seinerseits Fragen zu stellen, und dabei erfuhr er, daß die Entdeckung eines Seelensprechers, der zu einer ganz anderen Spezies gehörte, den Glauben der Konor bestätigte.

Ihre ›Offenbarungen‹ basierten auf religiösen Philosophien, die auch der samdianischen Ethik zugrunde lagen. Sie kannten keine anderen Kulturen — die isolationistische Politik verhinderte Kontakte mit fremden Zivilisationen —, aber sie wußten, daß in der Galaxis viele Wesen lebten, die sich körperlich von ihnen unterschieden und doch ebenso intelligent waren.

Als die Konor ihre einzigartige Fähigkeit des mentalen Sendens entwickelten, fühlten sie sich natürlich zu den Leuten hingezogen, die auf diese Weise mit ihnen kommunizieren konnten. Thralen hatte richtig vermutet: Als die Zahl der Konor wuchs, begegneten ihnen die gewöhnlichen Samdianer erst mit Unbehagen und dann mit Furcht. Vorurteile wucherten.

Die Toleranz ihnen gegenüber ging zu Ende, als die Konor gewisse samdianische Lehren neu interpretierten: Intelligenz und Selbsterkenntnis genügten nicht. Angeblich irrten sich die Samdianer, wenn sie glaubten, eine Seele zu haben. Die wahren Konor seien erst jetzt geschaffen, als wahres Beispiel für Beseelung.

Die Ältesten gestanden ein, daß es schwierig sei, geliebte Freunde und Verwandte als seelenlos zu erkennen — aber das war die Prüfung der Vorsehung. Datas Präsenz, so hieß es, genüge als Beweis dafür, daß sie die Vorsehung richtig verstanden hatten. Der Rat bat ihn, seine Fähigkeiten öffentlich zu demonstrieren — auf daß ihn die Gemeinschaft der Massen willkommen heiße.

Genau das entsprach Datas Wunsch, und deshalb war er sofort einverstanden. Unglücklicherweise würde es mehrere Stunden dauern, um die Nachricht von seinem Erscheinen weiterzugeben und dafür zu sorgen, daß möglichst viele Konor an der Zeremonie teilnahmen. Immer wieder mußte er auf die vielen Fragen von ›Seele zu Seele‹ antworten, und der ständige Schmerz wurde unerträglich. Im Gegensatz zu einem Menschen konnte er die Reaktionen darauf in Grenzen halten, aber er glaubte zu spüren, wie seine Schaltkreise nacheinander durchbrannten – obwohl die Diagnosemodule keine Schäden meldeten.

Die schreckliche Pein verlangsamte Datas bewußte Denkprozesse. Erst als man ihn zu einem Festmahl aus Anlaß seiner Ankunft einlud, fand er eine Möglichkeit, sich einige Stunden lang auszuruhen. *Nein – ich muß fasten und meditieren. Gibt es hier einen Ort, an dem ich allein sein kann?*

Data hatte genau die richtigen Worte gewählt. Respekt strömte ihm entgegen, und man führte den Androiden in eine Art Kapelle: Seltsame Symbole zeigten sich an den Wänden, und in der Mitte des Raums stand ein Altar.

Zwar glaubte er nicht, daß man ihn belauschte, aber er suchte trotzdem nach Abhörgeräten, bevor er seinen Insignienkommunikator berührte und der *Enterprise* Bericht erstattete. »Eine Zeremonie wird vorbereitet«, sagte er. »Ich lasse diesen Kom-Kanal offen, damit Sie ständig auf dem laufenden bleiben.«

»Gute Arbeit, Data«, erwiderte Picard. »Allerdings stehen wir unter Zeitdruck. In zehn Stunden treffen die ersten Waykani- und Ferengi-Schiffe ein.«

»Die Zeremonie soll in vier Stunden stattfinden. Wenn mein Plan funktioniert... Vielleicht kann ich die Konor dazu überreden, mit den übrigen Samdianern zu verhandeln und Starfleet-Personal als Vermittler zu akzeptieren.«

»Ja, in Ordnung«, klang Picards Stimme aus dem kleinen Lautsprecher. »Eine solche Vereinbarung und die Präsenz der *Enterprise* sollten genügen, um eventuellen Aktionen der Waykani und Ferengi vorzubeugen. Es hängt alles von Ihnen ab, Data. Viel Glück.«

»Danke, Sir«, antwortete der Androide.

Es hängt alles von mir ab. Er wagte es nicht, die Wahrscheinlichkeit zu berechnen. Waykani und Ferengi, die bereit waren, ihre Dienste anzubieten und dabei vermutlich zu Rivalen wurden; die Nähe zur romulanischen Neutralen

Zone... Wenn man diese Faktoren berücksichtigte, war ein interplanetarer Krieg praktisch unvermeidlich.

Aber Besorgnis kam einer Verschwendung von Zeit und Energie gleich. Data konzentrierte sich auf seinen Plan und versuchte, ein Flußdiagramm möglicher Szenarien zu schaffen. Er mußte natürlich mit unvorhersehbaren Dingen rechnen: *Intelligente organische Wesen sind immer für eine Überraschung gut.* Woraus folgte: Vermutlich wurde er mit der Notwendigkeit konfrontiert, aus dem Stegreif zu handeln, zu improvisieren.

Schließlich verließ Data das Rathaus in Begleitung der Ältesten. Tausende standen auf dem Platz oder drängten sich an den Fenstern der anderen Gebäude. Überall im Land der Konor, so erfuhr er, warteten Männer, Frauen und Kinder darauf, daß die hier Versammelten von Seele zu Seele alle Vorgänge schilderten.

Das Oberhaupt des Rates stellte Data vor, der folgende schlichte Worte an die Menge richtete: *Ich bringe euch Grüße.*

Überwältigende Freude strömte ihm entgegen. Er verstand jetzt, warum es den Konor so leicht fiel, neue Rekruten zu gewinnen. Ohne die Schmerzen wäre es wirklich verlockend gewesen, sich in ihre Gemeinschaft aufnehmen zu lassen. Aber Data erinnerte sich an zwei Tatsachen. Erstens: Wenn es die Konor mit Personen zu tun bekamen, die eine verbale Kommunikation benutzten und sich nicht versklaven lassen wollten, so töteten sie erbarmungslos. Zweitens: Sie bereiteten ihm nur deshalb einen so herzlichen Empfang, weil sie noch nicht wußten, wer er war.

Das Oberhaupt der Ältesten fuhr fort. *Wir heißen den ersten Konor willkommen, der nicht aus unserem eigenen Volk stammt. Hier zeigt sich uns die Gnade der Vorsehung, denn er lebt bei den Ikonor, so wie wir. Er wußte nichts von seiner wahren Identität, bis ihn ein Bruder unserer Seelen in den Diensten der Seelenlosen fand.*

Data stellte nun fest, daß die Konor tatsächlich keine Namen verwendeten. Ihm fielen bereits Nuancen im ›Tonfall‹ auf. Bei der Erwähnung des Mannes, der ihn hierher begleitet hatte, nahm er Hinweise auf die mentale ›Stimme‹ und den Charakter des Betreffenden wahr. Data empfand es als seltsam, nicht nur den mentalen Schatten seiner eigenen Sprechstimme zu sehen, sondern auch ein Bild, das... Unschuld zum Ausdruck brachte.

Wußten die Konor doch, wer er war? Hatte Dr. Pulaski recht mit ihrer Behauptung, er verriete sich mit jedem Wort, mit jeder Reaktion?

Nein, unmöglich. Wenn ihn die Konor als künstliches Wesen erkannten, so hätten ihre Mitteilungen einen Eindruck davon vermittelt. Außerdem: Das technologische Niveau erlaubte ihnen keine Vorstellungen von einem so hochentwickelten Androiden. Bestimmt hielten sie Datas blasse Haut und sein Bewegungsmuster für Eigenheiten des Volkes, aus dem er stammte.

Solange die Konor nicht begriffen, wer ihnen gegenüberstand, konnte sich Data Chancen für seinen Plan erhoffen. Wenn er versagte... Es blieb nicht genug Zeit, um Alternativen zu suchen.

Der Vorsitzende des Ältestenrates forderte ihn auf, einen Schritt vorzutreten. *...und entferne die Barrieren zwischen dir und deinen Brüdern und Schwestern. Die Vorsehung sieht alles, und deshalb verstecken wir nichts. Zeige deinen Körper der Vorsehung und jenen, die deine Seele betrachten.*

Schamgefühl fehlte in Datas Programmierung, und während seiner siebenundzwanzigjährigen Erfahrung mit Menschen hatte er gelernt, was es bedeutete, Kleidung zu tragen oder darauf zu verzichten. Hier war Nacktheit die Norm. Er zog die Stiefel aus, streifte die Starfleet-Uniform ab und legte sie so auf den Boden, daß der aktivierte Insignienkommunikator nicht in seiner Funktion behindert wurde.

Die Menge auf dem Platz beobachtete ihn mit neutralem Interesse. Nach der Installation des Gedankensenders in seinem Brustkasten hatte Data die Synthohaut nicht wieder versiegelt. Aber da sie keine farblichen Unterschiede aufwies, war die dünne Linie schon aus einem Abstand von einigen Metern nicht mehr zu erkennen, und aus der Nähe betrachtet hielt man sie sicher für eine Narbe. Niemand schenkte ihr besondere Beachtung. Offenbar kam es den Konor in erster Linie auf seine Seele an.

Data bedauerte einmal mehr, daß sie sich aufgrund ihrer mentalen Kommunikation für Auserwählte hielten, die das Recht hatten, ›Seelenlose‹ umzubringen.

Erneut spürte er, wie ihm freundliche Gedanken entgegenfluteten. *Willkommen, Bruder unserer Seelen.*

Wir sind Konor, von der Vorsehung geschaffen, um über Land, Wasser, Pflanzen, Tiere und Ikonor zu herrschen, verkündete das Oberhaupt des Ältestenrates. *Wir würden uns gern um die Ikonor kümmern und sie gut behandeln — wenn sie endlich einsähen, daß sie seelenlose Wesen sind, dazu bestimmt, uns zu dienen.*

Möge die Vorsehung sie zur Wahrheit geleiten! antwortete die Menge.

Der Älteste wandte sich Data zu. *Bruder unserer Seelen, durch dich bekommen wir eine einzigartige Gelegenheit. Du hast großen Einfluß bei den Ikonor an Bord des Raumschiffs, mit dem du hierhergekommen ist. Akzeptieren sie dich als ihren Herrn? Sind sie die Diener der Konor deines Volkes?*

Es geht los, dachte Data, als er den Blick über den Platz schweifen ließ.

Nein, die anderen Besatzungsmitglieder der Enterprise *dienen mir ebensowenig wie ich ihnen,* erwiderte er. Bestimmt wollten die Konor, daß er das Raumschiff für sie übernahm, und bevor jemand solche Worte an ihn richten konnte, fügte er rasch hinzu: *Sie sind meine Freunde.*

Aber wir sind deine Brüder und Schwestern, hielt ihm die Menge entgegen. Auf diese Bemerkung hatte der Androide gewartet.

Seid ihr das? Dicht aufeinanderfolgende Schmerzwellen durchwogten Data, und jede mentale Sendung ließ neue

Pein entstehen. Dennoch zwang er sich, weiterhin seine Gedanken zu übermitteln. *Bin ich ein Konor?*

Du sprichst von Seele zu Seele mit uns.

Trotzdem gehöre ich nicht zu euch.

Die Vorsehung hilft uns. Wohin auch immer wir gehen: Überall werden wir Brüder finden, so wie dich.

Die Vorsehung hilft euch also – auch dabei, das Werk der Ikonor zu beanspruchen? Dem Schmerz gesellte sich nun auch noch etwas anderes hinzu: Die Sensoren warnten Data vor einer Überladung des Senders – es bestand die Gefahr konkreter Schäden.

Euch? wiederholten die Konor. *Du bist jetzt einer von uns, Bruder.*

Obgleich ich mich von euch unterscheide?

Nur dein Körper ist anders. Deine Seele verbindet dich mit uns.

Aber die Ikonor stellen nur Dinge *her?* fragte Data durch die Statik aus sengender Pein. Er bemühte sich, das Gespräch in die gewünschte Richtung zu lenken – bevor der Sender ausfiel.

Dinge, mit denen wir nach Belieben verfahren können. Das gilt auch für die Ikonor selbst.

Der Androide hob die Hand und erweiterte den Riß in der Synthohaut seiner Brust. *Was bin ich dann?*

Plötzliche mentale Stille herrschte, gefolgt von Überraschung. Die vorn stehenden Konor übermittelten den anderen keine schrecklichen Bilder, die Herz, Lungen und Verdauungstrakt zeigten; statt dessen beschrieben ihre Gedanken Dioden, Schaltkreise, Speicherbänke, Sensorgitter und Leitungen für organische Flüssigkeiten.

Auch der von Geordi konstruierte telepathische Sender wurde sichtbar, zusammen mit Verbindungselementen, die bereits sehr heiß geworden waren. Er durfte nicht zuviel Zeit mit dieser dramatischen Demonstration verlieren – andernfalls riskierte er Defekte, die seinen Funktionskomplex ernsthaft bedrohten.

Es fühlte sich herrlich an, einige Sekunden lang keine

Schmerzen zu spüren, aber Data wußte, daß ihm nichts anderes übrigblieb, als den Dialog fortzusetzen. *Seht ihr einen Konor in mir?*

Ja!

Aber ich bin kein Mensch, sondern eine Maschine. Ich wurde gebaut, nicht geboren wie ihr. Ihr behauptet, die Werke der Ikonor seien Dinge. Glühende Hitze, die jeden Augenblick zu fatalen Kurzschlüssen führen konnte. Data beschloß, seinen Trumpf auszuspielen. *Jene, die ihr Ikonor nennt, haben mich gebaut.*

Verwirrung breitete sich aus, aber die Konor waren daran gewöhnt, nicht auf den Körper zu achten, nur auf das Geistige. *Wir berühren deine Seele. Also bist du ein Konor.*

Wie soll ich sie überzeugen? fragte sich Data.

Zwar sendete er diesen Gedanken nicht, aber der Schmerz dauerte an. Die überladenen Schaltkreise erzeugten auch weiterhin ein Übermaß an Wärme, obwohl der Androide sie nicht mit Energie beschickte.

Ist dies der einzige Beweis für die Existenz einer Seele?

Ja.

Kann eine Seele hergestellt werden?

Wortlose Verwunderung: Die Konor verstanden den Sinn der Frage nicht.

Data vergewisserte sich, daß alle Kontakte stabil blieben, als er den Sender vorsichtig aus dem Brustkasten zog und ihn von den empfindlichen Komponenten entfernte, die er bedroht hatte. Der Androide spürte die Hitze nun an der Hand, aber er ignorierte die Warnungen der Fingersensoren.

Dieser Apparat überträgt meine Gedanken, ›sagte‹ er. *Ein Freund hat ihn gebaut und in mir installiert. Nur dadurch bin ich imstande, mit euch zu kommunizieren. Handelt es sich um seine Seele?*

Entsetzen erfaßte die Menge, wich dann Ärger. *Du verspottest uns!*

Ich zeige euch die Wahrheit. Ihr seid in der Lage, mentale

Signale zu senden, die jedes vernunftbegabte Wesen versteht. Der Empfang ist vielleicht ein Beweis für Intelligenz, aber die Fähigkeit, Gedanken zu senden, deutet nur auf eine Mutation in eurer Spezies hin.

Fassungslose Ungläubigkeit bestimmte die psychische Atmosphäre – doch niemand konnte die Existenz des Senders leugnen.

Dann bahnte sich eine Erkenntnis an: Wenn ein mechanisches Objekt Verbindungen von Seele zu Seele ermöglichte – dann war es nicht die Seele, die sie ineinander berührten.

Ärger verwandelte sich in Zorn. Data überlegte, ob er sich zur *Enterprise* beamen lassen sollte.

Nein. Dann glaubten die Konor vielleicht, alles sei nur ein Trick. Er mußte bleiben und sich von ihnen testen lassen.

Die Ältesten näherten sich ihm. *Du behauptest etwas Unmögliches,* meinte einer von ihnen. *Du kannst keine Maschine sein.*

Und doch bin ich es, erwiderte Data. Die dem Sender zugeleitete Energie schmolz einen Teil der Synthohaut seiner Hand, und die Sensoren darunter schickten alarmierende Impulse nicht nur zu den Diagnosemodulen des Androiden, sondern auch durch die neuen Schaltkreise.

Die Menge spürte heftige Pein; überall schnappten Konor nach Luft.

Du leidest! stieß der Vorsitzende des Ältestenrates hervor. *Eine Maschine fühlt keinen Schmerz.*

Beachtet ihn einfach nicht, erwiderte Data. *Beachtet ihn ebensowenig wie den Schmerz der anderen Samdianer, die ihr einfach tötet!*

Aber wir nehmen deine Pein wahr, ›sagte‹ einer der anderen Ältesten und starrte verblüfft in den offenen Brustkasten des Androiden. *Wie kannst du eine Maschine sein und doch eine Seele haben?*

Wie kannst du eine Person *sein und andere Männer, Frauen und Kinder für* Dinge *halten?* konterte Data.

Wenn die Konor schon seit Jahrzehnten überzeugt gewesen wären, von der Vorsehung auserwählt zu sein, hätte der Androide ihren Glauben kaum erschüttern können, nicht einmal mit sich selbst als lebendem — beziehungsweise mechanisch-elektronischem — Beweis. Aber nur wenige Leute in der Menge waren als Kinder von Konor-Eltern geboren. Die meisten von ihnen hatten ihre Fähigkeit, Gedanken zu senden, erst vor relativ kurzer Zeit entdeckt.

Zweifel sproß. Erinnerungen kehrten zurück: die Trennung von Brüdern oder Schwestern, denen die Fähigkeit zur mentalen Kommunikation fehlte; das Töten von anderen Samdianern, in dem festen Glauben, sie seien seelenlose Wesen, kaum mehr als Tiere — nur weil sie geistig stumm blieben, Furcht und Schmerz keinem anderen Bewußtsein übertragen konnten.

Zweifel. Mehr durfte sich Data nicht erhoffen. *Und wenn ihr euch irrt?* fragte er und dämpfte erneut die Pein, um sich den Konor mitzuteilen. *Ihr habt keine Möglichkeit festzustellen, wer eine Seele hat. Ich weiß nicht, ob ich eine besitze, aber eins ist mir klar: Man kann eine Seele nicht einfach herstellen.* Er hob den Sender so hoch, wie es die Verbindungskabel erlaubten. *Dies ist keine Seele, nur ein Gerät, das es mir gestattet, mit euch zu reden.*

Data sah in Hunderte von Gesichtern, die den emotionalen Aufruhr im mentalen Äther widerspiegelten. *Ich sage nicht, daß ihr keine Seelen habt. Aber ich weiß, daß die mentale Kommunikation allein kein Beweis für Seelen ist. Wenn ihr euch damit abfindet, daß die sogenannten Ikonor ebenso beseelt sind wie ihr, wenn ihr sie vor den Augen der Vorsehung als gleichberechtigte Personen anerkennt... Dann sind die Samdianer von Dacket bereit, mit euch zu verhandeln. Wollt ihr den Pfad der Zerstörung verlassen und den Weg des Friedens beschreiten?*

Diesmal war Data dankbar dafür, daß er es mit einer Gesellschaft zu tun hatte, in der die Kommunikation auf geistiger Ebene stattfand: Die Szene vor dem Rathaus erreichte alle Konor. Die Desillusionierung der ›Seelensprecher‹ fand *sofort* statt; niemand konnte die jüngsten Ereignisse in Frage stellen.

Dennoch brauchten die Konor Zeit, um zu einer Übereinkunft zu gelangen. Data nutzte die mentale Debatte, um alle Verbindungen zum telepathischen Sender zu lösen, die Brust zu schließen und sich wieder anzuziehen. Die rechte Hand wies starke Verbrennungen auf, und während des letzten Energieschubs waren die neuen Schaltkreise teilweise damit verschmolzen. Im Brustkasten des Androiden hätten sie viel schwerer zu reparierende Schäden verursacht. Glücklicherweise brauchte Data nur einige Dioden, das eine oder andere Sensorgitter und Synthohaut zu ersetzen.

Emotionen brodelten um ihn herum: Schuld und Kummer, Ärger und Ablehnung, schließlich Resignation und die Bereitschaft, den Fehler einzugestehen. Data kannte die Antwort der Konor, bevor man sie ihm offiziell verkündete, aber sie erstaunte ihn trotzdem: Ja, sie wollten mit den Samdianern von Dacket Frieden schließen und erhoben keine Einwände gegen einen Starfleet-Vermittler – solange er Data hieß.

»Der Gedankensender ist nicht länger funktionsfähig«, sagte der Androide und ließ den Rest des Geräts fallen. »Ich habe keine Möglichkeit mehr, mich euch auf diese Weise mitzuteilen.«

»Wir können sprechen«, erwiderte das Oberhaupt des Ältestenrates. »Und diese Möglichkeit nutzen wir auch bei den Verhandlungen. Die Vorsehung hat dich geschickt, um uns eine harte Lektion zu erteilen. Wir haben gespürt, wie sehr du dabei gelitten hast. Bitte hilf uns, die Fehler wiedergutzumachen.«

»Dazu bin ich gern bereit, wenn mein Captain einverstanden ist«, erklärte Data. »Obwohl sich an Bord des Raumschiffs Personen befinden, die über größere diplomatische Erfahrungen verfügen.«

»Oh, die Konor haben recht«, sagte Picard, als ihm der Androide Bericht erstattete. »Unter diesen Umständen sind Sie der beste Vermittler.«

Sie trafen eine Übereinkunft, und anschließend kehrte Data zur *Enterprise* zurück. Er stellte einen Kontakt mit Tichelon her, um Zeit und Ort der Verhandlungen zu vereinbaren. Der Vorsitzende des Planetaren Rates nahm mit großer Verblüffung zur Kenntnis, daß es Starfleet geschafft hatte, mit den Konor zu kommunizieren. Er war den Tränen nahe, als er hörte, daß es wirklich eine Chance gab, die Massaker zu beenden.

Während Data auf Dacket mit den Konor ›sprach‹, fungierte Counselor Troi als Dolmetscherin für die Besatzung der *Enterprise* und informierte sie über das Geschehen. Nach der Rückkehr des Androiden und seiner Unterredung mit Tichelon trat Geordi auf ihn zu.

»Zur Krankenstation, Data.«

»Es ist alles in Ordnung mit mir«, versicherte der Zweite Offizier.

»Das soll Dr. Pulaski entscheiden«, entgegnete der Chefingenieur mit fester Stimme. »Mal sehen, ob wir den Gedankensender retten können.«

Das war nicht der Fall, wie sich herausstellte, als Kate Pulaski und Geordi LaForge vorsichtig die verbrannten und geschmolzenen Komponenten von Datas Hand entfernten. Es dauerte weniger als eine Stunde, um die beschädigten Teile zu reparieren oder zu ersetzen und dann die Synthohaut zu versiegeln. Innerhalb weniger Sekunden entstanden die alten Linienmuster in den Handflächen und Fingerkuppen.

»Es ist faszinierend, wie Ihre Haut das anstellt«, sagte Geordi. »Sie haben keine Möglichkeit, Ihre Fingerabdrücke zu verändern und ein neues Leben als Krimineller zu beginnen.«

»Warum sollte mir etwas daran gelegen sein?« Data öffnete und schloß die Hand. »Wenn es mir darum ginge, innerhalb kurzer Zeit viel Geld zu verdienen, könnte ich zu einem Falschspieler werden.«

Pulaski lachte. »Dabei sollten Sie sich nicht mit Klingonen einlassen«, warnte sie ihn.

»He!« entfuhr es Geordi. »Das erinnert mich an etwas... Sie haben eine Wette verloren, Doktor!«

»Tatsächlich?«

Data beobachtete, daß die Ärztin ehrlich erstaunt war. Auch er wußte nicht, was der Chefingenieur meinte, bis Geordi fortfuhr: »Data sollte versuchen, sich bei der nächsten Gelegenheit als Mensch auszugeben. Bei den Konor ist ihm das zweifellos gelungen!«

Pulaski nickte und lächelte. »Diese Wette verliere ich gern.« Ihr Lächeln wuchs in die Breite, als sie zu Data sagte: »Eigentlich komisch. Nur Sie als Androide konnten das samdianische Problem lösen — indem Sie bewiesen, *kein* Mensch zu sein, als die Konor felsenfest vom Gegenteil überzeugt waren.«

Data schmunzelte ebenfalls. Diese Art von Humor verstand er. Als er die Diagnoseliege verlassen wollte, schüttelte Dr. Pulaski den Kopf. »Nicht so hastig. Ich möchte mir auch Ihre internen Systeme ansehen.«

»Dort ist nichts beschädigt«, erwiderte Data. »Ich habe die zusätzlichen Verbindungsstellen entfernt, und jetzt braucht nur noch die Haut geschlossen zu werden.«

Aber auch Geordi bestand auf einer Untersuchung, und deshalb streckte sich der Androide wieder aus.

Während er lag, dachte er laut: »Nach wie vor weiß ich nur, was ich nicht bin. Werde ich mir jemals über die Essenz meiner Identität klar?«

»Warum geben Sie sich nicht mit Ihrer Existenz zufrieden?« fragte Pulaski. »Sie sind einzigartig.«

»Aber habe ich eine Seele?«

»Keine Ahnung. Vielleicht ist es besser, daß niemand von uns darüber Bescheid weiß.«

»Ja«, bestätigte Geordi. »Die Konor sind ein gutes Beispiel dafür, wie sich Leute verhalten, die glauben, alle Antworten zu kennen.«

»Wenn es einen Gott gibt, eine Vorsehung, eine bestimmende Kraft im Universum...«, sagte Data. »Warum läßt sie uns mit einer solchen Ungewißheit leben?«

»Damit wir demütig bleiben«, vermutete die Ärztin. »Wie heißt es so schön? ›Wenn ein Mensch mit Gewißheit beginnt, so endet er in Zweifel.‹«

Data kannte das Zitat und fügte den Rest hinzu: »›Aber wenn er mit Zweifel beginnt, so führt sein Weg zu Gewißheit.‹ Francis Bacon, ein Philosoph aus dem sechzehnten Jahrhundert der Erde. Raten Sie mir, meine Zweifel hinzunehmen, mich mit ihnen abzufinden?«

»Sehen Sie sich das Muster an«, meinte Geordi. »Wer sicher ist, alles zu wissen, unterdrückt und tötet jene, die anderer Ansicht sind. Aber wer weiß, daß er *nichts* weiß, forscht und baut und sucht nach Weisheit. Bleiben Sie ein Wahrheitssucher.«

»Ich glaube, mir bleibt kaum eine Wahl.« Data seufzte resigniert.

»He, weg mit dir!« sagte Pulaski plötzlich. »Katzenhaare schaden Datas Schaltkreisen.«

Mystery sprang auf die Liege und starrte neugierig in den offenen Brustkasten des Androiden. Sie bemerkte eine blinkende Diode und streckte die Pfote danach aus.

»Kommt nicht in Frage«, brummte Geordi und griff nach dem Tier. »Hier, Data. Halten Sie die Katze fest, bis wir fertig sind.«

Data setzte Mystery an seiner Schulter ab und streichelte sie behutsam. Sie lief nicht fort, schmiegte sich an ihn und...

»Hören Sie nur!« Der Androide neigte den Kopf und spürte weiches Katzenfell am Ohr.

»Was ist denn?« Pulaski wandte sich ihm zu, als Geordi die Synthohaut der Brust versiegelte.

»Mystery schnurrt«, staunte Data.

STAR TREK™

in der Reihe
HEYNE SCIENCE FICTION & FANTASY

Vonda N. McIntyre, Star Trek II: Der Zorn des Khan · 06/3971
Vonda N. McIntyre, Der Entropie-Effekt · 06/3988
Robert E. Vardeman, Das Klingonen-Gambit · 06/4035
Lee Correy, Hort des Lebens · 06/4083
Vonda N. McIntyre, Star Trek III: Auf der Suche nach Mr. Spock · 06/4181
S. M. Murdock, Das Netz der Romulaner · 06/4209
Sonni Cooper, Schwarzes Feuer · 06/4270
Robert E. Vardeman, Meuterei auf der Enterprise · 06/4285
Howard Weinstein, Die Macht der Krone · 06/4342
Sondra Marshak & Myrna Culbreath, Das Prometheus-Projekt · 06/4379
Sondra Marshak & Myrna Culbreath, Tödliches Dreieck · 06/4411
A. C. Crispin, Sohn der Vergangenheit · 06/4431
Diane Duane, Der verwundete Himmel · 06/4458
David Dvorkin, Die Trellisane-Konfrontation · 06/4474
Vonda N. McIntyre, Star Trek IV: Zurück in die Gegenwart · 06/4486
Greg Bear, Corona · 06/4499
John M. Ford, Der letzte Schachzug · 06/4528
Diane Duane, Der Feind — mein Verbündeter · 06/4535
Melinda Snodgrass, Die Tränen der Sänger · 06/4551
Jean Lorrah, Mord an der Vulkan Akademie · 06/4568
Janet Kagan, Uhuras Lied · 06/4605
Laurence Yep, Herr der Schatten · 06/4627
Barbara Hambly, Ishmael · 06/4662
J. M. Dillard, Star Trek V: Am Rande des Universums · 06/4682
Della van Hise, Zeit zu töten · 06/4698
Margaret Wander Bonanno, Geiseln für den Frieden · 06/4724
Majliss Larson, Das Faustpfand der Klingonen · 06/4741
J. M. Dillard, Bewußtseinsschatten · 06/4762
Brad Ferguson, Krise auf Centaurus · 06/4776
Diane Carey, Das Schlachtschiff · 06/4804
J. M. Dillard, Dämonen · 06/4819
Diane Duane, Spocks Welt · 06/4830
Diane Carey, Der Verräter · 06/4848
Gene DeWeese, Zwischen den Fronten · 06/4862
J. M. Dillard, Die verlorenen Jahre · 06/4869
Howard Weinstein, Akkalla · 06/4879
Carmen Carter, McCoys Träume · 06/4898
Diane Duane & Peter Norwood, Die Romulaner · 06/4907
John M. Ford, Was kostet dieser Planet? · 06/4922
J. M. Dillard, Blutdurst · 06/4929

STAR TREK™

in der Reihe
HEYNE SCIENCE FICTION & FANTASY

Gene Roddenberry, Star Trek (I): Der Film · 06/4942
J. M. Dillard, Star Trek VI: Das unentdeckte Land · 06/4943
Jean Lorrah, Die UMUK-Seuche · 06/4949
A. C. Crispin, Zeit für gestern · 06/4969 (in Vorb.)
David Dvorkin, Die Zeitfalle · 06/4996 (in Vorb.)
Barbara Paul, Das Drei-Minuten-Universum · 06/5005 (in Vorb.)

STAR TREK: DIE NÄCHSTE GENERATION:

David Gerrold, Mission Farpoint · 06/4589
Gene DeWeese, Die Friedenswächter · 06/4646
Carmen Carter, Die Kinder von Hamlin · 06/4685
Jean Lorrah, Überlebende · 06/4705
Peter David, Planet der Waffen · 06/4733
Diane Carey, Gespensterschiff · 06/4757
Howard Weinstein, Macht Hunger · 06/4771
John Vornholt, Masken · 06/4787
David & Daniel Dvorkin, Die Ehre des Captain · 06/4793
Michael Jan Friedman, Ein Ruf in die Dunkelheit · 06/4814
Peter David, Eine Hölle namens Paradies · 06/4837
Jean Lorrah, Metamorphose · 06/4856
Keith Sharee, Gullivers Flüchtlinge · 06/4889
Carmen Carter u. a., Planet des Untergangs · 06/4899
A. C. Crispin, Die Augen der Betrachter · 06/4914
Howard Weinstein, Im Exil · 06/4937
Michael Jan Friedman, Das verschwundene Juwel · 06/4958
John Vornholt, Kontamination · 06/4986 (in Vorb.)

STAR TREK: DIE ANFÄNGE:

Vonda N. McIntyre, Die erste Mission · 06/4619
Margaret Wander Bonanno, Fremde vom Himmel · 06/4669
Diane Carey, Die letzte Grenze · 06/4714

DAS STAR TREK-HANDBUCH:

überarbeitete und aktualisierte Neuausgabe!
von *Ralph Sander* · 06/4900

Diese Liste ist eine Bibliographie erschienener Titel
KEIN VERZEICHNIS LIEFERBARER BÜCHER!